W0265765

Über dieses Buch

Anfang der sechziger Jahre galt die (Wieder-)Entdeckung der Erzählungen des polnischen Autors Bruno Schulz als kleine Weltsensation. Wie durch ein umgedrehtes Fernrohr richtet Schulz den Blick auf einen winzigkleinen Ausschnitt aus dem verdämmernden k. u. k. Imperium: auf ein Kaufmannshaus, in einer Straße, in einem »Stettl«, in einem Winkel der Provinz Galizien, am nordöstlichen Rand der österreich-ungarischen Monarchie – all das zusammengehalten vom Kaiser im fernen Wien.
In diesem Mikrokosmos herrscht gottvaterähnlich ein Patriarch über Familienmitglieder und Gesinde. Es ist freilich ein Zauberhaus, in dem in heißen Sommernächten Fabelwesen, Lüste und Süchte spuken. Zum Erstaunen und Entzücken der Kinder erscheint der Vater unvermittelt in einer glänzenden Rüstung, oder er kann sich vor Zorn in eine Fliege verwandeln. Im Sommer durchwachsen und erfüllen saftige Pflanzen den Laden. Diese phantastisch-absurden Visionen beschreiben den vergeblichen Versuch, den Einbruch von Mechanisierung und Kommerzialisierung in eine bis dahin überschaubare Welt aufzuhalten.
Zusammen mit der Geschichtensammlung ›Das Sanatorium zur Todesanzeige‹ und der Erzählung ›Der Komet‹ liegt in diesem Taschenbuch das überlieferte Werk von Bruno Schulz geschlossen vor. Alles andere ging während der deutschen Besetzung in Polen verloren. Aus Anlaß der seinerzeitigen deutschsprachigen Erstausgabe begeisterte sich ein Kritiker: »Diese Erzählungen sind ein einziger Traum, ein purpurner Fisch, aus der Tiefe aufgestiegen.«

Der Autor

Bruno Schulz wurde 1892 in der galizischen Kleinstadt Drohobycz geboren; studierte Malerei in Wien und Architektur in Lemberg; Studienaufenthalt in Paris. Lebte anschließend ärmlich und zurückgezogen in seiner Heimatstadt als Zeichenlehrer; debütierte im Alter von 42 Jahren mit ›Zimtläden‹; übersetzte Kafka ins Polnische; Laureatus der Polnischen Akademie für Literatur. Bruno Schulz wurde im November 1942 im Ghetto seiner Geburtsstadt auf offener Straße von einem Gestapomann erschossen.

BRUNO SCHULZ

DIE ZIMTLÄDEN

UND ALLE ANDEREN ERZÄHLUNGEN

Aus dem Polnischen
übersetzt von Josef Hahn

Mit dem Nachwort
zur ersten deutschen Ausgabe
von Andrzej Wirth
und einem Nachwort zur
Gesamtausgabe
von François Bondy

FISCHER TASCHENBUCH VERLAG

Ungekürzte Ausgabe
Fischer Taschenbuch Verlag
September 1981
Umschlagentwurf: Jan Buchholz / Reni Hinsch
Fischer Taschenbuch Verlag GmbH, Frankfurt am Main
Lizenzausgabe mit freundlicher Genehmigung
des Carl Hanser Verlages, München Wien
© 1966 Carl Hanser Verlag, München
Die Originalausgabe erschien 1964 unter dem Titel
›Sklepy Cynamonowe · Sanatorium pod Klepsydra · Kometa‹
im Verlag Wydawnictwo Literackie, Kraków
Gesamtherstellung: Hanseatische Druckanstalt GmbH, Hamburg
Printed in Germany
1680-ISBN-3-596-25066-8

INHALT

DIE ZIMTLÄDEN

1

Im Juli fuhr mein Vater alljährlich ins Bad und gab mich samt der Mutter und den älteren Brüdern den weißglühenden und betäubenden Sommertagen preis. Wir blätterten, verrückt vom Licht, in dem großen Ferienbuch, dessen Blätter sämtlich vor Hitze brannten und auf ihrem Grund den bis zur Ohnmacht süßen Matsch goldener Birnen hatten.
Adela kehrte im leuchtenden Glanz des Morgens zurück wie Pomona aus dem Feuer des glutentbrannten Tages und schüttete aus dem Körbchen die bunte Schönheit der Sonne – funkelnde Kirschen, voller Saft unter der durchsichtigen Haut, geheimnisvolle schwarze Weichseln, deren Duft alles übertraf, was ihr Geschmack erfüllte; Morellen, in deren goldenem Matsch das Mark langer Mittage war; und außer dieser reinen Poesie des Obstes lud sie vor Kraft und Nährwert strotzende Fleischlappen mit der Klaviatur von Kälberrippen aus, Gemüsealgen wie erschlagene Kopffüßler und Medusen – das Rohmaterial des Mittagessens, noch ungeformten und schalen Geschmacks, vegetative und tellurische Zutaten des Mittagessens von wildem Feldgeruch.
Durch die dunkle Wohnung im ersten Stock des steinernen Hauses am Ring ging jeden Tag der ganze große Sommer hindurch: die Stille zitternder Luftschichten, die glänzenden Sonnenquadrate mit ihren fanatischen Träumen auf dem Fußboden, die Melodie eines Leierkastens, aus der tiefsten goldenen Ader des Tages geholt, zwei drei Takte eines Refrains, irgendwo auf einem Klavier gespielt, immer wieder von neuem, ohnmächtig zusammenbrechend in der Sonne auf den weißen Trottoiren, verloren im Feuer des tiefen Tages. Nach dem Aufräumen ließ Adela Schatten in die Zimmer, indem sie die leinenen Jalousien herabließ. Dann fielen die Farben um eine Oktave, das Zimmer füllte sich mit Schatten, wie versenkt in das Licht der Meerestiefe, noch trüber zurückgeworfen von den grünen Spiegeln – und die volle Glut des Tages atmete schwer auf den Jalousien, die von den Träumen der Mittagsstunde leise wogten.

An den Samstagnachmittagen ging ich mit der Mutter spazieren. Aus dem Halbdunkel des Flurs traten wir mit einem Schritt in das Sonnenbad des Tages. Die Vorübergehenden, im Golde watend, hatten die Augen vor Hitze halb geschlossen, wie mit Honig verklebt, und die hochgezogenen Oberlippen enthüllten Zahnfleisch und Zähne. Und alle, die in diesem goldenen Tag wateten, zeigten die Grimasse der Gluthitze, als ob die Sonne allen ihren gläubigen Bekennern ein und dieselbe Maske aufgesetzt hätte – die goldene Maske der Sonnenbruderschaft; und alle, die heute auf den Straßen gingen, einander begegneten und auswichen, Alte und Junge, Kinder und Frauen, grüßten sich im Vorübergehen in dieser Maske, die ihnen mit dicker, goldener Farbe aufs Gesicht gemalt war, grinsten in dieser bacchantischen Grimasse, der barbarischen Maske eines heidnischen Kultes.
Der Ring war leer und gelb von der Glut, staubgekehrt von den heißen Winden gleich der biblischen Wüste. Die stacheligen Akazien, emporgewachsen aus der Leere des gelben Platzes, brodelten über ihm mit hellem Laub, Bukette edelgegliederter grüner Filigrane, wie Bäume auf alten Gobelins. Es schien, als affektierten diese Bäume den Wind, indem sie theatralisch ihre Kronen schüttelten, um in pathetischen Biegungen und Beugungen die Vornehmheit der Blattfächer mit ihren silbernen Unterleibern gleich dem Futter edler Fuchspelze zu zeigen. Die alten Häuser, poliert vom Wind vieler Tage, vergnügten sich mit Reflexen der großen Atmosphäre, Echospielen, Erinnerungen an Farben, die verstreut in der Tiefe der bunten Aura saßen. Es schien, als wären ganze Generationen Sommertage (wie geduldige Stukkatoren, die alte Fassaden aus dem Schimmel der Tünche klopfen) dabei, die verlogene Glasur abzuschlagen, von Tag zu Tag deutlicher die wahren Gesichter der Häuser, die Physiognomie ihrer Schicksale und ihres Lebens herauszuarbeiten, welche sie von innenher geformt hatten. Jetzt schliefen die Fenster, geblendet vom Glanz des leeren Platzes; die Balkone bekannten dem Himmel ihre Leere, die offenen Flure rochen nach Kühle und Wein.
Ein Häuflein zerlumpter Kerle hatte sich in einem Winkel des Rings vor dem flammenden Besen der Sonnenglut in Sicherheit gebracht, belagerte ein Stücklein Mauer und suchte es stets von neuem mit Würfen von Knöpfen und Münzen

heim, als ob man aus dem Horoskop dieser metallenen Scheibchen das wahre Geheimnis der Mauer ablesen könnte, die mit Hieroglyphen aus Strichen und Rissen bemalt war. Der übrige Ring war leer. Man erwartete, daß vor jenem Ladenflur mit den Fässern des Weinhändlers im Schatten der schwankenden Akazien gleich das Eselchen des Samariters, am Zügel geführt, auftauchen würde und zwei Knechte sorgsam den kranken Mann aus dem glühendheißen Sattel heben würden, um ihn über die kühle Treppe vorsichtig in das nach Sabbat duftende Stockwerk zu tragen.

So wanderten wir mit der Mutter über die zwei Sonnenseiten des Rings und ließen unsere geknickten Schatten über alle Häuser wie über Klaviertasten gleiten. Die Quadrate des Pflasters zogen langsam unter unseren weichen und flachen Schritten dahin – die einen blaßrosa wie die menschliche Haut, die anderen gelb und blau, alle flach, warm, samten in der Sonne wie Sonnengesichter, von Fußtritten bis zur Unkenntlichkeit, bis zur glückseligen Nichtigkeit zerstampft.

Bis wir schließlich an der Ecke der Stryjer Straße in den Schatten der Apotheke traten. Der große Glasballon mit Himbeersaft im breiten Apothekenfenster symbolisierte die Kühle der Balsame, mit denen jedes Leiden gelindert werden konnte. Und noch ein paar Häuser weiter vermochte die Straße nicht mehr das Dekorum der Stadt zu wahren – wie ein Bauer, der in sein Heimatdorf zurückkehrt, sich unterwegs seiner städtischen Eleganz entledigt und sich langsam, im gleichen Maß, wie er sich dem Dorf nähert, wieder in einen zerlumpten Kerl verwandelt.

Die Vorstadthäuschen schwammen zugleich mit den Fenstern versunken im üppigen und verworrenen Blühen der kleinen Gärtchen. Vergessen über dem großen Tag wucherten üppig und still allerhand Grünzeug, Blüten und Unkraut, froh der Pause, die sie hinter der Gemarkung der Zeit, an den Rändern des unvollendeten Tages verträumen konnten. Eine riesige Sonnenblume, aufgepflanzt auf einem mächtigen Stengel und gleichsam an Elephantiasis erkrankt, harrte in gelber Klage der letzten, traurigen Tage ihres Lebens und beugte sich unter der Wucht ihrer scheußlichen Korpulenz. Doch die naiven Vorstadtglöcklein und anspruchslosen Perkalblümchen standen ratlos in ihren gestärkten rosa und weißen Hemdchen da und hatten kein Verständnis für die große Tragik der Sonnenblume.

2

Das verworrene Dickicht der Gräser, Pflanzen, Unkräuter und Disteln brodelt im Feuer des Mittags. Es braust im Gewimmel der Fliegen das Mittagsschläfchen des Gartens. Das goldene Stoppelfeld schreit in der Sonne wie das Erz der Heuschrecken; im dichten Regen des Feuers toben die Grillen; die Schoten der Sämereien explodieren leise wie Heupferdchen.
Und am Plankenzaun schiebt sich der Pelz der Gräser als buckeliger Höckerhügel entlang, als ob sich der Garten im Schlaf auf die andere Seite gedreht hätte, und seine groben, bäuerlichen Schultern atmen die Stille der Erde. Auf diesen Schultern des Gartens türmte sich die unreine, weibische Üppigkeit des Augusts riesenhaft in die tauben Gefälle ungeheurer Kletten hinein und breitete sich als Lappen zottiger Blattbleche, als schwülstige Zungen fleischigen Grüns aus. Hier sperrten die vorquellenden Wülste der Kletten ihre Glotzaugen auf wie breit dahockendes Weibervolk, zur Hälfte gefressen von den eigenen, verrückt gewordenen Unterröcken. Dort ließ der Garten umsonst die billigen Graupen des wilden Flieders, die nach Seife stinkende Hirse des Wegerichs, den brennenden Fusel der Minze und den schlimmsten Trödelkram des Augusts ab. Doch auf der anderen Seite des Plankenzauns, hinter diesem Urwald des Sommers, in dem sich die Torheit verblödeten Unkrauts ausgebreitet hatte, war der Komposthaufen, wild mit Disteln verwachsen. Niemand wußte, daß eigentlich dort der August dieses Jahres seine große heidnische Orgie feierte. Auf diesem Komposthaufen, der sich an den Plankenzaun lehnte und mit wildem Flieder überwuchert war, stand das Lager des mißgestalteten und blödsinnigen Mädchens Tluja. So nannten wir sie alle. Auf einem Haufen von Kehricht und Abfällen, alten Töpfen, Pantoffeln, Steinbrocken und Trümmern stand ein grünbemaltes Bett, statt Füße auf zwei alte Ziegel gestützt.
Die Luft über diesem Komposthaufen, wildgeworden vor Hitze, durchschnitten von den Blitzen funkelnder, sonnen-

toller Pferdefliegen, knisterte und knackte wie von unsichtbaren Klappern, die zur Raserei aufpeitschten.
Tluja sitzt zusammengekauert mitten auf dem gelben Bett und den Lumpen. Ihr großer Kopf sträubt sich als Strohwisch schwarzer Haare. Ihr Gesicht ist faltig wie der Balg einer Harmonika. Jeden Augenblick faltet eine weinerliche Grimasse diese Harmonika in tausend Querfalten, aber das Staunen zieht sie wieder auseinander, glättet die Falten, enthüllt die Schlitze der kleinen Augen und das feuchte Zahnfleisch mit den gelben Zähnen unter den rüsselförmigen, fleischigen Lippen.
Stunden voller Hitze und Langweile vergehen, in deren Verlauf Tluja halblaut redet, vor sich hindöst, mit der Stille hadert und sich räuspert. Die Fliegen belagern die Regungslose in dichten Schwärmen. Doch plötzlich beginnt sich dieser ganze Haufen schmutziger Lumpen, Hadern und Fetzen zu rühren, wie belebt vom Rascheln darunter ausgebrüteter Ratten. Die Fliegen schwirren aufgescheucht hoch und erheben sich als großer surrender Schwarm voll zornigen Summens, Blitzens und Flirrens. Und manchmal, wenn die Lumpen auf die Erde fallen und wie aufgescheuchte Ratten über den Komposthaufen rennen, wühlen sich, rollen sich, schälen sich langsam der Kern und das Mark des Komposthaufens aus ihnen: die halbnackte und schwarze Blöde steht langsam auf und bleibt gleich einem heidnischen Götzen auf kurzen, kindlichen Beinchen stehen, und ihrem vom Ansturm der Wut aufgeblähten Hals, ihrem roten, zorndunklen Gesicht, auf dem wie barbarische Gemälde die Arabesken der angeschwollenen Adern aufblühen, entringt sich ein tierisches Geschrei, ein heiseres Geschrei, aus allen Bronchien und Pfeifen dieser halb tierischen, halb göttlichen Brust geholt. Die sonnenverbrannten Disteln schreien, die Kletten protzen und prahlen mit ihrem schamlosen Fleisch, das Unkraut geifert mit seinem funkelnden Gift – und die Blöde, heiser vom Schreien, schlägt in wilden Konvulsionen mit ihrem fleischigen Unterleib aus wütendem Jähzorn gegen den Stamm des wilden Flieders, der leise unter der Zudringlichkeit dieser ausschweifenden Begier knarrt, mit diesem ganzen armseligen Chor zu widernatürlicher, heidnischer Fruchtbarkeit verdammt.
Die Mutter Tlujas verdingt sich bei den Bauersfrauen zum

Waschen der Fußböden. Sie ist eine kleine, safrangelbe Frau, und mit Safran behandelt sie auch die Fußböden, die tannenen Tische, Bänke und Geländer, die sie in den Stuben armer Leute wäscht. Einmal nahm mich Adela in das Haus dieser alten Maryska mit. Es war zu einer frühen Morgenstunde, wir betraten eine kleine blaugetünchte Stube mit gestampftem Lehmboden, auf welchem die Morgensonne lag, noch grellgelb in dieser Morgenstille, die von dem schrillen Gerassel der Bauernuhr an der Wand gemessen wurde. In einer Kiste lag auf Stroh die dumme Maryska, blaß wie eine Oblate und still wie ein Handschuh, aus welchem die Hand geschlüpft ist. Und als ob sie deren Schlaf ausnutzen wollte, sprach die Stille, die gelbe, grelle, böse Stille, redete mit sich selber, zankte, fluchte laut und ordinär ihren wahnsinnigen Monolog. Maryskas Zeit, die in ihrer Seele gefesselte Zeit, trat schrecklich beredt aus ihr heraus und ging, sich selbst überlassen, durch die Stube: lärmend, krakeelend, höllisch, im grellen Schweigen des Morgens aus der lauten Uhrmühle quellend wie böses Mehl, lockeres Mehl, dummes Mehl der Verrückten.

3

In einem dieser Häuschen, mit bronzefarbenen Staketen umgeben und schwimmend im üppigen Grün ihrer Gärtchen, wohnte die Tante Agata. Wenn wir zu ihr gingen, mußten wir im Garten an rot, grün und violett auf Stangen steckenden Glaskugeln vorbei, in denen ganze glänzende und lichte Welten verzaubert waren, wie jene idealen und glücklichen Bilder, die in unerreichbarer Vollendung in Seifenblasen gesperrt sind.

In dem halbdunklen Flur mit seinen alten Öldrucken, vom Schimmel zerfressen und erblindet vor Alter, fanden wir den uns bekannten Geruch. In diesem vertrauten alten Geruch hatte sich in wunderbar einfacher Synthese das Leben dieser Leute niedergeschlagen als Destillat einer Rasse, Eigenheit eines Blutes und Absonderung eines Schicksals, das unmerklich im täglichen Vergehen ihrer eigenen, abgesonderten Zeit beschlossen lag. Die alte blaue Tür, deren dunkle Seufzer diese Menschen einließen und hinausließen, schweigsame

Zeugin des Kommens und Gehens der Mutter, der Töchter und Söhne, öffnete sich lautlos wie der Flügel eines Schranks, und wir betraten die Stube. Sie saßen wie im Schatten ihres Schicksals da und wehrten sich nicht – mit den ersten wortlosen Gesten verrieten sie uns ihr Geheimnis. Waren wir nicht durch Blut und Schicksal verwandt mit ihnen?

Das Zimmer war dunkel und samten von den granatfarbenen Tapeten mit den goldenen Mustern, doch ein Echo des flammenden Tages zuckte auch hier noch durch das Messing auf den Bilderrahmen, auf den Türklinken und in den Goldleisten, wenn auch gesiebt durch das dichte Grün des Gartens. Von ihrem Sitz an der Wand erhob sich Tante Agata, groß und üppig, voll runden und weißen Fleisches, das vom roten Rost der Sommersprossen bekleckst war. Wir setzten uns zu ihnen wie an das Ufer ihres Schicksals, ein wenig beschämt durch die Wehrlosigkeit, mit der sie ohne jeden Vorbehalt sich uns auslieferten, und tranken Wasser mit Rosensaft, ein wunderbares Getränk, in dem wir sozusagen die tiefste Essenz dieses glühenden Samstags fanden.

Die Tante jammerte. Das war der grundsätzliche Ton ihrer Unterhaltung, die Stimme dieses weißen und fruchtbaren Fleisches, das gleichsam schon außerhalb den Grenzlinien ihrer Persönlichkeit schäumte, kaum locker in Spannung, in den Fesseln einer individuellen Form gehalten, und selbst in dieser Spannung schon vervielfältigt und bereit zu zerfallen, sich zu verästeln und in der Familie aufzulösen. Es war eine schier selbstgebärende Fruchtbarkeit, eine Weiblichkeit ledig aller Zügel und Hemmungen und krankhaft wuchernd.

Es schien, als ob schon das Aroma der Männlichkeit, der Duft des Tabakrauches oder ein Herrenwitz dieser entflammten Weiblichkeit den Impuls zu wollüstiger Jungfernzeugung geben könnten. Und eigentlich waren alle ihre Klagen über den Mann und über die Dienstboten und ihre Sorgen um die Kinder nur Laune und Schmollen einer unbefriedigten Fruchtbarkeit, eine Fortsetzung dieser barschen, zornigen und weinerlichen Koketterie, mit der sie vergeblich ihren Mann heimsuchte. Onkel Marek saß – klein und bucklig, mit sterilem, geschlechtslosem Gesicht – in seinem grauen Bankrott, ausgesöhnt mit dem Schicksal und im Schatten grenzenloser Verachtung, in dem er auszuruhen schien. In seinen grauen Augen glomm die ferne Glut des Gartens, der sich vor den Fenstern entfaltete. Von Zeit zu Zeit versuchte er mit einer schwachen Bewegung irgendwelche Vorbehalte zu machen und Widerstand zu leisten, aber die Woge selbstherrlicher Weiblichkeit stieß solche Gesten als bedeutungslos beiseite, ging triumphierend an ihm vorbei und überflutete mit ihrer breiten Strömung die schwachen Zuckungen der Männlichkeit.

Es war etwas Tragisches an dieser unsauberen und maßlosen Fruchtbarkeit, es war die Not der kämpfenden Kreatur am Rande des Nichts und des Todes, es war eine Art Heroismus der Weiblichkeit, die vor Gebärfreudigkeit sogar über die Krüppelhaftigkeit der Natur und über die Unzulänglichkeit des Mannes triumphierte. Doch die Nachkommenschaft bewies das Recht dieser Mütterlichkeitspanik, dieser Gebärwut, die sich in mißlungenen Geschöpfen und in einer ephemeren Generation von Phantomen ohne Blut und Gesicht erschöpfte.

Herein kam Lucja, die mittlere Tochter, mit einem allzu aufgeblühten und überreifen Kopf auf dem kindlichen und lockeren Körper aus weißem und delikatem Fleisch. Sie reichte mir ihr puppenhaftes, gleichsam jetzt erst knospendes Händchen und blühte auf einmal mit dem ganzen Gesicht auf wie eine vor rosiger Fülle überlaufende Pfingstrose. Unglücklich wegen ihres Errötens, das schamlos von den Geheimnissen der Menstruation erzählte, schlug sie die Augen nieder und entflammte noch heftiger unter der Berührung der gleichgültigsten Fragen, als ob jede eine heimliche Anspielung auf ihre überempfindliche Jungfräulichkeit enthielte.

Emil, der älteste meiner Cousins, mit einem hellblonden Bart und einem Gesicht, von welchem das Leben gleichsam jeden Ausdruck abgewaschen hatte, spazierte im Zimmer auf und ab, die Hände in den Taschen der faltigen Hosen.

Sein eleganter und wertvoller Anzug trug das Brandmal der exotischen Länder an sich, aus denen er zurückgekehrt war. Sein Gesicht, welk und fahl, schien von einem Tag zum anderen sich selbst zu vergessen und eine weiße, leere Wand mit einem blassen Netz von Äderchen zu werden, auf denen, wie Linien auf einer verwaschenen Landkarte, erlöschende Erinnerungen an ein stürmisches und vergeudetes Leben umherirrten. Er war ein Meister der Kartenkünste, rauchte lange, edle Pfeifen und duftete wunderbar nach fremden Ländern. Mit einem Blick, der über weite Erinnerungsfelder wanderte, erzählte er höchst seltsame Anekdoten, die an einem bestimmten Punkt plötzlich abrissen, in ein Nichts zersprangen und sich auflösten.

Ich folgte ihm mit sehnsüchtigen Blicken und dürstete danach, seine Aufmerksamkeit auf mich zu lenken und mich aus dieser Pein der Langeweile zu erlösen. Und tatsächlich, es kam mir vor, als ob er mir zuzwinkerte, als er ins andere Zimmer ging. Ich schlich ihm nach. Er saß tief in einem kleinen Sofa, die Knie fast in der Höhe des Kopfes gekreuzt, der kahl wie eine Billardkugel war. Es schien, als ob sein Anzug allein – faltig, verknittert, hingeworfen – über dem Fauteuil hinge. Sein Gesicht war wie der Schemen eines Gesichts, ein Streifen, den ein unbekannter Passant in der Luft zurückgelassen hatte. In den blassen, bläulich emaillierten Händen hielt er eine Brieftasche, in der er etwas betrachtete.

Aus dem Nebel des Gesichts rang sich mühsam das vorquellende Weiße des blassen Auges ans Licht und lockte mich schelmisch zwinkernd zu sich heran. Ich empfand eine unwiderstehliche Sympathie für ihn. Er nahm mich zwischen die Knie, mischte vor meinen Augen mit geübter Hand Photographien und zeigte mir Darstellungen nackter Frauen und Burschen in seltsamen Stellungen. Ich stand, seitlich auf ihn gestützt, da und betrachtete diese delikaten Menschenleiber mit fernen, nichtssehenden Augen, als das Fluidum einer unklaren Erregung, welches plötzlich die Luft trübte, zu mir gelangte und mich als unruhiges Staunen, als Woge plötzlichen Verstehens überlief. Doch mittlerweile waren der Hauch des Lächelns, das sich unter seinem weichen und schönen Bart abzeichnete, der Keim der Begierde, der sich auf seinen Schläfen mit einer pulsierenden Ader emporrankte, die Spannung, die seine Züge ein Weilchen in gesammelter Andacht verharren ließ, schon wieder in das Nichts versunken und hatte sich sein Gesicht in Abwesenheit verkehrt, selbstvergessen und aufgelöst.

1

Schon damals fiel unsere Stadt immer schneller dem chronischen Grau der Abenddämmerung anheim und überwucherte an den Rändern mit Flechten des Schattens, quellendem Schimmel und eisenfarbenem Moos.
Kaum aus den bräunlichen Rauchschwaden und Nebeldünsten des Morgens geschält, neigte sich der Tag schon einem niedrigen, bernsteinfarbigen Mittag zu, wurde nach einem Weilchen durchsichtig und golden wie dunkles Bier, um darauf in die vielfältig gegliederten, phantastischen Gewölbe bunter und ausladender Nächte hinabzusteigen.
Wir wohnten am Ring, in einem jener dunklen Häuser mit leerer und blinder Fassade, die man so schwer voneinander unterscheiden kann.
Das gab Anlaß zu ständigen Irrtümern. Wenn man einmal durch einen falschen Flur eine falsche Stiege betrat, so geriet man gewöhnlich in ein wahres Labyrinth fremder Wohnungen, Gänge, unerwarteter Durchlässe auf fremde Höfe und vergaß das ursprüngliche Ziel seiner Expedition so gründlich, daß man sich erst nach vielen Tagen, von wunderlichen Irrwegen und verworrenen Abenteuern zurückkehrend, eines grauen Morgens unter Gewissensbissen des väterlichen Hauses erinnerte.
Mit großen Schränken, tiefen Kanapees, blassen Spiegeln und künstlichen Schundpalmen angefüllt, verfiel unsere Wohnung immer mehr in einen verwahrlosten Zustand infolge der Gleichgültigkeit der Mutter, welche im Laden herumsaß, und infolge der Nachlässigkeit der schlankbeinigen Adela, die – von niemandem beaufsichtigt – den Tag in weitschweifiger Toilette vor den Spiegeln verbrachte, wobei sie überall Spuren in Form ausgekämmter Haare, Kämme, verlorener Pantöffelchen und Korsette zurückließ.
Die Wohnung besaß keine bestimmte Anzahl von Zimmern, da sich niemand erinnerte, wie viele von ihnen an fremde Bewohner vermietet waren. Manchmal wurde zufällig die eine oder andere dieser vergessenen Stuben geöffnet und als

leer befunden; der Bewohner war längst ausgezogen, und in den seit Monaten nicht berührten Schubladen wurden überraschende Entdeckungen gemacht.

In den unteren Zimmern wohnten die Gehilfen, und manchmal weckte uns des Nachts ihr lautes Stöhnen und Jammern, ausgestoßen unter dem Zwang eines Alpdrucks. Auf dem Hof herrschte im Winter noch dumpfe Nacht, wenn mein Vater in diese kalten und finsteren Zimmer ging und mit der Kerze eine Herde von Schatten vor sich herscheuchte, die seitlich über Boden und Wände flüchteten; er ging, um die schwer Schnarchenden aus ihrem steinharten Schlaf zu wecken.

Im Licht der vor sie hingestellten Kerze wickelten sie sich träge aus dem schmutzigen Bett, streckten, auf dem Lager sitzend, die nackten und häßlichen Beine aus und gaben sich, mit den Socken in der Hand, noch ein Weilchen der Wonne des Gähnens hin – eines bis zur Wollust, bis zum Gaumenkrampf, bis zum würgenden Brechreiz ausgedehnten Gähnens.

In den Winkeln saßen regungslos große Küchenschaben, zu Ungeheuern aufgeschwollen durch den eigenen Schatten, mit dem die flackernde Kerze jede einzelne belastete und der sich auch dann nicht von ihnen trennte, wenn einer dieser platten, kopflosen Rümpfe plötzlich in phantastischem Spinnenlauf zu rennen begann.

Damals begann die Gesundheit meines Vaters zu verfallen. Es war schon in den ersten Wochen dieses vorzeitigen Winters häufiger der Fall, daß er ganze Tage im Bett verbrachte, umringt von Fläschchen, Pillen und den Geschäftsbüchern, die ihm aus dem Kontor gebracht wurden. Der bittere Geruch der Krankheit setzte sich auf dem Grund des Zimmers fest, dessen Tapeten ein dunkles Geflecht von Arabesken aufwiesen.

An den Abenden, wenn die Mutter aus dem Laden kam, war er gewöhnlich gereizt und zum Streiten aufgelegt, warf ihr Unstimmigkeiten in der Buchführung vor, bekam rote Flecken auf den Wangen und erregte sich bis zur Unzurechnungsfähigkeit. Ich erinnere mich, daß ich ihn einmal, spät des Nachts aus dem Schlaf geweckt, gerade erblickte, wie er barfuß, im Hemd auf dem knarrenden Kanapee hin und her lief, um auf diese Weise seine Aufregung vor der ratlosen Mutter zu dokumentieren.

Am anderen Tag dagegen war er ruhig und gesammelt und versenkte sich ganz in seine Bücher, zutiefst verirrt in den Labyrinthen vertrackter Rechnungen.
Ich sehe ihn im Licht der rußenden Lampe, in den Kissen vergraben, unter dem großen geschnitzten Kopfende des Betts, mit dem riesigen Schatten des Kopfes, der sich in stummer Meditation wiegt, an der Wand.
Mitunter hob er den Kopf von den Rechnungen, öffnete den Mund, als ob er Atem schöpfen wollte, schmatzte verächtlich mit der Zunge, die trocken und bitter war, und blickte ratlos um sich, als ob er etwas suchte.
Es kam auch vor, daß er leise von seinem Bett in eine Ecke des Zimmers lief, zur Wand, an der ein vertrautes Instrument hing. Es war dies eine Art Wasseruhr oder große Glasphiole, in Unzen eingeteilt und mit einer dunklen Flüssigkeit gefüllt. Mein Vater verband sich mit diesem Instrument durch einen langen Gummischlauch wie mit einer gewundenen, schmerzhaften Nabelschnur, und so verbunden mit dem kläglichen Apparat, blieb er regungslos – wie in Andacht versunken – stehen, und seine Augen wurden dunkel, selbst auf das eingefallene Gesicht trat ein Ausdruck des Leidens oder irgendeiner lasterhaften Wollust.
Dann kamen wieder Tage stiller, gesammelter Arbeit, unterbrochen von einsamen Monologen. Wenn er so im Licht der Tischlampe inmitten der Kissen des großen Bettes saß und das Zimmer im Schatten des Lampenschirms, der es mit dem großen Element der städtischen Nacht vor dem Fenster verband, zum Berg anschwoll, spürte er, ohne hinzuschauen, daß ihn der Raum mit dem pulsierenden Dickicht der Tapeten voller Geflüster, Zischeln und Raunen überwucherte. Er hörte, ohne hinzuschauen, die verständnisvoll zwinkernde Intrige der Pfauenaugen, die sich inmitten von Ohrmuschelblumen entfalteten, die hörten, und dunkler Münder, die lächelten.
Manchmal vergrub er sich scheinbar noch tiefer in seine Arbeit; er zählte und rechnete, da er sich fürchtete, den in ihm schwelenden Zorn zu verraten, und gegen die Versuchung ankämpfte, mit einem plötzlichen Schrei blindlings hinter sich selber einherzustürzen und mit vollen Händen diese krausen Arabesken, diese Büschel von Augen und Ohren zu

packen, welche die Nacht in Scharen ausschwärmen ließ und die wuchsen und sich vervielfachten, indem sie stets neue Schößlinge und Ableger aus dem mütterlichen Nabel der Finsternis schleuderten. Und er beruhigte sich erst, als mit der Ebbe der Nacht die Tapeten welkten, sich zusammenrollten, die Blätter und Blüten verloren, sich herbstlich lichteten und das ferne Morgengrauen durchließen.

Dann versank er im goldenen Winterlicht, inmitten des Gezwitschers der Tapetenvögel, auf ein paar Stunden in dichten, schweren Schlaf.

Seit den Tagen und Wochen, da er in verworrenen Kontokorrentrechnungen versunken zu sein schien, versenkte sich sein Sinn heimlich in die Labyrinthe der eigenen Eingeweide. Er hielt den Atem an und lauschte. Und wenn sein Blick abgesetzt und trübe aus diesen Tiefen zurückkehrte, beruhigte er ihn mit einem Lächeln. Er glaubte noch nicht und verwarf jene Anmaßungen und Vorschläge, die ihn bedrängten, als absurd.

Tagsüber waren es gleichsam noch Überlegungen und Einsichten, lange und monotone Betrachtungen, halblaut geführt und von humoristischen Zwischenspielen und schelmischen Neckereien begleitet. Doch in der Nacht erhoben sich diese Stimmen leidenschaftlicher. Die Forderungen kehrten immer ausdrucksvoller und deutlicher zurück, und wir hörten, wie er mit Gott redete, als ob er ihn um etwas bäte und sich gegen etwas wehrte, das aufdringlich verlangte und forderte.

Bis sich eines Nachts diese Stimme drohend und unnachgiebig erhob und verlangte, ihr ein Zeugnis durch seinen Mund und seine Eingeweide zu geben. Und wir hörten, wie der Geist in ihm Wohnung nahm, wie er sich vom Bett erhob, lang und in prophetischem Zorn wachsend, sich an lärmenden Worten verschluckend, die er wie ein Maschinengewehr hervorstieß. Wir hörten das Krachen des Kampfes und das Stöhnen des Vaters, das Stöhnen eines Titanen mit gebrochener Hüfte, der noch höhnt.

Ich habe nie einen Propheten des Alten Testaments gesehen, doch beim Anblick dieses Mannes, welchen der Zorn Gottes zu Fall gebracht hatte, der jetzt mit weitgespreizten Beinen auf dem riesigen Nachtgeschirr aus Porzellan saß, bedeckt vom Sturmwind der Schultern, von einer Wolke verzweifel-

ter Verrenkungen, über denen noch höher seine fremde, harte Stimme schwebte, verstand ich den göttlichen Zorn der heiligen Männer.
Es war ein schrecklicher Dialog, gleich der Sprache des Gewitters. Die Verrenkungen seiner Arme rissen den Himmel in Stücke, und in den Spalten zeigte sich das Antlitz Jehovas, aufgebläht vor Zorn und Flüche speiend. Ohne hinzuschauen, sah ich ihn, den schrecklichen Demiurgen, wie er in der Finsternis wie auf dem Sinai lag, die mächtigen Hände auf die Vorhangstange gestützt und das riesige Antlitz gegen die oberen Fensterscheiben gepreßt, auf denen sich seine fleischige Nase häßlich plattdrückte.
Ich hörte seine Stimme in den Pausen der prophetischen Tirade meines Vaters, ich hörte das mächtige Knurren der geblähten Lippen, welches die Fensterscheiben erklirren ließ und sich mit den Ausbrüchen der Flüche, Lamentationen und Drohungen meines Vaters vermischte.
Manchmal verstummten die Stimmen und empörten sich leise wie das Säuseln des Windes im nächtlichen Kamin, dann brachen sie wieder als lauter tobender Lärm, als Unwetter, gemischt aus Seufzern und Flüchen, los. Plötzlich öffnete sich mit einem dunklen Gähnen das Fenster, und das Laken der Finsternis wehte durch das Zimmer.
Im Schein des nächtlichen Gewitters erblickte ich meinen Vater in flatternder Unterwäsche, wie er mit einem schrecklichen Fluch in mächtigem Schwung den Inhalt des Nachtgeschirrs zum Fenster hinaus in die gleich einer Muschel rauschende Nacht schüttete.

2

Mein Vater verfiel allmählich, welkte in den Augen.
Zusammengekauert unter den großen Kissen, mit wild gesträubten grauen Haarbüscheln, redete er halblaut mit sich selber, ganz versunken in allerlei verworrene innere Affären. Man konnte meinen, daß seine Persönlichkeit in viele miteinander entzweite und auseinanderlaufende Ich zerfallen war, denn er zankte laut mit sich selber, verhandelte angestrengt und leidenschaftlich, überzeugte und bat und schien dann wieder einer Versammlung vieler Geschäftsleute vorzusit-

zen, die er mit dem ganzen Vorrat seiner Inbrunst und Überredungskunst miteinander zu versöhnen trachtete. Doch jedesmal zerbarsten diese lärmenden Versammlungen, voll von heißen Temperamenten, am Ende unter Flüchen, Verwünschungen und Schimpfworten.

Dann folgte eine Zeitspanne der Beruhigung, der inneren Besänftigung und des glücklichen Seelenwetters.

Abermals wurden große Folianten auf dem Bett, auf dem Tisch und auf dem Fußboden ausgebreitet, und ein schier benediktinischer Arbeitsfriede lag im Schein der Lampe über dem weißen Bettzeug des Lagers und über dem geneigten grauen Kopf meines Vaters.

Wenn aber die Mutter am späten Abend aus dem Laden heraufkam, wurde mein Vater lebendig, rief sie zu sich heran und zeigte ihr stolz die glänzenden bunten Abziehbilder, mit denen er emsig die Seiten des Hauptbuchs beklebt hatte.

Wir merkten damals schon alle, daß der Vater von Tag zu Tag kleiner wurde und zusammenschrumpfte wie eine Nuß, die in ihrer Schale eintrocknet.

Diesem Schwund gesellte sich aber nicht der geringste Verfall der Kräfte bei. Im Gegenteil, sein Gesundheitszustand, die Laune und die Regsamkeit schienen sich zu bessern.

Er lachte jetzt oft laut und zwitschernd, hüpfte geradezu vor Lachen oder klopfte auch ans Bett und antwortete sich selber »Herein!« – in verschiedenen Stimmlagen, stundenlang. Von Zeit zu Zeit kroch er aus dem Bett, kletterte auf den Schrank hinauf und kramte, unter der Zimmerdecke zusammengekauert, in allerhand altem Plunder voller Rost und Staub.

Manchmal stellte er auch zwei Sessel gegeneinander, stemmte sich mit den Händen an den Lehnen hoch, ließ die Beine vor- und zurückbaumeln und suchte mit strahlenden Augen in unseren Gesichtern nach dem Ausdruck der Bewunderung und Anfeuerung. Mit Gott hatte er sich anscheinend völlig ausgesöhnt. Manchmal zeigte sich des Nachts das Gesicht des bärtigen Demiurgen im Fenster des Schlafzimmers, vom dunklen Purpur bengalischen Feuers umflossen, und betrachtete ein Weilchen leutselig den in tiefen Schlaf versunkenen Vater, dessen harmonisches Schnarchen weit über unbekannte Gefilde von Traumwelten zu wandern schien.

Während der langen, halbdunkelen Nachmittage dieses Spätwinters geriet mein Vater von Zeit zu Zeit für ganze Stunden in die dicht mit allerhand Plunder vollgestopften Winkel, wo er verbissen nach etwas suchte.

Und nicht nur einmal geschah es, daß beim Mittagessen, wenn wir uns schon alle zu Tisch gesetzt hatten, der Vater fehlte. Dann mußte die Mutter lange »Jakub!« rufen und mit dem Löffel auf den Tisch schlagen, ehe er aus irgendeinem Schrank herauskroch, von oben bis unten mit Spinnweben und Staub verklebt, mit geistesabwesendem Gesicht, in verworrene und nur ihm bekannte, fesselnde Dinge vertieft.

Mitunter kletterte er auf die Vorhangstangen und nahm eine regungslose Pose ein, einem großen, ausgestopften Geier gegenüber, der auf der anderen Seite des Fensters an der Wand aufgehängt war. In dieser regungslosen, zusammengekauerten Pose verharrte er mit verschleiertem Blick und schlau lächelndem Gesicht stundenlang, um plötzlich, wenn jemand hereinkam, mit den Armen wie mit Flügeln zu schlagen und wie ein Hahn zu krähen.

Wir hörten auf, diesen Absonderlichkeiten Beachtung zu schenken, in die er sich von Tag zu Tag tiefer verstrickte. Gleichsam aller körperlichen Bedürfnisse ledig, wochenlang keine Nahrung zu sich nehmend, versenkte er sich mit jedem Tag tiefer in verworrene und absonderliche Affären, für die wir kein Verständnis hatten. Unzugänglich für unsere Vorstellungen und Bitten, antwortete er mit Bruchstücken seines inneren Monologs, dessen Verlauf nichts von außen her zu ändern vermochte. Ewig geschäftig, krankhaft lebendig, mit hektischer Röte auf den dürren Wangen, bemerkte er uns nicht und übersah uns.

Wir gewöhnten uns an seine unschädliche Gegenwart, an sein leises Murmeln, an dieses kindliche, in sich versunkene Zwitschern, dessen Triller gleichsam am Rand unserer Zeit vorbeihuschten. Schon damals verschwand er manchmal für viele Tage, versteckte sich irgendwo in den entlegenen Schlupfwinkeln der Wohnung, und man konnte ihn nicht finden.

Allmählich hörte dieses Verschwinden auf, Eindruck auf uns zu machen, wir gewöhnten uns daran, und wenn er nach vielen Tagen um einige Zoll kleiner und magerer wieder erschien, so fesselte dies unsere Aufmerksamkeit nicht lange.

Wir hatten eben aufgehört, ihn in die Rechnung mit einzubeziehen, so sehr hatte er sich von allem, was menschlich und was wirklich ist, entfernt. Knoten für Knoten löste er sich von uns, Punkt für Punkt verlor er die Bindungen, die ihn mit der menschlichen Gemeinschaft verbanden.
Das, was von ihm noch übrigblieb, das bißchen sterbliche Hülle und die Handvoll sinnloser Absonderlichkeiten – das konnte eines Tages verschwinden, ebenso unbemerkt wie das graue Häuflein Kehricht, das sich in der Ecke ansammelte und von Adela täglich auf den Komposthaufen hinausgetragen wurde.

Die gelben, langweiligen Wintertage waren gekommen. Die kupferfarbene Erde bedeckte eine durchlöcherte, zu kurz geratene Tischdecke aus Schnee. Auf vielen Dächern reichte sie nicht aus, und so blieben schwarze oder rostige Schindeldächer und Schwibbögen über, die verrußte Bodenkammern in sich bargen: schwarze, verkohlte Kathedralen, die Rippen ihrer Sparren, Querbalken und Riegel gesträubt – die dunklen Lungen der Winterstürme. Jedes Morgengrauen entdeckte neue Schornsteine und Dachluken, in der Nacht geboren und vom Nachtwind aufgezogen: schwarze Pfeifen einer Teufelsorgel. Die Schornsteinfeger konnten sich der Krähen nicht erwehren, die in Gestalt lebender schwarzer Blätter abends die Äste der Bäume vor der Kirche besetzten, sich wieder losrissen und umherflatterten, endlich festklebten, jede an ihrem richtigen Ort und an ihrem richtigen Zweig, und in der Morgendämmerung flogen sie in großen Scharen davon – Rauchnebel, Rußflocken, wogend und phantastisch, mit ihrem metallischen, flimmernden Krächzen die trübgelben Streifen der Morgendämmerung befleckend. Die Tage waren hart geworden vor Kälte und Langeweile wie vorjährige Brotlaibe. Sie wurden mit stumpfen Messern, ohne Appetit und mit fauler Schläfrigkeit angeschnitten.
Mein Vater verließ nicht mehr das Haus. Er heizte die Öfen, studierte das unergründliche Wesen des Feuers, kostete den salzigen, metallischen Geschmack und den Selchfleischgeruch der winterlichen Flammen, die kühle Liebkosung der Salamander, welche den funkelnden Ruß im Rachen des Kamins leckten. Mit Vorliebe führte er in jenen Tagen alle Reparaturen in den oberen Regionen der Zimmer aus. Zu jeder Tageszeit konnte man ihn sehen, wie er – auf der Spitze einer Leiter hockend – an der Zimmerdecke, an den Vorhangstangen der hohen Fenster, an den Kugeln und Ketten der Hängelampen werkte. Nach Art der Maler und Anstreicher bediente er sich der Leiter wie riesiger Stelzen und fühlte sich in dieser Vogelperspektive, in der Nähe des gemalten Himmels, der Arabesken und der Vögel der Zimmerdecke überaus wohl. Von den Dingen des praktischen Lebens

entfernte er sich immer weiter. Wenn ihn die Mutter, voller Sorge und Bekümmernis wegen seines äußerst bedenklichen Zustandes, in ein Gespräch über die Geschäfte, über die Zahlungen am nächsten »Ultimo« verwickeln wollte, hörte er ihr zerstreut, voller Unruhe und mit zuckendem, geistesabwesendem Gesicht zu. Und es kam vor, daß er sie plötzlich mit einer beschwörenden Handbewegung unterbrach, um in eine Ecke des Zimmers zu laufen, das Ohr an eine Ritze im Fußboden zu legen und, die Zeigefinger beider Hände erhoben und so den höchsten Wichtigkeitsgrad seiner Forschungen andeutend, zu lauschen. Wir verstanden damals den traurigen Hintergrund dieser Extravaganzen, dieses kläglichen Komplexes, der in seiner Tiefe reifte, noch nicht.

Die Mutter hatte keinen Einfluß auf ihn, dagegen zollte er Adela große Ehre und Achtung. Das Aufräumen des Zimmers war für ihn eine große und wichtige Zeremonie, der beizuwohnen er niemals versäumte, indem er mit einer Mischung aus Angst und wollüstigem Schauer alle Manipulationen Adelas aufmerksam verfolgte. Allen ihren Tätigkeiten schrieb er eine tiefere, symbolische Bedeutung zu. Wenn das Dienstmädchen mit jungen und kühnen Bewegungen den Besen an langem Stiel über den Fußboden bewegte, so ging das schier über seine Kräfte. Aus seinen Augen ergossen sich dann Tränen, das Gesicht zuckte vor leisem Lachen, und der ganze Körper schüttelte sich im wollüstigen Krampf des Orgasmus. Seine Empfindlichkeit für das Kitzeln grenzte an Wahnsinn. Es genügte, daß Adela den Finger gegen ihn ausstreckte und ihn ein wenig – Kitzeln andeutend – bewegte, und schon rannte er in wilder Panik durch alle Zimmer und schlug die Türen hinter sich zu, um schließlich bäuchlings auf das Bett zu fallen und sich unter dem unwiderstehlichen Einfluß des inneren Bildes in Lachkrämpfen zu wälzen. Dank diesem Umstand hatte Adela eine fast unbegrenzte Macht über meinen Vater.

Zu dieser Zeit bemerkte wir am Vater zum ersten Mal sein Interesse für Tiere. Es war zunächst die Leidenschaft des Jägers und des Künstlers zugleich, vielleicht auch eine tiefere, zoologische Sympathie der Kreatur für die verwandten und doch so unterschiedlichen Lebensformen, ein Experimentieren in nicht erprobten Registern des Daseins. Erst in der späteren Phase nahm die Sache diese unheimliche, verwor-

rene, zutiefst sündige und widernatürliche Wendung, die man besser nicht ans Tageslicht zerren sollte.
Es begann mit dem Ausbrüten von Vogeleiern.
Mit großem Aufwand an Mühe und Geld ließ sich mein Vater aus Hamburg, aus Holland, aus afrikanischen zoologischen Stationen befruchtete Vogeleier kommen, die er riesigen belgischen Hühnern zum Ausbrüten unterlegte. Es war dies auch für mich eine höchst spannende Prozedur – dieses Ausschlüpfen der kleinen Vögel, wahrer Scheusale an Gestalt und Gefieder. Man konnte in diesen Monstern mit den riesigen, phantastischen Schnäbeln, die sie sofort nach ihrer Geburt weit aufrissen, um in den Tiefen ihrer Schlünde gefräßig zu zischen, in diesen Echsen mit den schwächlichen, nackten Körpern von Buckligen keine zukünftigen Pfauen, Fasanen, Häher und Kondore erkennen. In Körben und in Watte untergebracht, reckte diese Drachenbrut auf dünnen Hälsen die blinden, mit dünnem Flaum bedeckten Köpfe und quakte lautlos aus stummen Kehlen. Mein Vater ging in einer grünen Schürze an den Regalen entlang wie ein Gärtner an seinen Kakteenbeeten und erlöste diese blinden, von Leben pulsierenden Bälge, diese unbeholfenen und unersättlichen Bäuche, welche die Außenwelt nur in der Form von Futter aufnahmen, diese Auswüchse des Lebens, die sich im Finstern tappend ans Licht drängten, aus ihrem Elend. Ein paar Wochen später, als diese blinden Knospen des Lebens ins Licht geborsten waren, füllten sich die Zimmer mit der bunten Geschwätzigkeit und dem flirrenden Zwitschern ihrer neuen Bewohner. Sie besetzten die Vorhangstangen der Fenster, die Gesimse der Schränke und nisteten im Dickicht der zinnernen Zweige und Arabesken der vielarmigen Hängelampen.
Während mein Vater große ornithologische Kompendien studierte und in bunten Tafeln blätterte, schienen die gefiederten Phantasmen aus ihnen zu entfliehen, und das Zimmer mit buntem Geflatter, mit Purpurlappen, mit Scherben aus Saphir, Grünspan und Silber zu erfüllen. Während des Fütterns bildeten sie auf dem Fußboden ein buntes wogendes Beet, einen lebenden Teppich, der – wenn jemand unbedacht eintrat – zerfiel, in bewegliche Blumen zerstob, die in der Luft flatterten, um sich schließlich in den oberen Regionen des Zimmers niederzulassen. Im Gedächtnis blieb mir besonders

ein Kondor, ein riesiger Vogel mit nacktem Hals, zerfurchtem Gesicht und üppigen Auswüchsen. Es war ein magerer Asket, ein buddhistischer Lama, voll unerschütterlicher Würde in seinem ganzen Verhalten, das sich nach dem eisernen Zeremoniell seines großen Geschlechts richtete. Wenn er meinem Vater gegenübersaß, reglos in der monumentalen Haltung uralter ägyptischer Gottheiten, das Auge mit einem weißen Häutchen überzogen, das er seitlich über die Pupillen schob, um sich ganz in die Kontemplation seiner vornehmen Einsamkeit zu versenken, schien er mit seinem steinernen Profil ein älterer Bruder meines Vaters zu sein. Die gleiche Materie des Körpers, der Sehnen und der gerunzelten harten Haut, das gleiche trockene und knochige Gesicht, die gleichen hornartigen, tiefen Augenhöhlen. Sogar die Hände, stark in den Gelenken, die langen mageren Hände des Vaters mit den runden Fingernägeln, hatten ihr Analogon in den Krallen des Kondors. Ich konnte mich, wenn er so schlief, nicht dem Eindruck entziehen, eine Mumie vor mir zu haben – die ausgetrocknete und deshalb kleiner gewordene Mumie meines Vaters. Ich glaube, daß auch der Aufmerksamkeit meiner Mutter diese sonderbare Ähnlichkeit nicht entgangen war, obwohl wir niemals dieses Thema berührten. Charakteristisch war, daß der Kondor das gleiche Nachtgeschirr wie mein Vater benutzte.

Sich mit dem Ausbrüten immer neuer Exemplare nicht zufriedengebend, veranstaltete mein Vater auf dem Dachboden Vogelhochzeiten, schickte Brautwerber aus, band in den Luken und Löchern des Dachbodens anmutige und sehnsuchtsvolle Bräute fest und brachte es tatsächlich fertig, daß der Dachboden unseres Hauses – eine gewaltige schindelgedeckte Mansarde – eine richtige Vogelherberge, eine Arche Noah wurde, in die Geflügelte jeglicher Art aus fernen Ländern geflogen kamen. Noch lange nach der Liquidierung dieser Vogelwirtschaft wurde in der Vogelwelt die Tradition unseres Hauses aufrechterhalten, und zur Zeit der Frühlingszüge ließen sich manchmal auf unserem Dach ganze Schwärme Kraniche, Pelikane, Pfauen und allerhand anderer Vögel nieder.

Das ganze Unternehmen nahm jedoch nach einer kurzen Glanzperiode eine traurige Wendung. Alsbald wurde nämlich die endgültige Übersiedlung meines Vaters in zwei

Zimmer unter dem Dach erforderlich, die als Rumpelkammern dienten. Von dort ließ sich schon im frühen Morgengrauen ein gemischter Chor von Vogelstimmen vernehmen. Die hölzernen Schachteln der Bodenzimmer, unterstützt von der Resonanz des Dachbodens, klangen wider von Rauschen, Flattern, Krähen, Balzen und Girren. So verloren wir den Vater für einige Wochen aus den Augen. Er kam nur selten in die Wohnung herab, und schon damals konnten wir bemerken, daß er gleichsam kleiner wurde, abmagerte und zusammenschrumpfte. Manchmal sprang er aus Vergeßlichkeit von seinem Sessel am Tisch auf, schlug mit den Armen wie mit Flügeln, gab ein gedehntes Krähen von sich – und seine Augen bedeckten sich mit einem trüben Häutchen. Dann stimmte er beschämt in unser Gelächter ein und versuchte, diesen Vorfall in einen Scherz zu verwandeln.

Eines Tages erschien Adela während einer Generalstöberung unerwartet im Vogelstaat meines Vaters. Sie blieb in der Tür stehen, rang die Hände über den Gestank, der in der Luft schwebte, und über die Haufen von Unrat, welche die Fußböden, die Stühle und die Möbel bedeckten. Rasch entschlossen öffnete sie das Fenster und versetzte dann mit Hilfe eines langen Besens die ganze Vogelmasse in wirbelndes Kreisen. Es erhob sich ein höllischer Nebel aus Federn, Flügeln und Geschrei, in dem Adela gleich einer rasenden Mänade, durch die Windmühle ihres Thyrsus gedeckt, einen Vernichtungstanz aufführte. In seiner Verwirrung versuchte auch mein Vater, sich – zusammen mit den Vogelscharen – armschwingend in die Luft zu erheben. Langsam wurde der geflügelte Nebel durchsichtiger, bis endlich – erschöpft und keuchend – nur mehr Adela auf der Walstatt übrigblieb, während mein Vater mit bekümmertem und beschämtem Gesicht zur Entgegennahme jeglicher Kapitulationsbedingungen bereit war.

Ein Weilchen später kam mein Vater die Treppe seines Dominions herab – ein gebrochener Mann, ein König in der Verbannung, der Thron und Reich verloren hat.

Das Vogelunternehmen meines Vaters war der letzte Ausbruch der Farbigkeit, der letzte und glänzende Kontermarsch der Phantasie, welchen dieser unverbesserliche Improvisator, dieser Fechtmeister der Einbildungskraft, auf den Schanzen und Gräben des schalen und öden Winters aufführte. Heute erst verstehe ich das einsame Heldentum, mit dem er mutterseelenallein dem grenzenlosen Element der stumpfen Langweile den Krieg erklärte. Jeglicher Unterstützung beraubt, ohne Anerkennung unsererseits, verteidigte dieser wundervolle Mann die verlorene Sache der Poesie. Er war eine Zaubermühle, in deren Trichter die Kleie öder Stunden geschüttet wurde, um dann im Getriebe in allen Farben und Gewürzdüften des Orients zu erblühen. Doch, an die glänzenden Gaukelspiele dieses metaphysischen Zauberkünstlers gewöhnt, waren wir geneigt, den Wert seiner souveränen Magie, die uns vor der Lethargie der öden Tage und Nächte rettete, zu verkennen. Adela traf kein Vorwurf für ihren sinnlosen und stumpfsinnigen Vandalismus. Im Gegenteil, wir spürten eine niedrige Befriedigung, eine schändliche Satisfaktion durch das Schwinden dieser Üppigkeiten, die wir – gierig bis zur Sättigung – auskosteten, um uns dann perfid der Verantwortung zu entziehen. Vielleicht lag aber in diesem Verrat auch ein heimliches Kompliment für die siegreiche Adela, der wir unklar irgendeine Mission und Sendung von Kräften höherer Ordnung zuschrieben. Verraten von allen, zog sich der Vater ohne Kampf von den Stätten seines kurzen Ruhms zurück. Ohne die Degen gekreuzt zu haben, gab er die Domäne seines früheren Glanzes in die Hände des Feindes. Der freiwillig Verbannte zog sich in das leere Zimmer am Ende des Flurs zurück und verschanzte sich dort mit Einsamkeit.

Wir vergaßen ihn.

Es belagerte uns abermals von allen Seiten die traurige Gräue der Stadt, die in den Fenstern als dunkle Flechten der Morgendämmerungen aufblühte, als schmarotzende Pilze der Abenddämmerungen verblaßte und sich zum flaumigen Pelz der langen Winternächte auswuchs. Die Tapeten der

Zimmer, glückselig gelockert während jener Tage und aufgetan für bunte Flüge jener geflügelten Schar, verschlossen sich wiederum in sich selbst und schwollen, sich verwirrend, in der Monotonie bitterer Monologe an.
Die Lampen dunkelten und welkten wie alte Disteln. Sie hingen jetzt mißmutig und grämlich da und klirrten leise mit den Glaskristallen, wenn jemand, im Finstern tappend, durch die Dämmerung des Zimmers ging. Vergeblich steckte Adela farbige Kerzen auf alle Arme dieser Lampen – ein unbeholfener Ersatz, eine blasse Erinnerung an die glänzenden Illuminationen, unter denen vor kurzem ihre hängenden Gärten geprangt hatten. Ach! wo war dieses zwitschernde Knospen, dieses schnelle und phantastische Reifen in den vollen Buketten dieser Lampen, aus denen wie aus berstenden Zaubertorten geflügelte Phantasmen herausgeflogen kamen, die Luft in ein magisches Kartenspiel zerschnitten, in buntes Applaudieren zerflatterten, als dichte Schuppen Lasur, Pfauen- und Papageiengrün in metallischem Glanz herabrieselten, in die Luft Linien und Arabesken, flimmernde Flugspuren und Feuerräder zeichneten und bunte Flitterfächer entfalteten, die sich lange nach dem Vorbeifliegen in der reichen und blendenden Atmosphäre hielten! Noch jetzt verbargen sich in der Tiefe der verdämmerten Aura Echos und Möglichkeiten farbiger Lichtblitze, nur daß niemand mit der Flöte nachbohrte, nicht mit dem Bohrer die getrübten Luftschichten versuchte.
Diese Wochen standen unter dem Zeichen einer seltsamen Schläfrigkeit.
Die Betten, den ganzen Tag nicht gemacht, mit verknittertem, in schweren Träumen herausgewälztem Bettzeug bedeckt, standen wie dickbäuchige Schiffe da, bereit zum Auslaufen in die nassen und verworrenen Labyrinthe eines schwarzen, sternlosen Venedigs. In der tauben Morgendämmerung brachte uns Adela den Kaffee. Wir kleideten uns träge in den kalten Zimmern an, beim Schein einer Kerze, die vielfältig aus den schwarzen Fensterscheiben widerstrahlte. Diese frühen Morgenstunden waren voll wirrer Geschäftigkeit und weitschweifigem Suchen in verschiedenen Schubladen und Schränken. In der ganzen Wohnung war das Klappern von Adelas Pantöffelchen zu hören. Die Gehilfen zündeten die Laternen an, nahmen aus der Hand der Mutter

die großen Ladenschlüssel entgegen und gingen in die dichte, kreisende Dunkelheit hinaus. Die Mutter konnte nicht mit der Toilette zurechtkommen. Die Kerzen erloschen im Leuchter. Adela verschwand irgendwo in abgelegenen Zimmern oder auf dem Dachboden, wo sie Wäsche aufhängte. Es war unmöglich, sie herbeizurufen. Das noch junge, trübe und schmutzige Feuer im Ofen leckte die kalten glänzenden Auswüchse des Rußes im Schlund des Kamins. Die Kerze erlosch, das Zimmer versank in Dunkelheit. Die Köpfe auf dem Tischtuch, halb angezogen, schliefen wir inmitten der Reste des Frühstücks wieder ein. Mit den Gesichtern auf dem gefütterten Bauch der Dunkelheit liegend, schwammen wir auf dessen wogendem Atem in das sternenlose Nichts. Es weckte uns das laute Schimpfen Adelas. Die Mutter vermochte ihre Toilette nicht zu bewältigen. Ehe sie ihre Frisur fertig hatte, kamen die Gehilfen zum Mittagessen. Die Dämmerung auf dem Ring nahm allmählich die Farbe goldenen Rauches an. Nach einer Weile konnten sich aus diesem rauchigen Honig, aus diesem trüben Bernstein die Farben des schönsten Nachmittags entwickeln. Doch der glückliche Augenblick schwand, dieses Amalgamat der Tagesdämmerung verblühte, die gärende Hefe des Tages, fast schon gequollen, fiel wieder in kraftloses Grau zusammen. Wir setzten uns zu Tisch, die Verkäufer rieben sich die vor Kälte roten Hände, und plötzlich führte die Prosa ihrer Gespräche den vollen Tag, einen grauen und öden Dienstag herbei, einen Tag ohne Tradition und ohne Gesicht. Wenn aber auf dem Tisch eine flache Schüssel mit Fisch in glasiger Gallerte erschien, zwei große Fische Seite an Seite liegend, Kopf bei Schwanz wie ein Tierkreiszeichen, erkannten wir in ihnen das Wappen jenes Tages, das Kalenderemblem eines namenlosen Dienstags, und teilten es rasch unter uns auf, voller Erleichterung, daß der Tag in ihm seine Physiognomie wiedererlangt hatte.

Die Gehilfen verzehrten es genüßlich, salbungsvoll und mit dem Ernst einer Kalenderzeremonie. Pfeffergeruch verbreitete sich im Zimmer. Und wenn sie mit einer Semmel den Rest der Gallerte aus ihren Tellern wischten, in Gedanken die Heraldik der kommenden Wochentage erwogen und auf der flachen Schüssel nur die Köpfe mit den ausgekochten Augen übrig waren, da spürten wir alle, daß der Tag mit vereinten

Kräften bezwungen war und daß sein Rest nicht mehr in der gleichen Rechnung angeführt werden konnte.
In der Tat machte Adela mit diesem Rest, der ganz ihrer Gnade ausgeliefert war, keine großen Umstände. Inmitten scheppernder Töpfe und mit Güssen kalten Wassers liquidierte sie energisch die paar Stunden bis zur Dämmerung, welche die Mutter auf der Ottomane verschlief. Mittlerweile wurde im Speisezimmer schon die Szenerie des Abends vorbereitet. Polda und Paulina, die beiden Störnäherinnen, machten sich dort mit den Requisiten ihres Faches breit. Auf ihren Schultern hereingetragen, betrat eine schweigsame und regungslose Frau das Zimmer, eine Dame aus Werg und Leinwand, die eine schwarze hölzerne Kugel anstelle des Kopfes hatte. Doch als man sie in die Ecke zwischen Tür und Ofen gestellt hatte, wurde diese stille Dame Herrin der Lage. Aus ihrer Ecke heraus, regungslos dastehend, beaufsichtigte sie schweigend die Arbeit der Mädchen. Voll kritischen Zweifels und zutiefst ungnädig nahm sie die Bemühungen und Schmeicheleien entgegen, mit welchen die beiden vor ihr niederknieten, um ihr die Fragmente von Kleidern anzuprobieren, die mit weißen Heftfäden gekennzeichnet waren. Sie bedienten dieses Idol mit Aufmerksamkeit und Geduld und konnten es doch nicht zufriedenstellen. Dieser Moloch war unerbittlich, wie nur weibliche Moloche unerbittlich sein können, und schickte sie fortwährend von neuem an die Arbeit zurück, und die Mädchen, spindelförmig und schlank wie die Holzspulen, von welchen sie den Zwirn abwickelten, und ebenso beweglich, manipulierten mit zierlichen Bewegungen über einem Haufen von Seide und Tuch, schnitten sich mit bellenden Scheren in die bunte Masse hinein, ratterten mit der Maschine, während sie das Pedal mit dem lackierten, billigen Füßchen traten, und rings um sie herum wuchs ein Haufen Abfälle aus vielfarbigen Fetzen und Lappen wie ausgespuckte Schalen und Hülsen um zwei wählerische und verschwenderische Papageien. Die schrägen Kiefer der Scheren öffneten sich knarrend wie die Schnäbel dieser bunten Vögel.
Die Mädchen traten achtlos auf die bunten Schnitzel, wateten gleichsam unbewußt in dem Müllhaufen eines möglichen Karnevals, in der Rumpelkammer einer großen, nicht verwirklichten Maskerade. Sie schüttelten die Läppchen mit

nervösem Lachen von sich ab und kitzelten mit ihren Augen die Spiegel. Ihre Seelen, die flinken Zauberkünste ihrer Hände, waren nicht in den langweiligen Kleidern, die auf dem Tisch liegenblieben, sondern in diesen Hunderten von Abfällen, in diesen leichtsinnigen und flatterhaften Spänen, mit denen sie, wie mit einem bunten, phantastischen Schneegestöber, die ganze Stadt zuschütten konnten. Plötzlich wurde ihnen heiß, und sie öffneten das Fenster, um in der Ungeduld ihrer Einsamkeit, im Hunger nach fremden Gesichtern, wenigstens ein namenloses Gesicht zu erblicken, das sich an das Fenster preßte. Sie fächelten ihre brennenden Wangen mit der Winternacht, welche die Vorhänge bauschte, sie entblößten, voll Haß und Eifersucht aufeinander, flammende Dekolletés, bereit, um jeden Pierrot zu kämpfen, welchen der dunkle Hauch der Nacht ans Fenster wehen würde. Ach! wie wenig verlangten sie von der Wirklichkeit. Sie hatten alles in sich, sie hatten Überfluß an allem in sich. Ach! ihnen hätte sogar ein mit Sägespänen gefüllter Pierrot genügt, ein, zwei Worte, deren sie schon längst harrten, um in ihre längst vorbereitete Rolle zu fallen, die sich schon längst voll süßer und schrecklicher Bitterkeit auf ihre Lippen drängte, sie wild entführte wie die Blätter eines Romans, die von der Nacht, zugleich mit den vergossenen Tränen auf den Rundungen der Wangen, verschlungen werden.

Während einer seiner abendlichen Wanderungen durch die Wohnung, in Adelas Abwesenheit unternommen, stieß mein Vater auf diese stille abendliche Séance. Eine Weile stand er – die Lampe in der Hand – in der dunklen Tür des angrenzenden Zimmers, bezaubert von dieser Szene voll fiebriger Träume und geröteter Wangen, dieser Idylle aus Puder, buntem Fließpapier und Atropin, mit dem, gleichsam als bedeutungsvollem Hintergrund, die Winternacht ausgelegt war, die zwischen den geblähten Fenstervorhängen atmete. Die Brille aufsetzend, näherte er sich mit ein paar Schritten und ging um die Mädchen herum, indem er sie mit erhobener Lampe anleuchtete. Der Luftzug aus der geöffneten Tür hob die Vorhänge am Fenster noch mehr, die Mädchen ließen sich anschauen, drehten sich in den Hüften, blitzten mit dem Email ihres Auges, mit dem Lack der knarrenden Pantöffelchen, mit den Schnallen der Strumpfhalter unter dem vom Wind gehobenen Röckchen; die Stoffschnitzel auf dem Fußboden flohen wie Ratten auf die angelehnte Tür des dunklen Zimmers zu, und mein Vater betrachtete ernst die schnaufenden Persönchen und flüsterte halblaut: »Genus avium ... wenn ich mich nicht täusche, scansores oder pistacci ... höchst bemerkenswert.«

Diese zufällige Begegnung wurde der Anfang einer ganzen Serie von Séancen, in deren Verlauf es meinem Vater rasch gelang, die beiden Mädchen mit der Anmut seiner wunderbaren Persönlichkeit zu bezaubern. Als Dank für die witzig und galanterievoll geführte Konversation, die ihnen die Leere des Abends ausfüllte, erlaubten die Mädchen dem begeisterten Forscher, die Struktur ihrer mageren und billigen Körper zu studieren. Es geschah dies im Lauf einer ernst und vornehm geführten Konversation, die selbst den heikelsten Punkten dieser Forschungen ihren zweideutigen Schein nahm. Während er von Paulinas Knie sorgfältig den Strumpf entfernte und mit verliebten Augen die feste und edle Konstruktion des Gelenks studierte, sagte mein Vater: »Wie glücklich und bezaubernd ist die Form des Daseins, die sich die Damen ausgesucht haben. Wie schön und einfach ist die These, die durch euer Leben zu manifestieren euch gegeben ist. Und mit welch einer Meisterschaft, mit welcher Finesse sich die Damen dieser Aufgabe entledigen. Wenn ich den Respekt vor dem Schöpfer ablegen und mich auf eine Kritik der Schöpfung einlassen wollte, riefe ich aus: ›Weniger Inhalt, mehr Form!‹ Ach, wie würde der Welt dieser Verlust an Inhalt nützen! Mehr Bescheidenheit in den Absichten, mehr Zurückhaltung in den Ansprüchen, ihr Herren Demiurgen, und die Welt wäre vollkommen!« rief mein Vater akkurat in dem Moment, als seine Hand die weiße Wade Paulinas aus der Fessel des Strumpfes befreite. Im selben Augenblick stand Adela in der geöffneten Tür des Speisezimmers, das Tablett mit dem Abendessen in den Händen. Es war die erste Begegnung der beiden feindlichen Mächte seit der Zeit der großen Auseinandersetzung. Wir alle, die wir dieser Begegnung assistierten, erlebten einen Augenblick großen Schreckens. Es war uns überaus peinlich, Zeugen einer neuen Demütigung des ohnehin schon schwergeprüften Mannes zu sein. Mein Vater erhob sich sehr verwirrt von den Knien, mit jeder neuen anstürmenden Welle färbte die Scham sein Gesicht dunkler. Doch Adela stand unerwartet auf der Höhe der Situation. Sie ging lächelnd auf meinen Vater zu und versetzte ihm einen Nasenstüber. Auf dieses Stichwort hin klatschten Polda und Paulina freudig in die Händchen, stampften mit den Füßchen, hängten sich von beiden Seiten meinem Vater in die Arme und tanzten mit ihm um den Tisch herum. So löste sich, dank dem guten Herzen der Mädchen, der Keim eines unangenehmen Konflikts in allgemeine Fröhlichkeit auf.

Das ist der Anfang der sehr merkwürdigen und wunderlichen Vorlesungen, die mein Vater, von der Anmut dieses kleinen und unschuldigen Auditoriums begeistert, in den folgenden Wochen dieses vorzeitigen Winters hielt.

Es ist bemerkenswert, daß bei jeder Begegnung mit diesem ungewöhnlichen Menschen alle Dinge gleichsam zur Wurzel ihres Daseins zurückkehrten, ihre Erscheinungsform bis zum metaphysischen Kern neu aufbauten, gleichsam zu ihrer ursprünglichen Idee zurückkehrten – um ihr gerade in diesem Punkt untreu zu werden und sie in jene zweifelhaften, riskanten und zweideutigen Regionen zu biegen, die wir hier kurz die Regionen der großen Häresie nennen wollen. Unser Häresiarch ging inmitten der Dinge einher wie ein Magnetiseur, indem er sie mit seinem gefährlichen Zauber ansteckte und verführte. Soll ich auch Paulina als sein Opfer nennen? Sie wurde in jenen Tagen seine Schülerin, die Adeptin seiner Theorien, das Modell seiner Experimente.

Im folgenden werde ich versuchen, mit geziemender Vorsicht und unter Vermeidung jeglichen Ärgernisses, die überaus ketzerische Doktrin darzulegen, die meinen Vater lange Monate gefangenhielt und all sein Beginnen beherrschte.

»Demiurgos«, sprach mein Vater, »besaß kein Monopol auf Schöpfung – Schöpfung ist ein Privileg aller Geister. Der Materie ist eine unendliche Fruchtbarkeit gegeben, eine unerschöpfliche Lebensmacht und gleichzeitig eine verführerische Macht der Versuchung, die uns zum Formen verlockt. In der Tiefe der Materie gestaltet sich undeutliches Lächeln, knüpfen sich Spannungen, verdichten sich Versuche von Formen. Die ganze Materie wogt von unbegrenzten Möglichkeiten, die in matten Schauern durch sie hindurchgehen. Während sie auf den belebenden Odem des Geistes wartet, fließt sie endlos in sich selbst dahin und lockt mit Tausenden süßer Rundungen und Weichheiten, die sie sich selbst in blinden Schwärmereien erträumt.

Jeder eigenen Initative beraubt, wollüstig biegsam und geschmeidig, plastisch auf weibliche Art, überhaupt allen Impulsen unterworfen, bildet sie ein Terrain außerhalb des Gesetzes, das jeglicher Art von Scharlatanerie und Dilettantismus offensteht, eine Domäne für Übergriffe jeglicher Art und zweifelhafte demiurgische Manipulationen. Die Materie ist das passivste und wehrloseste Wesen im Kosmos. Jeder kann sie kneten und formen, jedem gehorcht sie. Alle Organisationen der Materie sind unbeständig und locker, leicht empfänglich für Rückbildungen und Auflösungen. Es steckt nichts Böses in der Reduktion des Lebens auf andere und neue Formen. Der Mord ist keine Sünde. Er ist manchmal eine notwendige Gewalt widerspenstigen und verknöcherten Daseinsformen gegenüber, die aufgehört haben, interessant zu sein. Im Interesse eines aufschlußreichen und wichtigen Experiments kann der Mord sogar ein Verdienst darstellen. Hier ist der Ausgangspunkt für eine neue Apologie des Sadismus.«

Mein Vater war in der Glorifizierung dieses wunderlichen Elements, wie es die Materie ist, unerschöpflich. »Es gibt keine tote Materie«, lehrte er, »der Zustand des Todes ist lediglich ein Schein, hinter dem sich unbekannte Daseinsformen verstecken. Die Skala dieser Formen ist unendlich, ihre Schattierungen und Nuancen sind unerschöpflich. Demiur-

gos war im Besitz wichtiger und aufschlußreicher Schöpfungsrezepte. Dank diesen Rezepten schuf er eine Vielfalt von Arten, die sich aus eigener Kraft erneuern. Es ist unbekannt, ob diese Rezepte jemals rekonstruiert werden können. Aber es ist auch nicht nötig; denn selbst wenn sich diese klassischen Methoden der Schöpfung ein für allemal als unzugänglich erweisen sollten, verbleiben noch bestimmte illegale Methoden, eine ganze Unermeßlichkeit häretischer und verbrecherischer Methoden.«
In dem gleichen Maß, in dem sich mein Vater von diesen allgemeinen Grundsätzen der Kosmogonie dem Bereich seiner engeren Interessen näherte, sank seine Stimme zu einem eindringlichen Flüstern herab, wurde der Vortrag immer schwieriger und verworrener, und die Ergebnisse, zu denen er gelangte, verloren sich in immer zweifelhafteren und riskanteren Regionen. Seine Gesten nahmen eine esoterische Feierlichkeit an. Er kniff ein Auge zu, legte zwei Finger an die Stirn, und die Schlauheit seines Blicks wurde direkt unheimlich. Er bohrte sich mit dieser Schlauheit in seine Gesprächspartnerinnen, vergewaltigte mit dem Zynismus dieses Blicks die schamhaftesten, intimsten Reserven in ihnen und erreichte die Entfliehenden in ihrem tiefsten Schlupfwinkel, drückte sie an die Wand und kraulte mit seinem ironischen Finger so lange, bis er sich zu aufblitzendem Verständnis und Lachen durchgekitzelt hatte – einem Lachen des Geständnisses und der Verständigung, vor dem man schließlich kapitulieren mußte.
Die Mädchen saßen regungslos da, die Lampe rußte, der Stoff unter der Nadel der Nähmaschine war längst davongelaufen, und die Maschine ratterte leer weiter und steppte das schwarze, sternenlose Tuch, das sich in Gestalt der Winternacht vor dem Fenster abwickelte.
»Zu lange haben wir unter dem Terror der unerreichten Vollkommenheit des Demiurgos gelebt«, sprach mein Vater, »zu lange paralysierte die Vollkommenheit seiner Schöpfung unsere eigene schöpferische Kraft. Wir wollen mit ihm nicht konkurrieren. Wir haben nicht den Ehrgeiz, ihm zu gleichen. Wir wollen Schöpfer in unserer eigenen niedrigen Sphäre sein, wir fordern schöpferische Kraft für uns, wir fordern die schöpferische Wollust, wir fordern mit einem Wort – Demiurgie.« Ich weiß nicht, in wessen Namen mein Vater diese

Forderungen erhob, welche Gemeinschaft, welche Korporation, Sekte oder Loge durch ihre Solidarität seinen Worten Pathos verlieh. Was uns betrifft, waren wir von jeglichen demiurgischen Wünschen weit entfernt.
Doch mein Vater hatte indes schon das Programm dieser zweiten Demiurgie und das Bild dieser zweiten Generation von Geschöpfen, die in offener Opposition zur herrschenden Epoche stehen sollte, entwickelt. »Es liegt uns nichts«, sprach er, »an Geschöpfen mit langem Atem, an Wesen auf lange Sicht. Unsere Kreaturen werden nicht die Helden vielbändiger Romane sein. Ihre Rollen werden kurz und lapidar, ihre Charaktere – ohne weitere Pläne sein. Oft nur für eine Geste, für ein einziges Wort werden wir uns der Mühe unterziehen, sie für diesen einen Augenblick ins Leben zu rufen. Wir geben offen zu: wir werden keinen Nachdruck auf Dauerhaftigkeit und Güte der Ausführung legen, unsere Geschöpfe werden gleichsam provisorisch, für das eine Mal gemacht sein. Wenn es Menschen sein sollen, werden wir ihnen zum Beispiel nur eine Gesichtshälfte, einen Arm, ein Bein geben – eben nur das, was sie für ihre Rolle brauchen. Es wäre Pedanterie, sich um das zweite Bein zu kümmern, das nicht zum Spiel gehört. Hinten können sie einfach mit Leinwand zugenäht oder geweißt werden. Unseren Ehrgeiz werden wir in folgende stolze Devise legen: Für jede Geste einen anderen Schauspieler. Zur Handhabung jedes Wortes, jeder Tat rufen wir einen anderen Menschen ins Leben.
So ist unser Geschmack, das wird die Welt nach unserem Gusto sein. Demiurgos gefiel sich in ausgewählten, vollkommenen und komplizierten Materialien, wir geben dem Trödel den Vorrang. Uns entzückt und ergreift einfach das Billige, das Minderwertige, das Trödelhafte des Materials. Versteht ihr«, fragte mein Vater, »den tiefen Sinn dieser Schwäche, dieser Leidenschaft für buntes Dekorationspapier, für Pappmaché, für Lackfarbe, für Werg und Sägespäne? Das ist«, sprach er mit schmerzlichem Lächeln, »unsere Liebe für die Materie als solche, für ihre Flaumigkeit und Durchlässigkeit, für ihre einzigartige, mystische Konsistenz. Demiurgos, dieser große Meister und Künstler, macht sie unsichtbar, läßt sie aus dem Spiel des Lebens verschwinden. Wir dagegen lieben ihr Knirschen, ihren Widerstand, ihre klotzige Unzierlichkeit. Uns gefällt es, in jeder Geste, in jeder Bewegung ihre

schwerfällige Anstrengung, ihre Ohnmacht, ihre süße Bärenhaftigkeit zu sehen.«
Die Mädchen saßen regungslos mit gläsernen Augen da. Die Gesichter waren langgezogen und vom Zuhören verblödet, ihre Wangen mit roten Flecken bemalt; es war in diesem Augenblick schwer zu beurteilen, ob sie zur ersten oder zur zweiten Generation der Schöpfung gehörten.
»Mit einem Wort«, schloß mein Vater, »wir wollen zum zweiten Mal einen Menschen schaffen, nach dem Bild und Gleichnis eines Mannequins.«
Hier müssen wir als getreulicher Berichterstatter einen kleinen und unwichtigen Vorfall schildern, der sich an diesem Punkt der Vorlesung ereignete und dem wir keine Bedeutung beimessen. Dieser Vorfall, völlig unverständlich und sinnlos im Verlauf einer ganzen Reihe von Ereignissen, läßt sich vielleicht am besten als Überrest eines Automatismus bestimmter Art, ohne Vorgeschichte und Zusammenhang, als eine Tücke des Objekts besonderer Art im psychischen Bereich erklären. Wir geben dem Leser den Rat, ihn mit dem gleichen Leichtsinn zu ignorieren, wie wir es tun. Hier ist sein Verlauf.
Im gleichen Augenblick, da mein Vater das Wort »Mannequin« aussprach, schaute Adela auf ihre Armbanduhr und verständigte sich darauf mit Polda durch einen Blick. Dann rückte sie den Stuhl um eine Spanne vor, hob den Saum ihres Kleides, streckte langsam den in schwarze Seide gehüllten Fuß aus und richtete ihn wie ein züngelndes Schlangenmaul auf.
So saß sie während der ganzen Szene da, steif, mit großen, flatternden Augen, die durch den Azur des Atropins noch tiefer wirkten, Polda und Paulina an ihrer Seite. Alle drei starrten mit aufgerissenen Augen meinen Vater an. Mein Vater räusperte sich, verstummte, neigte sich vor und wurde plötzlich sehr rot. Im gleichen Augenblick faltete sich die Lineatur seines Gesichts, eben noch so zerzaust und voll Vibration, in demütige Züge.
Er, der begeisterte Häresiarch, faltete sich plötzlich – kaum aus dem Sturm der Verzückung entlassen – zusammen, knickte ein und wand sich. Oder vielleicht hatte man ihn gegen einen anderen ausgetauscht. Dieser andere saß steif, sehr rot, mit gesenkten Augen da; Fräulein Polda näherte sich

und neigte sich über ihn. Sie klopfte ihm auf die Schulter und sagte im Ton behutsamer Ermutigung: »Jakub wird vernünftig sein. Jakub wird gehorchen, Jakub wird nicht mehr widerspenstig sein... Nun, bitte... Jakub... Jakub...«
Das ausgestreckte Pantöffelchen Adelas zitterte leise und glänzte wie das Zünglein einer Schlange. Mein Vater erhob sich langsam und mit gesenkten Augen, trat wie ein Automat einen Schritt vor und sank in die Knie. Die Lampe zischte in der Stille, im Dickicht der Tapeten liefen beredte Blicke hin und her, raschelte das Flüstern giftiger Zungen und das Zickzack vieler Gedanken...

TRAKTAT ÜBER DIE MANNEQUINS
(Fortsetzung)

Am nächsten Abend nahm mein Vater mit erneuter Suada sein dunkles und verworrenes Thema auf. Die Lineatur seiner Runzeln rollte sich mit raffinierter Schlauheit auf und wieder zu. Jede Spirale barg ein Geschoß der Ironie. Doch zeitweise erweiterte die Inspiration die Ringe seiner Runzeln, die in einem riesigen wirbelnden Grauen wuchsen, während sie in schweigenden Voluten in die Tiefe der Winternacht versanken. »Die Figuren des Panoptikums, meine Damen«, begann er, »sind kirmesartige Parodien der Mannequins; aber hütet euch, sie selbst in dieser Gestalt leichtfertig zu behandeln. Die Materie kennt keine Scherze. Sie ist immer voll tragischen Ernstes. Wer wagt zu denken, daß man mit der Materie spielen darf, daß man sie zum Spaß formen kann, daß der Spaß nicht in sie hineinwächst, sich nicht sofort wie das Schicksal, wie eine Bestimmung in sie hineinfrißt? Spürt ihr den Schmerz, das dumpfe Dulden, das nicht befreite, das in die Materie eingeschmiedete Leiden der Puppe, die nicht weiß, was sie ist und warum sie in dieser gewaltsam aufgezwungenen Form verharren muß, die eine Parodie ist? Begreift ihr die Macht des Ausdrucks, der Form, des Scheins, die tyrannische Willkür, mit der sie auf einen wehrlosen Klotz zustürzt und ihn beherrscht wie die eigene, tyrannische, großtuerische Seele? Ihr gebt einem Kopf aus Werg und Leinwand den Ausdruck des Zorns und laßt ihn mit diesem Zorn, mit dieser Verkrampfung, mit dieser Spannung ein für allemal stehen, erstarrt in blinder Wut, für die es keinen Abfluß gibt. Die Menge lacht über die Parodie. Weint, meine Damen, über euer eigenes Schicksal, wenn ihr die Not der gefesselten, geknechteten Materie seht, die nicht weiß, wer sie ist und was sie ist und wohin diese Geste führt, die ihr ein für allemal verliehen wurde.

Die Menge lacht. Versteht ihr den schrecklichen Sadismus, die berauschende, demiurgische Grausamkeit dieses Gelächters? Denn wir sollten doch, meine Damen, über unser eigenes Schicksal weinen beim Anblick dieser Not der Materie, der vergewaltigten Materie, der ein schreckliches Unrecht zugefügt wurde. Daher kommt, meine Damen, die

schreckliche Trauer aller närrischen Golems, aller Puppen, die tragisch über ihre lächerliche Grimasse nachgrübeln.
Da haben wir den Anarchisten Luccheni, den Mörder der Kaiserin Elisabeth, da haben wir Draga, die dämonische und unglückliche Königin Serbiens, da haben wir den genialen Jüngling, die Hoffnung und den Stolz seines Geschlechts, welchen der unselige Hang zur Onanie zugrunde richtete. O Ironie dieser Namen, dieses Scheins!
Gibt es etwa in dieser Puppe wirklich etwas von der Königin Draga oder ihrer Doppelgängerin oder auch nur den entferntesten Schatten ihrer eigenen Wirklichkeit? Diese Ähnlichkeit, dieser Schein, dieser Name beruhigt uns und erlaubt uns nicht zu fragen, wer eigentlich dieses unglückliche Geschöpf an sich ist. Und es muß doch jemand sein, meine Damen, jemand Anonymer, jemand Schrecklicher, jemand Unglücklicher, jemand, der in seinem dumpfen Leben nie etwas von der Königin Draga gehört hat...
Habt ihr in den Nächten das schreckliche Heulen dieser Wachspuppen gehört, die in den Jahrmarktsbuden eingesperrt sind, den traurigen Chor dieser Rümpfe aus Holz und Porzellan, die mit den Fäusten gegen die Wände ihrer Kerker trommeln?«
Im Gesicht meines Vaters, zerzaust über die Schrecken der Dinge, die er aus der Dunkelheit hervorrief, bildete sich ein wahrer Runzelwirbel, ein in die Tiefe wachsender Trichter, auf dessen Grund schrecklich sein prophetisches Auge funkelte. Sein Bart sträubte sich seltsam, die Büschel und Pinsel der Haare, die aus den Warzen, Muttermalen und Nasenlöchern herausschossen, stellten sich in ihren Wurzeln auf. So stand er starr, mit brennenden Augen, da und zitterte vor innerer Erregung wie ein Automat, der steckengeblieben ist und auf dem toten Punkt verhält.
Adela erhob sich aus dem Sessel und bat uns, im Hinblick darauf, was sich sofort ereignen würde, die Augen zu schließen. Dann ging sie auf den Vater zu und verlangte, die Arme in die Hüften gestemmt und mit scheinbar betonter Festigkeit, sehr deutlich . . . .
. . . .
. . . .
Die Mädchen saßen steif und mit gesenkten Augen in seltsamer Starrheit da...

TRAKTAT ÜBER DIE MANNEQUINS
(Schluß)

An einem der folgenden Abende fuhr mein Vater mit den Worten in seiner Vorlesung fort: »Nicht über jene verkörperten Mißverständnisse, nicht über jene traurigen Parodien, meine Damen, die Früchte einer gemeinen und vulgären Unbeherrschtheit, wollte ich sprechen, als ich mein Thema über die Mannequins ankündigte. Ich hatte etwas anderes im Sinn.«

Hier begann mein Vater vor unseren Augen das Bild einer von ihm erträumten »generatio aequivoca«, eines Geschlechts nur halb organischer Wesen, einer Pseudovegetation und Pseudofauna aufzubauen, die Ergebnisse einer phantastischen Gärung der Materie.

Es waren dies scheinbar lebendigen Geschöpfen, Wirbeltieren, Schalentieren, Gliederfüßlern ähnliche Wesen, aber dieser Schein trog. Es waren in Wirklichkeit amorphe Wesen ohne innere Struktur, Früchte der nachahmenden Tendenz der Materie, die – mit Gedächtnis ausgestattet – aus Gewohnheit die einmal angenommenen Gestalten wiederholt. Die Skala der Morphologie, welcher die Materie unterliegt, ist überhaupt beschränkt, und ein bestimmter Vorrat an Formen wiederholt sich ständig auf verschiedenen Ebenen des Daseins.

Diese Wesen – beweglich, reizempfindlich und dennoch weit entfernt vom wirklichen Leben – konnte man erhalten, indem man bestimmte komplizierte Kolloide in Kochsalzlösungen aufhing. Diese Kolloide formten und organisierten sich nach einigen Tagen zu bestimmten Substanzverdichtungen, die an niedrige Formen der Fauna erinnerten.

Bei den so entstandenen Wesen konnte man den Atmungsprozeß und den Stoffwechsel feststellen, doch chemisch analysiert wiesen sie nicht die Spur einer Eiweißverbindung und überhaupt keine Kohleverbindungen auf.

Doch waren diese primitiven Formen nichts, verglichen mit dem Reichtum an Formen und der Herrlichkeit an Pseudofauna und -flora, die manchmal in zahlenmäßig fest umrissenen Milieus erscheint. Diese Milieus sind alte Wohnungen, gesättigt mit Emanationen vieler Leben und Geschehnisse –

abgenutzte Atmosphären, reich an spezifischen Ingredienzien menschlicher Träume – und Schutthaufen, überquellend vom Humus der Erinnerungen, Sehnsüchte und schaler Langweile. Auf solchem Grund gedieh jene Pseudovegetation sehr rasch und oberflächlich, wucherte reichlich und ephemer, trieb kurzlebige Generationen, die rapide und glänzend aufblühten, um bald wieder zu erlöschen und zu verwelken.

Die Tapeten in solchen Wohnungen müssen schon sehr abgenutzt und gelangweilt sein von der Wanderung durch alle rhythmischen Kadenzen; kein Wunder, daß sie auf Abwege weiter, riskanter Träume geraten. Der Kern der Möbel, ihre Substanz muß schon aufgelockert, degeneriert und lasterhaften Versuchungen unterworfen sein – dann wird auf diesem kranken, ermüdeten und verwilderten Grund wie ein schöner Ausschlag, wie ein phantastischer Anflug herrlich bunter, üppiger Schimmel aufblühen.

»Sie wissen, meine Damen«, sprach mein Vater, »daß es in alten Wohnungen Zimmer gibt, die man vergißt. Monatelang unbesucht, welken sie in völliger Verlassenheit zwischen den alten Mauern dahin, und es kommt vor, daß sie sich verpuppen, mit den Ziegeln verwachsen und – ein für allemal für unser Gedächtnis verloren – langsam auch ihre Existenz verlieren. Die Tür, die von irgendeinem Podest der Hintertreppe aus zu ihnen führt, kann so lange von den Hausgenossen übersehen werden, bis sie zuwächst, in die Wand eingeht, die dann ihre Spur mit phantastischen Zeichnungen aus Rissen und Sprüngen verwischt.

Ich betrat einmal«, sprach mein Vater, »an einem frühen Morgen gegen Ende des Winters nach vielen Monaten der Abwesenheit einen solchen halbvergessenen Trakt und war über das Aussehen dieser Zimmer baß erstaunt.

Aus allen Ritzen im Fußboden, aus allen Gesimsen und Zierleisten schossen dünne Triebe und füllten die graue Luft mit den flimmernden Spitzen zierlichen Filigranlaubes und mit dem Ajourdickicht eines Treibhauses voller Geflüster, Geglitzer, Geschaukel eines falschen und seligen Frühlings. Rings um das Bett herum, unter der vielarmigen Lampe, entlang den Schränken schwankten Büschel zarter Bäume, zerbarsten in der Höhe in leuchtende Kronen, in Fontänen gezackten Laubes, die zerstäubtes Chlorophyll bis zum ge-

malten Himmel der Decke spritzten. In dem beschleunigten Blüteprozeß keimten in diesem Laub ungeheure weiße und rosa Blumen; sie schwollen von der Mitte aus zu rosigem Matsch an und ergossen sich, die Blätter verlierend und im raschen Blühen zerfallend, über die Ränder.
Ich war glücklich«, sprach mein Vater, »ob dieses unerwarteten Blühens, das mit flimmerndem Geflüster und sanftem Rauschen die Luft erfüllte und wie buntes Konfetti durch die dünnen Ruten der Zweige rieselte.
Ich sah, wie aus dem Zittern der Luft, aus der Gärung der zu reichen Aura ein rasches Blühen sich materialisierte und aussonderte, wie phantastische Oleander überflossen und zerfielen und das Zimmer mit seinem seltenen, trägen Schneegestöber großer, rosafarbener Blütensträuße füllten.
Ehe es Abend wurde«, endete mein Vater, »war von dieser glänzenden Pracht keine Spur mehr übrig. Die ganze trügerische Fata Morgana war nur eine Mystifikation, ein Fall merkwürdiger Simulation der Materie, die sich den Schein des Lebens umgehängt hatte.«
Mein Vater war an diesem Tag merkwürdig lebhaft, seine Blicke – schlaue, ironische Blicke – sprühten von Verve und Laune. Dann wurde er aber plötzlich ernst und patrouillierte abermals die unendliche Skala der Formen und Nuancen ab, welche die vielgestaltige Materie angenommen hatte. Ihn faszinierten zweifelhafte und problematische Grenzformen wie etwa das Ektoplasma der Somnambulen, die Pseudomaterie und die kataleptische Emanation des Gehirns, die sich in manchen Fällen aus dem Mund des Eingeschläferten auf dem ganzen Tisch ausbreiteten und als wucherndes, dünnes Gewebe, als astraler Teig an der Grenze zwischen Körper und Geist das ganze Zimmer füllten.
»Wer weiß«, sprach er, »wieviel leidende, verstümmelte, fragmentarische Lebensformen es gibt, etwa künstlich geleimte, mit Nägeln gewaltsam zusammengeschlagene Leben von Tischen und Bänken, wieviel gekreuzigtes Holz und stille Märtyrer grausamer menschlicher Erfindung. Diese furchtbaren Transplantationen fremder und sich hassender Holzrassen, dieses ihr Zusammenschmieden in *eine* unglückliche Persönlichkeit!
Wieviel altes, weises Leiden steckt nicht in den gebeizten Maserungen, Adern und Fasern unserer alten, vertrauten

Schränke! Wer kann in ihren alten, gehobelten und bis zur Unkenntlichkeit polierten Zügen das Lächeln, die Blicke erkennen?«
Das Gesicht meines Vaters löste sich, während er sprach, in eine nachdenkliche Lineatur von Runzeln auf, wurde den Ästen und Fladern eines alten Bretts ähnlich, von dem alle Erinnerungen abgehobelt waren. Einen Augenblick lang dachten wir, daß mein Vater wieder in den stumpfsinnigen Zustand verfallen würde, der ihn manchmal heimsuchte, aber er fuhr plötzlich zusammen, besann sich und sprach weiter.
»Die alten, mystischen Völker balsamierten ihre Toten ein. In den Wänden ihrer Wohnungen waren ihre Körper und Gesichter eingelassen; im Salon stand der Vater – ausgestopft, die gegerbte selige Ehefrau bildete den Teppich unter dem Tisch. Ich kannte einen gewissen Kapitän, der in seiner Kajüte eine Melusine als Lampe hatte, die von malaiischen Balsamierern aus seiner ermordeten Geliebten hergestellt worden war. Auf dem Kopf trug sie ein riesiges Hirschgeweih.
In der Stille der Kajüte öffnete dieser Kopf, der zwischen den Stangen des Geweihs an der Decke befestigt war, langsam die Augenlider; zwischen den halbgeöffneten Lippen schimmerte eine Speichelblase, die durch sein leises Flüstern barst. Kopffüßler, Schildkröten und riesige Krabben, die an den Balken der Decke als Kandelaber und Kronleuchter hingen, bewegten in dieser Stille endlos die Beine, traten und traten auf der Stelle ...«
Das Gesicht meines Vaters nahm plötzlich den Ausdruck von Sorge und Traurigkeit an, als seine Gedanken, auf dem Weg unbegreiflich welcher Assoziationen, zu stets neuen Beispielen übergingen.
»Soll ich verschweigen«, sprach er mit gedämpfter Stimme, »daß sich mein Bruder tatsächlich infolge einer langen, unheilbaren Krankheit allmählich in einen Knäuel Gummidärme verwandelte, daß ihn meine arme Cousine Tag und Nacht im Steckkissen umhertrug und dem unglücklichen Wesen die endlosen Wiegenlieder der Winternächte sang? Kann es etwas Traurigeres geben als einen Menschen, der in einen Klystierschlauch verwandelt ist? Was für eine Enttäuschung für die Eltern, was für eine Desorientierung ihrer

Gefühle, was für ein Verwehen aller Hoffnungen, die man mit dem vielversprechenden Jüngling verbunden hatte! Und dennoch begleitete ihn die treue Liebe der Cousine auch in dieser Verwandlung.«

»Ach, ich kann das nicht mehr hören!« stöhnte Polda und neigte sich im Sessel vor. »Laß ihn verstummen, Adela ...«

Die Mädchen standen auf, Adela trat auf den Vater zu und machte mit dem ausgestreckten Zeigefinger eine das Kitzeln andeutende Bewegung. Mein Vater wurde verwirrt, verstummte und begann voller Grauen vor diesem sich bewegenden Finger Adelas zurückzuweichen. Die ging ihm nach, drohte ihm giftig mit dem Finger und drängte ihn Schritt für Schritt aus dem Zimmer. Paulina streckte sich gähnend. Alle drei schauten sich, mit den Schultern aneinandergelehnt, lächelnd in die Augen.

Den ganzen August jenes Jahres spielte ich mit einem kleinen kapitalen Hündchen, das sich eines Tages auf dem Fußboden unserer Küche gefunden hatte, unbeholfen noch und pfeifend, nach Milch und Säuglingsalter riechend, den Kopf ungeformt, rundlich und zitternd, die Pfoten wie bei einem Maulwurf nach außen gedreht und mit dem zartesten, weichsten Fell.
Vom ersten Blick an hatte sich dieses Häufchen Leben das ganze Entzücken, die ganze Begeisterung der Knabenseele erobert.
Von welchem Himmel war dieser Liebling der Götter, dem Herzen angenehmer als die schönsten Spielsachen, so unerwartet herabgefallen? Daß auch alte, gänzlich uninteressante Geschirrwäscherinnen manchmal auf so glänzende Gedanken verfallen und aus der Vorstadt – zu einer ganz frühen, transzendentalen Morgenstunde – ein solches Hündchen in unsere Küche bringen!
Ach, man war – leider – noch nicht anwesend, noch nicht geboren aus dem dunklen Schoß des Schlafes, und schon erfüllte sich dieses Glück, schon wartete es auf uns, indem es unbeholfen auf dem kalten Fußboden der Küche lag, nicht geschätzt von Adela und den Hausbewohnern. Weshalb wurde ich nicht früher geweckt! Ein Schüsselchen Milch auf dem Fußboden zeugte von den mütterlichen Impulsen Adelas, zeugte aber leider auch von den Augenblicken einer für mich ewig verlorenen Vergangenheit, von den Wonnen angenommener Mutterschaft, an denen ich keinen Anteil nahm.
Doch vor mir lag noch die ganze Zukunft. Was für ein Übermaß an Erfahrungen, Experimenten, Entdeckungen tat sich jetzt vor mir auf! Das Rätsel des Lebens, sein wesentlichstes Geheimnis, auf diesen einfachsten, handlichsten und vergnüglichsten Nenner gebracht, enthüllte sich hier der ungestillten Neugier. Es war unsäglich interessant, so ein Bröslein Leben, so ein Teilchen des ewigen Geheimnisses in einer so unterhaltsamen und neuen Gestalt zu besitzen, die durch ihre besondere, unerwartete Übertragung desselben

Lebensfunkens, der auch in uns war, in eine von der unseren abweichende, tierische Form, unendliche Neugierde und heimlichen Respekt wachrief.
Tiere! Ziel ungestillter Neugierde, Exemplifikationen des Lebensrätsels, wie geschaffen, um dem Menschen den Menschen zu zeigen, weil sie dessen Reichtum und Vielfalt in Tausende kaleidoskopartiger Möglichkeiten zerlegen, jede bis an den Rand des Paradoxen, bis zur charaktervollen Üppigkeit getrieben. Unbelastet vom Geflecht egoistischer Interessen, die alle Beziehungen der Menschen untereinander trüben, öffnete sich das Herz den fremden Emanationen des ewigen Lebens voll Sympathie, voll liebender, mitarbeitender Neugierde, die eine maskierte Stimme der Selbsterkenntnis war.
Das Hündchen war samten und warm und hatte ein kleines, eilig schlagendes Herz. Es hatte zwei weiche Lappen von Ohren, himmelblaue feuchte Augen, ein rosiges Schnäuzchen, in das man ohne jede Gefahr den Finger stecken konnte, und zarte, unschuldige Pfötchen mit je einem rührenden, rosigen Wärzchen über den Sohlen der Vorderfüße. Es trat mit ihnen gierig, ungeduldig in die Milchschüssel und schlappte das Getränk mit dem rosigen Zünglein, um nach der Sättigung das kleine Mäulchen mit einem Tropfen Milch auf dem Kinn wehmütig zu heben und sich unbeholfen aus dem Milchbad zurückzuziehen.
Sein Gang war ein plumpes, seitlich schräges Rollen in unbestimmter Richtung nach einer etwas trunkenen und schwankenden Linie. Die Dominante seiner Stimmung war eine vage und grundsätzliche Trauer, Verwaistheit und Ratlosigkeit – die Unfähigkeit, das eintönige Leben zwischen den Sensationen der Mahlzeiten mit etwas auszufüllen. Das äußerte sich in der Planlosigkeit und Inkonsequenz seiner Bewegungen, in dem kläglichen Gewinsel irrationaler Anfälle von Heimweh und der Unmöglichkeit, sich einen Platz zu finden. Sogar noch in der Tiefe des Schlafs, wenn sein Bedürfnis nach Anschmiegung und Hinkuscheln sich mit der eigenen, zu einem zitternden Knäuel zusammengerollten Person begnügen mußte, leistete ihm das Gefühl der Einsamkeit und Heimatlosigkeit Gesellschaft. Ach, das Leben, das junge und zarte Leben, aus der vertrauten Dunkelheit, aus der kuschelnden Wärme des mütterlichen Schoßes in die große

und fremde, helle Welt entlassen, wie schrumpft es zusammen und geht es zurück, wie zögert es voller Abneigung und Unlust, dieses Unternehmen, das man ihm anbietet, zu akzeptieren.
Nur langsam beginnt der kleine Nimrod (diesen stolzen und kriegerischen Namen hatte er erhalten) am Leben zu schnuppern. Die ausschließliche Beherrschung durch das Bild seiner Ureinheit mit der Mutter macht dem Zauber der Vielfalt Platz.
Die Welt fängt an, ihm Fallen zu stellen: der unbekannte und reizende Geschmack verschiedener Speisen, das Viereck der Morgensonne auf dem Fußboden, auf dem zu liegen so schön ist, die Bewegungen der eigenen Glieder, besonders der Pfoten, des Schwanzes, der schalkhaft zum Spiel mit sich selber auffordert, die Liebkosungen der menschlichen Hand, unter denen langsam eine gewisse Ausgelassenheit heranreift, eine Fröhlichkeit, welche den ganzen Körper dehnt und die Notwendigkeit völlig neuer, gewaltiger und riskanter Bewegungen gebiert – dies alles besticht, überzeugt und ermuntert zur Bereitschaft, zur Versöhnung mit dem Experiment des Lebens.
Und noch etwas. Nimrod beginnt zu verstehen, daß alles das, was ihm hier zugeschoben wird, trotz dem Anschein von Neuheit im Grunde genommen etwas ist, was schon einmal war, oft war, unendlich oft war. Sein ganzer Körper erkennt die Situationen, Eindrücke und Gegenstände. Im Grunde genommen wundert ihn dies alles nicht zu sehr. Angesichts jeder neuen Situation taucht er in sein Gedächtnis, in das tiefe Gedächtnis des Körpers hinab und sucht blindlings, fieberhaft – und es kommt vor, daß er in sich die schon fertige, entsprechende Reaktion findet: die Weisheit der Geschlechter, die gestapelt in seinem Plasma, in seinen Nerven ruht. Er findet Handlungen und Entschlüsse, von denen er selber nicht gewußt hat, daß sie in ihm schon gereift waren und nur darauf lauerten, herausspringen zu können.
Die Szenerie seines jungen Lebens – die Küche mit den riechenden Zubern, mit den Lappen von verwirrendem und heimtückischem Geruch, mit den klappernden Pantoffeln Adelas, mit der lärmenden Geschäftigkeit – schreckt ihn nicht mehr. Er hatte sich daran gewöhnt, sie für seine Domäne zu halten, er war in ihr heimisch geworden und

begann ihr gegenüber ein unklares Zugehörigkeits- und Heimatgefühl zu entwickeln.
Es sei denn, daß völlig unerwartet die Sintflut in Gestalt des Fußbodenscheuerns über ihn hereinbrach, die Umstoßung aller Naturrechte, Güsse warmer Lauge, die alle Möbel unterspülten, und das schreckliche Schrubben von Adelas Bürsten.
Doch die Gefahr geht vorüber, die Bürste liegt wieder beruhigt und unbeweglich in einem Winkel, der trocknende Fußboden riecht angenehm nach nassem Holz. Nimrod, wieder in seine normalen Rechte eingesetzt und in die Freiheit auf eigenem Terrain zurückgekehrt, spürt das lebhafte Verlangen, die alte Decke auf dem Fußboden mit den Zähnen zu packen und sie nach Leibeskräften nach rechts und links zu zerren. Die Beruhigung der Elemente erfüllt ihn mit unaussprechlicher Freude.
Da bleibt er wie angewurzelt stehen! Vor ihm, etwa drei Hundeschritte entfernt, kriecht ein schwarzes Scheusal, ein Ungeheuer, das sich geschwind auf den Stäbchen vieler verworrener Beine vorwärtsschiebt. Der zutiefst erschütterte Nimrod begleitet mit seinen Blicken den schrägen Lauf des glänzenden Insekts und verfolgt gespannt diesen platten, kopflosen und blinden Rumpf, den die Spinnenbeine mit verblüffender Beweglichkeit dahintragen.
Etwas bäumt sich bei diesem Anblick auf in seinem Innern, reift heran und schwillt, er versteht's noch nicht, etwas wie Zorn oder Angst, aber doch angenehm und mit einem Schauder von Kraft, Selbstbewußtsein und Angriffslust verbunden.
Und plötzlich legt er sich auf die Vorderpfoten und erbricht eine Stimme, ihm selber noch unbekannt, fremd und seinem gewöhnlichen Wimmern ganz unähnlich.
Er stößt sie einmal, stößt sie noch einmal aus und noch einmal – ein feiner Diskant, der jeden Augenblick entgleist und sich überschlägt.
Doch vergeblich apostrophiert er das Insekt mit dieser neuen, aus plötzlicher Eingebung und Begeisterung geborenen Stimme. In den Verstandeskategorien der Küchenschaben ist für solche Tiraden kein Platz vorhanden – und das Insekt setzt seine schräge Tour in die Zimmerecke mit allen vom ewiglichen Schabenritual geheiligten Bewegungen fort.

Dennoch haben die Haßgefühle noch keine Dauer und Macht in der Seele des Hündchens. Die neuerwachte Lebensfreude verkehrt jedes Gefühl in Fröhlichkeit. Nimrod bellt noch, aber der Sinn dieses Bellens hat sich unbemerkt verwandelt, ist seine eigene Parodie geworden und wünscht im Grunde genommen nichts, als die unsägliche Gelungenheit dieses glänzenden Unternehmens »Leben« voller Pikanterie, unerwarteter Schauder und Pointen auszusprechen.

In der Ecke zwischen den Rückwänden der Schuppen und Anbauten war ein Sackgäßchen, der entfernteste, letzte Ausläufer des Hofes, eingeklemmt zwischen der Kammer, dem Abort und der Rückwand des Hühnerstalls – eine hohle Bucht, aus der es keinen Ausweg mehr gab.
Es war die entfernteste Landzunge, das Gibraltar dieses Hofes, das leidenschaftlich mit dem Kopf gegen den blinden Plankenzaun aus waagrechten Brettern schlug, der auch die letzte Wand dieser Welt abschloß.
Unter seinem bemoosten Knüppeldamm floß ein Bächlein schwarzen, stinkenden Wassers, eine Ader faulenden, dicken Sumpfes, die niemals austrocknete – der einzige Weg, der über die Grenze des Plankenzauns in die Welt hinausführte. Doch die Verzweiflung des stinkenden Gäßchens schlug mit dem Kopf so lange gegen dieses Hindernis, bis sie eins dieser mächtigen waagrechten Bretter lockerte. Wir Buben vollbrachten den Rest und hoben und schoben ein schweres, bemoostes Brett aus seinem Halt. So vollbrachten wir einen Ausbruch und öffneten ein Fenster in die Sonne. Mit einem Fuß auf dem Brett stehend, das wie eine Brücke über die Pfütze gestürzt war, konnte sich der Häftling des Hofes in waagrechter Haltung durch den Spalt zwängen, der ihn in eine neue, luftige und weite Welt hinausließ. Diese Welt war der große, verwilderte alte Garten. Hohe Birnbäume, ausladende Apfelbäume wuchsen dort in selten mächtigen Gruppen, überschüttet mit silbernem Rascheln, einem brodelnden Netz weißlichen Glitzerns. Üppiges, vermischtes, nie gemähtes Gras bedeckte als flaumiger Pelz das wellige Terrain. Dort gab es die gewöhnlichen Wiesengrashalme mit gefiederten Ährenbüscheln; es gab die zarten Filigrane der wilden Petersilie und der Möhre; die runzeligen und rauhen Blätter des Efeus und der Taubnessel, die nach Minze dufteten; die bastartigen, glänzenden Wegeriche, vom Rost gesprenkelt und in Rispen dicken roten Breis emporschießend. Dies alles, filzig und flaumig, war von milder Luft durchtränkt, mit blauem Wind unterfüttert und mit Himmel gefüllt. Wenn man im Gras lag, war man von der ganzen

blauen Geographie der Wolken und schwimmenden Kontinente zugedeckt, atmete man die ganze weitläufige Landkarte des Himmels. Von diesem Umgang mit der Luft bedeckten sich die Blätter und Triebe mit zarten Härchen, mit einem leichten Anflug von Flaum, mit rauhen Borsten von Häkchen, wie zum Einfangen und Festhalten des vorbeifließenden Sauerstoffs. Dieser zarte und weißliche Anflug verschwägerte das Laub mit der Atmosphäre, gab ihm den silbernen, grauen Schimmer von Luftwellen, von schattigen Grübeleien zwischen zwei Sonnenblitzen. Doch eine dieser Pflanzen, gelb und die blassen luftgefüllten Stengel voll milchigen Safts, trieb aus ihren leeren Trieben nur eitel Luft, eitel Flaum in Gestalt gefiederter Milchkugeln, die im Hauch der Luft zerfielen und sich lautlos in die himmelblaue Stille saugten.

Der Garten war ausgedehnt und in mehrere Seitenarme verästelt und hatte ganz verschiedene Zonen und Klimate. Auf der einen Seite war er offen, voller Milch aus Himmel und Luft, und dort teilte sich dem Himmel das weichste, zarteste, dichteste Grün mit. Doch im gleichen Maß, wie er in die Tiefe eines langen Seitenarms abfiel und sich in den Schatten der Rückwand einer aufgelassenen Sodawasserfabrik verkroch, verdüsterte er sich merklich, wurde aufbrausend und nachlässig, ließ sich wild und schlampig die Haare wachsen, wütete mit Brennesseln, sträubte sich in Disteln, räudete sich in allerhand Unkraut, bis er endlich zwischen den Mauern, in einer breiten und rechtwinkligen Bucht, alles Maß verlor und in Wahnsinn verfiel. Dort war er kein Garten mehr, sondern ein Paroxysmus des Wahnsinns, ein Wutausbruch, eine zynische Schamlosigkeit und Ausschweifung. Dort breiteten sich, zu Bestien geworden, protzig, ihrer Leidenschaft freien Lauf lassend, die leeren, verwilderten Köpfe der Kletten aus – riesige Hexen, die sich am hellen Tag ihrer weiten Röcke entledigten, sie von sich warfen, einen Rock nach dem anderen, bis ihre aufgeblähten, raschelnden, löchrigen Lumpen mit den verrückten Lappen dieses zänkische Bastardengeschlecht unter sich begruben. Doch die gefräßigen Röcke schwollen an, drängten sich gegenseitig und wuchsen als aufgeblähte Blattmasse bis zur niedrigen Dachtraufe des Schuppens empor.

Dort war es, wo ich ihn das einzige Mal in meinem Leben

erblickte, in einer vor Hitze närrisch gewordenen Mittagsstunde. Es war ein Augenblick, da die Zeit, verrückt und wild, aus dem Kehrrad der Ereignisse ausbricht und wie ein entlaufener Landstreicher mit Geschrei querfeldein stürmt. Dann wächst der Sommer, aller Kontrolle entledigt, ohne Maß und Berechnung auf dem ganzen Raum, wächst mit wildem Impetus an allen Stellen zweifach, dreifach in irgendwelche andere, entartete Zeiten, in unbekannte Dimensionen – in den Wahnsinn hinein.

Zu dieser Stunde beherrschte mich gerade die Raserei des Schmetterlingfangens, die Leidenschaft zur Verfolgung dieser flimmernden Fleckchen, dieser blassen weißen Flocken, die in unbeholfenem Zickzack in der erhitzten Luft zitterten. Und es geschah damals, daß sich eines dieser grellen Fleckchen im Flug in zwei, dann in drei auflöste – und dieser taumelnde, blendende, weiße Dreipunkt führte mich wie ein Irrlicht durch den Wahnsinn der Disteln, die in der Sonne brannten.

Erst an der Grenze der Kletten hielt ich inne, weil ich es nicht wagte, mich in diesen hohlen Abgrund zu versenken.

Da plötzlich erblickte ich ihn.

Bis zu den Achseln in den Kletten untergetaucht, hockte er vor mir.

Ich sah seine rauhen Schultern im schmutzigen Hemd und einen schlampigen Fetzen eines Kittels. Wie zum Sprung bereit, so saß er da – als würden seine Schultern von einem schweren Gewicht niedergehalten. Sein Körper atmete angestrengt, und von dem kupfernen, in der Sonne funkelnden Gesicht rann der Schweiß. Regungslos, schien er dennoch schwer zu arbeiten und, ohne sich zu rühren, mit irgendeiner ungeheuren Last zu kämpfen.

Ich stand da, festgenagelt von seinem Blick, der mich wie in einer Zange hielt.

Es war das Gesicht eines Landstreichers oder Trinkers. Ein Wisch schmutziger Zotteln sträubte sich über der hohen und wie von einem Fluß abgeschliffenen, steinkugelrunden Stirn. Aber diese Stirn war in tiefe Falten gedreht. Man wußte nicht, ob sich Schmerz oder die glühende Hitze der Sonne oder übermenschliche Anstrengung in dieses Gesicht gebohrt hatten und die Züge bis zum Bersten spannten. Die schwarzen Augen hatten sich mit der Anstrengung höchster

Verzweiflung oder Qual in mir festgehakt. Diese Augen blickten mich an und blickten mich nicht an, sahen mich und sahen mich überhaupt nicht. Es waren berstende Kugeln, vorquellend in einer höchsten Aufwallung des Schmerzes oder einer wilden Wonne der Verzückung.
Und plötzlich breitete sich auf diesen bis zum Bersten angespannten Zügen eine schreckliche, von Leid gebrochene Grimasse aus – und diese Grimasse wuchs, nahm jenen Wahnsinn und die Verzückung in sich auf, blähte sich, breitete sich immer weiter aus, bis sie als wieherndes, hustendes, röchelndes Gelächter aufbrach.
Zutiefst erschüttert sah ich, wie er sich, brüllend vor Lachen, langsam aus der Hocke erhob und gebückt wie ein Gorilla – die Hände an den herunterfallenden Lumpen der Hosen – davonlief, wobei er mit großen Sprüngen über die schaukelnden Bleche der Klettenblätter setzte – ein Pan ohne Flöte, der sich erschreckt in seine heimatlichen Jagdgründe zurückzog.

Am Samstagnachmittag begab sich mein Onkel, Herr Karol, Strohwitwer, zu Fuß in die eine Wegstunde von der Stadt entfernte Sommerfrische zu Frau und Kindern, die dort zur Erholung weilten.
Seit der Abreise der Frau war die Wohnung nicht aufgeräumt und das Bett kein einziges Mal gemacht worden. Herr Karol kam gewöhnlich zur späten Nacht in die Wohnung, hergenommen und verwüstet von den nächtlichen Trinkgelagen, durch die ihn diese glühenden und leeren Tage schleppten. Das kühle, wildzerwühlte Bett war dann für ihn eine Art glücklichen Hafens oder rettender Insel, auf das er mit dem letzten Rest seiner Kraft hinfiel, gleich einem Wrack, das viele Tage und Nächte auf dem stürmischen Meer getrieben hatte.
Im Finstern blindlings tappend, fiel er irgendwohin zwischen die weißlich schimmernden Wolken, Gebirgsketten und Lawinen der kühlen Federn und schlief so in ungewöhnlichen Lagen, verkehrt, mit dem Kopf nach unten, mit dem Schädel in die flaumige Mätsche des Bettes gerammt, als ob er im Schlaf die nächtlich wachsenden schweren Massive der Federn durchbohren und von einem Ende zum andern durchwandern wollte. Er kämpfte im Schlaf mit diesem Bett wie der Schwimmer mit dem Wasser, knetete und walkte es mit dem Körper wie den Teig in einem ungeheuren Backtrog, in dem er versank, und erwachte im Tagesgrauen, keuchend, mit Schweiß übergossen, an das Ufer dieses Betthaufens geschleudert, den er in den schweren nächtlichen Kämpfen nicht zu besiegen vermochte. So, halb aus der Tiefe des Schlafs geschleudert, hing er eine Weile geistesabwesend am Rande der Nacht, schnappte mit der Brust nach Luft, und das Bett rings um ihn wuchs, schwoll an und gärte und überschüttete ihn von neuem mit einer Lawine weißlichen Teiges.
Er schlief so bis in den tiefen Vormittag hinein, manchmal falteten sich die Kissen zu einer großen, weißen, flachen Ebene auf, über die sein beruhigter Schlaf wanderte. Auf diesen weißen Landstraßen kehrte er allmählich zu sich, in den Tag und in die Helle zurück – und schließlich öffnete er die Augen wie ein schlafender Passagier, wenn der Zug auf einer Station hält.

Im Zimmer herrschte abgestandenes Halbdunkel mit einem Bodensatz Einsamkeit und Stille vieler Tage. Nur die Fenster brodelten im morgendlichen Gewimmel der Fliegen, und die Jalousien flammten in grellem Schein. Herr Karol gähnte aus dem ganzen Leib, aus der Tiefe aller Leibeshöhlen die Reste des gestrigen Tages heraus. Dieses Gähnen packte ihn so konvulsivisch, als ob sein Innerstes sich nach außen kehren wollte. So schleuderte er den Sand und den Ballast aus sich heraus – die unverdauten Überbleibsel des gestrigen Tages.
Nachdem er sich auf diese Weise erleichtert und etwas Luft gemacht hatte, trug er in das Notizbuch die Ausgaben ein, kalkulierte, rechnete und träumte. Dann lag er lange regungslos mit verglasten Augen da, die wasserfarben, vorquellend und feucht waren. Im wäßrigen Halbdunkel des Zimmers, das vom Reflex des glutheißen Tages hinter den Jalousien aufgehellt wurde, gaben seine Augen wie kleine Spiegel alle glänzenden Gegenstände wieder: die weißen Flammen der Sonne in den Ritzen der Fenster und die goldenen Rechtecke der Jalousien, und wiederholten wie ein Wassertropfen das ganze Zimmer mit der Stille seiner Teppiche und leeren Sessel.
Indes lärmte der Tag hinter den Jalousien immer lauter, flammender durch das Summen der sonnentollen Fliegen. Die Fenster konnten diese weiße Glut nicht mehr ertragen, und die Jalousien fielen von den hellen Wogen in Ohnmacht.
Alsdann wickelte er sich aus der Bettwäsche und blieb noch eine Zeitlang auf dem Lager sitzen, wobei er unbewußt stöhnte. Sein etliche dreißig Jahre alter Körper neigte allmählich zur Korpulenz. In diesem Organismus, vor Fett anschwellend, durch geschlechtlichen Mißbrauch abgequält, aber dennoch sich fortwährend mit üppigen Säften füllend, schien jetzt allmählich in dieser Stille sein künftiges Los heranzureifen.
Wenn er so in gedankenloser, vegetativer Erstarrung dasaß, ganz in kreisende Taubheit, in Respiration, in tiefes Pulsen der Säfte verwandelt, wuchs in der Tiefe seines verschwitzten und an verschiedenen Stellen mit Haaren bedeckten Körpers eine unbekannte, ungeformte Zukunft, eine mißgestaltete Wucherung gleichsam, die phantastisch in unbekannte Dimensionen schwoll. Sie erschreckte ihn nicht, denn er spürte schon seine Identität mit diesem Unbewußten und Gewaltigen, das kommen mußte, wuchs in merkwürdiger Überein-

stimmung zugleich mit ihm, ohne sich zu widersetzen, erstarrt in ruhig friedlichem Grauen, weil er in diesen kolossalen Wucherungen, in diesen phantastischen Türmungen, die vor seinem inneren Blick reiften, sein zukünftiges Ich erkannte. Das eine seiner Augen blickte dann leicht nach außen, als wanderte es in anderen Gevierten.

Dann kehrte er aus diesem sinnlosen Dämmerzustand, aus diesen verfluchten Fernen wieder zu sich und dem Augenblick zurück; er sah seine Sitzspuren auf dem Diwan, dick und delikat wie von einer Frau, und nestelte langsam die goldenen Knöpfe aus den Manschetten seines Tageshemdes heraus. Dann ging er in die Küche und fand dort in einem dunklen Winkel ein Eimerchen mit Wasser und den Scherben eines stillen, wachsamen Spiegels, der auf ihn wartete – das einzige lebende und wissende Wesen in dieser leeren Wohnung. Er goß Wasser in die Waschschüssel und kostete mit seiner Hand dessen junge, abgestandene und süßliche Nässe.

Er machte lange und sorgfältig Toilette, ohne sich zu beeilen, und legte zwischen den einzelnen Manipulationen Pausen ein.

Diese leere und verlassene Wohnung erkannte ihn nicht, hatte kein Erbarmen mit ihm, die Möbel und Wände verfolgten ihn mit schweigender Kritik.

Er fühlte sich, wenn er ihre Stille betrat, als Eindringling in diesem versunkenen Königreich unter Wasser, in dem eine andere, besondere Zeit verrann.

Wenn er die eigenen Schubladen öffnete, hatte er das Gefühl, ein Dieb zu sein, und ging wider Willen auf den Zehenspitzen, weil er fürchtete, ein lautes und übermäßiges Echo zu wecken, das gereizt auf die erstbeste Gelegenheit wartete, um loszubrechen.

Und wenn er schließlich, leise von Schrank zu Schrank gehend, Stück für Stück alles Nötige gefunden und inmitten der Möbel, die ihn mit abweisender Miene schweigend tolerierten, seine Toilette beendet hatte und endlich, den Hut in der Hand, ausgehfertig stehenblieb, fühlte er sich geniert, daß er auch im letzten Augenblick keine Worte fand, um dieses feindselige Schweigen zu entbinden, und ging resigniert, langsam und mit gesenktem Kopf zur Tür, während sich auf der gegenüberliegenden Wand jemand, der ihm den Rücken zuwandte, ohne Eile durch eine öde Flucht nicht vorhandener Zimmer in die Tiefe des Spiegels hinein entfernte.

Während der kürzesten, verschlafensten Wintertage, auf beiden Seiten – vom Morgen bis zum Abend – in die Pelzränder der Dämmerung gehüllt, da sich die Stadt immer tiefer in die Labyrinthe der Winternächte verzweigte, die mit Mühe von einem kurzen Schein zur Besinnung und Umkehr gerufen wurden, war mein Vater schon jener Sphäre verfallen, verkauft und verschworen.
Sein Gesicht und Kopf waren damals üppig und wild mit grauen Haaren bewachsen, die – unregelmäßig als Büschel, Borsten und lange Pinsel hervorschießend – aus den Warzen, Brauen und Nasenlöchern ragten, was seiner Physiognomie das Aussehen eines alten gesträubten Fuchses verlieh.
Sein Geruch und Ohr schärften sich bereits unverhältnismäßig, und man sah dem Mienenspiel seines schweigsamen und gespannten Gesichts an, daß er mittels dieser Sinne in ständigem Kontakt mit der unsichtbaren Welt dunkler Verstecke, Mauselöcher, verfallener, leerer Räume unter Fußböden und Feuerungskanälen stand.
Alles Rascheln, nächtliche Krachen und Knacken sowie das geheimnisvolle, knarrende Leben des Fußbodens hatten einen unfehlbaren und aufmerksamen Beobachter, Spitzel und Mitverschworenen an ihm. Dies absorbierte ihn dermaßen, daß er sich ganz in diese für uns unzugängliche Sphäre versenkte, aus der uns Nachricht zu geben er nicht einmal versuchte.
Manchmal mußte er mit den Fingern schnippen und leise in sich hineinlachen, wenn die ausschweifenden Streiche dieser unsichtbaren Späher zu absurd wurden; er verständigte sich sogleich durch einen Blick mit unserem Kater, der gleichfalls in die Geheimnisse dieser Welt eingeweiht war, sein zynisches, kaltes, gestreiftes Gesicht hob und aus Langweile und Gleichgültigkeit halb die schrägen Augenschlitze schloß.
Es konnte während des Mittagsmahls geschehen, daß er mitten im Essen plötzlich Messer und Gabel weglegte und sich mit der um den Hals gebundenen Serviette katzenartig erhob, auf den Zehenballen zur Tür des benachbarten leeren

Zimmers schlich und mit größter Vorsicht durch das Schlüsselloch spähte. Dann kehrte er wie beschämt, mit bekümmertem Lächeln, unter Räuspern und undeutlichem Geflüster, das sich auf den inneren Monolog bezog, in den er vertieft war, zum Tisch zurück.

Um ihm eine gewisse Abwechslung zu bereiten und ihn von seinen krankhaften Gefühlen abzulenken, schleppte ihn die Mutter auf abendliche Spaziergänge, die er schweigend und ohne Widerstand, aber auch ohne Überzeugung, zerstreut und geistesabwesend mitmachte. Einmal gingen wir sogar ins Theater.

Wir fanden uns in einem großen, schlechtbeleuchteten und sehr schmutzigen Saal voll schläfrigen menschlichen Gemurmels und heillosen Durcheinanders wieder. Doch als wir uns durch die Menschenmenge gezwängt hatten, tauchte vor uns ein riesiger blaßblauer Vorhang wie der Himmel eines anderen Firmaments auf. Große, gemalte, rosafarbene Masken mit geblähten Backen schwammen in einem ungeheuren Raum aus Leinwand. Dieser künstliche Himmel breitete sich aus, schwebte hin und her und bauschte sich in dem ungeheuren Atem pathetischer Worte und großer Gesten und in der ganzen Atmosphäre dieser künstlichen und glanzvollen Welt, die sich dort auf den dröhnenden Gerüsten der Szene aufbaute. Der über die großen Gesichter dieses Himmels gleitende Schauer, der Atem der ungeheuren Leinwand, aus welchem die Masken wuchsen und sich belebten, verriet, wie illusorisch dieses Firmament war, bewirkte das Zittern dieser Wirklichkeit, das wir in metaphysischen Augenblicken wie das Flimmern eines Geheimnisses empfinden.

Die Masken zwinkerten mit ihren roten Augenlidern, ihre bunten Lippen flüsterten lautlos etwas, und ich wußte, daß der Augenblick, da die Spannung des Geheimnisses den Zenit erreicht, kommen und alsdann der wallende Himmel des Vorhangs wirklich bersten, sich erheben und ungeahnte und blendende Dinge zeigen würde.

Es war mir aber nicht vergönnt, diesen Augenblick zu erleben, denn inzwischen hatte der Vater begonnen, gewisse Anzeichen von Unruhe zu verraten; er tappte alle seine Taschen ab und erklärte schließlich, daß er seine Brieftasche mit dem Geld und wichtigen Dokumenten vergessen habe.

Nach einer kurzen Beratung mit der Mutter, in der Adelas Ehrlichkeit einer flüchtigen und pauschalen Beurteilung unterworfen wurde, schlug man mir vor, nach Hause zu laufen und die Brieftasche zu suchen. Nach Ansicht der Mutter war bis zum Beginn der Vorstellung noch Zeit genug, so daß ich bei meiner Behendigkeit rechtzeitig wieder zurück sein könnte.

Ich trat in die von der Illumination des Himmels bunte Winternacht hinaus. Es war eine jener hellen Nächte, in welchen das Sternenfirmament so ausladend und verzweigt ist, als ob es zerfallen, zerbrochen und in ein Labyrinth einzelner Himmel unterteilt wäre, die ausreichten, einen ganzen Monat lang die Winternächte mit Sternen zu versorgen und mit ihren silbernen und gemalten Lampenschirmen alle nächtlichen Erscheinungen, Vorfälle, Abenteuer und Karnevale zu bedenken.

Es ist ein unverzeihlicher Leichtsinn, in einer solchen Nacht einen kleinen Knaben mit einer wichtigen und dringenden Mission zu betrauen, denn in ihrem Zwielicht vervielfältigen, verwirren und tauschen sich die Gassen gegenseitig aus. Es öffnen sich in der Tiefe der Stadt sozusagen Zwillingsgassen, Doppelgängergassen, Lügengassen und Scheingassen. Die bezauberte und verwirrte Phantasie entwirft trügerische Stadtpläne, scheinbar seit langem bekannt und bewußt, auf welchen diese Gassen ihren Platz und Namen haben, während die Nacht in ihrer unerschöpflichen Fruchtbarkeit nichts Besseres zu tun hat, als immer neue und schwärmerische Konfigurationen zu liefern. Diese Versuchungen der Winternächte beginnen meistens sehr unschuldig mit dem Wunsch, den Weg abzukürzen und einen ungewohnten oder schnelleren Durchgang zu benützen. Es entstehen verlockende Kombinationen zur Verkürzung einer verwickelten Wanderung durch ein nicht erprobtes Quergäßchen. Diesmal jedoch begann es anders.

Nachdem ich ein paar Schritte gegangen war, bemerkte ich, daß ich ohne Mantel war. Ich wollte zurückkehren, aber nach einer Weile schien mir das unnötiger Zeitverlust zu sein, denn die Nacht war überhaupt nicht kalt, sondern im Gegenteil von Strömungen einer wunderbaren Wärme und mit den Hauchen eines falschen Frühlings geädert. Der Schnee war zu weißen Schäfchen, zu unschuldigen und süßen Vliesen zusammengeschrumpft, die nach Veilchen dufteten. In die gleichen Schäfchen hatte sich auch der Himmel aufgelöst, an dem sich der Mond verdoppelte und verdreifachte, um in dieser Vervielfältigung alle seine Phasen und Positionen zu zeigen.

Der Himmel entblößte an diesem Tag seine inneren Konstruktionen in vielen, gleichsam anatomischen Präparaten mit Darstellungen des Lichts in Spiralen und Schichten, Querschnitten lindgrüner Nachtkörper, Plasmen des Raums und Geweben nächtlicher Schwärmereien.

In einer solchen Nacht ist es unmöglich, über den Wallgraben oder durch eine andere der dunklen Gassen, welche die Rückseite, das Futter sozusagen der vier Linien des Ringplatzes bilden, zu gehen, ohne sich in Erinnerung zu bringen, daß zu dieser nächtlichen Zeit bisweilen noch einige jener sonderbaren und so verlockenden Läden geöffnet sind, die man tagsüber gewöhnlich vergißt. Ich nenne sie die Zimtläden wegen der dunklen Tönung des Holzes, mit dem sie getäfelt sind.

Diese wahrhaft edlen Handlungen, spät nachts geöffnet, waren stets Gegenstand meiner heißen Träume.

Schwach beleuchtet, dunkel und feierlich schwelgten ihre Eingeweide in dem tiefen Geruch von Farben, Lack, Weihrauch, dem Aroma ferner Länder und seltener Materialien. Du konntest dort bengalisches Feuer, Zauberkistchen, Briefmarken längst verschwundener Länder, chinesische Abziehbilder, Indigo, Kolophonium aus Malabar, Eier exotischer Insekten, Papageien, Tukane, lebende Salamander und Basilisken, Alraunenwurzeln, Nürnberger Mechanismen, Homunculi in Blumentöpfen, Mikroskope und Fernrohre und vor allem seltene und seltsame Bücher, alte Folianten voll wunderlicher Stiche und betäubender Geschichten finden.

Ich erinnere mich der alten und würdevollen Kaufleute, die ihre Kunden mit gesenkten Augen und in diskretem Schweigen bedienten und voller Weisheit und Verständnis für ihre geheimsten Wünsche waren. Doch vor allem gab es dort eine Buchhandlung, in der ich einmal seltene und verbotene Drucke, Veröffentlichungen geheimer Gesellschaften, betrachtet hatte, welche den Schleier von quälenden und berauschenden Geheimnissen nahmen.

So selten ergab sich eine Gelegenheit zum Besuch dieser

Läden – und dazu noch mit einer kleinen, aber ausreichenden Summe Geldes in der Tasche. Man konnte diese Gelegenheit trotz der Wichtigkeit der unserem Eifer anvertrauten Mission nicht fahrenlassen.

Meiner Berechnung nach mußte man in eine Seitengasse einbiegen und zwei oder drei Quergäßchen passieren, um die Gasse der nächtlichen Läden zu erreichen. Das entfernte mich zwar vom Ziel, aber man konnte die Verspätung ausgleichen, indem man den Weg über die Salzschuppen nahm.

Beflügelt von dem Wunsch, die Zimtläden zu besuchen, bog ich in eine mir bekannte Gasse ein und flog mehr als ich ging dahin, ängstlich darauf bedacht, nicht den Weg zu verlieren. So hatte ich schon das dritte oder vierte Quergäßchen passiert, aber die erwünschte Gasse war noch immer nicht da. Außerdem entsprach die Konfiguration der Gassen nicht dem erwarteten Bild. Von den Läden keine Spur. Ich ging durch eine Gasse, deren Häuser nirgends Eingangstore, sondern nur dichtgeschlossene, vom Widerschein des Mondes blinde Fenster hatten. Auf der anderen Seite dieser Häuser muß die eigentliche Gasse vorbeiführen, von der aus diese Häuser zugänglich sind, dachte ich mir. Unruhig beschleunigte ich meinen Schritt, während ich schon im Geist auf den Gedanken, diese Läden zu besuchen, verzichtete. Ich mußte nur schnell von hier in bekannte Stadtgegenden hinauskommen. Ich näherte mich der Straßenmündung, zutiefst beunruhigt, wohin sie mich entlassen würde. Ich trat auf eine breite, locker bebaute Straße hinaus, die sehr lang und gerade war. Mit einemmal wehte mich der Atem des breiten Raumes an. An der Straße oder in der Tiefe der Gärten standen malerische Villen, die zierlichen Hütten der Reichen. In den Lücken dazwischen waren Parke und Gartenmauern zu sehen. Das Bild erinnerte von weitem an die Leszniańskistraße in ihren unteren und selten frequentierten Gegenden. Das Mondlicht, am Himmel in Tausende von Schäfchen und silberne Schuppen aufgelöst, war bleich und so hell wie am Tag, nur die Parke und Gärten schimmerten schwärzlich in dieser silbernen Landschaft.

Nachdem ich mir eine dieser falschen Hütten genau angeschaut hatte, kam ich zur Überzeugung, die hintere, nie gesehene Seite des Gymnasialgebäudes vor mir zu haben. Ich ging geradewegs auf das Tor zu, das zu meiner Verwunderung offenstand, auch der Flur war beleuchtet. Ich trat ein und befand mich auf dem roten Läufer des Korridors. Ich hoffte, mich unbemerkt durch das Gebäude hindurchstehlen und durch das vordere Tor hinausgehen zu können, wodurch ich ganz bedeutend den Weg abgekürzt hätte.

Ich erinnerte mich, daß zu dieser späten Stunde im Saal von Professor Arendt eine jener freiwilligen Lektionen stattfinden mußte, zu denen wir uns zur Winterszeit in später Nacht versammelten, in edlem Eifer für die Zeichenübungen entbrannt, mit dem uns dieser großartige Lehrer angesteckt hatte.

Das kleine Häufchen der Fleißigen verlor sich schier in dem großen dunklen Saal, an dessen Wänden sich die Schatten unserer Köpfe vergrößerten und brachen, projiziert von zwei kleinen Kerzen, die in Flaschenhälsen brannten.

Um die Wahrheit zu sagen, zeichneten wir während dieser Stunden recht wenig, und der Professor stellte keine übermäßig genauen Anforderungen. Einige brachten sich von daheim Kissen mit und legten sich auf die Bänke hin zu einem oberflächlichen Nickerchen. Und nur die Fleißigsten zeichneten direkt unter der Kerze im goldenen Kreis ihres Scheins.

Wir mußten gewöhnlich lange auf die Ankunft des Professors warten und langweilten uns mit schläfrigen Gesprächen. Endlich öffnete sich die Tür seines Zimmers, und er trat ein – klein, mit schönem Bart und esoterischem Lächeln, voll diskreter Verschweigungen und dem Aroma des Geheimnisses. Rasch drückte er hinter sich die Tür des Kabinetts zu, wo sich hinter seinem Kopf im Augenblick des Öffnens eine Menge gipserner Schatten, klassischer Fragmente, schmerzlicher Niobiden, Danaiden und Tantaliden und der ganze traurige und schale Olymp drängte, der in diesem Gipsmuseum seit Jahren dahinwelkte. Die Dämmerung dieses Zimmers trübte auch den Tag und rann schläfrig von den gipsernen Träumen zu den leeren Blicken bleichender Ovale und Absichten, die ins Nichts wanderten. Wir liebten es, manchmal an der Tür die mit Seufzen und Flüstern gefüllte Stille dieses in den Spinnweben eines Schutthaufens zerfallenden, in der Langweile und Monotonie einer Götterdämmerung verwesenden Kabinetts zu belauschen.

Der Professor erging sich würdig und salbungsvoll entlang den leeren Bankreihen, zwischen denen wir, in kleinen

Gruppen verstreut, im grauen Widerschein der Kerze irgend etwas zeichneten. Es war still und schläfrig. An manchen Stellen legten sich meine Schulkameraden zum Schlafen nieder. Die Kerzen in den Flaschen erloschen allmählich. Der Professor versenkte sich in eine tiefe Vitrine mit alten Folianten, altmodischen Illustrationen, Stichen und Drukken. Er zeigte uns mit esoterischen Gesten alte Lithographien abendlicher Landschaften, nächtlicher Dickichte, Alleen winterlicher Parke, die auf weißen Mondwegen schwärzlich schimmerten.

In schläfrigen Gesprächen verging unmerklich die Zeit; ungleichmäßig floß sie dahin, indem sie gleichsam Knoten in den Ablauf der Stunden machte und manchmal ganze leere Intervalle ihrer Dauer verschluckte. Unbemerkt, ohne Übergang fanden wir unsere Gruppe, schon unterwegs nach Hause, auf dem vom Schnee weißen Pfad des Spaliers wieder, das von dem schwarzen, trockenen Dickicht der Büsche flankiert war. Wir gingen an diesem zottigen Ufer der Dunkelheit entlang und streiften das Bärenfell der Büsche, die unter unseren Füßen knackten in der hellen, mondlosen Nacht, in dem milchigen, falschen Tag, lange nach Mitternacht. Das zerstäubte Weiß dieses Lichts, das aus dem Schnee, aus der bleichen Luft, aus den milchigen Räumen sickerte, war wie das graue Papier eines Stichs, auf dem sich in tiefer Schwärze die Striche und Schraffierungen dichter Büsche verflochten. Die Nacht wiederholte jetzt, tief nach Mitternacht, die Serien der Notturni und der Nachtstiche Professor Arendts und setzte seine Phantasien fort.

In diesem schwarzen Dickicht des Parks, im zottigen Fell des Gestrüpps, in der Masse brüchigen Reisigs gab es stellenweise Nischen, Nester der tiefsten, flaumigsten Schwärze voller Gewirr, geheimer Gesten, unklarer Zeichensprache. In diesen Nestern war es still und warm. Wir setzten uns dort in unseren zottigen Mänteln auf den sommerlich weichen Schnee und aßen die Nüsse, deren dieses Haseldickicht in jenem frühlingshaften Winter übervoll war. Durch das Gestrüpp wechselten lautlos Marder, Wiesel und Iltisse – pelzgefütterte, schnuppernde, nach Schaffell stinkende, längliche Tierchen auf kurzen Beinchen. Wir hegten den Verdacht, daß sich unter ihnen die Exemplare des Schulkabinetts befanden, die – sowohl ausgenommen und kahl – in dieser weißen

Nacht in ihrem leeren Innern die Stimme des alten Instinkts, die Stimmen der Brunft, gehört hatten und für ein kurzes, illusorisches Leben in den Urwald zurückgekehrt waren.

Doch allmählich trübte sich und erlosch die Phosphoreszenz des frühlinghaften Schnees, und die schwere und dichte Finsternis vor der Morgendämmerung trat ein. Einige von uns waren in dem weichen Schnee eingeschlafen, andere tasteten sich in der Dunkelheit zum Tor ihrer Häuser, traten blind in die finsteren Stuben, in den Schlaf der Eltern und Brüder, in die Fortsetzung des tiefen Schnarchens, das sie auf ihren verspäteten Wegen einholten.

Diese nächtlichen Séancen waren für mich voll geheimnisvollen Zaubers – und ich konnte mir nicht einmal jetzt den Wunsch versagen, einen Blick in den Zeichensaal zu werfen; allerdings hatte ich vor, mir nicht zu erlauben, dort länger als einen kurzen Augenblick zu verweilen. Als ich jedoch die hintere Zedernstiege voll klingender Resonanzen hinaufstieg, da merkte ich, daß ich mich in einem fremden, niemals gesehenen Flügel des Gebäudes befand.

Nicht der leiseste Laut störte hier die feierliche Stille. Die Korridore in diesem Flügel waren geräumiger, mit Plüschteppichen belegt und voller Vornehmheit. Kleine, dunkelbrennende Lampen glosten an den Ecken. Als ich eins dieser Knies passiert hatte, befand ich mich auf einem noch größeren, mit dem Luxus eines Palais ausgestatteten Korridor. Eine seiner Wände öffnete sich mit breiten gläsernen Arkaden in das Innere einer Wohnung. Vor meinen Augen lag eine lange Flucht von Zimmern, die sich in die Tiefe erstreckten und mit blendender Pracht ausgestattet waren. Der Blick lief an einem Spalier seidener Tapeten, vergoldeter Spiegel, kostbarer Möbel und kristallener Kronleuchter entlang in den flaumigen Matsch dieser luxuriösen Innenräume mit ihren bunten Wirbeln und flimmernden Arabesken, verschlungenen Girlanden und knospenden Blumen. Die tiefe Stille dieser leeren Salons war nur voll geheimer Blicke, die sich die Spiegel zuwarfen, und voll Panik der Arabesken, die hoch auf den Friesen die Wände entlangflohen und sich in den Stukkaturen der weißen Decken verloren.

Mit Bewunderung und Ehrfurcht stand ich vor diesem Luxus und begriff, daß mich meine nächtliche Eskapade unerwartet in den Flügel des Direktors, vor seine Privatwohnung geführt hatte. Vor Neugierde festgenagelt, mit pochendem Herzen stand ich da, beim leisesten Geräusch zur Flucht bereit. Wie hätte ich, ertappt, mein nächtliches Spionieren, meine dreiste Aufdringlichkeit entschuldigen können? In einem der tiefen Plüschfauteuils konnte unbemerkt und still das Töchterlein des Direktors sitzen und auf einmal vom Buch aus die Augen auf mich richten – schwarze, sibyllinische, ruhige Augen, deren Blicke keiner von uns aushalten konnte. Doch umkehren auf halbem Weg, ohne den vorgefaßten Plan ausgeführt zu haben, hätte ich mir als Feigheit ausgelegt. Außerdem herrschte ringsum tiefe Stille in den luxuriösen Innenräumen, die vom gedämpften Licht einer unbestimmten Tageszeit erhellt wurden. Durch die Arkaden des Korridors sah ich am anderen Ende des großen Salons eine mächtige verglaste Tür, die auf eine Terrasse führte. Es war alles so still ringsum, daß ich Mut faßte. Es schien mir kein großes Risiko zu sein, die paar Stufen hinunterzugehen, die in die Saalebene führten, mit einigen Sprüngen über den großen, kostbaren Teppich zu laufen und mich auf der Terrasse zu finden, von der ich ohne Schwierigkeiten in die mir gut bekannte Gasse gelangen konnte.

So tat ich denn auch. Nachdem ich auf das Parkett des Salons, unter die großen Palmen herabgestiegen war, die aus Töpfen bis unter die Arabesken der Decke emporschossen, bemerkte ich, daß ich mich eigentlich schon auf neutralem Boden befand, denn der Salon hatte überhaupt keine Vorderwand. Er war eine Art großer Loggia, die durch ein paar Stufen mit dem Stadtplatz verbunden war, ein Ausläufer dieses Platzes; einige Möbel standen schon auf dem Pflaster. Ich lief etliche steinerne Stufen hinab und befand mich wieder auf der Straße.

Die Konstellationen standen schon steil über meinem Kopf, alle Sterne hatten sich auf die andere Seite gedreht, aber der Mond, in die Federbetten der Wölkchen vergraben, die er mit seiner unsichtbaren Helligkeit beleuchtete, schien noch einen endlosen Weg vor sich zu haben und dachte, in verwickelte Himmelsprozeduren vertieft, nicht an die Morgendämmerung.

Auf der Straße dunkelten einige Droschken, abgefahren und zerklappert wie krüppelhafte, vor sich hindösende Krabben oder Küchenschaben. Ein Kutscher neigte sich vom hohen

Bock herab. Er hatte ein kleines, rotes und gutmütiges Gesicht. »Fahren wir, junger Herr?« fragte er. Das Gefährt erbebte in allen Gelenken und Fugen seines vielgliedrigen Körpers und fuhr auf leichten Rädern dahin.
Wer aber vertraut sich in einer solchen Nacht den Launen eines unberechenbaren Droschkenkutschers an? Im Scheppern der Speichen, im Dröhnen des Wagenkastens und des Daches konnte ich mich über das Ziel des Weges nicht verständigen mit ihm. Er nickte auf alles achtlos und nachsichtig mit dem Kopf und summte vor sich hin, während er auf Umwegen durch die Stadt fuhr.
Vor einer Schenke stand eine Gruppe Droschkenkutscher, die ihm freundschaftlich mit den Händen zuwinkten. Er antwortete ihnen erfreut, worauf er mir – ohne in der Fahrt innezuhalten – die Zügel auf die Knie warf, sich vom Bock herabgleiten ließ und sich der Schar seiner Kollegen beigesellte. Das Pferd, ein altes weises Droschkenpferd, schaute sich flüchtig um und lief im gleichmäßigen Droschkentrab weiter. Eigentlich flößte dieses Pferd Vertrauen ein, es schien klüger als der Kutscher zu sein. Aber kutschieren konnte ich nicht – man mußte sich seinem Willen überlassen. Wir bogen in eine Vorstadtgasse ein, die zu beiden Seiten von Gärten gesäumt war. Diese Gärten gingen allmählich, im gleichen Maß unserer Fortbewegung, in Parke mit großen Bäumen und dann in Wälder über.
Ich werde niemals diese strahlende Fahrt in der hellsten aller Winternächte vergessen. Die bunte Landkarte des Himmels vergrößerte sich zu einer unendlichen Kuppel, auf der phantastische Länder, Ozeane und Meere, mit den Linien astraler Wirbel und Strömungen, den strahlenden Linien der himmlischen Geographie gezeichnet, funkelten. Die Luft zum Atmen wurde leicht und leuchtend wie silbernes Gas. Es duftete nach Veilchen. Unter dem wie weiße Karakullämmchen wolligen Schnee drängten sich zitternde Anemonen hervor, einen Funken Mondlicht in den zarten Blütenkelchen. Der ganze Wald schien von tausend Lichtern und Sternen illuminiert zu sein, die reichlich vom Dezemberhimmel fielen, die Luft atmete den geheimnisvollen Frühling, die unsägliche Reinheit des Schnees und der Veilchen. Wir fuhren in ein hügeliges Terrain. Die Linien der Buckel, mit den nackten Ruten der Bäume behaart, hoben sich wie sanfte

Seufzer dem Himmel entgegen. Ich erblickte auf diesen glücklichen Hängen ganze Gruppen von Wanderern, die zwischen dem Moos und den Büschen die herabgefallenen und vom Schnee nassen Sterne sammelten. Der Weg wurde steil, das Pferd rutschte und schleppte mühsam das in allen Gelenken ächzende Gefährt hinter sich her. Ich war glücklich. Meine Brust saugte gierig den süßen Frühling der Luft, die Frische der Sterne und des Schnees ein. Vor der Brust des Pferdes türmte sich höher und höher ein Wall weißen Schneeschaums. Mühsam watete das Pferd durch diese reine und frische Masse. Schließlich blieb es stehen. Ich stieg aus der Droschke. Es atmete schwer und mit hängendem Kopf. Ich drückte seine Nase an die Brust, in seinen großen schwarzen Augen glänzten Tränen. Da gewahrte ich auf seinem Bauch eine längliche schwarze Wunde. »Warum hast du mir das nicht gesagt?« flüsterte ich unter Tränen. »Mein Lieber, das ist für dich«, sagte es und wurde ganz klein wie ein Holzpferdchen. Ich verließ es. Ich fühlte mich seltsam leicht und glücklich. Ich überlegte, ob ich auf die kleine Lokalbahn, die hier verkehrte, warten oder zu Fuß in die Stadt zurückkehren sollte. Ich begann die steile Serpentine durch den Wald hinabzuklettern: zuerst ging ich mit leichten, elastischen Schritten, dann, als ich etwas Schwung bekam, fiel ich in ein vorwärtsdrängendes, glückliches Laufen, das sich jedoch allmählich in eine Fahrt wie auf Skiern verwandelte. Ich konnte die Schnelligkeit nach Belieben regulieren und die Fahrt mittels leichter Körperwendungen steuern.

In der Nähe der Stadt bremste ich den triumphalen Lauf und verwandelte ihn in einen gemessenen Spazierschritt. Der Mond stand noch hoch am Himmel. Die Transformationen des Himmels, die Metamorphosen seiner vielfältigen Gewölbe in immer kunstvollere Konfigurationen nahmen kein Ende. Wie ein silbernes Astrolabium öffnete der Himmel in dieser Zaubernacht den Mechanismus seines Innern und zeigte in unendlichen Evolutionen die goldene Mathematik seiner Räder und Getriebe.

Auf dem Ring traf ich Leute, die ihren Spaziergang genossen. Alle hatten, bezaubert vom Schauspiel dieser Nacht, erhabene und von der Magie des Himmels silberne Gesichter. Die Sorge um die Brieftasche hatte mich völlig verlassen. Der Vater, versunken in seine Wunderlichkeiten, hatte ihren

Verlust bestimmt längst vergessen, um die Mutter kümmerte ich mich nicht.
In einer solchen Nacht, der einzigen im Jahr, kommen einem glückliche Gedanken, Einfälle, seherische Fingerzeige Gottes. Erfüllt von Ideen und Inspirationen wollte ich mich nach Hause begeben, als mir die Schulkameraden mit Büchern unter dem Arm den Weg versperrten. Sie hatten sich zu frühzeitig auf den Schulweg gemacht, geweckt von der Helligkeit dieser Nacht, die kein Ende nehmen wollte.
Wir gingen scharenweise auf einer steil abfallenden Straße spazieren, aus der uns ein Hauch von Veilchen entgegenwehte, und waren uns nicht ganz sicher, ob sich noch die Magie der Nacht silbern auf dem Schnee widerspiegelte oder sich schon die Morgendämmerung erhob ...

Mein Vater verwahrte in der unteren Schublade seines tiefen Schreibpultes eine alte und schöne Karte unserer Stadt.
Es war dies ein ganzer Folioband Pergamentkarten, die – ursprünglich mit Leinenstreifchen aneinandergeklebt – eine gewaltige Wandkarte in Form eines Panoramas aus der Vogelperspektive bildeten.
An die Wand gehängt, nahm sie schier den ganzen Raum des Zimmers ein und bot einen weiten Blick auf das ganze Tal der Tyśmiencia, die sich als blaßgoldene Schleife wogend durch eine ganze Platte weitverstreuter Sümpfe und Teiche wand und durch gefaltete Vorberge, die sich zuerst in schütternen, dann immer engeren Ketten nach Süden erstreckten, ein Schachbrett mit rundlichen, immer kleiner und immer blasser werdenden Hügeln, je nachdem, wie sie sich zum goldenen und rauchigen Nebel des Horizonts hin entfernten. Aus dieser welken Ferne der Peripherie tauchte die Stadt empor und wuchs zur Mitte hin, zuerst noch in kaum differenzierten Komplexen, in geschlossenen Blöcken und Massen von Häusern, lediglich durchschnitten von den tiefen Schluchten der Straßen, um sich in größerer Nähe in einzelne Steinhäuser aufzugliedern, gestochen mit der scharfen Klarheit jener Ansichten, die man durch ein Fernrohr betrachtet. Auf diesem näheren Plan hatte der Kupferstecher das ganze verworrene und vielfältige Getümmel der Straßen und Gassen und die scharfe Klarheit der Gesimse, Architrave, Archivolten und Pilaster nachgebildet, die im späten und dunklen Gold des bewölkten Nachmittags leuchten und alle Durchbrüche und Nischen in die tiefe Sepia des Schattens versenken. Die Körper und Prismen dieses Schattens schnitten sich gleich dunklen Honigwaben in die Hohlwege der Gassen, ertränkten in ihrer warmen, saftigen Masse hier die ganze Hälfte einer Gasse, dort einen Durchbruch zwischen den Häusern und dramatisierten und instrumentierten mit der düsteren Romantik der Schatten die vielgestaltige architektonische Polyphonie.
Auf diesem Plan, im Stil barocker Prospekte ausgeführt, leuchtete die Umgebung der Krokodilgasse in jener weißen

Leere, mit der man auf geographischen Karten die Polargebiete und die Landschaften unerforschter sowie unsicherer Existenz zu bezeichnen pflegt. Nur die Linien einiger Gassen waren mit schwarzen Strichen eingezeichnet und mit ihren Namen in einfacher, schmuckloser Schrift versehen, abweichend von der edlen Antiqua anderer Beschriftungen. Offenbar hatte sich der Kartograph gewehrt, die Zugehörigkeit dieses Viertels zum Gesamt der Stadt anzuerkennen, und seinen Vorbehalt in dieser eigenartigen und geringschätzigen Ausführung zum Ausdruck gebracht.

Um diese Zurückhaltung zu verstehen, müssen wir schon jetzt die Aufmerksamkeit auf den zweideutigen und zweifelhaften Charakter dieses Viertels lenken, der so stark vom grundsätzlichen Ton der ganzen Stadt abwich.

Es war ein industrieller und gewerblicher Distrikt mit dem grell unterstrichenen Charakter nüchterner Zweckmäßigkeit. Der Geist der Zeit, der Mechanismus des Wirtschaftslebens hatte auch unsere Stadt nicht verschont und auf den Planschnitzeln ihrer Peripherie gierig Wurzeln geschlagen, wo er sich zu einem schmarotzenden Viertel entwickelte.

Während in der alten Stadt immer noch der nächtliche Winkelhandel mit seinem feierlichen Zeremoniell herrschte, entwickelten sich in diesem neuen Viertel sogleich die neuzeitlichen, nüchternen Formen des Kommerzialismus. Der Pseudoamerikanismus, dem alten, morschen Boden der Stadt aufgepfropft, ließ hier die üppige, wenn auch leere und farblose Vegetation trödlerhafter, schlechter Ansprüche emporschießen. Man sah dort billig und miserabel gebaute Steinhäuser mit Karikaturen von Fassaden, die mit monströsen Stukkaturen aus geborstenem Gips beklebt waren. Die alten, schiefen Vorstadthäuschen erhielten rasch zusammengepappte Portale, die erst ein Blick aus der Nähe als erbärmliche Imitationen großstädtischer Einrichtungen entlarvte. Die fehlerhaften, trüben und schmutzigen Scheiben, die in wogenden Reflexen den dunklen Widerschein der Straße brachen, das ungehobelte Holz der Portale, die graue Atmosphäre der schalen Innenräume mit den spinnenbelagerten Ecken und den Staubschichten auf den hohen Regalen und längs der zerfetzten und abbröckelnden Wände drückten hier den Läden das Siegel eines wilden Klondike auf. So reihten sich Schneidergeschäfte, Konfektionswaren, Porzellanmagazine, Drogerien und Friseurläden wahllos aneinander. Ihre grauen, mächtigen Auslagescheiben trugen schräg oder im Halbkreis verlaufende Beschriftungen aus vergoldeten plastischen Lettern wie: CONFISERIE, MANICURE, KING OF ENGLAND.

Die alteingesessenen Bürger der Stadt hielten sich fern von dieser Umgebung, die von Abschaum, von gemeinem Volk, von Kreaturen ohne Charakter und ohne Gewicht, von wirklichem moralischem Schund und von jener trödlerhaften Abart des Menschen bewohnt war, wie dergleichen in solchen ephemeren Milieus entsteht. Doch an Tagen des Niedergangs, in Stunden niedriger Versuchung konnte es geschehen, daß dieser oder jener Bürger der Stadt sich halb zufällig in dieses zweifelhafte Viertel verirrte. Selbst die besten waren von Zeit zu Zeit nicht frei von der Versuchung freiwilliger Erniedrigung, von der Aufhebung aller Grenzen und Hierarchien und von dem Verlangen, sich in diesem seichten Sumpf der Gemeinschaft, der leichtlebigen Intimität und der schmutzigen Vermengung treiben zu lassen. Das Viertel war ein Eldorado für solche moralischen Deserteure und Flüchtlinge von der Fahne der eigenen Würde. Alles erschien dort verdächtig und zweideutig, alles lud mit heimlichem Zwinkern, mit zynisch artikulierter Geste, mit bedeutungsvoll zugekniffenem Auge zu unreinen Hoffnungen ein, alles befreite die niedrige Natur aus ihren Fesseln.

Kaum jemand, der darauf nicht hingewiesen wurde, bemerkte die seltsame Eigenart dieses Viertels: den Mangel an Farben, als wäre es in dieser trödlerhaften, eilig gewachsenen Stadt nicht möglich gewesen, sich den Luxus von Farben zu erlauben. Alles war dort grau wie auf einfarbigen Photographien, wie in illustrierten Prospekten. Diese Ähnlichkeit ging schon über eine gewöhnliche Metapher hinaus, weil man gelegentlich bei Wanderungen durch diesen Stadtteil tatsächlich den Eindruck hatte, in einem Preiskurrant, in langweiligen Rubriken kommerzieller Anzeigen zu blättern, zwischen denen sich parasitär höchst verdächtige Annoncen, heikle Notizen und zweifelhafte Illustrationen eingenistet hatten; und diese Wanderungen waren ebenso schal und ergebnislos wie die Anstrengungen der Phantasie, wenn sie durch Spalten und Kolumnen pornographischer Drucke gejagt wird.

Man ging zu irgendeinem Schneider, um sich einen Anzug zu

bestellen – einen Anzug von jener billigen Eleganz, die für dieses Viertel so charakteristisch war. Der Laden war groß und leer, sehr hoch und farblos. Ungeheure, mehrstöckige Regale türmten sich, eins über dem anderen, in die unbestimmte Höhe dieser Halle. Reihen leerer Fächer begleiteten den Blick hinauf bis unter die Decke, die auch ein Himmel sein konnte – der elende, farblose, zerkratzte Himmel dieses Viertels. Dafür waren alle weiteren Lagerräume, die man durch die offene Tür sehen konnte, bis zur Decke mit Schachteln und Kartons angefüllt – eine ungeheure, getürmte Kartei, die oben, unter dem verworrenen Himmel des Dachbodens, in die Kubatur der Leere, in das schale Bauholz des Nichts zerfiel. Durch die großen, grauen Fenster, vielfach kariert wie Kanzleibogen, kam kein Licht herein, weil der Raum des Ladens schon wie mit Wasser mit dem indifferenten Grau eines Lichtscheins erfüllt war, der keinen Schatten wirft und nichts betont.

Ein schlanker Jüngling erscheint, erstaunlich dienstbeflissen, biegsam und widerstandslos, um unsere Wünsche zu befriedigen und uns mit der billigen und leichten Beredtheit des Verkäufers zu übergießen. Indes er spricht, entrollt er jedoch ungeheure Tuchballen, mißt an, faltet und drapiert eine endlose Stoffwoge, die ihm über die Hände fließt und mit ihren Wellen illusorische Röcke und Hosen formt; die ganze Manipulation scheint etwas Unwirkliches, Scheinbares an sich zu haben, eine Komödie zu sein, ein auf den wirklichen Sinn der Sache ironisch herabgelassener Vorhang.

Die Ladenmädchen, schlank und schwarz, jede mit irgendeinem Schönheitsfehler, der für dieses Viertel der Ausschußartikel charakteristisch ist, gehen ein und aus, stehen in den Türen der Lagerräume, sondieren mit den Augen, ob die bewußte Sache, den erfahrenen Händen des Verkäufers anvertraut, bis zum richtigen Punkt gediehen ist. Der Verkäufer schmeichelt und ziert sich und erweckt manchmal den Eindruck eines Transvestiten. Man möchte ihm unter das weichgezeichnete Kinn fassen oder in die gepuderte, blasse Wange kneifen, wenn er mit einem verständigenden Halbblick diskret die Aufmerksamkeit auf die Schutzmarke der Ware lenkt, eine Marke von durchsichtiger Symbolik.

Langsam rückt die Angelegenheit der Anzugswahl in den Hintergrund. Der bis zur Effeminierung weiche und verdor-

bene Jüngling, voll Verständnis für die intimsten Bewegungen des Kunden, führt jetzt vor dessen Augen besondere Schutzmarken, eine ganze Bibliothek von Schutzzeichen, das Kollektionskabinett eines raffinierten Sammlers vor.
Es zeigte sich damals, daß der Konfektionsladen nur eine Fassade war, hinter der sich ein Antiquariat, eine Sammlung äußerst doppelsinniger Ausgaben und Privatdrucke verbarg. Der diensteifrige Verkäufer öffnete weitere Lagerräume, bis unter die Decke mit Büchern, Stichen und Photographien vollgestopft. Diese Vignetten, diese Stiche und Bilder übersteigen hundertfach unsere kühnsten Träume. Solche Kulminationspunkte der Verderbtheit, solche Phantasien der Wollust hatten wir nie auch nur geahnt.
Die Ladenmädchen bewegen sich immer häufiger zwischen den Reihen der Bücher; sie sind grau und papieren, doch voller Pigment in den verkommenen Gesichtern, dem dunklen Pigment der Brünetten – einer glänzenden dicken Schwärze, die, geduckt in den Augen lauernd, plötzlich im Zickzack glänzender Schaben aus diesen herausläuft. Aber auch in dem verbrannten Rot der Wangen, in den pikanten Stigmen der Muttermale, in den schamhaften Zeichen des dunklen Flaums über den Lippen verrät sich eine Rasse dickflüssigen schwarzen Bluts. Dieser Farbstoff von überintensiver Macht, dieser dichte und aromatische Mokka schien die Bücher in ihren olivenfarbigen Händen zu beflecken; ihre Berührungen schienen sie zu färben und in der Luft einen dunklen Regen von Sommersprossen und Tabakqualm – wie ein Stäubling – von erregendem, animalischem Duft zu hinterlassen. Indes schüttelte die allgemeine Auflösung immer rascher den Hemmschuh des Scheins ab. Der Verkäufer ging, nachdem sich seine aufdringliche Aktivität erschöpft hatte, langsam zur weiblichen Passivität über. Er liegt jetzt auf einem der vielen Kanapees, die zwischen den Bücherregalen aufgestellt sind, in einem Seidenpyjama mit enthüllendem weiblichem Ausschnitt. Die Ladenmädchen zeigen eins nach dem anderen die Figuren und Stellungen der Umschlagzeichnungen, andere sind bereits auf den provisorischen Lagern am Einschlafen. Der Druck auf den Kunden läßt nach. Aus dem Kreis des aufdringlichen Interesses entlassen, bleibt er sich selber überlassen. Die Verkäuferinnen, mit Gesprächen beschäftigt, schenkten ihm keinerlei Aufmerk-

samkeit. Sie wandten ihm den Rücken oder die Seite zu, blieben in arroganten Kontrapunkten stehen, traten von einem Fuß auf den anderen, spielten mit ihrem koketten Schuhzeug, ließen über ihre schlanken Körper das Schlangenspiel der Glieder laufen und attackierten durch ihre achtlose Unverantwortlichkeit den erregten Zuschauer, den sie ignorierten. So zog man sich zurück, verschwand berechnend in der Tiefe und öffnete der Aktivität des Gastes Tür und Tor. Benutzen wir also diesen Augenblick der Unachtsamkeit, um den unvorhergesehenen Folgen dieses unschuldigen Besuches zu entgehen und wieder auf die Straße hinauszukommen.

Niemand hält uns zurück. Durch Korridore von Büchern, zwischen langen Regalen von Zeitschriften und Drucken, kommen wir aus dem Laden hinaus und befinden uns an jener Stelle der Krokodilgasse, wo man von einem erhöhten Punkt fast die ganze Länge dieses breiten Trakts bis zu den entfernten, unvollendeten Gebäuden des Bahnhofs übersehen kann. Es ist ein sehr grauer Tag, wie stets in dieser Gegend, und die ganze Szenerie gleicht manchmal einer Photographie aus einer illustrierten Zeitung, so grau, so flach sind die Häuser, die Menschen und die Gefährte. Diese Wirklichkeit ist dünn wie Papier und verrät durch alle Ritzen ihre Gemachtheit. Manchmal hat man den Eindruck, daß sich nur in einem kleinen Ausschnitt alles vor uns so mustergültig zu diesem pointierten Bild eines großstädtischen Boulevards ordnet, während sich mittlerweile auf den Seiten diese improvisierte Maskerade schon wieder auflöst und einrollt und – unfähig, in ihrer Rolle zu verharren – hinter uns in Gips und Werg, in die Rumpelkammer eines riesigen, leeren Theaters zerfällt. Spannung der Pose, künstlicher Ernst der Maske und ironisches Pathos zittern in dieser Epidermis. Doch wir sind weit von dem Wunsch zur Demaskierung dieses Schauspiels entfernt. Entgegen unserem besseren Wissen fühlen wir uns in den trödelhaften Zauber dieses Viertels mit einbezogen. Außerdem entbehrt das Stadtbild auch nicht gewisser selbstparodistischer Züge. Die Zeilen der kleinen, ebenerdigen Vorstadthäuschen wechseln mit mehrstöckigen Gebäuden, die – gleichsam aus Karton gebaut – ein Konglomerat aus Schildern, blinden Bürofenstern, graugläsernen Auslagen, Reklamen und Nummern sind. Unter den Häusern fließt der

Strom der Menge. Die Straße ist breit wie ein großstädtischer Boulevard, aber die Fahrbahn ist wie ein Dorfplatz aus gestampfter Erde gemacht und voller Löcher, Pfützen und Gras. Der Straßenverkehr des Viertels dient in dieser Stadt zu Vergleichszwecken, die Bürger sprechen über ihn mit Stolz und einem verständnisvollen Blitzen im Auge. Diese graue, unpersönliche Menge ist von ihrer Rolle völlig eingenommen und eifrig auf die Demonstration großstädtischen Scheins bedacht. Dennoch hat man, ungeachtet aller Geschäftigkeit und Interessiertheit, unwillkürlich den Eindruck einer irrenden, monotonen, ziellosen Wanderung, einer schläfrigen Prozession von Marionetten. Eine Atmosphäre seltsamer Nichtigkeit durchdringt diese ganze Szenerie. Die Menge fließt monoton dahin, und seltsamerweise sieht man sie immer undeutlich; die Figuren fließen in einem verworrenen, sanften Getümmel vorbei, ohne völlige Deutlichkeit zu erlangen. Nur manchmal können wir aus dem Lärm der vielen Köpfe einen dunklen, lebendigen Blick, eine schwarze, fest auf den Kopf gedrückte Melone, ein halbes, vom Lachen zerrissenes Gesicht mit einem Mund, der gerade etwas gesagt hat, ein im Schritt gespreiztes und so auf ewig erstarrtes Bein herausgreifen.

Eine Besonderheit des Viertels sind Droschken ohne Kutscher, die aufs Geratewohl durch die Gassen rollen. Nicht, daß es hier keine Droschkenkutscher gäbe, doch in die Menge eingezwängt und mit tausend Dingen beschäftigt, kümmern sie sich nicht um ihre Droschken. In diesem Viertel des Scheins und der leeren Geste legt man auf ein genaues Fahrtziel kein übermäßiges Gewicht, und die Passagiere vertrauen sich diesen umherirrenden Gefährten mit dem Leichtsinn an, der hier alles charakterisiert. Nicht nur einmal kann man sie in gefährlichen Biegungen sehen, weit hinausgebeugt aus dem zerbrochenen Wagenkasten, wie sie mit den Zügeln in der Hand angestrengt das schwierige Manöver des Ausweichens vollführen.

Wir haben in diesem Viertel auch Straßenbahnen. Der Ehrgeiz der Stadträte feiert hier seinen höchsten Triumph. Aber erbarmungswürdig ist der Anblick dieser Wagen, die aus Pappe gemacht sind und verbeulte, von vielfacher Benutzung zerdrückte Wände haben. Häufig fehlt ihnen überhaupt die Vorderwand, so daß man die Passagiere im Vorbeifahren

sehen kann, wie sie steif dasitzen und sich mit großer Würde benehmen. Diese Straßenbahnen werden von den städtischen Gepäckträgern geschoben. Die merkwürdigste Sache jedoch ist die Eisenbahnverbindung in der Krokodilgasse.
Hin und wieder, zu unregelmäßigen Tageszeiten, irgendwann gegen das Wochenende, kann man eine Menschenmenge erblicken, die an einer Straßenbiegung auf den Zug wartet. Man ist niemals sicher, ob ein Zug kommt und wo er hält, und es geschieht häufig, daß sich die Leute an zwei verschiedenen Punkten aufstellen, weil sie ihre Ansichten über den Ort der Haltestelle nicht zu koordinieren vermögen. Sie warten lange und säumen als schwarze, schweigende Menge die kaum eingezeichneten Spuren der Gleise, die Gesichter im Profil, wie eine Reihe blasser Papiermasken, denen man die phantastische Linie des Starrens eingeschnitten hat. Und schließlich kommt er unerwartet angefahren, ist schon aus der Seitengasse, woher man ihn erwartete, eingebogen: geduckt wie eine Schlange, miniaturhaft, mit einer kleinen, schnaufenden, gedrungenen Lokomotive. Er fährt in das schwarze Spalier hinein, und die Gasse wird dunkel von diesem Kohlenstaub speienden Wagenzug. Das dunkle Schnaufen des Dampfwagens und der Hauch des seltsamen, trauervollen Ernstes, die gedämpfte Eile und Aufregung verwandeln die Gasse für einen Augenblick in eine Bahnhofshalle bei rasch einfallender Winterdämmerung.
Die Plagen unserer Stadt sind der Schleichhandel mit Fahrkarten und die Bestechlichkeit.
Im letzten Augenblick, wenn der Zug schon auf der Station hält, werden in nervöser Eile Verhandlungen mit den bestechlichen Beamten der Eisenbahnlinie geführt. Noch bevor diese Verhandlungen zu Ende sind, fährt der Zug an, begleitet von der sich langsam vorwärtsschiebenden, enttäuschten Menge, die ihn weit begleitet, um sich schließlich aufzulösen.
Die Gasse, einen Augenblick lang zu diesem improvisierten Bahnhof verengt, von Dämmerung und einem Hauch weiter Fernen erfüllt, klärt sich wieder auf, wird breiter und läßt von neuem die sorglose, monotone Menge der Spaziergänger durch ihren Trog, die im Lärm der Unterhaltungen an den Auslagen der Geschäfte vorüberwandert, diesen schmutzigen und grauen Vierecken mit Trödlerwaren, großen Wachsmannequins und Frisierpuppen.

Aufreizend gekleidet, in langen Spitzenröcken gehen die Prostituierten auf und ab. Es können aber auch die Ehefrauen von Friseuren und Stehgeigern sein. Sie gehen raubtierhaft, schleifenden Schrittes und haben in den unguten, verkommenen Gesichtern einen unbedeutenden Schönheitsfehler, der ihr Wesen noch unterstreicht: sie schielen mit schwarzem, krummem Blick oder haben einen zerfetzten Mund oder ermangeln der Nasenspitze.

Die Bürger der Stadt sind auf dieses Air der Verkommenheit, das unsere Krokodilgasse atmet, stolz. Wir brauchen uns nichts zu versagen, denken sie stolz, wir können uns sogar eine echte großstädtische Verderbtheit leisten. Sie behaupten, daß jede Frau dieses Viertels eine Kokette sei. In der Tat genügt es, einer von ihnen Aufmerksamkeit zu schenken – und auf der Stelle begegnet man diesem aufdringlichen, klebrigen Blick, der uns in wollüstiger Gewißheit erstarren läßt. Selbst die Schulmädchen tragen hier ihre Haarschleifen auf eine bestimmte, charakteristische Art, stellen auf eigenartige Manier die schlanken Beine zur Schau und haben diesen unreinen Fehler im Blick, in welchem die zukünftige Verderbtheit vorgestaltet liegt.

Und dennoch, dennoch – sollen wir am Ende nicht doch das letzte Geheimnis dieses Viertels, das sorgfältig gehütete Secrèt der Krokodilgasse verraten?

Wir haben im Lauf unserer Berichterstattung schon mehrmals bestimmte Warnschilder aufgestellt und auf zarte Weise unseren Vorbehalten Ausdruck verliehen. Der aufmerksame Leser wird auf diese endgültige Wendung der Dinge nicht unvorbereitet sein. Wir haben über den imitativen, illusorischen Charakter dieses Viertels gesprochen, aber diese Worte haben eine zu endgültige und feststehende Bedeutung, um den halbfertigen und unentschiedenen Charakter seiner Wirklichkeit näher zu umschreiben.

Unsere Sprache besitzt keine Umschreibung, die irgendwie den Grad dieser Realität dosieren und deren Dichte definieren könnte. Sagen wir es ohne Umschweife: die Fatalität dieses Viertels besteht darin, daß nichts in Tat umgesetzt wird, nichts seinen endgültigen Zustand erreicht, alle angefangenen Bewegungen in der Luft hängenbleiben, alle Gesten sich vorzeitig erschöpfen und einen bestimmten toten Punkt nicht überschreiten können. Wir konnten eine große Üppig-

keit und Verschwendung in Absichten, Projekten und Vorwegnahmen bemerken, welche dieses Viertel kennzeichnen. Es ist im ganzen nichts anderes als eine vorzeitig aufgegangene Gärung von Wünschen und daher kraftlos und leer. In einer Atmosphäre übermäßiger Leichtigkeit gedeiht hier jeder auch noch so leise Wunsch, knospt jede vorübergehende Spannung und wächst sich zu einem leeren, aufgeblasenen Gebilde aus, schießt in die graue und leichte Vegetation flaumiger Unkräuter und farbloser, zottiger Mohnblumen aus dem gewichtlosen Gewebe von Luftspiegelungen und Haschisch. Über dem ganzen Viertel schwebt das träge, ausgelassene Fluidum der Sünde, und die Häuser, Läden, Menschen scheinen manchmal ein Zittern auf seinem phantasierenden Körper, eine Gänsehaut auf seinen Fieberträumen zu sein. Nirgends fühlen wir uns so wie hier von Möglichkeiten bedroht, so erschüttert von der Nähe der Erfüllung, so erblaßt und ohnmächtig durch die wollüstige Starre der Verwirklichung. Doch dabei bleibt es aber auch.
Wenn man einen bestimmten Punkt der Spannung überschritten hat, hält die Flut inne und geht zurück, erlischt die Atmosphäre und verblüht, welken die Möglichkeiten und lösen sich auf in ein Nichts, zerfallen die verrückten grauen Mohnblumen der Erregung in Asche.
Wir werden es ewig bedauern, daß wir damals für einen Augenblick aus dem Konfektionsladen verdächtiger Konduite hinausgegangen sind. Niemals werden wir mehr den Weg zurück finden. Wir werden von Ladenschild zu Ladenschild irren und uns hundertmal täuschen. Wir werden Dutzende von Geschäften besuchen und wieder ganz ähnliche finden, wir werden durch Bücherspaliere wandern, in Zeitschriften und Drucken blättern, lange und verworren mit Mädchen von überschüssigem Pigment und fehlerhafter Schönheit verhandeln, die nicht fähig sind, unsere Wünsche zu verstehen.
Wir werden uns in Mißverständnisse verwickeln, bis unser ganzes Fieber und die Aufregung in überflüssige Anstrengung und in müßige Lauferei sich verflüchtigen.
Unsere Hoffnungen waren ein Mißverständnis, das zweideutige Aussehen des Lokals und der Bedienung ein Schein, die Stoffe waren wirkliche Stoffe, und der Verkäufer hatte keine versteckten Absichten. Die Frauenwelt der Krokodilgasse

zeichnet sich durch eine im ganzen mäßige Verkommenheit aus, die durch dicke Schichten moralischer Vorurteile und banaler Gewöhnlichkeit verschüttet ist. In dieser Stadt des billigen Menschenmaterials mangelt es auch an Üppigkeit des Instinkts und fehlen die ungewöhnlichen und dunklen Leidenschaften.
Die Krokodilgasse war ein Zugeständnis unserer Stadt an die Sache der Neuzeit und die großstädtische Verderbtheit. Offenbar konnten wir uns nichts anderes leisten als eine papierene Imitation nach Art einer Photomontage, zusammengesetzt aus Ausschnitten abgelegter Zeitungen vom vergangenen Jahr.

Es war in der Periode der grauen Tage, die auf die glänzende Buntheit der genialen Epoche meines Vaters folgten. Es waren lange Wochen der Niedergeschlagenheit, schwere Wochen ohne Sonntage und Feiertage bei verhangenem Himmel und verarmter Landschaft. Den Vater gab es damals nicht mehr. Die oberen Zimmer hatte man gesäubert und an eine gewisse Telephonistin vermietet. Von der ganzen Vogelwirtschaft war nur ein einziges Exemplar, ein ausgestopfter Kondor, verblieben, der auf einem Regal im Salon stand. Im kalten Halbdunkel der geschlossenen Vorhänge stand er dort – wie zu Lebzeiten – auf einem Bein, in der Pose eines buddhistischen Weisen, und sein bitteres, ausgetrocknetes Asketengesicht war zu einem Ausdruck endgültiger Gleichmütigkeit und Verneinung erstarrt. Die Augen waren herausgefallen, und durch die verweinten und tränenden Augenhöhlen rieselten die Sägespäne. Nur die hörnerartigen ägyptischen Wucherungen auf dem nackten mächtigen Schnabel und auf dem kahlen Hals, diese Wucherungen und Klumpen von verwaschen himmelblauer Farbe verliehen diesem greisen Kopf etwas würdevoll Hieratisches.

Sein gefiedertes Habit war schon an vielen Stellen von den Motten zerfressen und verlor die weichen grauen Federn, die Adela einmal wöchentlich mitsamt dem namenlosen Staub des Zimmers hinauskehrte. An den gemauserten Stellen war die grobe Sackleinwand zu sehen, aus der schon die Hanfbüschel zum Vorschein kamen. Ich hatte einen heimlichen Groll auf die Mutter wegen der Leichtigkeit, mit der sie nach dem Verlust des Vaters zur Tagesordnung überging. Sie hat ihn nie geliebt, dachte ich; und weil der Vater im Herzen keiner Frau verwurzelt war, konnte er auch in keine Realität hineinwachsen und schwebte ewig an der Peripherie des Lebens, in halbrealen Regionen, an den Rändern der Wirklichkeit dahin. Nicht einmal einen ehrbaren bürgerlichen Tod hatte er sich verdient, dachte ich; alles mußte bei ihm absonderlich und zweifelhaft sein. Ich hatte mir vorgenommen, die Mutter in einem geeigneten Augenblick mit einem offenen Gespräch zu überrumpeln. An jenem Tag (es war ein schwerer Winter-

tag, und schon seit dem Morgen schneite es leichten Dämmerungsflaum) hatte die Mutter Migräne und lag einsam auf dem Sofa im Salon.
In diesem selten besuchten Paradezimmer – von Adela mit Wachs und Bürsten gepflegt – herrschte seit Vaters Verschwinden eine mustergültige Ordnung. Die Möbel waren mit Schonbezügen bedeckt; alle Einrichtungsgegenstände unterwarfen sich der eisernen Disziplin, die Adela in diesem Zimmer eingeführt hatte. Nur ein Büschel Pfauenfedern, die in einer Vase auf der Kommode standen, ließ sich nicht in Zucht halten. Es war ein mutwilliges und gefährliches Element von unfaßlicher Revolutionsfreudigkeit wie eine Klasse zügelloser Gymnasiastinnen: ins Gesicht hinein voller Frömmigkeit und ausgelassenen Mutwillens hinter dem Rücken. Den ganzen Tag schweiften diese Augen kichernd und spitzbübisch umher, bohrten Löcher in die Wände, blinzelten, zwinkerten und kugelten mit flatternden Wimpern, Finger auf dem Mund, eines über das andere. Sie füllten das Zimmer mit Gezwitscher und Geflüster, zerstreuten sich wie Schmetterlinge rings um die vielarmige Lampe, schlugen als farbige Klumpen die matten, greisen, aller Bewegung und Fröhlichkeit entwöhnten Spiegel und schauten durch die Schlüssellöcher. Nicht einmal in Gegenwart der Mutter, die mit verbundenem Kopf auf dem Sofa lag, konnten sie sich zurückhalten, blinzelten einander zu, gaben sich Zeichen und redeten in ihrem stummen, bunten, geheimer Bedeutungen übervollen Alphabet. Mich störte diese höhnische Verständigung, dieses flimmernde Einverständnis hinter meinem Rücken. Die Knie ans Sofa der Mutter gedrückt, mit zwei Fingern wie in Gedanken den zarten Stoff ihres Schlafrocks befühlend, sagte ich gleichsam ganz nebenbei: »Ich wollte dich schon längst fragen; ist das wirklich *er*?« Und obgleich ich nicht einmal einen Blick auf den Kondor warf, erriet die Mutter den Sinn meiner Worte, geriet in große Verwirrung und senkte die Augen. Ich ließ absichtlich einige Augenblicke verstreichen, um ihre Verwirrung auszukosten, worauf ich sie, ganz ruhig und den aufsteigenden Zorn beherrschend, fragte: »Was für einen Sinn haben in diesem Fall die Klatschereien und Lügen, die du über den Vater ausstreust?«
Doch ihre Züge, die im ersten Augenblick panikartig zerfallen wollten, begannen sich wieder zu ordnen. »Was für

Lügen?« fragte sie mit blinzelnden Augen, die leer, nur dunkles Lazur und ohne das Weiße waren. »Ich kenne sie von Adela«, sagte ich, »aber ich weiß, daß sie von dir ausgehen; ich will die Wahrheit wissen.«
Ihr Mund zitterte leise, die Pupillen wichen meinem Blick aus und wanderten in den Augenwinkel. »Ich habe nicht gelogen«, sagte sie, und ihr Mund schwoll an und wurde auf einmal wieder klein. Ich spürte, daß sie wie von Weib zu Mann mit mir kokettierte. »Mit diesen Küchenschaben hat es seine Richtigkeit... Du erinnerst dich doch selber...« Ich geriet in Verwirrung. Ich erinnerte mich tatsächlich an diese Schabeninvasion, an diese Flut schwarzen Gewimmels, welches das nächtliche Dunkel mit seinem Spinnengerenne erfüllte. Alle Spalten waren voll zitternder Bärte, jede Ritze konnte plötzlich Küchenschaben ausspeien, aus jeder Fuge im Fußboden konnte dieser schwarze Blitz herausschießen, der in verrücktem Zickzack über den Fußboden lief. Ach, dieser wilde Wahnsinn der Panik, als glänzende schwarze Linie auf die Tafel des Fußbodens geschrieben! Ach, diese Entsetzensschreie des Vaters, der mit einem Wurfspieß in der Hand von Sessel zu Sessel sprang! Ohne Speise oder Trank zu sich zu nehmen, mit roten Fieberflecken auf den Wangen, Krämpfe von Abscheu und Ekel um den Mund eingegraben, verwilderte mein Vater vollständig. Es war klar, daß kein Organismus lange diese Spannung des Hasses aushalten konnte. Ein schrecklicher Ausschlag verwandelte sein Gesicht in eine steife, tragische Maske, in der nur die Augäpfel – hinter dem unteren Lid verborgen – auf der Lauer lagen, gespannt wie Bogensehnen, in ewigem Verdacht. Mit einem wilden Aufschrei riß er sich plötzlich aus dem Sessel hoch, stürzte blindlings in die Zimmerecke und hob schon den Wurfspeer, auf dem eine aufgespießte riesige Küchenschabe verzweifelt den Wirrwarr ihrer Beine bewegte. Doch Adela kam dem Schreckensbleichen sofort zu Hilfe und nahm ihm die Lanze samt der aufgespießen Trophäe weg, um diese im Wasserkübel zu ertränken. Schon damals hätte ich aber nicht mehr zu sagen vermocht, ob mir Adelas Erzählungen diese Bilder eingeprägt hatten oder ob ich selber Augenzeuge war. Mein Vater besaß damals nicht mehr die Widerstandskraft, die gesunde Menschen vor den Faszinationen des Abscheus und Ekels schützt. Anstatt sich von der schrecklichen, attrak-

tiven Kraft dieser Faszination zu befreien, verstrickte sich mein Vater, eine Beute der Raserei, immer fester in ihr. Die traurigen Folgen ließen nicht lange auf sich warten. Alsbald zeigten sich die ersten verdächtigen Anzeichen, die uns mit Bestürzung und Trauer erfüllten. Das Benehmen meines Vaters änderte sich. Seine Raserei, die Euphorie seiner Erregtheit, erlosch allmählich. In Bewegungen und Mimik begannen sich Anzeichen eines bösen Gewissens zu verraten. Er fing an, uns zu fliehen. Er versteckte sich den ganzen Tag in den Winkeln, auf den Schränken, unter dem Bett. Ich sah ihn des öfteren, wie er nachdenklich die eigenen Hände betrachtete und den Zustand der Haut und der Nägel erforschte, auf denen nach und nach schwarze Flecken, den Schalen einer Schabe gleich, hervortraten.
Tagsüber widersetzte er sich noch mit den Resten seiner Kraft und kämpfte, aber des Nachts stürmte die Faszination in mächtigen Attacken auf ihn los. Ich sah ihn zur späten Nacht im Licht einer Kerze, die auf dem Boden stand. Mein Vater lag nackt auf der Erde, gesprenkelt mit schwarzen Totemflecken, gezeichnet mit Rippenbögen einer phantastisch nach außen durchscheinenden Anatomie; er lag auf allen vieren, besessen von der Faszination des Abscheus, die ihn in die Tiefe ihrer verworrenen Wege schleifte. Mein Vater bewegte sich in der vielgliedrigen, komplizierten Gangart eines sonderbaren Rituals vorwärts, in dem ich mit Entsetzen eine Nachahmung des Schabenzeremoniells erkannte.
Seit dieser Zeit sagten wir uns vom Vater los. Seine Ähnlichkeit mit einer Küchenschabe machte sich mit jedem Tag deutlicher bemerkbar – mein Vater hatte sich in eine Küchenschabe verwandelt.
Wir begannen uns daran zu gewöhnen. Wir bekamen ihn immer seltener zu Gesicht, er blieb auf seinen Schabenwanderungen wochenlang verschwunden, wir vermochten ihn nicht mehr von den anderen zu unterscheiden, er hatte sich völlig mit diesem schwarzen, phantastischen Geschlecht vereint. Wer konnte sagen, ob er noch in irgendeiner Ritze des Fußbodens lebte, ob er in den Nächten in Schabenaffären verwickelt durch die Zimmer lief oder ob er sich vielleicht unter diesen toten Insekten befand, die Adela allmorgendlich, den Bauch nach oben und die Beine gesträubt, vorfand und

voller Abscheu auf die Kehrschaufel nahm und hinauswarf?

»Und dennoch«, sagte ich, aus der Fassung gebracht, »bin ich überzeugt, daß der Kondor *er* ist.« Die Mutter schaute mich unter den Wimpern hervor an. »Quäle mich nicht, mein Lieber! Ich habe dir schon gesagt, daß der Vater als commis voyageur über Land reist. Du weißt doch, daß er mitunter nachts heimkommt, um vor dem Morgengrauen noch weiterzufahren.«

Während dieses langen und leeren Winters trug die Dunkelheit in unserer Stadt gewaltige, hundertfältige Frucht. Weil man auf den Dachböden und in den Rumpelkammern allzulange nicht aufgeräumt, sondern Topf neben Topf und Flasche neben Flasche gestopft hatte, erlaubte man den Batterien leerer Bouteillen, endlos anzuwachsen.

Dort, in diesen verbrannten, balkenreichen Wäldern der Böden und Dächer, begann die Dunkelheit zu entarten und wild zu gären. Dort nahmen die schwarzen Reichstage der Töpfe, die geschwätzigen und eitlen Versammlungen alten Geschirrs, die stammelnden Flaschnereien, Gluckereien der Botteln und Bottiche ihren Anfang. Bis eines Nachts die Phalangen der Töpfe und Flaschen unter den Schindelräumen schwollen und als großer, dichtgedrängter Volkshaufen auf die Stadt zuschwammen.

Die aus den Dachböden emporgewachsenen Dachböden erweiterten sich einer aus dem anderen und schossen als schwarze Spaliere in die Höhe, und über ihre geräumigen Echohalden liefen Kavalkaden von Pfosten und Balken, Lançaden hölzerner Böcke, die auf ihren tännernen Knien lagen, um – in die Freiheit entwichen – die Räume der Nacht mit dem Galopp der Dachsparren und dem Getümmel der Querbalken und Spannriegel zu erfüllen.

Dann ergossen sich diese schwarzen Flüsse, die Wanderzüge der Fäßchen und Kannen, und flossen durch die Nacht. Ihre schwarzen, schillernden, geräuschvollen Aufläufe belagerten die Stadt. Durch die Nächte wimmelte dieser dunkle Tumult der Gefäße und drängte und drückte wie Armeen von geschwätzigen Fischen – ein unaufhaltsamer Überfall schnauzender Kübel und faselnder Scheffel.

Mit den Böden donnernd, türmten sich Eimer, Fäßchen und Kannen, irdene Bottiche von Töpfern schepperten, alte Hüte und Zylinder von Stutzern krabbelten mühsam einer auf den anderen, wuchsen gleich Säulen in den Himmel und zerfielen.

Und alle polterten plump mit den Stöpseln ihrer hölzernen Zungen, mahlten in den hölzernen Mäulern ungelenk das

Gestammel von Flüchen und Beschimpfungen und irrten durch den Sumpf, der über dem ganzen Raum der Nacht lag, bis sie das Ihrige erlästert und erflucht hatten.
Herbeigerufen vom Rasseln der Gefäße, das sich klatschend von einem Ufer zum anderen ausbreitete, folgten schließlich die Karawanen, zogen die mächtigen Heerlager des Windes herauf und blieben über Nacht stehen. Ein gewaltiges Lager, ein schwarzes, wildbewegtes Amphitheater begann in mächtigen Kreisen zur Stadt herabzusteigen. Und es brach eine ungeheure, vom Sturmwind aufgewühlte Dunkelheit aus und wütete drei Tage und drei Nächte...

»Du gehst heute nicht zur Schule«, sagte die Mutter in der Frühe, »es ist ein schrecklicher Sturmwind draußen.« Im Zimmer schwebte ein zarter Rauchschleier, der nach Harz duftete. Der Ofen heulte und jaulte, als ob in seinem Innern eine ganze Koppel Hunde oder Dämonen angebunden wäre. Die große Sudelei, die ihm auf den berstenden Bauch gemalt war, schnitt bunte Grimassen und phantasierte mit aufgeblasenen Backen.
Ich lief barfuß ans Fenster. Der Himmel war kreuz und quer von Winden aufgebläht. Silbrigweiß und geräumig, war er straff bis zum Platzen mit Kraftlinien und strengen Furchen gezeichnet, erstarrten Zinn- und Bleiadern gleich. In energetische Felder unterteilt und vor Spannung zitternd, war er voll heimlicher Dynamik. Es zeichneten sich auf ihm die Diagramme des Sturmwinds, der – selbst unsichtbar und unfaßbar – die Landschaft mit Potenz lud.
Er war nicht zu sehen. Man erkannte ihn an den Häusern und an den Dächern, in die er einer Furie gleich hineinfuhr. Eins nach dem anderen schienen die Dächer, wenn seine Kraft in sie einging, zu wachsen und vor Wahnsinn zu explodieren.
Er überrollte die Plätze, ließ weiße Einöde auf den Gassen zurück, fegte ganze Häuserreihen des Rings blank. Nur da und dort beugte sich vor ihm, zitternd an eine Hausecke geklammert, ein einsamer Mensch. Der ganze Ringplatz schien als leerer Kahlkopf unter seinen mächtigen Flügeln sich zu bauschen und zu glänzen.
Am Himmel blähte der Wind kalte und tote Farben auf, giftgrüne, gelbe und lila Streifen, die fernen Gewölbe und Arkaden seines Labyrinths. Die Dächer wurden unter diesen

Himmeln schwarz und krumm, neugierig und erwartungsvoll. Die, welche der Wind betrat, erhoben sich voller Begeisterung, wuchsen über die benachbarten Häuser hinaus und prophezeiten unter dem windzerzausten Himmel. Dann schrumpften sie zusammen, fielen ein und erloschen, weil sie seinen mächtigen Atem nicht mehr länger auszuhalten vermochten, der weiterflog und den ganzen Raum mit Tumult und Bestürzung erfüllte. Und es erhoben sich wiederum andere Häuser mit lautem Geschrei und verkündeten in Anfällen von Hellseherei Zeichen und Wunder.

Die riesigen Buchen rings um die Kirche standen mit erhobenen Armen wie Zeugen erschütternder Offenbarungen da und schrien.

Etwas weiter, hinter den Dächern des Ringplatzes, sah ich die fernen Feuermauern und die nackten Giebelwände der Vorstadt. Sie bäumten sich übereinander und wuchsen, starr vor Entsetzen und verblüfft. Ein ferner, kalter, roter Widerschein färbte sie mit späten Farben.

Wir bekamen an diesem Tag kein Mittagessen, denn das Feuer in der Küche kehrte als Rauchschwaden in die Stube zurück. In den Zimmern war es kalt und roch es nach Wind. Um die zweite Nachmittagsstunde brach in der Vorstadt ein Brand aus und griff gewaltig um sich. Die Mutter und Adela fingen an, die Betten, die Pelze und die Kostbarkeiten einzupacken.

Es wurde Nacht. Der Wind nahm zu an Kraft und Gewalt, entfaltete sich übermäßig und erfaßte den ganzen Raum. Jetzt suchte er nicht mehr die Häuser und die Dächer heim, sondern baute über der Stadt einen vielstöckigen, vielfältigen Raum, ein schwarzes Labyrinth aus, das in endlosen Wolkenetagen emporwuchs. Aus diesem Labyrinth schoß er in ganzen Galerien von Zimmern hervor, führte er blitzschnell Flügel und Trakte auf, drechselte er donnernd lange Zimmerfluchten, um dann alle diese imaginären Stockwerke, Gewölbe und Kasematten einstürzen zu lassen und sich noch höher, unförmige Maßlosigkeit mit seiner eigenen Begeisterung gestaltend, in die Lüfte emporzuschwingen.

Das Zimmer bebte leise, die Bilder an den Wänden klirrten. Die Fensterscheiben funkelten im fetten Widerschein der Lampe. Die Vorhänge hingen gebläht und gebauscht vom Atem dieser stürmischen Nacht an den Fenstern. Es fiel uns

ein, den Vater seit dem Morgen nicht mehr gesehen zu haben. Wir meinten, daß er sich schon zeitig in der Frühe in den Laden begeben haben müsse, wo ihn der Sturmwind überrascht und ihm den Rückweg abgeschnitten habe.
»Den ganzen Tag hat er nichts gegessen«, jammerte die Mutter. Der älteste Gehilfe, Teodor, unternahm es, sich in Nacht und Sturm auf den Weg zu machen, um ihm eine Stärkung zu bringen. Mein Bruder schloß sich der Expedition an.
In große Bärenpelze gehüllt, beschwerten sie ihre Taschen mit Bügeleisen und Mörsern, einem Ballast, der verhindern sollte, daß sie vom Sturmwind fortgeweht würden.
Vorsichtig wurde die Tür geöffnet, welche in die Nacht hinausführte. Kaum daß der Gehilfe und mein Bruder mit geblähten Mänteln einen Fuß in die Dunkelheit gesetzt hatten, wurden sie sogleich auf der Schwelle des Hauses von der Nacht verschlungen. Der Wind verwischte momentan die Spur ihres Ausgangs. Nicht einmal die Laterne war durch das Fenster zu sehen, die sie mitgenommen hatten.
Nachdem sie der Wind verschlungen hatte, verstummte er ein Weilchen. Adela und die Mutter versuchten aufs neue, ein Feuer im Küchenherd zu entfachen. Die Zündhölzer erloschen, durch das Ofentürchen blies es Asche und Ruß herein. Wir standen unter der Tür und horchten. In den Klagen des Windes ließen sich allerhand Stimmen, Debatten, Anrufungen und Schwätzereien vernehmen. Es war uns, als hörten wir die Hilferufe des im Sturmwind verirrten Vaters; bald schien wieder der Bruder mit Teodor sorglos unter der Tür zu plaudern. Der Eindruck war so täuschend, daß Adela die Tür öffnete und tatsächlich Teodor und meinen Bruder erblickte, die sich mit großer Mühe aus dem Sturmwind herausarbeiteten, in dem sie bis unter die Achseln steckten.
Sie betraten atemlos den Flur und drückten unter Aufbietung aller Kräfte die Tür hinter sich zu. Eine Zeitlang mußten sie sich gegen den Türrahmen stemmen, so heftig stürmte der Wind gegen das Tor. Endlich schoben sie den Riegel vor, und der Wind jagte weiter.
Sie erzählten verworren von der Nacht und vom Sturm. Ihre winddurchtränkten Pelze rochen jetzt nach Luft. Sie zwinkerten mit den Lidern im Licht; ihre Augen, noch voller Nacht, troffen bei jedem Schlag der Lider vor Dunkelheit. Sie

konnten nicht bis zum Laden vorstoßen, hatten den Weg verloren und fanden kaum noch zurück. Sie erkannten die Stadt nicht wieder, alle Gassen waren wie umgestellt.
Die Mutter argwöhnte, daß sie logen. Tatsächlich machte diese ganze Szene den Eindruck, als hätten sie eine Viertelstunde lang in der Dunkelheit unter dem Fenster gestanden, ohne sich überhaupt entfernt zu haben. Doch vielleicht gab es die Stadt und den Ring wirklich nicht mehr, und der Wind und die Nacht hatten unser Haus nur mit schwarzen Kulissen voller Heulen, Pfeifen und Stöhnen umgeben. Vielleicht gab es diese ungeheuren und kläglichen Räume, die uns der Wind suggerierte, überhaupt nicht. Vielleicht gab es diese beklagenswerten Labyrinthe, diese fensterreichen Trakte und Korridore, auf denen der Wind wie auf langen schwarzen Flöten spielte, schlechthin nicht. Immer mehr festigte sich in uns die Überzeugung, daß dieses ganze Unwetter nur eine nächtliche Donquichotterie war, die auf engem Kulissenraum die tragische Maßlosigkeit, kosmische Obdachlosigkeit und Verwaisung des Sturmwinds nachahmte.
Immer häufiger öffnete sich jetzt die Tür zum Hausflur und ließ in Kapuzenmäntel und Schals gehüllte Gäste herein. Ein außer Atem gekommener Nachbar oder Bekannter wickelte sich langsam aus seinen Tüchern und Mänteln und stieß mit japsender Stimme Erzählungen, abgerissene und zusammenhanglose Worte hervor, welche die Maßlosigkeit der Nacht phantastisch vergrößerten und ins Lügenhafte übertrieben. Wir saßen alle in der hellerleuchteten Küche. Hinter dem Küchenherd und der schwarzen, breiten Kaminkappe führten ein paar Stufen zur Tür des Dachbodens.
Auf diesen Stufen saß der älteste Gehilfe Teodor und horchte, wie der Dachboden im Wind musizierte. Er hörte, wie sich in den Pausen des Sturmwinds die Bälge der Bodenrippen in Falten legten und das Dach bald erschlaffte und herabhing wie eine riesige Lunge, welcher der Atem entflohen ist, wie es bald wieder Atem schöpfte, von den Palisaden der Dachsparren reguliert wurde, wie ein gotisches Gewölbe emporwuchs, sich als ein Wald von Balken mit hundertfachem Echo ausbreitete und wie ein Gehäuse riesiger Bässe dröhnte.
Aber dann vergaßen wir den Sturmwind. Adela zerstampfte in einem erdröhnenden Mörser Zimt. Tante Perazja kam zu Besuch. Klein, flink und voller Betriebsamkeit, mit einem

schwarzen Spitzenschal auf dem Kopf, eilte sie geschäftig in der Küche hin und her, Adela zu helfen. Adela rupfte einen Hahn. Tante Perazja zündete unter der Kaminkappe eine Handvoll Papier an, und die breiten Lappen der Flamme flogen in das schwarze Feuerloch hinein. Adela hielt den Hahn am Kragen und schwenkte ihn über der Flamme hin und her, um die restlichen Federn abzubrennen. Der Hahn schlug im Feuer plötzlich mit den Flügeln, krähte einmal und verbrannte. Da begann Tante Perazja zu schimpfen, zu fluchen und zu lästern. Zitternd vor Wut drohte sie Adela und der Mutter mit den Armen. Ich verstand nicht, worum es ging, aber sie geriet in immer heftigeren Zorn und wurde ein einziges Bündel Gestikulation und Verwünschung. Sie schien sich in diesem Wutanfall in Stücke zu gestikulieren, zu zerfallen, sich zu teilen, in hundert Spinnen auseinanderzulaufen und sich auf dem Fußboden als schwarzes, flimmerndes Bündel verrückter Schabenbewegungen zu verzweigen. Indes begann sie – ohne Unterlaß sich ereifernd und Verwünschungen um sich streuend – unversehens kleiner zu werden und zu qualmen. Auf einmal trippelte sie, buckelig und klein, in die Küchenecke, wo das Brennholz lag, und begann, fluchend und hüstelnd, fieberhaft unter den klappernden Holzstücken zu suchen, bis sie zwei dünne, gelbe Späne gefunden hatte. Die packte sie mit vor Erregung fliegenden Händen und probierte sie ihren Beinen an, worauf sie sich an ihnen wie auf Stelzen emporzog und auf diesen gelben Krücken zu gehen, über die Bretter zu poltern und der schiefen Linie des Fußbodens entlang zu laufen begann, immer schneller und schneller, dann lief sie auf die tännerne Bank, torkelte über die donnernden Bretter, von dort kletterte sie auf das Regal mit den Tellern, das klirrende, rasselnde Regal, das sich rings um die Wände der Küche zog, lief mit schlenkernden Gliedern auf den Stelzenkrücken an ihm entlang, um schließlich in irgendeinem Winkel, immer weiter zusammenschrumpfend, schwarz zu werden, sich wie welkes, verbranntes Papier zusammenzurollen, in ein Plättchen Asche zu verglimmen und in Staub und Nichts zu zerfallen.

Wir standen alle ratlos dieser rasenden Furie des Zorns gegenüber, die sich selber verschlang und auffraß. Mit schmerzlicher Teilnahme betrachteten wir den traurigen Ver-

lauf dieses Anfalls und kehrten mit einer gewissen Erleichterung zu unseren Beschäftigungen zurück, als dieser klägliche Vorgang sein natürliches Ende erreicht hatte.
Adela läutete wiederum mit dem Mörser und stieß den Zimt, die Mutter setzte das unterbrochene Gespräch fort, und der Gehilfe Teodor lauschte den Prophezeiungen der Dachböden, schnitt lächerliche Grimassen, zog die Brauen hoch und lachte in sich hinein.

Jeder weiß, daß während einer Reihe gewöhnlicher, normaler Sommer die absonderlich gewordene Zeit manchmal aus ihrem Schoß andere Sommer, merkwürdige Sommer, entartete Sommer gebiert, denen mitunter – wie ein sechster, kleiner Finger an der Hand – ein dreizehnter, falscher Monat wächst.
Wir sagen ein falscher, da er selten zu voller Entwicklung gelangt. Wie spätgezeugte Kinder bleibt er im Wuchs zurück, ein buckliger Zwergmonat, ein in der Mitte verwelkter Trieb und eher gedacht als wirklich.
Schuld daran ist der greisenhafte Zeugungsdrang des Sommers, seine wollüstige und späte Lebenskraft. Es kommt mitunter vor, daß der August vergeht und der alte dicke Stamm des Sommers aus Gewohnheit noch weiterzeugt, aus seinem Moder diese gelben und idiotischen Tagwildlinge und Tagwucherungen treibt und als Draufgabe, umsonst, Tage wie abgenagte Maiskolben, leer und ungenießbar, hinzufügt – weiße, erstaunte, unnütze Tage.
Sie wachsen unregelmäßig und ungleich, formlos und miteinander verwachsen wie die Finger einer mißgestalteten Hand, knospend und zu einer »Feige« verkrümmt.
Andere vergleichen diese Tage mit Apokryphen, heimlich zwischen die Kapitel des großen Buches des Jahres eingefügt, mit Palimpsesten, verstohlen zwischen dessen Seiten geschoben, oder mit jenen weißen, nichtbedruckten Blättern, auf denen die Augen, sattgelesen und inhaltsschwer, in Bildern waten und auf den leeren, immer mehr verblassenden Seiten die Farben verlieren können, um auf deren Nichtigkeit auszuruhen, ehe sie in die Labyrinthe neuer Abenteuer und Kapitel hineingezogen werden.
Ach, diese alte, vergilbte Romanze des Jahres, dieses große, zerfallende Buch des Kalenders! Es liegt irgendwo vergessen in den Archiven der Zeit herum, und sein Inhalt wächst zwischen den Deckeln weiter und quillt ohne Unterlaß von der Geschwätzigkeit der Monate, von der raschen Selbstzeugung der Flunkerei, von Geschwätz und Wahn, die sich in ihm vermehren. Ach, und während ich diese unsere Erzäh-

lungen schreibe und diese Geschichten über meinen Vater an den verbrauchten Rand seines Textes reihe, gebe ich mich nicht der heimlichen Hoffnung hin, daß sie einmal unbemerkt zwischen die vergilbten Blätter dieses großartigsten aller zerfallenden Bücher hineinwachsen werden, daß sie in das große Rascheln seiner Seiten eingehen werden, das sie verschlingt?

Das, worüber wir hier sprechen werden, geschah in einem dreizehnten, überzähligen und gleichsam falschen Monat dieses Jahres, auf diesen paar leeren Blättern der großen Chronik des Kalenders.

Die Morgen waren zu jener Zeit seltsam bitter und erfrischend. An einem beruhigten und kühleren Zeitmaß, an einem ganz neuen Geruch der Luft, an einer veränderten Konsistenz des Lichts konnte man merken, daß man in eine andere Serie von Tagen, in eine neue Gegend des lieben Gottesjahres eingetreten war.

Die Stimme zitterte unter diesen neuen Himmeln, tönend und frisch wie in einer neuen, noch leeren Wohnung voll Lack- und Farbengeruch, voll angefangener und nicht ausprobierter Dinge. Mit seltsamer Rührung wurde das neue Echo ausprobiert, mit einer Neugierde angeschnitten wie der Kuchen zum Kaffee an einem kalten und nüchternen Morgen am Vortag einer Reise.

Mein Vater saß wieder im hinteren Kontor des Ladens in einem kleinen, gewölbten Stübchen, das wie ein Bienenstock in großzellige Registraturen kariert war und sich endlos in ganzen Lagen von Papieren, Briefen und Rechnungen schuppte. Aus dem Rascheln der Bogen, aus dem unaufhörlichen Zerschneiden der Papiere erwuchs die karierte und leere Existenz dieses Zimmers, aus dem ununterbrochenen Hin- und Hertragen der Aktenbündel mit ihren unzähligen Firmenköpfen auf den Briefbogen erneuerte sich in der Luft seine Apotheose in Form einer Fabrikstadt, aus der Vogelperspektive betrachtet und mit rauchenden Schloten gespickt, reihenweise von Medaillen eingefaßt und mit schwungvoll hingeworfenen Zügen pompöser »et« und »Comp.« umschlungen.

Dort saß der Vater wie in einem Vogelkäfig auf einem hohen Stuhl, und die Taubenschläge der Registraturen raschelten mit Stößen von Papier, und alle Nester und Nisthöhlen waren voll Zifferngezwitscher.

Die Tiefe des großen Ladens düsterte und dunkelte und bereicherte sich von Tag zu Tag mit neuen Vorräten an Tuch, Cheviot, Samt und Kord. In den finsteren Regalen, diesen Speichern und Vorratskammern einer kalten, schimmeligen Farbigkeit, potenzierte sich hundertfach die finstere, abgestandene Buntheit der Dinge, vermehrte und sättigte sich das mächtige Kapital des Herbstes. Dort wuchs und dunkelte dieses Kapital und machte sich auf den Regalen, wie auf den Galerien eines großen Theaters, immer breiter, jeden Morgen noch vervollständigt und vermehrt durch neue Warenladungen, die stöhnende, bärtige Träger, dampfend von herbstlicher Frische und Wodka, in Kisten und Packen zusammen mit der Morgenkälte auf ihren Bärenschultern hereintrugen. Die Gehilfen luden diese neuen Vorräte satter, seidiger Farben aus und füllten, verkitteten mit ihnen sorgfältig alle Fugen und Lücken der hohen Schränke. Es war ein riesiges Register allerlei herbstlicher Farben, nach Schichten gestapelt, nach Nuancen sortiert, von unten nach oben gehend wie auf klingenden Treppenstufen, wie auf Tonleitern aller Farboktaven. Es begann unten und probierte kläglich und zögernd alle Verschossenheiten und Halbtöne der Altlage, ging dann in die verschwommenen Aschtönungen der Ferne und in Gobelinblau über, wuchs nach oben zu in immer breiteren Akkorden, kam zu tiefen Blautönen, zum Indigo ferner Wälder und zum Plüsch rauschender Parke, um dann über alle Ockerarten, Sanguinschattierungen, Rostnuancen und Sepiatöne in den raschelnden Schatten welkender Gärten abzufallen und zum dunklen Duft der Pilze, zum Atem des Moders in den Tiefen der Herbstnacht und zur hohlen Begleitung der tiefsten Bässe zu gelangen.

Mein Vater ging an diesen Arsenalen des Tuchherbstes entlang und beruhigte und besänftigte diese Massen, ihre zunehmende Kraft, die ruhige Macht der Jahreszeit. Er wollte diese Reserven eingelagerter Farbigkeit möglichst lange zusammenhalten. Er fürchtete sich, diesen eisernen Fundus des Herbstes anzubrechen und gegen Bargeld einzutauschen. Aber er wußte und fühlte, daß seine Stunde kommen und der Herbstwind, ein verwüstender und warmer Wind, über diesen Schränken wehen würde und sie dann alles loslassen und nicht imstande sein würden, der Überschwemmung,

diesen Strömen an Buntheit Einhalt zu gebieten, mit denen sie über die ganze Stadt hereinbrechen würden.
Es kam die Nacht der großen Saison. Die Gassen belebten sich. Um die sechste Nachmittagsstunde erblühte die Stadt im Fieber, bekamen die Häuser rote Backen und wanderten die Menschen, belebt durch ein inneres Feuer, geschminkt und grell gefärbt, mit Augen, die in einem feiertäglichen, schönen und bösen Wahn blitzten, dahin.
In den Seitengassen, in den stillen Winkeln, die schon ins abendliche Viertel abbogen, war die Stadt leer. Nur die Kinder spielten auf den kleinen Plätzen unter den Balkons, spielten atemlos, lärmend und albern. Sie legten kleine Speichelblasen auf die Lippen, um sie aufzublasen und plötzlich selber zu großen, puterroten, blubbernden und plätschernden Unholden anzuschwellen oder sich in dumme, rote und krähende Hahnenmasken zu verwandeln, in bunte Herbstlarven, phantastisch und absurd. Es schien, als wollten sie sich, so aufgeblasen und krähend, in langen bunten Ketten in die Luft erheben und wie herbstliche Zugvögel über die Stadt fliegen – phantastische Flottillen aus Buntpapier und Herbstwetter. Oder sie fuhren sich gegenseitig unter Geschrei auf kleinen, lärmenden Wägelchen umher, die im bunten Rattern und Poltern der Räder, Speichen und Deichseln schillerten. Die Wägelchen fuhren mit ihrem Geschrei beladen dahin und rollten in die Tiefe der Gasse bis in den seichten, gelben, abendlichen Fluß, wo sie in einen Trümmerhaufen von Rädchen, Schräubchen und Hölzchen zerfielen.
Und während die Spiele der Kinder immer lärmender und verworrener wurden, dunkelten die glühenden Backen der Stadt und blühten purpurn auf; die ganze Welt begann plötzlich zu welken und schwarz zu werden, und rasch schälte sich eine fieberhafte Dämmerung heraus, von der alle Dinge angesteckt wurden. Verräterisch und giftig breitete sich diese Seuche der Dämmerung ringsum aus, ging von Ding zu Ding, und was sie berührte, das moderte, schwärzte sich, zerfiel sogleich in Fäulnis. Die Menschen flohen vor der Dämmerung in stiller Panik, und auf einmal erreichte sie dieser Aussatz und bestreute sie mit dunklem Ausschlag auf der Stirn, und sie verloren die Gesichter, die als große, formlose Flecken abfielen, und sie gingen ohne Gesichtszüge,

ohne Augen weiter, verloren unterwegs eine Maske nach der anderen, so daß die Dämmerung von diesen verlorenen Larven, mit denen sie ihren Fluchtweg bestreuten, wimmelte. Dann begann alles mit einer schwarzen, modernden Rinde zu verwachsen, die sich in großen Lappen schuppte, dem kranken Schorf der Dunkelheit. Und während sich unten schon alles auflöste und in diesem stillen Aufruhr, in der Panik des raschen Verfalls in Nichts zerfloß, hielt sich und wuchs oben der schweigende Alarm des Abendrots immer höher hinauf, zitternd vom Zwitschern der Millionen leiser Glöcklein, anschwellend vom Aufstieg Millionen unsichtbarer Lerchen, die gemeinsam in die große, silberne Unendlichkeit flogen. Dann war plötzlich die Nacht da – eine große Nacht, noch wachsend in den Stößen des Windes, die sie ausbreiteten. In ihrem vielfältigen Labyrinth waren helle Nester ausgemeißelt: die Läden – große, bunte Laternen, voll aufgetürmter Waren und lärmender Käufer. Durch die hellen Scheiben dieser Laternen konnte man den lärmenden Ritus der herbstlichen Käufer mit seinem absonderlichen Zeremoniell sehen.

Diese große, faltenreiche Herbstnacht, im Schatten wachsend und von Winden zerdehnt, barg in ihren dunklen Falten helle Taschen, Säckchen mit bunten Kleinigkeiten, mit bunten Schokoladetäfelchen, Keksplätzchen und Kolonialwarenbuntheiten. Diese Büdchen und Lädchen, aus Konfektschachteln zusammengeklebt, grell mit Schokoladenreklamen austapeziert, voller Seifen, lustigen Trödels, vergoldeter Lappalien, Stanniolfolien, Trompeten, Waffeln und bunter Pfefferkuchen, waren Stationen des Leichtsinns, Schnarren der Sorglosigkeit, zerstreut auf den Hängen der ungeheuren, labyrinthartigen, von den Flügeln des Windes zerschnittenen Nacht.

Große und dunkle Volksmengen flossen in der Dunkelheit dahin, im lärmenden Durcheinander, im Schlurfen tausender Beine, im Tosen tausender Münder – eine wimmelnde, verworrene Wanderung, die sich durch die Arterien der herbstlichen Stadt zog. So floß dieser Strom tosend dahin, mit dunklen Blicken und listigem Augenrollen, zerstückelt von Unterhaltung, zerhackt von Geplapper, ein großer Brei aus Klatsch, Gelächter und Tumult.

Es war, als raschelten scharenweise die herbstlichen, trocke-

nen Mohnkapseln, Mohn verstreuend – Schnarrenköpfe, Menschenklappern.
Mein Vater ging aufgeregt, mit hektisch geröteten Wangen und blitzenden Augen im hellbeleuchteten Laden auf und ab und horchte.
Durch die Scheiben der Auslage und des Portals drangen von weitem der Lärm der Stadt und das gedämpfte Rauschen des dahinfließenden Gedränges. In der Stille des Ladens brannte hell die Petroleumlampe, die von dem großen Gewölbe herabhing, und drückte die kleinsten Schattenspuren aus allen Spalten und Verstecken. Der leere, große Fußboden krachte in der Stille und zählte in diesem Licht der Länge und der Breite nach seine glänzenden Quadrate, die Schachbretter der großen Tafeln, die sich in der Stille knarrend miteinander unterhielten und sich, bald da, bald dort berstend, antworteten. Dafür lagen die Stoffe leise und stumm in ihrer schimmeligen Zottigkeit da und warfen sich an den Wänden hinter den Augen des Vaters Blicke zu und tauschten von Schrank zu Schrank stille Zeichen des Einverständnisses aus.
Der Vater horchte. Sein Ohr schien sich in dieser nächtlichen Stille zu verlängern und sich vor dem Fenster zu verzweigen: eine phantastische Koralle, ein roter Polyp, in den trüben Fluten der Nacht wogend.
Er horchte und hörte. Er hörte mit wachsender Unruhe die ferne Flut der heranbrandenden Menge. Er schaute sich bestürzt im leeren Laden um. Er suchte die Gehilfen. Aber diese dunklen, rothaarigen Engel waren fortgeflogen. Er stand mit seiner Angst allein vor den Scharen, die sogleich die Stille des Ladens als plündernde, lärmende Meute überschwemmen und diesen ganzen reichen Herbst, seit Jahren in dem großen, einsamen Speicher gesammelt, unter sich verteilen und versteigern würden.
Wo waren die Gehilfen? Wo waren diese wohlgestalteten Cherubim, welche die dunklen Tuchschanzen verteidigen sollten? Mein Vater hegte den traurigen Verdacht, daß sie irgendwo in der Tiefe des Hauses mit den Töchtern der Menschen sündigten. Regungslos und sorgenvoll, mit blitzenden Augen stand er in der hellen Stille des Ladens und vernahm mit seinem inneren Gehör, was sich in der Tiefe des Hauses, in den hinteren Kammern dieser großen, bunten Laterne tat. Das Haus öffnete sich, Stube für Stube, Kammer

für Kammer wie ein Kartenhaus vor ihm, und er sah, wie die Gehilfen Adela durch alle leeren und hellbeleuchteten Zimmer, treppauf und treppab, verfolgten, bis sie ihnen entwischte und in die helle Küche stürzte, wo sie sich hinter der Küchenkredenz verbarrikadierte.
Dort stand sie keuchend, blitzend und belustigt und ließ vor Lachen die großen Wimpern flattern. Die Gehilfen hockten kichernd vor der Tür. Das Küchenfenster war hinaus in die große, schwarze Nacht voller Gewimmel und Verwirrung geöffnet. Die schwarzen, gespreizten Scheiben brannten in den Reflexen der fernen Illumination. Die blitzenden Töpfe und Flaschen standen regungslos ringsherum und funkelten in der Stille mit ihrer fetten Glasur. Adela streckte ihr buntes, geschminktes Gesicht mit den flatternden Augen vorsichtig zum Fenster hinaus. Sie suchte – eines Hinterhalts sicher – die Gehilfen auf dem dunklen Hof. Und da gewahrte sie diese, wie sie vorsichtig im Gänsemarsch das schmale Fenstergesims an der Mauer, die rot vom Widerschein der fernen Illumination war, entlangwanderten und sich ans Fenster schlichen. Mein Vater schrie vor Zorn und Verzweiflung; aber in diesem Augenblick war das Stimmengewirr ganz nahe – und plötzlich bevölkerten sich die hellen Fenster des Ladens mit nahen Gesichtern, vom Lachen verzerrten, geschwätzigen Gesichtern, die sich die Nasen an den funkelnden Scheiben plattdrückten. Mein Vater wurde purpurrot vor Aufregung und sprang auf den Ladentisch. Und als die Menge diese Festung im Sturm eroberte und als lärmende Meute den Laden betrat, kletterte mein Vater mit einem Sprung auf die Tuchregale und stieß, hoch über der Menge hängend, aus voller Kraft in eine große Posaune aus Büffelhorn und blies Alarm. Aber das Gewölbe füllte sich nicht mit dem Rauschen der zu Hilfe eilenden Engel – statt dessen antwortete jedem Klageruf der Trompete der große, lachende Chor der Menge.
»Jakub, handeln! Jakub, verkaufen!« riefen alle, und dieses Rufen, ständig wiederholt, rhythmisierte sich zu einem Chor und ging langsam in die Melodie eines Refrains über, der von allen aus voller Kehle gesungen wurde. Da gab mein Vater das Spiel verloren, sprang von dem hohen Gesims herab und stürzte schreiend auf die Tuchbarrikaden. Zum Riesen geworden in seinem Zorn, mit einem zur Purpurfaust ange-

schwollenen Kopf, lief er gleich einem kämpfenden Propheten auf die Tuchschanzen und begann schrecklich gegen sie zu wüten. Er stemmte sich mit dem ganzen Körper in die mächtigen Baumwollballen und riß sie aus ihrer Verschanzung, schob sich unter Tuchpositionen und warf sie mit dumpfem Gepolter auf den Ladentisch. Die Ballen rutschten, entfalteten sich polternd und flogen als riesige Fahnen durch die Luft, die Regale explodierten überall in Detonationen der Draperie, als Wasserfälle aus Tuch, wie unter dem Schlag von Moses' Stäbchen.

So ergossen, erbrachen sich gewaltsam die Vorräte der Schränke und strömten als breite Flüsse dahin. Es schwamm der farbige Inhalt der Regale, wuchs, vermehrte sich und überschwemmte alle Theken und Tische.

Die Wände des Ladens verschwanden unter den mächtigen Formationen dieser Tuch-Kosmogonie, unter diesen Gebirgszügen, die sich in mächtigen Massiven türmten. Es öffneten sich breite Täler zwischen den Berghängen, und unter das breite Pathos der Höhen mengten sich dröhnend die Linien der Kontinente. Der Raum des Ladens weitete sich zu einem Panorama herbstlicher Landschaft mit Seen und Fernen, und im Hintergrund dieser Szenerie wanderte mein Vater durch die Falten und Täler eines phantastischen Kanaan, wanderte mit großen Schritten, die Arme prophetisch in den Wolken ausgebreitet, und formte die Landschaft mit den Schlägen seiner Begeisterung.

Und unten, am Fuße dieses Sinai, aus dem Zorn des Vaters emporgewachsen, gestikulierte und fluchte das Volk, betete Baal an und handelte. Sie nahmen die Hände voll weicher Falten, drapierten sich in buntes Tuch, wickelten sich in improvisierte Dominos und Mäntel und redeten sinnlos, aber viel.

Mein Vater wuchs plötzlich – vom Zorn verlängert – über diese Gruppen der Käufer hinaus und donnerte von oben herab diese Götzenanbeter mit seinem mächtigen Wort an. Dann kletterte er vernichtet und verzweifelt auf die hohen Galerien der Schränke, lief benommen über die Spannriegel der Regale, über die donnernden Bretter der entblößten Gerüste, verfolgt von den Bildern schamloser Ausschweifung, die er hinter seinem Rücken in der Tiefe des Hauses ahnte. Die Gehilfen hatten gerade den eisernen Balkon in der

Höhe des Fensters erreicht und ergriffen, festgekrallt in der Balustrade, Adela und zogen sie durch das Fenster, während sie mit den Augen blinkte und die schlanken Beine in den seidenen Strümpfen hinter sich nachzog.

Während mein Vater, entsetzt über die Schändlichkeit der Sünde, mit dem Zorn seiner Gesten in das Drohen der Landschaft hineinwuchs, ergab sich unten das sorglose Volk Baals einer zügellosen Heiterkeit. Eine parodistische Leidenschaft, eine Seuche des Lachens beherrschte diesen Pöbel. Wie konnte man von ihnen, von diesem Volk der Karfreitagratschen und Nußknacker, Ernst verlangen! Wie konnte man von diesen Mühlchen, die ohne Unterlaß bunten Wortbrei mahlten, Verständnis für die großen Sorgen des Vaters verlangen! Taub für die Donner seines prophetischen Zorns, hockten diese Händler in seidenen Pekeschen in kleinen Häufchen rings um die Faltengebirge der Stoffe und erörterten geschwätzig und lachend die Vorzüge der Ware. Diese schwarze Börse zerstörte mit ihren schnellen Zungen die edle Substanz der Landschaft, zerkleinerte sie zu Hackfleisch aus Worten und schluckte sie fast.

Anderswo standen Gruppen von Juden in bunten Kaftanen und hohen Pelzmützen vor den hohen Wasserfällen des Stoffes. Dies waren die Männer des Hohen Rates, würdige und salbungsvolle Herren, die ihre langen, gepflegten Bärte strichen und zurückhaltende, diplomatische Gespräche führten. Aber in dieser zeremoniellen Unterhaltung, in den Blicken, welche sie tauschten, lag der Schein lächelnder Ironie. Inmitten dieser Gruppen wogte das gemeine Volk, eine wesenlose Menge, Pöbel ohne Gesicht und Individualität. Es füllte irgendwie die Lücken in der Landschaft und polsterte den Hintergrund mit den Schellen und Klappern sinnlosen Geredes. Es war ein närrisches Element, ein tanzender Haufen von Hanswursten und Possenreißern, der – selber ohne ernste Handelsabsichten – die sich hier und dort anknüpfenden Transaktionen mit seinen närrischen Späßen ad absurdum führte.

Allmählich zerstreute sich aber dieses lustige Völkchen, durch seine eigenen Narrheiten gelangweilt, in die weitere Umgebung der Landschaft und verschwand dort langsam zwischen den Felsbrüchen und Tälern. Wahrscheinlich fielen diese Spaßmacher einer nach dem anderen in die Ritzen und

Spalten des Terrains wie vom Spiel ermüdete Kinder in die Winkel und Verstecke der Wohnung in einer Ballnacht.

Mittlerweile gingen die Stadtväter, die Männer des Großen Synedrions, in Gruppen voll Ernst und Würde hin und her und führten leise, tiefsinnige Dispute. Nachdem sie die große bergige Landschaft abgeschritten hatten, wanderten sie zu zweit und zu dritt auf den weiten und krummen Wegen dahin. Ihre kleinen und dunklen Silhouetten bevölkerten diese ganze wüste Höhe, über der ein schwerer und grauer Himmel hing, faltig und wolkig, in lange, gleichlaufende Furchen zerpflügt, in silberne und weiße Schollen, die in der Tiefe weitere Lagen ihrer Schichtung zeigten.

Das Licht der Lampe schuf einen künstlichen Tag in diesem Land, einen seltsamen Tag ohne Dämmerung und Abend.

Mein Vater beruhigte sich langsam. Sein Zorn legte sich und verfing sich in den Schichten und Lagen der Landschaft. Er saß jetzt auf den Galerien der hohen Regale und schaute in das herbstelnd weite Land. Er sah, wie man auf fernen Seen dem Fischfang nachging. In den kleinen Schalen der Boote saßen je zwei Fischer, die ihre Netze ins Wasser ließen. An den Ufern trugen Knaben Körbe voll schnellenden silbernen Fangs auf den Köpfen dahin.

Dann bemerkte er, wie Gruppen von Wanderern in der Ferne die Köpfe gen Himmel streckten und mit erhobenen Armen auf etwas zeigten.

Und sogleich wurde der Himmel mit einem bunten Ausschlag bedeckt, mit wabernden Flammen bestreut, die wuchsen, reiften und sogleich den ganzen Raum mit seltsamen Vogelvölkern erfüllten, die in großen, sich kreuzenden Spiralen kreisten und voltierten. Der ganze Himmel füllte sich mit erhabenem Flug, Schwingenschlag und majestätischen Linien stillen Schwebens. Einige von ihnen schwammen wie riesige Störche regungslos auf den ruhig ausgebreiteten Flügeln, andere – bunten Federbüschen oder barbarischen Trophäen ähnlich – flatterten schwer und plump, um sich auf den Wogen der warmen Aura zu halten; andere endlich, unförmige Konglomerate aus Flügeln, mächtigen Füßen und gerupften Hälsen, erinnerten an schlecht ausgestopfte Geier und Kondore, aus denen die Sägespäne rieseln.

Es waren Vögel mit zwei Köpfen und vielen Flügeln unter ihnen, auch Krüppel gab es, die einflügelig und ungeschickt

durch die Luft hinkten. Der Himmel glich einem alten Fresko voller Fabeltiere und Scheusale, die kreisten, einander auswichen und in bunten Ellipsen wieder zurückkehrten.
Mein Vater erhob sich auf den Spannriegeln, plötzlich von einem Schein umflossen, streckte die Arme aus und rief die Vögel mit einer alten Zauberformel herbei. Er hatte sie voller Aufregung erkannt. Es war die ferne, vergessene Nachkommenschaft jener Vogelgeneration, die Adela einst in alle vier Himmelsrichtungen zerstreut hatte. Jetzt kehrte diese künstliche Nachkommenschaft, dieses degenerierte Vogelgeschlecht, entartet, ausgewachsen und innerlich verkümmert zurück.
Idiotisch gewachsen, unsäglich groß geworden, war es innerlich leer und ohne Leben. Die ganze Lebenskraft dieser Vögel war ins Gefieder geschossen und ins Phantastische gewuchert. Es war wie ein Museum ausrangierter Geschlechter, wie die Rumpelkammer des Vogelparadieses.
Einige flogen auf dem Rücken, hatten schwere, plumpe Schnäbel wie Sägeböcke oder Türschlösser, mit bunten Wucherungen bewachsen, und waren blind.
Wie rührte meinen Vater diese unerwartete Rückkehr, wie staunte er über den Vogelinstinkt, über diese Anhänglichkeit an den Meister, die jenes vertriebene Geschlecht wie eine Legende in der Seele bewahrt hatte, um schließlich nach vielen Generationen, am letzten Tag vor dem Erlöschen des Geschlechts, in die Urheimat zurückzukehren!
Aber diese papierenen, blinden Vögel konnten meinen Vater nicht mehr erkennen. Vergeblich rief er sie mit der alten Zauberformel, in der vergessenen Vogelsprache herbei – sie sahen und hörten ihn nicht.
Plötzlich pfiffen Steine durch die Luft. Das waren die Spaßmacher, das dumme und gedankenlose Volk! Sie zielten der Reihe nach mit ihren Geschossen auf den phantastischen Vogelhimmel.
Vergeblich warnte mein Vater, vergeblich drohte er mit beschwörenden Gesten: man hörte nicht auf ihn, beachtete ihn nicht. Und die Vögel fielen herab. Von den Geschossen getroffen, hingen sie schwer in der Luft und verwelkten dort. Ehe sie die Erde erreichten, waren sie schon formlose Federhaufen.
Augenblicklich bedeckte sich die Höhe mit seltsamem, phan-

tastischem Aas. Ehe mein Vater auf das Schlachtfeld eilen konnte, lag dieses herrliche Vogelgeschlecht schon tot auf den Felsen ausgestreckt.
Jetzt erst, aus der Nähe, konnte mein Vater den ganzen Schund dieser verarmten Generation, die ganze Lächerlichkeit ihrer trödelhaften Anatomie betrachten.
Es waren riesige Federbälge, irgendwie mit altem Luder ausgestopft. Bei vielen konnte man den Kopf nicht ausmachen, weil dieser knüppelartige Körperteil keine seelischen Merkmale trug. Einige waren mit einem zottigen, klebrigen Fell wie Ure bedeckt und stanken widerlich. Andere erinnerten an bucklige, kahle, verreckte Kamele. Andere endlich waren offenbar aus einer bestimmten Art Papier gemacht, hohl im Innern und herrlich bunt von außen. Einige erwiesen sich aus der Nähe als nichts anderes denn große Pfauenschweife und bunte Fächer, denen man auf unbegreifliche Art ein bißchen scheinbares Leben eingehaucht hatte.
Ich sah die traurige Rückkehr meines Vaters. Der künstliche Tag färbte sich schon langsam mit dem Kolorit eines gewöhnlichen Frührots. In dem verwüsteten Laden sättigten sich die höchsten Regale mit den Farben des Morgenhimmels. Zwischen den Fragmenten der erloschenen Landschaft, inmitten der zerstörten Kulissen der nächtlichen Szenerie, sah der Vater die vom Schlaf aufstehenden Gehilfen. Sie erhoben sich aus den Tuchballen und gähnten in die Sonne. In der Küche oben mahlte Adela, noch warm vom Schlaf und mit zerzausten Haaren, den Kaffee auf einer Mühle, die sie an ihre weiße Brust drückte, von welcher die Bohnen Glanz und Feuer empfingen. Der Kater wusch sich in der Sonne.

DAS SANATORIUM ZUR TODESANZEIGE

Józefa Szelińska gewidmet

1

Ich nenne es einfach das Buch, ohne weitere Bezeichnungen und Epitheta, und es ist in dieser Enthaltsamkeit und Beschränkung ein ratloses Seufzen, eine stille Kapitulation vor der Unermeßlichkeit des Transzendenten, da kein Wort, keine Anspielung so funkeln, duften oder gar mit dem Schauer der Angst, dem Vorgefühl dieses namenlosen Dinges verschmelzen kann, dessen erster Geschmack auf der Zungenspitze schon das Fassungsvermögen unseres Entzückens überschreitet. Was hülfe das Pathos von Eigenschaftswörtern und die Aufgeblasenheit von Epitheta gegen dieses Ding ohne Maß, gegen diese Herrlichkeit ohne Vergleich. Schließlich wird der Leser, der echte Leser, mit dem unsere Erzählung rechnet, auch so verstehen, wenn ich ihm tief in die Augen schaue und auf deren tiefstem Grund diesen Blitz funkeln lasse. Durch diesen kurzen, aber mächtigen Blick, durch meinen flüchtigen Händedruck wird er begreifen, eindringen, erkennen – und die Augen schließen vor Entzücken über sein tiefes Verständnis. Denn halten wir uns nicht unter dem Tisch, der uns trennt, alle insgeheim an den Händen?
Das Buch ... Irgendwo im Morgengrauen der Kindheit, im ersten Lebenslicht wurde der Horizont von einem sanften Licht erhellt. Es lag ruhmbedeckt auf dem Schreibtisch des Vaters, während der Vater, still in das Buch versenkt, mit speichelbefeuchtetem Finger geduldig an der Rückenprägung rieb, bis das blinde Papier sich beschlug, trüb wurde, in seligem Vorgefühl zu phantasieren anhub und sich auf einmal in Fusseln wie Fließpapier schuppte und einen pfauenäugigen, verhexten Flor enthüllte, während der Blick ermattend in die jungfräuliche Welt göttlicher Farben und die bezaubernde Feuchtigkeit der reinsten Lazurtöne versank.
O dieses Lüften der Schleier! O diese Invasion von Glanz! O seliger Frühling! O Vater ...
Mitunter stand der Vater auf und ging von dem Buch fort. Dann blieb ich allein mit diesem – und ein Wind fuhr durch seine Seiten und die Bilder erhoben sich.

Und wenn so der Wind leicht in den Bogen blätterte und dabei Farben und Figuren herauswehte, rann ein Schauder durch die Spalten des Textes und ließ zwischen den einzelnen Lettern ganze Scharen von Schwalben und Lerchen frei. So flog eine Seite nach der anderen davon und zerflatterte und sickerte sanft in die Landschaft ein, die sich an dieser Farbigkeit sättigte. Mitunter schlief sie und der Wind blies sie leise auf wie eine hundertblättrige Rose und öffnete die Blätter, Läppchen um Läppchen, Lid um Lid, alle blind, samten und schläfrig, einen lazurblauen Augenstern auf dem Grund ihres Schoßes bedeckend, einen Pfauenkern, ein schreiendes Kolibrinest.

Das war vor langer Zeit. Die Mutter gab es damals noch nicht. Ich verbrachte die Tage allein mit dem Vater in unserem Zimmer, das mir damals so groß wie die Welt vorkam.

Die prismenförmigen Kristalle, die von der Lampe herabhingen, erfüllten das Zimmer mit gebrochenen, zerstäubten Farben, mit einem in allen Winkeln zerspritzenden Regenbogen, und wenn die Lampe sich an ihren Ketten drehte, wanderte das ganze Zimmer in den Fragmenten dieses Regenbogens, als schöben die Sphären der sieben Planeten sich kreuzend durcheinander. Ich stand gern zwischen den Beinen des Vaters und umfing sie von beiden Seiten wie Säulen. Mitunter schrieb er Briefe, ich saß am Schreibtisch und verfolgte ergriffen die Schnörkel seiner Unterschrift, die verworren waren gleich den Trillern einer Koloratursängerin. In den Tapeten knospte verstohlenes Lächeln, Augen brachen hervor und schlugen Purzelbäume. Um mich zu unterhalten, blies der Vater aus einem langen Strohhalm Seifenblasen in den Regenbogen des Raumes. Sie schlugen gegen die Wände, zerplatzten und ließen in der Luft ihre Farben zurück.

Dann kam die Mutter, und die frühe, helle Idylle war zu Ende. Gefangengenommen von den Liebkosungen der Mutter, vergaß ich den Vater. Mein Leben verlief in neuen, veränderten Bahnen, ohne Feiertage und ohne Wunder, und ich hätte wohl das Buch für immer vergessen, wären nicht diese Nacht und dieser Traum gewesen.

2

Ich erwachte einmal im dunklen Schein eines Wintermorgens – unter den Lawinen der Dunkelheit glühte, tief unten, eine trübe Morgenröte – und begann, noch unklar und verworren, nebst vielen anderen Schmerzen und Leiden, das Gewimmel nebelhafter Figuren und Zeichen unter den Lidern, von dem alten, verschwundenen Buch zu faseln.

Niemand verstand mich, und so begann ich denn, gereizt durch diese Stumpfheit, beharrlicher zu greinen und die Eltern ungeduldig und fieberhaft zu belästigen.

Barfuß und im Hemd, zitternd vor Erregung durchstöberte ich den Bücherschrank des Vaters und schilderte dem verblüfften Publikum enttäuscht, zornig und ratlos jenes unbeschreibliche Ding, dem keine Worte, kein Bild mit meinem zitternden, verlängerten Finger gezeichnet, zu entsprechen vermochten. Ich erschöpfte mich endlos in verworrenen und widerspruchsvollen Vergleichen und weinte vor ohnmächtiger Verzweiflung.

Sie standen ratlos und verwirrt neben mir und schämten sich ihrer Ohnmacht. In tiefster Seele waren sie nicht ohne Schuld. Meine Gewalttätigkeit, mein ungeduldig heischender und zorniger Ton verliehen mir den Anschein des Rechts und das Übergewicht wohlbegründeter Absichten. Sie kamen mit verschiedenen Büchern angelaufen und drückten sie mir in die Hände. Ich warf sie empört weg.

Eines von ihnen, einen dicken und schweren Folianten, schob mir der Vater immer von neuem mit schüchterner Aufmunterung zu. Ich schlug es auf. Es war die Bibel. Ich erblickte auf ihren Blättern eine große Wanderung von Tieren über tausend Landstraßen dahinströmend, verzweigt in Märschen über ein fernes Land, ich erblickte einen Himmel ganz in Schlüsseln und Schaufeln, eine riesige umgekehrte Pyramide, deren fernen Gipfel die Arche berührte.

Ich blickte den Vater vorwurfsvoll an. »Du weißt es, Vater«, rief ich, »du weißt es gut, verstell dich nicht, weich nicht aus! Dieses Buch hat dich verraten. Weshalb gibst du mir diese verdorbene Apokryphe, die tausendste Kopie, ein mißlungenes Falsifikat? Wo hast du das Buch hingetan?«

Der Vater wandte den Blick ab.

3

Die Wochen vergingen, meine Erregung flaute ab, ich beruhigte mich, doch das Bild des Buches brannte in meiner Seele als helle Flamme weiter und war ein großer raschelnder Kodex, eine stürmische Bibel, durch deren Blätter der Wind fuhr, der sie plünderte wie eine riesige, sich entblätternde Rose.

Als der Vater sah, daß ich mich beruhigt hatte, näherte er sich eines Tages vorsichtig und sagte im Tonfall eines sanften Vorschlages: »Im Grund genommen existieren nur Bücher. *Das* Buch ist ein Mythos, an den wir in der Jugend glauben, doch im Lauf der Jahre hört man auf, sich ernstlich mit ihm zu beschäftigen.« Ich war schon damals anderer Ansicht und wußte, daß dieses Buch ein Postulat, eine Aufgabe war. Ich gab dem Vater, ganz von Verachtung und zornigen, düsteren Gedanken erfüllt, keine Antwort.

Damals war ich nämlich schon im Besitz einiger Fetzen des Buches, kläglicher Reste, die mir ein seltsamer Zufall in die Hände gespielt hatte. Ich versteckte meinen Schatz sorgfältig vor allen Blicken und trauerte über den tiefen Verfall dieses Buches, für dessen verstümmelte Reste ich niemals Verständnis zu gewinnen vermocht hätte. Das war so gekommen:

Eines Tages im Winter traf ich Adela mit der Bürste in der Hand über ein Pult geneigt, auf dem irgendein zerfledderter Papierhaufen lag. Ich neigte mich über die Schulter, nicht nur aus Neugierde, sondern um mich noch einmal am Geruch ihres Körpers zu betäuben, dessen jungen Zauber meine erwachten Sinne vor kurzem entdeckt hatten.

»Schau«, sagte sie, während sie mein Sich-Anschmiegen ohne Protest hinnahm, »ist es möglich, daß jemandem die Haare bis auf die Erde wachsen? Ich möchte auch solche haben.«

Ich betrachtete den Kupferstich. Auf einem großen Blatt in Folio war das Bildnis einer Frau von ziemlich starken und gedrungenen Formen und mit einem Gesicht voll Energie und Erfahrung zu sehen. Vom Kopf dieser Dame floß ein riesiger Haarpelz herab, der sich schwer um die Schultern wand und sich mit den Enden der dichten Flechten über den Boden ringelte. Es war ein unwahrscheinliches Naturwunder, ein faltenreicher, verschwenderischer Mantel, aus Haarwurzeln gewebt, und man konnte sich schwer vorstellen, daß ein solches Gewicht den überlasteten Kopf nicht außer Gefecht setzte und ihm nicht empfindliche Schmerzen verursachte. Doch die Eigentümerin dieser Pracht schien diesen Belag mit Stolz zu tragen, während der daneben in dicken Lettern gedruckte Text die Geschichte dieses Wunders vermeldete und mit den Worten begann: »Ich, Anna Csillag, geboren zu Karlowitz in Mähren, hatte einen spärlichen Haarwuchs ...«

Es war eine lange Geschichte: sie ähnelte ihrer Konstruktion nach der Geschichte Hiobs. Anna Csillag war durch Gottes Fügung von spärlichem Haarwuchs heimgesucht. Das ganze Städtchen beklagte diese Heimsuchung, die Anna ihres tadellosen Lebenswandels wegen verziehen wurde, obgleich sie nicht ganz unverschuldet sein konnte. Und tatsächlich geschah es auf Grund ihrer inbrünstigen Gebete, daß der Fluch von ihrem Haupte genommen wurde. Anna Csillag erlangte die Gnade der Erleuchtung, ward mannigerlei Zeichen und Hinweise teilhaftig und braute ein Spezifikum, eine wunderbare Arznei, so ihrem Haupte gar liebliche Fruchtbarkeit verlieh. Sie bekam einen Pelz aus Haaren – und nicht genug damit: auch ihr Mann, ihre Brüder und ihre Vettern verfilzten von einem Tag auf den anderen im dichten schwarzen Futter ihrer Behaarung. Andererseits wurde Anna Csillag sechs Wochen nach Offenbarung des Rezepts im Kreise ihrer Brüder, Schwäger und Neffen, lauter bis zum Gürtel gebarteter und haariger Männer, gezeigt, und man betrachtete voll Staunen diese wahrhaft unverfälschte, bärengleiche Explosion der Männlichkeit. Anna Csillag beglückte das ganze Städtchen, auf das sich ein wahres Füllhorn in Gestalt wallender Schöpfe und riesiger Mähnen herabgesenkt hatte und dessen Bürger den Boden mit Bärten, wie Besen so breit, fegten. Anna Csillag wurde die Verkünderin der Behaartheit. Nachdem sie ihre Vaterstadt beglückt hatte, wünschte sie alle Welt zu beglücken und bat, ermunterte und flehte, dieses Geschenk Gottes, diese wunderbare Arznei, deren Geheimnis nur sie allein kannte, um der eigenen Erlösung willen anzunehmen.

Diese Geschichte las ich über Adelas Schulter hinweg, und plötzlich zündete ein Gedanke, von dessen Schlag ich ganz in

Flammen stand. Das war jenes Buch, waren seine letzten Seiten, war sein inoffizieller Anhang, waren seine hintere Offizin voller Abfälle und Gerümpel! Die Fragmente eines Regenbogens kreisten in den wirbelnden Tapeten, ich riß Adela die Fetzen aus den Händen und hauchte mit versagender Stimme: »Woher hast du das Buch?«

»Dummkopf«, sagte sie achselzuckend, »es liegt doch seit jeher hier, und wir reißen täglich Blätter heraus, um die Einkäufe in der Fleischbank einzuwickeln und das Frühstück für den Vater ...«

4

Ich lief in mein Zimmer. Bis ins Innerste aufgewühlt und mit flammendem Gesicht begann ich mit fliegenden Händen in den Fetzen zu blättern. Es waren ihrer kaum ein Dutzend. Nicht eine Seite des eigentlichen Textes, nur lauter Bekanntmachungen und Anzeigen. Gleich auf die Prophezeiungen einer langhaarigen Sibylle folgte ein Blatt mit der Anzeige einer wunderbaren Arznei gegen alle Krankheiten und Gebresten. »Elsa, das Fluidum mit dem Schwan«, hieß der Balsam, und es wirkte Wunder. Die Seite war voll beglaubigter Zeugnisse und erregender Berichte von Leuten, an denen sich das Wunder vollzogen hatte.

Aus Siebenbürgen, aus Slawonien und aus der Bukowina kamen Geheilte, eifrig und bereit, mit heißen und erregenden Worten ihre Geschichte zu erzählen. Sie kamen bandagiert und gebückt, schwangen ihre überflüssigen Krücken, rissen die Pflaster von den Augen und die Verbände von den Wunden.

Zwischen diesen Prozessionen der Krüppel waren ferne und traurige Städtchen zu sehen, mit einem Himmel so weiß wie Papier und versteinert von Prosa und Alltäglichkeit. Es waren Städte, vergessen in der Tiefe der Zeit, wo die Menschen an ihre kleinen Schicksale gebunden lebten, von denen sie keinen Augenblick sich loszureißen vermochten. Ein Schuster blieb ewig Schuster, roch nach Leder, hatte ein kleines und mageres Gesicht, kurzsichtige blasse Augen über dem farblosen herabhängenden Schnurrbart und fühlte sich durch und durch als Schuster. Und wenn sie keine Geschwüre hatten, ihnen nicht die Knochen gebrochen wurden und keine Geschwülste sie aufs Krankenlager warfen, lobten sie ihr farbloses graues Glück, rauchten billigen Tabak, gelben kaiserlich-königlichen Regietabak, oder träumten stumpf vor der Lotteriekollektur.

Katzen liefen ihnen über den Weg, bald von rechts und bald von links, sie träumten von schwarzen Hunden oder es juckte sie eine Hand. Mitunter schrieben sie einen Brief aus Briefschriftstellern ab, klebten ängstlich die Marke darauf und vertrauten ihn zögernd und voll Mißtrauen dem Briefkasten an, gegen den sie mit der Faust schlugen, um ihn gleichsam zu wecken. Und durch ihre Träume flogen dann weiße Tauben mit Briefchen im Schnabel und verschwanden in den Wolken.

Die folgenden Seiten erhoben sich über die Sphäre der täglichen Angelegenheiten hinaus in die Regionen reiner Poesie.

Es gab dort Harmonien, Zithern und Harfen, einst die Instrumente der Engelschöre, heute dank dem industriellen Fortschritt zu populären Preisen dem einfachen Mann auf der Straße zugänglich, dem gottesfürchtigen Volk, zur Stärkung der Herzen und ehrbarer Ergötzung.

Es gab dort Leierkasten, wahre Wunder der Technik, voll versteckter Flöten, Kehlen, Pfeifen und kleiner Register, die so süß trillerten wie Nester schluchzender Nachtigallen – ein unschätzbarer Schatz für Invaliden, eine Quelle lukrativer Einkünfte für Krüppel und überhaupt unerläßlich in jedem musikalischen Haus. Und man sah diese Leierkasten, schön bemalt, auf den Schultern unansehnlicher grauer Weiblein dahinwandern, deren Gesichter – verzehrt vom Leben – wie von Spinnweben eingesponnen und völlig ausdruckslos waren, Gesichter mit tränenden, reglosen Augen, die langsam ausliefen, Gesichter, schal geworden vor lauter Leben, so ausgebleicht und unschuldig wie Baumrinde, geplatzt von allerlei Wettern und lediglich nach Regen und Himmel riechend gleich dieser.

Sie hatten längst vergessen, wie sie hießen und wer sie waren, und so schlurften sie, in sich zusammengesunken und mit gebogenen Knien, mit kleinen, gleichmäßigen Schritten in riesigen schweren Schuhen eine völlig gerade und einförmige Straße entlang inmitten gewundener und verworrener Wege.

An den weißen, sonnenlosen Vormittagen, Vormittagen, altbacken vor Kälte und in die üblichen Trivialitäten des Tages versunken, schälten sie sich unbemerkt aus der Menge, stellten die Leierkasten an den Straßenecken unter dem gelben, von Telegraphendrähten durchschnittenen Streifen des Himmels, inmitten der stumpfen, mit aufgestellten Mantelkragen dahineilenden Menge auf die Kreuzhölzer und begannen ihre Melodien – nicht von Anfang, sondern von der Stelle an, wo sie gestern innegehalten hatten – und spielten. »Daisy, Daisy, gib eine Antwort mir ...«, während aus den Schornsteinen weiße Federbüsche von Rauch qualmten. Und seltsam! die Melodie, kaum begonnen, sprang sogleich in die Lücke, an ihren Platz in dieser Stunde und in dieser Landschaft, als hätte sie seit jeher in diesen nachdenklichen und in sich selbst verpackten Tag gehört, als liefen in ihrem Takt die Gedanken und grauen Sorgen der eiligen Passanten.
Und wenn sie nach einer gewissen Zeit aufhörte, mit einem langen, gedehnten Gewinsel aus dem Inneren des Leierkastens getrennt, das einen ganz anderen Ton anstimmte, hielten die Gedanken und Sorgen einen Augenblick lang inne, als wechselten sie im Tanz den Schritt, und begannen sich dann – ohne innezuhalten – in der entgegengesetzten Richtung zu drehen, im Takt der neuen Melodie, die aus den Pfeifen des Leierkastens gelaufen kam: »Margarethe, du mein Herzensschatz ...«
In der stumpfen Gleichgültigkeit dieses Vormittages bemerkte nicht einer, daß sich der Sinn der Welt von Grund auf geändert hatte, daß sie nicht mehr im Takt von »Daisy, Daisy ...«, sondern in dem von »Margarethe ...« lief.
Schlagen wir die nächste Seite auf ... Was ist das? Geht ein Frühlingsregen hernieder? Nein, Vogelgezwitscher rieselt wie graues Schrot auf die Regenschirme, denn es werden echte Harzer Edelroller feilgeboten, Käfige voller Stieglitze und Stare, Körbe voller gefiederter Sänger und Schwätzer. Spindelförmig und leicht, wie mit Watte ausgestopft, zukkend und hüpfend, wendig als liefen sie auf glatten, quietschenden Bolzen, schwatzhaft wie Uhrenkuckucke waren sie Trost in der Einsamkeit, ersetzten sie den Junggesellen die Wärme des Familiennestes, entlockten sie selbst den härtesten Herzen die Seligkeit mütterlicher Gefühle, so viel Küch-

leinhaftes und Erregendes hatten sie an sich, und selbst dann noch, wenn man sie mit dem folgenden Blatt bedeckte, sandten sie dem Scheidenden ihr verbindliches, lockendes Piepsen nach.
Doch im weiteren Verlauf geriet das klägliche Manuskript in immer ärgeren Verfall. Jetzt war es in das Labyrinth zweifelhafter Grillenfängerei geraten. In langem Mantel, mit einem Lächeln, das sein schwarzer Bart verschlang, wer präsentierte sich da dem Publikum, bereit zu jedem Dienst? Herr Bosco aus Milano, seines Zeichens Magister der schwarzen Magie – und er redete lange, aber undeutlich, und demonstrierte etwas mit den langen Fingerspitzen, was seine Worte leider nicht verständlicher machte. Und obgleich er seiner Meinung nach zu erstaunlichen Schlüssen gekommen war, die er einen Augenblick lang zwischen den gefühlvollen Fingern abzuwägen schien, ehe ihr flüchtiger Sinn durch seine Finger in die Luft entwich, und obgleich er die subtilen Gelenke der Dialektik mit einem warnenden Hochziehen der Brauen pointierte, das auf ungewöhnliche Dinge vorbereitete, war er nicht zu verstehen und – schlimmer noch – wünschte man nichts zu verstehen, wünschte ihn mit seinen Gesten, seinem gedämpften Ton und mit der ganzen Skala dunkler lächelnder Andeutungen allein zu lassen, um rasch die letzten, schon brüchigen, zerflatternden Seiten durchzublättern.
Auf diesen letzten Seiten, die deutlich sichtbar in wirre Fieberphantasien zerfielen und in baren Unsinn, bot ein Gentleman seine unfehlbare Methode an, wie man in allen Entscheidungen energisch und standhaft bleiben könne, er sprach viel von Grundsätzen und Charakter. Doch man brauchte nur umzublättern, um in Dingen der Standhaftigkeit und Grundsätzlichkeit völlig desorientiert zu sein.
Da kam mit Trippelschrittchen, behindert von der Schleppe ihres Kleides, eine gewisse Frau Magda Wang heraus und bekundete durch die Höhe ihres geschnürten Dekolletés, daß sie aller männlichen Standhaftigkeit und Grundsätzlichkeit spottete und daß ihre Spezialität darin bestand, selbst die stärksten Charaktere zu brechen. Sie ordnete mit einer Bewegung ihres Füßchens die Schleppe auf dem Boden. In dieser Absicht gibt es Methoden, fuhr sie durch die zusammengepreßten Zähne fort, unfehlbare Methoden, über die

sich zu verbreiten sie ablehnte, indem sie auf ihre Tagebücher verwies, die unter dem Titel »Aus Purpurtagen« (Verlag des Instituts für Anthroposophie in Budapest) erschienen seien und in denen sie alle Ergebnisse ihrer Kolonialerfahrungen auf dem Gebiet der Menschendressur (dieser Ausdruck mit Betonung und ironischem Blitzen der Augen) niedergelegt habe. Und seltsam, diese fahrlässig und ohne viele Hemmungen redende Dame schien der Billigung jener sicher zu sein, von denen sie mit solchem Zynismus sprach, und inmitten ihres sonderbaren Schwindelns und Flunkerns spürte man, daß die moralischen Angaben und Bestimmungen einen seltsamen Verlauf nahmen und daß wir schon in einem anderen Klima waren, in dem sich der Kompaß verkehrt bewegte.
Das war des Buches letztes Wort; es hinterließ den Geschmack einer merkwürdigen Betäubung, ein Gemisch aus Hunger und Gereiztheit in der Seele.

5

Über dieses Buch geneigt, mit einem Kopf flammend wie ein Regenbogen, brannte ich leise von Ekstase zu Ekstase. In seine Lektüre vertieft, vergaß ich das Mittagessen. Mein Vorgefühl hatte mich nicht getrogen. Es war das Original, die heilige Urschrift, wenngleich in so tiefer Erniedrigung und Degradierung. Und als ich zu später Dämmerstunde mit seligem Lächeln die Fetzen in die tiefste Schublade steckte und sie zur Tarnung mit anderen Büchern bedeckte, war mir, als brächte ich die Abendröte in der Kommode zu Bette, eine Abendröte, die stets von neuem wieder aufflammte und durch alle Tönungen des Purpurs noch einmal zurückkehrte und kein Ende nehmen wollte.
Wie gleichgültig mir alle Bücher geworden waren!
Denn gewöhnlich gleichen Bücher Meteoren. Jedes von ihnen hat einen Augenblick, einen Moment, da es schreiend auffliegt wie ein Phönix und mit allen Seiten brennt. Dieses einen Augenblicks, dieses einen Moments wegen lieben wir sie dann, obgleich sie dann schon Asche sind. Und mit bitterer Resignation wandern wir manchmal spät über die erkalteten Seiten und lassen mit hölzernem Klappern ihre

toten Formeln wie einen Rosenkranz durch die Finger gleiten.
Die Exegeten des Buches behaupten, daß alle Bücher nach diesem Original dürsten. Sie leben nur ein geborgtes Leben, das im Augenblick des Hochfliegens zu seiner alten Quelle zurückkehrt. Das heißt, die Bücher werden weniger, die Originale nehmen zu. Dennoch wollen wir den Leser mit der Erklärung dieser Doktrin nicht langweilen. Wir wollten seine Aufmerksamkeit nur auf eine Tatsache hinlenken: das Original lebt und wächst. Was geht daraus hervor? Nun, wenn wir das nächste Mal unsere Fetzen aufschlagen, wer weiß, ob es da noch Anna Csillag und ihre Getreuen geben wird? Vielleicht sehen wir die langhaarige Pilgerin mit ihrem langen Mantel die Landstraßen Mährens fegen oder durch ein fernes Land wandern, durch weiße Städtchen, versunken in Alltäglichkeit und Prosa, und den Balsam »Elsa-Fluidum« unter die Armen im Geiste verteilen, die vom Ausfluß und der Krätze geplagt werden. Ach, was werden dann die ehrbaren Langbärte des Städtchens tun, von ihren riesigen Bärten in ihrer Bewegungsfreiheit behindert, was wird die treue Gemeinde tun, zur Wartung und Verwaltung ihrer übermäßigen Ernten verurteilt? Wer weiß, ob nicht alle Originalleierkasten aus dem Schwarzwald kommen und in die Welt aufbrechen, ihrer Meisterin nach, um sie landauf, landab zu suchen und allerorten »Daisy, Daisy...« zu spielen?
Oh, diese Odyssee der Bärtigen und Behaarten, die mit Leierkästen von Stadt zu Stadt ziehen auf der Suche nach ihrer geistigen Mutter! Wann wird sich der Rhapsode finden, würdig dieser Epopöe? Denn wem hatten sie die ihrer Fürsorge anvertraute Stadt hinterlassen, wem hatten sie die Führung der Seelen in der Stadt Anna Csillags überlassen? Konnten sie nicht voraussehen, daß die Stadt ihrer geistigen Elite, ihrer erhabenen Patriarchen beraubt, in Zweifel und Abtrünnigkeit und Ketzerei verfallen würde, um ihre Tore – wem nur? – ach, der zynischen und perversen Magda Wang (Verlag des anthroposophischen Instituts in Budapest) zu öffnen, die eine Schule zur Dressur und Brechung der Charaktere eröffnen wird?
Doch kehren wir zu unseren Pilgern zurück.
Wer kennt nicht die alte Garde der wandernden Cymbern,

jener tiefbraunen Leute mit den scheinbar mächtigen Körpern, aus Geweben ohne Tüchtigkeit und Saft hergestellt? Ihre ganze Kraft, ihre ganze Macht scheint in Behaarung aufgegangen zu sein. Die Anthropologen zerbrechen sich seit langem den Kopf über diese merkwürdige, stets in Schwarz gekleidete Rasse mit den dicken Silberketten auf den Bäuchen und den gewaltigen Siegelringen aus Messing an den Fingern.
Ich liebe sie, diese bald Kaspar, bald Balthasar genannten Leute, ich liebe ihr abgründiges Wesen, ihre leichenbestatterische Dekorativität, diese prächtigen Musterstücke wahrer Männlichkeit mit den schönen Augen vom dicken Glanz gerösteten Kaffees, ich liebe diesen edlen Mangel an Lebhaftigkeit in üppigen und schwammigen Körpern, die Morbidezza erlöschender Geschlechter, ihren schnaufenden Atem aus mächtigen Brustkörben und selbst den Baldriangeruch, den ihre Bärte ausströmen.
Den Engeln des Antlitzes gleich stehen sie manchmal unerwartet in der Küchentür, gewaltig, schnaufend und rasch ermattend – sie wischen sich den Schweiß von der Stirn, verdrehen die himmelblauen Augäpfel, vergessen im gleichen Moment ihre Botschaft und suchen erstaunt nach einem Ausweg, einem Vorwand für ihre Anwesenheit und strecken dann die Hand nach einem Almosen aus.
Kehren wir zu dem Original zurück. Aber wir haben es nie verlassen. Dennoch wollen wir auf eine sonderbare Eigenart dieser Fetzen verweisen, die jedem Leser ohnehin schon klar sein wird: daß sie sich nämlich während der Lektüre entfalten, daß sie von allen Seiten offene Grenzen für alle Schwankungen und Strömungen haben.
Jetzt zum Beispiel hält niemand mehr Harzer Edelroller feil, denn aus den Leierkästen jener braunen Menschen, aus den Knicken und Beugen der Melodien schwirren in unregelmäßigen Abständen gefiederte Staubwedel heraus, und der Ringplatz ist von ihnen wie mit bunten Lettern bedeckt. Ach, welch eine flimmernde und zwitschernde Häufung ... Rings um alle Spitzen, Stangen und Fahnen entstehen bunte Stauungen, Geflatter und Kampf um einen Platz. Und man braucht nur den Griff eines Stockes zum Fenster hinauszuhalten, um ihn alsbald mit flatternden und schweren Körpern beklebt wieder hereinzuziehen.

Wir nähern uns jetzt in unserer Erzählung mit raschen Schritten jener herrlichen und katastrophalen Epoche, welche in unserer Biographie den Namen der genialen trägt. Vergeblich würden wir leugnen, daß wir schon jetzt das Pochen des Herzens verspüren, jene unselige Unruhe und heilige Aufregung, die allen endgültigen Dingen vorangeht. Alsbald werden uns in den Tiegeln die Farben fehlen und in der Seele aller Glanz, um die höchsten Akzente zu setzen und die leuchtendsten, schon transzendentalen Konturen zu ziehen an diesem Gemälde.

Was ist das, die geniale Epoche, und wann war sie?

Da sind wir gezwungen, ein Weilchen ganz esoterisch zu werden wie Herr Bosco aus Milano und unsere Stimme zu einem eindringlichen Flüstern zu senken. Wir müssen unsere Ausführungen mit vieldeutigem Lächeln pointieren und die zarte Materie der Imponderabilien wie eine Prise Salz zwischen den Fingerspitzen zerreiben. Es ist nicht unsere Schuld, wenn wir gelegentlich das Aussehen jener unsichtbaren Stoffverkäufer annehmen werden, die mit ausgesuchten Gesten ihre betrügerische Ware anbieten.

Ist also die geniale Epoche gelungen oder nicht gelungen? Schwer zu sagen. Ja und nein. Denn es gibt manche Dinge, die ganz und gar und bis zum Ende nicht gelingen können. Sie sind auch zu groß, um sich im Gelingen zu erfüllen, und zu großartig. Sie versuchen nur zu gelingen, versuchen den Boden der Wirklichkeit, ob er sie trägt. Und ziehen sich gleich wieder zurück, weil sie fürchten, ihre Integrität durch die Gebrechlichkeit der Verwirklichung zu verlieren. Und wenn sie ihr Kapital angebrochen haben, dies und jenes bei allerlei Inkarnationsversuchen vergeudet haben, dann ziehen sie auch gleich – argwöhnisch und eifersüchtig – ihr Eigentum ein, rufen es zurück, reintegrieren sich und werden dann in unserer Biographie zu jenen weißen Flecken, duftenden Stygmen und verlorenen Silberstapfen bloßer Engelsfüße, die in riesigen Abständen über unsere Tage und Nächte verstreut sind, während jene Fülle zunimmt und sich ständig ergänzt und endlich über uns kulminiert, indem sie triumphierend von Entzücken zu Entzücken schreitet.

Und dennoch wohnt ihnen in einem gewissen Sinn voll und ganz jede ihrer angebrochenen und fragmentarischen Inkarnationen inne. Es handelt sich um die Erscheinungen der

Repräsentanz und des stellvertretenden Daseins. Ein Ereignis kann seiner Herkunft wie seinen eigenen Mitteln nach klein und nichtig sein, kann aber dennoch, dem Auge nähergebracht, in seinem Innern unendliche und strahlende Perspektiven eröffnen, weil sich ein höheres Dasein in ihm auszudrücken versucht und gewaltig in ihm funkelt.

So wollen wir also jene Anspielungen, jene irdischen Kalkulationen, jene Stationen und Etappen auf den Wegen unseres Lebens wie Scherben eines zerbrochenen Spiegels sammeln. Wir wollen stückchenweise das sammeln, was eines und unteilbar ist – unsere große Epoche, die geniale Epoche unseres Lebens.

Vielleicht kriegen wir sie nur in einem schwunglosen Anlauf zu fassen, vergewaltigt von der Unermeßlichkeit des Transzendenten – wir haben zuviel eingeschränkt, gefragt und gezittert. Dennoch, allen Einschränkungen zum Trotz: es hat sie gegeben.

Es hat sie gegeben – und niemand nimmt uns die Sicherheit dessen, den herrlichen Geschmack, den wir noch auf der Zunge haben, das kalte Feuer am Gaumen, das Seufzen, breit wie der Himmel und frisch wie ein Hauch reinen Ultramarins.

Haben wir den Leser bis zu einem gewissen Grad auf die kommenden Dinge vorbereitet und können wir eine Reise in die geniale Epoche riskieren?

Unsere Aufregung teilt sich dem Leser mit. Wir spüren seine Nervosität. Trotz aller scheinbaren Lebhaftigkeit ist auch uns schwer ums Herz und sind wir voll Lampenfieber.

In Gottes Namen also – eingestiegen und abgefahren.

1

Gewöhnliche Tatsachen sind der Zeit eingeordnet, hängen an ihrem Ablauf wie an Fädchen. So haben sie ihre Vorgeschichte und ihre Folgeerscheinungen, die sich eng im Raume stoßen und einander ohne Unterbrechung und Lücke auf den Fersen sind. Das hat seine Bedeutung für Erzählungen, deren Wesenskern Dauer und Folge ausmachen.
Was jedoch mit Ereignissen anfangen, die keinen eigenen Platz in der Zeit haben, mit Ereignissen, die zu spät kamen, erst kamen, da alle Zeit vergeben, verteilt und vertan war, und jetzt wie auf einem Schiff zurückblieben, das ohne Segel und Steuer, den Winden preisgegeben, heimatlos über das Meer irrt?
War die Zeit zu eng für alle Ereignisse? Kann es tatsächlich geschehen, daß alle Plätze in der Zeit ausverkauft sind? Besorgt laufen wir neben dem ganzen Zug der Ereignisse einher, der schon abfahren will.
Um Gottes willen, sollte es tatsächlich keine Art Vorverkauf von Billetten für die Zeit geben?... Herr Kondukteur!
Nur ruhig! Ohne überflüssige Panik, wir werden das ganz still und leise im eigenen Wirkungskreis erledigen.
Hat der Leser etwas von gleichlaufenden und zweigleisigen Zeitsträngen gehört? Ja, es gibt Nebengleise der Zeit, ein wenig illegal freilich und problematisch, doch wenn man solche Konterbande mit sich führt wie wir, ein überzähliges Ereignis, das nicht einzureihen ist, darf man nicht allzu wählerisch sein. Versuchen wir also, an irgendeinem Punkt der Geschichte auf solche Nebenstränge und Blindgeleise abzubiegen und die illegalen Geschehnisse auf ihnen abrollen zu lassen. Nur keine Angst. Es wird ganz unauffällig geschehen, der Leser wird keine Erschütterung spüren. Wer weiß – vielleicht haben wir, während darüber gesprochen wird, die unsaubere Manipulation schon hinter uns und fahren schon auf dem blinden Geleise.

2

Die Mutter kam bestürzt herbeigelaufen und schlang die Arme um mein Geschrei, als wolle sie es wie einen Brand bedecken und in den Falten ihrer Liebe ersticken. Sie verschloß meinen Mund mit dem ihren und schrie zugleich mit mir.

Doch ich stieß sie beiseite, wies auf eine feurige Säule, auf einen goldenen Balken, der – voller Glanz und kreisender Funken – schräg in der Luft hing gleich einer Wunde und nicht herabzustoßen war, und schrie: »Reiß ihn aus, reiß ihn aus!«

Der Ofen blähte sich gleich einem Truthahn als großes farbiges Geschmiere, war auf seiner Stirn bemalt, lief blutrot an – und es schien, als wollte er sich aus den Zuckungen seiner Adern und Sehnen und aus dieser ganzen bis zum Platzen geschwollenen Anatomie mit einem schrillen Hahnenschrei befreien.

Ich stand vor lauter Begeisterung mit ausgebreiteten Armen da und zeigte, zeigte mit den ausgestreckten, verlängerten Fingern zornig und in strenger Ergriffenheit, aufgerichtet wie ein Wegweiser und vor Ekstase zitternd auf ihn.

Meine Hand, fremd und blaß, geleitete mich, schleppte mich nach und erstarrte, eine wächserne Hand wie auf einer Votivtafel, wie eine Engelshand zum Schwur erhoben.

Es war gegen Ende des Winters. Die Tage standen in Pfützen und Hitze, hatten die Gaumen voll Feuer und Pfeffer. Blitzende Messer zerschnitten den honigsüßen Brei des Tages in silberne Brocken, in Prismen voll farbenschillernder Querschnitte und würziger Pikanterien. Aber das Zifferblatt des Mittags versammelte im mageren Raum den ganzen Glanz des Tages und zeigte alle heißen und feurigen Stunden an.

Um diese Zeit schälte sich der Tag, nicht mehr imstande, die Glut unterzubringen und zu behalten, als silbernes Blech, als knisterndes Stanniol, und Schicht um Schicht enthüllte ihren Kern aus gegossenem Glanz. Und als ob das noch nicht genug wäre, rauchten die Schornsteine, ballten sich zu leuchtendem Dampf und explodierte jeder Augenblick als großer Himmelsflug der Engel und Sturmwind der Flügel, beide vom hungrigen Firmament aufgesaugt, das stets geöffnet blieb für neue Ausbrüche. Seine hellen Schießscharten explo-

dierten als weiße Federbüsche, ferne Befestigungsanlagen falteten sich zu Fächern getürmter Ausbrüche unter der glänzenden Kanonade einer unsichtbaren Artillerie.
Das Fenster des Zimmers, randvoll mit Himmel, schwoll endlos von diesen Himmelsflügen und wurde von den Vorhängen überschwemmt, die – ganz in Flammen, in Feuer qualmend – mit den goldenen Schatten verflossen und mit dem Flimmern der Luftschichten. Auf dem Teppich lag ein schiefes, brennendes, glanzatmendes Viereck und vermochte sich von seiner Unterlage nicht loszureißen. Diese Feuersäule wühlte mich zutiefst auf. Ich stand wie verhext da, die Beine gespreizt, und bellte es mit verwandelter Stimme und fremden, harten Flüchen an.
Auf der Schwelle des Flurs standen die konsternierten, bestürzten Verwandten, die Nachbarn und die aufgeputzten Tanten und rangen die Hände. Sie kamen auf den Zehenspitzen näher und traten wieder zurück, blickten fast vor Neugierde platzend durch die Tür – und ich schrie.
»Seht ihr«, schrie ich die Mutter, den Bruder an, »immer habe ich euch gesagt, daß alles ermattet ist, zugemauert vor Langeweile, nicht erlöst! Und jetzt schaut, was für eine Überschwemmung, was für ein Blühen, was für eine Seligkeit ...«
Und ich weinte vor Glück und Erschöpfung.
»Erwacht«, rief ich, »eilt mir zu Hilfe! Kann ich denn allein dieser Überschwemmung Herr werden, diese Sintflut eindämmen? Wie sollte ich allein die Million meine Augen blendenden Fragen beantworten, mit denen mich Gott überschüttet?«
Und als sie schwiegen, rief ich zornig: »Beeilt euch, füllt die Eimer bis zum Überfluß, randvoll, sammelt Vorräte!«
Doch niemand konnte mir helfen, alle standen ratlos da und blickten sich an und versteckten sich hinter dem Rücken der Nachbarn.
Da begriff ich, was ich zu tun hatte, und begann voll Eifer, die alten Bibeln, die vollgeschriebenen und zerflatterten Handelsbücher des Vaters aus den Schubladen zu reißen, und warf sie auf den Fußboden unter die Feuersäule, die lodernd in der Luft stand. Ich konnte nicht Papier genug heranschaffen. Der Bruder und die Mutter kamen mit stets neuen Packen alter Zeitungen und Tagebücher angelaufen und warfen ganze

Stöße auf die Erde. Und ich saß inmitten dieser Papiere, geblendet von ihrem Glanz, die Augen mit Explosionen, Raketen und Farben gefüllt, und zeichnete. Ich zeichnete hastig, in panischer Eile, kreuz und quer auf den bedruckten und beschriebenen Seiten. Meine Farbstifte flogen begeistert über die Spalten unleserlicher Texte, liefen in genialen Kritzeleien, in halsbrecherischen Zickzacklinien dahin, verdichteten sich urplötzlich zu Anagrammen von Visionen und Rebussen lichter Offenbarungen und lösten sich wiederum in leeres und blindes Wetterleuchten auf, das nach Spuren von Begeisterung suchte.

O diese lichtvollen Zeichnungen, die gleichsam unter fremder Hand hervorwuchsen, o diese durchsichtigen Farben und Schatten! Wie oft finde ich sie noch heute in den Träumen wieder, nach so vielen Jahren, auf dem Boden alter Schubladen, leuchtend und frisch wie der Morgen – noch feucht vom ersten Tau des Tages: Gestalten, Landschaften, Gesichter!

O dieses Blau des gefrierenden Atems in der Ekstase der Angst, o dieses Grün, noch grüner vom Staunen über seine Pracht, o dieses Präludieren und Zwitschern dieser erst geahnten, erst nach einem Namen ringenden Farben!

Weshalb habe ich sie seinerzeit in der Sorglosigkeit des Überflusses mit soviel unbegreiflichem Leichtsinn vergeudet? Ich habe den Nachbarn erlaubt, diese Stöße von Zeichnungen wegzuwerfen und zu plündern. Sie haben sie bündelweise mitgenommen. In was für Häuser sie gewandert sind, auf welchen Kehrichthaufen sie damals lagen! Adela tapezierte mit ihnen die Küche aus, damit sie heller und bunter werde, als wäre über Nacht Schnee vor dem Fenster gefallen.

Es waren Zeichnungen voller Grausamkeiten, Hinterhalte und Fallen. Wenn ich so dasaß, gespannt wie ein Bogen, regungslos und lesend, und in der Sonne rings um mich grell das Papier loderte – genügte es, daß eine Zeichnung, von meinem Bleistift festgenagelt, die leiseste Fluchtbewegung machte. Dann stürzte sich meine Hand, ganz den Zuckungen neuer Bewegungen und Impulse ergeben, wütend wie ein Kater auf sie und biß, fremd, wild geworden, raubgierig, mit den blitzgeschwinden Kiefern des Scheusals zu, das unter dem Stift zu entkommen versuchte; und löste sich erst dann

vom Papier, wenn schon die toten, regungslosen Leichen wie in einem Herbarium ihre bunte und phantastische Anatomie im Heft entfalteten.
Es war eine mörderische Jagd, ein Kampf auf Leben und Tod. Wer konnte dabei schon den Angreifenden vom Angegriffenen unterscheiden in diesem wutschnaubenden Knäuel, in diesem Gewirr voll Gequieke und Bestürzung! Es geschah, daß meine Hand zweimal oder dreimal zum Sprung ansetzte, um irgendwo im vierten oder fünften Bogen ein Opfer zu erwischen. Nicht nur einmal schrie es vor Schmerz und Entsetzen in den Zangen und Kneifern der Scheusale auf, die sich unter meinem Skalpell wanden.
Mit jeder Stunde drangen die Visionen zahlreicher auf mich ein, drängten und stauten sich, bis eines schönen Tages alle Wege und Stege von ihnen verrammelt und sie zu ganzen Prozessionen verschmolzen waren, die ganze Gegend sich auflöste in Wanderzüge und in langwierige Vorbeimärsche zerfloß – in endlose Pilgerscharen von Bestien und Tieren.
Wie zu Noahs Tagen schwammen diese bunten Wanderer dahin, diese Flüsse aus Fellen und Mähnen, diese wogenden Rücken und Schwänze, diese Schädel, endlos im Takt des Marschierens gewiegt.
Mein Zimmer war die Grenze und der Schlagbaum. Hier rasteten sie, drängten sie sich, blökten, meckerten, heulten, brüllten, jammerten sie flehentlich. Drehten sich und traten aufgeregt und wild auf derselben Stelle. Bucklige und gehörnte Wesen, eingenäht in alle Kostüme und Waffen der Zoologie, über sich selber bestürzt, scheuend vor der eigenen Maskerade, blickten sie aufgeregten und staunenden Auges auf die Mißgeburten ihrer zottigen Häute und schwiegen kläglich, als wären sie geknebelt unter ihren Masken.
Warteten sie, um von mir den Namen und die Lösung ihres Rätsels zu erfahren, das sie nicht verstanden? Fragten sie mich nach ihren Namen, um in diese einzugehen und sie mit ihrem Wesen zu erfüllen? Absonderliche Maskeraden kamen auf mich zu, Monsterfragen, Monstervorschläge, und ich mußte schreien und mit den Händen sie abwehren.
Sie wichen mit gesenkten Köpfen zurück, blickten unter den Brauen hervor, verloren sich in sich selber und kehrten, aufgelöst in ein namenloses Chaos, in die Rumpelkammer der Formen heim. Wie viele gerade und bucklige Rücken

waren damals durch meine Hände gegangen, wie viele Stirnen hatten sich damals mit samtener Liebkosung unter sie geschoben!
Damals lernte ich verstehen, warum die Tiere Hörner haben. Sie enthielten alles Unverständliche, das in ihrem Leben nicht unterzubringen war, die wilde und zudringliche Laune, den geistlosen und blinden Starrsinn. Eine Art idée fixe war über die Grenze ihres Daseins und Wesens hinausgewachsen, höher als ihr Kopf emporgeschossen und – plötzlich in Licht getaucht – zu einer fühlbaren und harten Masse erstarrt. Dort nahm sie eine wilde, unberechenbare und unglaubliche Form an, wand sich zu phantastischen Arabesken, unsichtbar für ihre Augen, doch bestürzend: ein unbekanntes Monogramm, unter dessen Drohung sie lebten. Ich begriff, warum diese Tiere zur unsinnigen und wilden Panik neigten, zur störrischen Raserei: befangen von ihrem Wahnsinn, vermochten sie sich aus dem Geflecht und Gewucher dieser Hörner nicht mehr zu befreien, zwischen dem sie – den Kopf gesenkt – traurig und wild hindurchblickten, als suchten sie nach einem Fluchtweg aus dem hörnernen Dickicht. Diese Tiere hatten es noch weit bis zur Erlösung und trugen das Stigma ihres Fehltritts traurig und ergeben auf dem Kopf.
Aber noch weiter vom Licht entfernt waren die Katzen. Ihre Vollkommenheit war beruhigend. Eingeschlossen in die Präzision und Akkuratesse ihrer Körper kannten sie weder Fehltritt noch Abweichung. Einen Augenblick lang gingen sie in die Tiefe, auf den Grund ihres Wesens, dann erstarrten sie in dem weichen Pelz, drohend ernst und feierlich, während ihre Augen wie Monde sich rundeten und den Blick in ihre feurigen Trichter saugten. Doch einen Augenblick später schon gähnten sie, ans Ufer, an die Oberfläche geworfen, ihre Nichtigkeit aus, enttäuscht und ohne Illusionen.
In ihrem Leben voll in sich gekehrter und in sich eingeschlossener Grazie war kein Platz für Alternativen. Und gelangweilt in diesem Gefängnis der Vollkommenheit, aus dem es keinen Ausweg gab, und vom Spleen durchdrungen, murrten und knurrten sie mit gekräuselten Lippen, gegenstandslose Grausamkeit in dem kurzen, von Streifen verbreiterten Gesicht. Unten huschten verstohlen Marder, Iltisse und Füchse vorbei, die Diebe unter den Tieren, Geschöpfe mit schlechtem Gewissen. Sie hatten sich mit Arglist, Intrigen

und allerhand Tricks ihren Platz im Dasein erobert, entgegen den Plänen der Schöpfung, und, verfolgt von Haß, ständig bedroht, ständig auf der Hut, ständig in Angst um diesen Platz, liebten sie eifersüchtig und heißblütig ihr gestohlenes, in Schlupfwinkeln sich verbergendes Leben, jederzeit bereit, sich bei dessen Verteidigung in Stücke reißen zu lassen.

Endlich waren alle vorbeigezogen. Stille kehrte in meinem Zimmer ein. Ich begann wieder zu zeichnen, versunken in meinen Blättersalat, der alle Sonnenglut reflektierend atmete. Das Fenster stand offen, und auf dem Fensterbrett wippten in der Frühlingsluft Blaukehlchen und Turteltauben. Wenn sie den Kopf drehten, erschien ihr rundes, gläsernes Auge im Profil, gleichsam bestürzt und voller Lust zu fliegen. Die Tage wurden schließlich weich, opalen und leuchtend, dann wieder perlfarben und voll nebelverhangener Süße.

Es kamen die Osterfeiertage, und die Eltern fuhren auf eine Woche zu meiner verheirateten Schwester. Ich wurde, eine Beute meiner Inspirationen, allein in der Wohnung zurückgelassen. Adela brachte mir täglich das Frühstück und das Mittagessen. Ich beachtete sie nicht, wenn sie feiertäglich gekleidet und aus allen ihren Tüll- und Schleierfalten nach Frühling duftend, auf der Schwelle stehenblieb.

Durch das offene Fenster schwammen sanfte Lüftchen herein und füllten das Zimmer mit den Reflexen ferner Landschaften. Ein Weilchen hielten sich diese herangewehten Farben heller Fernen in der Luft, schmolzen dann, zerflossen in himmelblauen Schatten, Zärtlichkeit und Rührung. Die Flut der Bilder beruhigte sich etwas, der Strom der Visionen glättete sich und versiegte.

Ich saß auf der Erde. Um mich herum auf dem Fußboden lagen Kreiden und Farbknöpfe, göttliche Töne, Frische atmendes Lazur, bis an die Grenze des Staunens verirrtes Grün. Und wenn ich die rote Kreide zur Hand nahm, drangen glückliche Fanfarenstöße von Röte in die helle Welt und loderten alle Balkone in den Wogen roter Fahnen und stellten die Häuser entlang der Straße sich auf zu einem Triumphspalier. Die Städtische Feuerwehr paradierte in himbeerroten Uniformen auf den hellen, glücklichen Straßen, und die Herren grüßten mit kirschroten Hüten. Kirschensüße, Kirschengezwitscher der Stieglitze erfüllte die Luft, die voller Lavendel und sanfter Blitze war.

Und wenn ich nach dem Himmelblau griff, ging über alle Fenster der Straße ein Widerschein kobaltfarbenen Frühlings, öffneten sich knarrend die Scheiben, eine nach der anderen, voller Lazur, voll himmelblauen Feuers, erhoben sich die Vorhänge alarmiert und zog ein freudiges und leichtes Lüftchen durch das Spalier aus wehendem Musselin und Oleandern auf leeren Balkonen, als erschiene am anderen Ende dieser langen und lichten Allee jemand aus weiter Ferne und näherte sich – strahlend, angekündigt von der Fama, vom Vorgefühl, verheißen von Schwalbenflug und leuchtenden Fäden.

3

Gerade zu den Osterfeiertagen, Ende März oder Anfang April, kam Szloma, des Tobias Sohn, aus dem Gefängnis zurück, in das man ihn den Winter über, um seiner Abenteuer und Torheiten im Sommer und Herbst willen, gesperrt hatte. Eines schönen Nachmittags in diesem Frühling sah ich durch das Fenster, wie er vom Friseur herauskam (der in einer Person Barbier, Friseur und Chirurg unserer Stadt war), die gläserne, blitzende Tür der Friseurstube mit einer Distinktion, die man sich nur in der Strenge des Gefängnisses aneignen kann, öffnete und die drei hölzernen Stufen herabging, erfrischt und verjüngt, mit gründlich geschorenem Kopf, in einem zu kurzen Rock und hoch hinaufgezogener Hose, hager und jugendlich trotz seiner vierzig Jahre.
Der Platz der hl. Dreifaltigkeit war um diese Zeit leer und rein. Nach den Frühlingsüberschwemmungen und den Schneeschmelzen, die bald von Regengüssen weggespült worden waren, lag jetzt das Pflaster säuberlich gewaschen da, getrocknet in vielen Tagen stillen, diskreten Wetters, großen Tagen, vielleicht schon zu ausgedehnt für diese Jahreszeit, über ihr Maß hinaus verlängert, besonders an den Abenden, wenn die Dämmerung sich endlos hinzog, noch leer in ihrer Tiefe, vergeblich und schmal in ihrer ungeheuerlichen Erwartung. Als Szloma die Tür des Friseurladens hinter sich geschlossen hatte, ging schnurstracks der Himmel in sie ein, wie in alle die kleinen Fenster dieses einstöckigen Hauses, das sich dem reinen Gewölbe des schattenreichen Firmaments öffnete.

Als er die wenigen Stufen hinuntergegangen war, befand er sich völlig allein am Rand der großen, leeren Muschel des Platzes, über welcher das endlose Lazur eines Himmels ohne Sonne schwamm.
Der große reine Platz lag an jenem Nachmittag wie ein Ballon, wie ein neues, noch nicht begonnenes Jahr da, und Szloma stand an seinem Rand, grau und erloschen, von Blautönen überschwemmt und wagte es nicht, durch einen Entschluß diese vollkommene Kugel des noch nicht verschwendeten Tages zu zerstören.
Nur einmal im Jahr, am Tag seiner Entlassung aus dem Gefängnis, fühlte sich Szloma so rein, unbelastet und neu. Der Tag nahm ihn dann auf, reingewaschen von Sünden, erneuert, versöhnt mit der Welt, und öffnete vor ihm die reinen Kreise seiner Horizonte, bekränzt mit leiser Schönheit.
Er beeilte sich nicht. Er stand an der äußersten Gemarkung des Tages und wagte es nicht, sie zu überschreiten, wagte nicht, mit seinem kurzen, jungen, leicht humpelnden Gang die sanften Nachmittage der gewölbten Muschel durchzustreichen.
Durchsichtiger Schatten lag über der Stadt. Das Schweigen dieser dritten Nachmittagsstunde holte aus den Häusern das reine Weiß der Tünche heraus und breitete es lautlos, als Kartentaille um das Rund des Platzes. Kaum hatte es Szloma mit dem einen Spiel bedacht, begann es schon mit einem neuen, alle Reserven an Weiß aus der großen Barockfassade der hl. Dreifaltigkeit schöpfend, die gleich einem riesigen, vom Himmel herabfliegenden Hemd Gottes, zu Pfeilern, Vorsprüngen und Nischen gebauscht, mit dem Pathos von Säulen und Erzsäulen durchsetzt, eilends ihr großes, aufgewühltes Gewand ordnete.
Szloma hob das Gesicht und schnupperte. Ein angenehmer Hauch trug den Duft von Oleanderbüschen, den Duft von festlichen Wohnungen und von Zimt herbei. Jetzt nieste er gewaltig sein berühmtes, mächtiges Niesen, daß die Tauben auf der Polizeiwache aufstoben und entsetzt davonflogen. Szloma lächelte in sich hinein: Gott tat ihm durch den Kitzel in seinen Nasenlöchern kund, daß der Frühling angebrochen war. Das war ein deutlicheres Zeichen als die Rückkehr der Störche, und von jetzt an sollten die Tage mit jenen Detonationen durchwebt sein, die – verloren im Lärm der Stadt –

bald näher, bald ferner seine Erlebnisse mit ihrem witzigen Kommentar begleiteten.
»Szloma!« rief ich. Ich stand am Fenster unseres niedrigen Stockwerks.
Szloma erblickte mich, lächelte allerliebst und salutierte.
»Wir sind jetzt ganz allein auf dem Platz, ich und du«, sagte ich leise, während die geblähte Kuppel des Himmels wie ein Faß widerhallte.
»Ich und du«, wiederholte er mit einem traurigen Lächeln, »wie leer heute die Welt ist.
Wir könnten sie aufteilen und neu benennen – so offen, wehrlos und klein liegt sie vor uns. An solchen Tagen geht der Messias bis an den Rand des Horizonts und blickt von dort auf die Erde herab. Und wenn er sie mit ihrem Blau so weiß, still und nachdenklich sieht, kann es passieren, daß in seinen Augen die Grenze verfließt, die himmlischen Gürtel der Wolken breiten sich als Teppiche unter seine Füße, so daß er, ohne selber zu wissen, was er tut, auf die Erde herabsteigt. Doch die Erde in ihrer Versunkenheit achtet gar nicht auf den, der auf ihre Wege herabgestiegen ist, die Menschen erwachen aus ihrem Nachmittagsschläfchen und werden sich an nichts erinnern. Die ganze Geschichte wird nie ausgelöscht sein und wie aus Urzeiten stammen, ehe die Geschichte ihren Anfang nahm.
Ist Adela zu Hause?« fragte er lächelnd.
»Niemand ist da, komm auf einen Sprung zu mir herein, ich zeige dir meine Zeichnungen.«
»Wenn niemand da ist, will ich mir diese Annehmlichkeit nicht versagen. Mach mir auf.«
Und während er sich im Haustor nach beiden Seiten umblickte, huschte er mit den Bewegungen eines Diebes herein.

4

»Das sind kapitale Zeichnungen«, sagte er mit Kennerblick. Er hielt sie mit ausgestreckten Armen von sich. Sein Gesicht hellte sich auf von den Reflexen der Farben und Lichter. Mitunter legte er die Hand um das Auge, blickte durch dieses improvisierte Fernrohr und zog eine Grimasse voll gewichtigen Kennertums.

»Man könnte sagen«, meinte er, »daß die Welt durch deine Hände gegangen ist, um sich zu erneuern, um in diesen Zeichnungen einzuschlafen und sich zu häuten wie eine wunderbare Eidechse. Oh, glaubst du etwa, daß ich gestohlen und tausenderlei Torheiten begangen hätte, wenn die Welt nicht so eng und heruntergekommen wäre, wenn die Dinge in ihr nicht ihre Vergoldung verloren hätten, den fernen Widerschein der Hand Gottes? Was läßt sich schon in einer solchen Welt anfangen? Wie soll man nicht verzweifeln, wie nicht geistig degenerieren, wenn alles luftdicht abgeschlossen, bar allen Sinnes eingemauert ist und man überall nur gegen Ziegel klopft wie gegen die Mauer des Gefängnisses? Ach, Józef, du hättest früher auf die Welt kommen sollen.«
Wir standen dabei im halbfinsteren, tiefen Zimmer, das sich perspektivisch gegen das offene Fenster auf den Ring zu verlängerte. Von dort drangen die Wellen der Luft in sanften Pulsschlägen zu uns herein und breiteten sich als Stille aus. Jede Strömung brachte eine neue Ladung, gefüllt mit den Farben der Ferne, als wäre die vorangegangene schon verbraucht und erschöpft. Dieses dunkle Zimmer lebte nur von den Reflexen der fernen Häuser vor dem Fenster und warf deren Farben in seiner Tiefe wie eine Camera obscura an die Wände. Durch das Fenster konnte man wie durch ein Fernrohr die Tauben auf der Polizeihauptwache sehen, sie spazierten aufgeplustert über das Gesimse des Giebels. Mitunter rissen sich alle auf einmal los und drehten Halbkreise über dem Ring. Dann leuchtete das Zimmer ein Weilchen auf von ihren freien Flügen, erweiterte sich vom Widerschein ihres fernen Flatterns, um gleich wieder zu erlöschen, wenn sie herabfallend die Flügel schlossen.
»Dir, Szloma«, sagte ich, »kann ich das Geheimnis dieser Zeichnungen verraten. Von allem Anfang an überkamen mich Zweifel, ob ich tatsächlich ihr Autor sei. Mitunter scheinen sie ein mir selber nicht bewußtes Plagiat zu sein, etwas, das mir eingesagt, zugesteckt, unterschoben wurde ... Als ob sich etwas Fremdes für mir unbekannte Zwecke meiner Begeisterung bedient hätte. Um dir die Wahrheit zu gestehen«, fügte ich leise hinzu und blickte ihm in die Augen, »ich habe das Original gefunden ...«
»Das Original?« fragte er plötzlich mit strahlendem, wie von einem Blitz durchzuckten Gesicht.

»Jawohl, sieh doch selber«, sagte ich und kniete vor der Kommodenschublade nieder.
Ich nahm zuerst das seidene Tuch Adelas heraus, ein Schächtelchen mit Bändern und ihre neuen Pantöffelchen mit den hohen Absätzen. Ein Duft von Puder oder Parfüm verbreitete sich in der Luft. Dann hob ich noch einige Bücher auf: auf dem Boden lag tatsächlich der lange nicht gesehene, teure Fetzen und leuchtete.
»Szloma«, sagte ich erregt, »schau, da liegt es ...«
Doch er stand da, in Meditationen über Adelas Pantöffelchen versenkt, und betrachtete dieses mit ernster Miene.
»Das hat Gott nicht gesagt«, meinte er, »und dennoch: wie tief mich das überzeugt, an die Wand drückt und mir das letzte Argument aus der Hand nimmt. Diese Linien sind unwiderleglich, erschüttern einen ordentlich und endgültig und treffen wie ein Blitzschlag den Kern der Dinge. Was schützt du vor, was stellst du ihnen entgegen, wenn du selber schon bestochen, überstimmt und von den getreuesten Parteigängern verlassen bist? Die sechs Schöpfungstage waren göttlich und licht. Doch am siebenten Tag scheiterte er. Am siebenten Tag spürte er einen fremden Webfaden zwischen den Fingern und zog bestürzt seine Hände von der Welt zurück, obgleich sein Schöpferdrang noch auf viele Tage und Nächte berechnet war. O Józef, hüte dich vor dem siebenten Tag ...«
Und er hob, grauenerregend für mich, Adelas schlankes Pantöffelchen hoch und sprach wie behext von der glänzenden, ironischen Beredtheit dieser eitlen Hülle aus Lack: »Verstehst du den ungeheuerlichen Zynismus dieses Symbols auf dem Fuß einer Frau, die Provokation ihres ausschweifenden, liederlichen Schreitens auf diesen findigen Absätzen? Wie könnte ich mich der Herrschaft dieses Symbols anvertrauen! Gott bewahre mich davor, es zu tun ...«
Sprach es, und steckte mit geübten Handgriffen Adelas Pantöffelchen, Kleider und Korallen unter das Hemd.
»Was machst du, Szloma«, sagte ich erstarrt.
Doch er begab sich rasch zur Tür und lief in seiner kurzen karierten Hose flink davon. In der Tür wandte er mir noch einmal sein graues, völlig ausdrucksloses Gesicht zu und hob mit einer beruhigenden Bewegung den Arm. Dann war er auf und davon.

1

Das ist die Geschichte eines bestimmten Frühlings, eines Frühlings, der echt war, blendender und greller denn andere Frühlinge, eines Frühlings, der seinen Text einfach wörtlich genommen hatte, dieses begeisterte Manifest mit dem hellsten, feiertäglichsten Rot geschrieben, dem Rot des Siegellacks und des Kalenders, dem Rot des Farbstifts und dem Rot der Begeisterung, dem Amarant glücklicher Telegramme von dorther...

Jeder Frühling fängt so an, an diesen ungeheuren und betäubenden, nicht auf *eine* Jahreszeit zugeschnittenen Horoskopen, in jedem ist – um es einmal zu sagen – dies alles vorhanden: endlose Märsche und Manifestationen. Revolutionen und Barrikaden, durch jeden geht in einem bestimmten Augenblick dieser heiße Wind des Fanatismus, diese Grenzenlosigkeit von Trauer und Trunkenheit hindurch, die vergeblich eine Entsprechung in der Wirklichkeit sucht.

Aber dann treten diese Übertreibungen und Kulminationen, diese Stauungen und diese Ekstasen in das Blütenstadium ein, gehen zur Gänze in die Üppigkeit kühlen Laubes, in nächtlich aufgewühlte Frühlingsgärten über, und das Rauschen verschlingt sie. So werden sich die Frühlinge selbst untreu, einer nach dem anderen versinkt in dem atemlosen Rascheln blühender Parke und in deren Schwellungen und Fluten; sie vergessen ihre Schwüre und lassen traumverloren ein Blatt um das andere aus ihrem Testament fallen.

Dieser Frühling allein hatte den Mut auszuharren, treu zu bleiben und alles zu halten. Nach so vielen mißlungenen Proben, Flugversuchen und Beschwörungen wollte er endlich in Wahrheit sich konstituieren und als allgemeiner und endgültiger Frühling auf der Welt ausbrechen.

Dieser Sturm der Ereignisse, dieser Hurrikan der Ergebnisse: ein glücklicher Staatsstreich, diese pathetischen, erhabenen und triumphalen Tage! Ich wollte, jeder Schritt dieser Geschichte erfaßte ihren hinreißenden und begeisterten Takt, übernähme den heroischen Ton dieser Epopöe und gliche

sich im Marsch dem Rhythmus dieser Frühlingsmarseillaise an!
So unermeßlich ist das Horoskop des Frühlings! Wer kann ihm übelnehmen, daß er's auf hundert Arten gleichzeitig lesen, blindlings kombinieren und nach allen Richtungen buchstabieren lernt, glücklich, daß es ihm überhaupt gelingt, inmitten des irritierenden Vogelgezwitschers etwas zu entziffern. Er liest diesen Text von vorn nach hinten und von hinten nach vorn, verliert den Sinn und nimmt ihn von neuem in allen Versionen, in tausend Möglichkeiten, Trillern und Pfiffen auf. Denn der Text des Frühlings besteht ganz aus Vermutungen, unvollendeten Sätzen und Ellipsen, die ohne Buchstaben im leeren Lazur auspunktiert sind, und in die Lücken zwischen den Silben setzen die Vögel ihre launischen Einfälle und Lösungen. Deshalb wird diese Geschichte als Mustertext auf viele verzweigte Geleise sich erstrecken und ganz mit frühlingshaften Gedanken, Seufzern und Gedankenstrichen bestickt sein.

2

In diesen wilden und ausladenden Vorfrühlingsnächten, noch von rohen und duftlosen, doch ungeheuren Himmeln bedeckt, die mitten durch die Irrgärten und Scheidemauern der Lüfte in gestirnte Weglosigkeiten führen, nahm mich mein Vater oft zum Abendessen in ein kleines Gartenrestaurant mit, das von den Hofmauern der letzten Häuser des Rings eingeschlossen war.
Wir gingen im nassen Licht der Laternen, klirrend in den Stöcken des Windes, quer über den großen, gewölbten Ringplatz – allein, erdrückt von der Wucht der Luftlabyrinthe, verloren und desorientiert in den leeren Räumen der Atmosphäre. Der Vater erhob das von nichtigem Schein übergossene Gesicht gen Himmel und schaute mit bitterer Sorge in den Sternenkies, der über die Untiefen weitverzweigter und verströmender Strudel verstreut war. Ihre unregelmäßigen und unzählbaren Verdichtungen hatten sich noch in keine Konstellationen eingereiht, keine Figuren beherrschten noch die ausgedehnten und abgestandenen Schwemmgebiete. Die Trauer der Sternenwüsten lastete auf

der Stadt, die Laternen durchwirkten die Nacht von unten her mit Bündeln von Strahlen und knüpften sie gleichgültig mit Knoten aneinander. Unter diesen Laternen blieben die Fußgänger zu zweit und zu dritt im Kreis des Lichts stehen, das rings um sich die flüchtige Illusion eines Zimmers im Schein der Tischlampe schuf – in der gleichgültigen und keine Geborgenheit schenkenden Nacht, die oben in unregelmäßige Räume, in wilde, von Windstößen ausgefranste, klägliche und obdachlose Luftlandschaften zerfiel. Die Unterhaltungen reimten sich nicht zusammen und lachten im tiefen Schatten der Hüte mit den Augen, während sie nachdenklich dem fernen Brausen der Sterne lauschten, die – gleichsam auf Hefe angesetzt – im Raum dieser Nacht emporschossen.

Im Restaurationsgarten waren die Wege geschottert. Zwei Laternen auf Pfählen zischten nachdenklich. Herren in schwarzen Gehröcken saßen zu zweit und zu dritt über die weißgedeckten Tischchen geneigt, gedankenlos in die glänzenden Teller versunken. Während sie dasaßen, zählten sie im Geiste die Züge und Manöver auf dem großen, schwarzen Schachbrett des Himmels und sahen im Geiste inmitten der Sterne springende Pferdchen und verlorene Figuren und Konstellationen, die sofort an deren Stelle traten.

Die Musikanten auf der Estrade tunkten ihre Bärte in Seidel bitteren Biers und schwiegen, stumpf in sich selbst versunken. Ihre Instrumente, die edelgeformten Geigen und Celli, lagen im Stich gelassen auf der Seite unter dem tonlos rauschenden Platzregen der Sterne. Von Zeit zu Zeit nahmen die Musikanten sie in die Hände und probierten sie sozusagen an, stimmten sie winselnd auf den Ton ihrer Brust ab, den sie räuspernd von sich gaben. Dann legten sie die Instrumente wieder fort, als ob sie noch nicht zur Mensur dieser Nacht herangereift wären, die gleichgültig weiterrann. Dann erhoben sich plötzlich in der Stille und Ebbe der Gedanken, während die Gabeln und Messer auf den weißgedeckten Tischen leise klapperten, die Geigen selbst, vorzeitig erwachsen und großjährig, obwohl eben noch wimmernd und unsicher, standen beredt, schlank und schmal in der Taille da und gaben Nachricht von ihrer Vollmacht, übernahmen die auf ein Weilchen vertagte menschliche Sache und führten den verlorenen Prozeß vor dem gleichgültigen Tribunal der

Sterne weiter, in deren Mitte sich im Wasserdruck S-Löcher und Profile der Instrumente, fragmentarische Schlüssel, unvollendete Lyren und Schwäne drehten: der imitative, sinnlose Kommentar der Sterne am Rande der Musik.
Der Herr Photograph, der uns schon seit einiger Zeit über den benachbarten Tisch hinweg verständigende Blicke zuwarf, setzte sich endlich zu uns, indem er sein Seidel Bier von Tisch zu Tisch trug. Er lächelte vielsagend, kämpfte mit den eigenen Gedanken, schnalzte mit den Fingern und verlor immer wieder die unbegreifliche Pointe der Situation. Wir fühlten von Anfang an ihre Paradoxie. Dieses improvisierte Lagerleben des Restaurants unter den Auspizien ferner Sterne machte rettungslos bankrott, brach jämmerlich zusammen, weil es sich von den ins Maßlose wachsenden Ansprüchen der Nacht nicht befreien konnte. Was konnten wir schon diesen bodenlosen, unergründlichen Einöden entgegensetzen? Die Nacht strich dieses menschliche Unternehmen, welches die Geigen vergeblich zu verteidigen suchten, einfach durch, nahm diese Lücke selbst ein und zog ihre Sternenchöre auf den wiedergewonnenen Positionen zusammen.
Wir sahen das sich auflösende Lagerleben der Tische, das Schlachtfeld der weggeworfenen Servietten und Tischtücher, über welche die leuchtende, unermeßliche Nacht im Triumph hinwegschritt. Auch wir erhoben uns; während unsere Köpfe ausspannten, liefen die Gedanken schon längst dem lauten Gerassel ihrer Wagen, dem fernen, weitzerstreuten Sternengerassel dieser großen und lichten Wege nach.
So gingen wir unter den Leuchtraketen ihrer Sterne und nahmen im Geist mit halbgeschlossenen Augen ihre immer unfaßlicheren Blendungen vorweg. Ach dieser Zynismus der triumphierenden Nacht! Da sie vom ganzen Himmel Besitz ergriffen hatte, spielte sie jetzt Domino in seinen fahrlässigen und verschwenderischen Räumen und raffte gleichgültig die Millionengewinne an sich. Dann zeichnete sie gelangweilt auf dem Schlachtfeld der umgedrehten Tischplatten durchsichtiges Gekritzel, lachende Gesichter, immer ein und dasselbe Lachen in Tausenden von Wiederholungen, das nach einer Weile – schon verewigt – in Sterne überging und in gestirnte Gleichgültigkeit zerfloß.
Wir machten uns auf den Weg zur Konditorei. Kaum hatten

wir durch die läutende, gläserne Tür deren weißes, überzuckertes Innere voll funkelnder Süßigkeiten betreten, blieb die Nacht mit allen Sternen stehen – aufmerksam, plötzlich, bedächtig und neugierig, ob wir ihr nicht entkämen. Sie wartete eine ganze Stunde geduldig auf uns, indem sie vor der Tür Wache stand und von oben durch die Spalten mit regungslosen Sternen hereinschaute, während wir in tiefer Versunkenheit Kuchen auswählten. Da erblickte ich zum ersten Mal Bianka. Sie stand im Profil mit ihrer Gouvernante am Ladentisch, in einem weißen Kleidchen, schlank und kalligraphisch, als wäre sie aus einem Tierkreiszeichen herausgetreten. Sie drehte sich nicht um, sondern stand in der musterhaften, zurückhaltenden Stellung junger Mädchen da und aß Kuchen mit Schlagrahm. Ich sah sie nur undeutlich, noch ganz von den Zickzacklinien der Sterne gezeichnet. So kreuzten sich unsere Horoskope das erste Mal noch sehr verworren. Sie begegneten einander und entbanden sich gleichgültig. Wir hatten unser Schicksal in diesem frühzeitigen Sternenaspekt noch nicht verstanden und gingen, gleichgültig mit der gläsernen Tür läutend, hinaus.

Wir kehrten dann auf einem Umweg durch die entlegene Vorstadt nach Hause zurück. Die Häuser wurden immer niedriger und seltener, schließlich traten die letzten vor uns auseinander – und wir schritten in ein anderes Klima hinein. Wir traten plötzlich in einen milden Frühling, in eine warme Nacht ein, die sich mit dem jungen, eben aufgegangenen veilchenblauen Mond silbern in den Pfützen widerspiegelte. Diese Vorfrühlingsnacht schritt in raschem Tempo voran und antizipierte fieberhaft ihre späten Phasen. Die Luft, eben noch von der üblichen Herbheit dieser Jahreszeit angerührt, wurde plötzlich süß und mild, duftete nach Regenwasser, feuchtem Lehm und ersten Schneeglöckchen, die mondsüchtig im weißen, magischen Licht erblühten. Und welch ein Wunder, daß unter diesem freigiebigen Mond die Nacht nicht von Froschgallerte auf den silbernen Pfützen wimmelte, nicht den Laich ausbrütete, nicht ins Plaudern geriet über die tausend schnatternden Schnäbelchen auf den Kiesgruben am Fluß, die aus allen Poren von einem funkelnden Netz süßen Wassers überflossen. Und man mußte nachstoßen, um zum Verständnis des Gequakes in dieser geräuschlauten, sprudelnden, subkutaner Schauder vollen Nacht zu gelangen, auf daß sie – ein Weilchen aufgehalten – weiter ginge und der Mond kulminierte, immer weißer und weißer, als ergösse sich sein Weiß von einer Schale in die andere, immer höher und immer strahlender, immer magischer und transzendentaler.

So gingen wir unter der zunehmenden Schwerkraft des Mondes dahin. Der Vater und der Herr Photograph nahmen mich zwischen sich, als ich vor übergroßer Schläfrigkeit nicht mehr auf den Beinen stehen konnte. Unsere Schritte knirschten im nassen Sand. Ich schlief schon längst im Gehen und hatte schon die ganze Phosphoreszenz des Himmels mit den leuchtenden Zeichen und Signalen astraler Erscheinungen unter den Lidern, als wir endlich auf freiem Feld haltmachten. Der Vater breitete den Mantel aus und legte mich auf die Erde. Durch die geschlossenen Augen sah ich, wie die Sonne, der Mond und elf Sterne sich in Paradeformation am Himmel aufstellten, um vor mir zu defilieren. »Bravo, Józef!« rief der Vater anerkennend und klatschte in die Hände. Es war ein offenkundiges Plagiat, an einem anderen Józef begangen und auf völlig andere Umstände angewandt. Niemand machte mir deshalb Vorwürfe. Mein Vater Jakub nickte mit dem Kopf und schmatzte mit der Zunge, der Herr Photograph stellte seinen Dreifuß auf den Sand, zog den Balg des Apparats wie eine Harmonika auseinander und hüllte sich ganz in die Falten eines schwarzen Tuchs: er photographierte diese sonderbare Erscheinung, dieses funkelnde Horoskop am Himmel, während ich mit kreisendem Kopf, vom Glanz geblendet, auf dem Mantel lag und ohnmächig diesen Traum zur Belichtung aufrechterhielt.

3

Die Tage wurden lang, hell und ausladend, fast zu ausladend für ihren noch ärmlichen, unbestimmten Inhalt. Es waren Tage, zur Aufzucht bestimmt, Tage voller Warten, etwas bläßlich vor Langweile und Ungeduld. Ein heller Hauch, ein funkelnder Wind, noch nicht angefeuchtet von den Ausdünstungen nackter und sonnenvoller Gärten, strich über die Einöde dieser Tage, blies die Gassen sauber, und sie wurden lang und hell, feiertäglich gekehrt, als warteten sie auf jemandes noch ferne, unbestimmte Ankunft. Die Sonne hielt allmählich auf die Tag- und Nachtgleiche zu, verlangsamte ihren Lauf und gelangte in eine Musterstellung, in der sie regungslos in idealem Gleichgewicht verhalten sollte, um Ströme von Feuer, eine Portion nach der anderen, auf die öde und gierige Erde abzuschießen.

Ein heller und endloser Luftzug wehte über die ganze Breite des Horizonts, stellte Spaliere und Alleen unter die sauberen Linien der Fernsichten, glättete sich im großen und öden Wehen und wurde schließlich begeistert, ungeheuer und reflektierend, als wollte er in seinem allesumfassenden Spiegel ein fatamorganisch in die Tiefe seiner leuchtenden Hohlrundungen verlängertes Idealbild der Stadt beschließen. Da verhielt die Welt einen Augenblick, blieb atemlos, geblendet stehen, um ganz in dieses illusionistische Bild, in diese provisorische Ewigkeit einzugehen, die sich ihr öffnete. Doch das beglückende Angebot schwand, der Wind zerbrach seinen Spiegel, und die Zeit ergriff wieder Besitz von uns.

Es kamen die langen, unübersehbaren Osterferien. Von der Schule befreit, streiften wir ohne Ziel und Notwendigkeit durch die Stadt, verstanden diese Freiheit nicht auszunutzen. Es war eine gänzlich öde, unbestimmte und vergeudete Freiheit. Selber noch ohne Bestimmung, erwarteten wir eine solche von der Zeit, die sie – selbst in tausend Ausflüchte sich verlierend – nicht zu finden vermochte.

Auf dem Pflaster vor dem Café standen schon die Tischchen. Frauen saßen in hellen, bunten Kleidern davor und verzehrten Wind in kleinen Schlucken wie Gefrorenes. Die Röcke schwirrten, der Wind biß von unten wie ein kleines wütendes Hündchen zu, die Frauen bekamen rote Backen, es brannten die Wangen vom trockenen Wind, und die Lippen sprangen auf.

Noch währte die Pause und die große Langweile der Pause; die Welt näherte sich langsam und mit Lampenfieber einer Grenze, erreichte frühzeitig ein Ziel und wartete.

Wir hatten in diesen Tagen alle einen Wolfshunger. Ausgetrocknet vom Wind liefen wir nach Hause, um in stumpfer Nachdenklichkeit ungeheure Schnitten Brot mit Butter zu vertilgen, kauften auf der Straße große, vor Frische knisternde Brezeln und saßen reihenweise im geräumigen Flur des leeren und gewölbten Steinhauses auf dem Markt-

platz, ohne einen einzigen Gedanken im Kopf. Durch die niedrigen Arkaden war der weiße und saubere Ringplatz zu sehen. Weinfässer standen reihenweise an der Wand und dufteten. Wir saßen auf einem langen Ladentisch, auf dem an den Markttagen bunte Bauerntücher verkauft wurden, und trommelten vor Ratlosigkeit und Langweile mit den Fersen gegen die Holzplatten.
Plötzlich zog Rudolf, den Mund mit Brezeln vollgestopft, ein Markenalbum aus der Brust und entfaltete es vor mir.

4

Da begriff ich, warum dieser Frühling bisher so öde, hohl und verhalten war. Ohne davon zu wissen, beruhigte er sich, verstummte, zog sich in die Tiefe zurück, machte Platz, öffnete sich ganz in puren Raum, in ödes Blau ohne Meinung und ohne Bestimmung – eine erstaunliche nackte Form zur Aufnahme eines unbekannten Inhalts. Daher diese blaue, wie aus dem Schlaf geweckte Neutralität, diese große und sozusagen gleichgültige Bereitschaft zu allem. Dieser Frühling hielt sich ganz in Bereitschaft – menschenleer und weitläufig, stellte er sich atemlos und besinnungslos zur Verfügung, wartete mit einem Wort auf eine Offenbarung. Wer konnte voraussehen, daß er ganz fertig, in voller Rüstung und blendend aus Rudolfs Markenalbum hervorgehen würde!
Es waren wunderliche Abkürzungen und Formeln, Rezepte auf Zivilisation, handliche Amulette, in denen man das Wesen der Klimas und Provinzen zwischen zwei Finger nehmen konnte. Es waren Anweisungen auf Imperien und Republiken, auf Archipele und Kontinente. Was konnten Cäsaren und Usurpatoren, Eroberer und Diktatoren mehr besitzen? Ich erkannte plötzlich die Süße der Herrschaft über Länder, den Stachel dieses Heißhungers, den man lediglich durch Herrschen befriedigen kann. Mit Alexander dem Großen verlangte ich die ganze Welt. Und keine Spanne Erde weniger als die Welt.

5

Finster, fanatisch, voll brennender Liebe nahm ich den Vorbeimarsch der Schöpfung ab, marschierende Länder, funkelnde Züge, die ich in Intervallen durch purpurnes Düster sah, betäubt von den Stößen des Blutes, das im Takt dieses universalen Marsches aller Völker in das Herz fuhr. Rudolf ließ an meinen Augen die Bataillone und Regimenter vorbeiziehen und fertigte voll Eifer und Aufopferung die Parade ab. Er, der Eigentümer des Albums, degradierte sich freiwillig gleichsam zur Rolle des Adjutanten, rapportierte feierlich und voll Ergriffenheit, als schwörte er einen Eid – ganz geblendet und desorientiert von seiner undeutlichen und zweideutigen Rolle. Schließlich heftete er mir begeistert und wie in einem Anfall rasender Großherzigkeit das rosige Tasmanien, glühend wie der Mai, und Hajdarabad, wimmelnd im Zigeunergestammel verworrener Alphabete, wie einen Orden an die Brust.

6

Damals hatte sie ihren Platz, diese Offenbarung, diese plötzlich gezeigte Vision der entflammten Schönheit der Welt, damals kam sie zur rechten Zeit, diese glückliche Sache, diese geheime Sendung, diese besondere Mission von den unerschöpflichen Möglichkeiten des Seins. Es öffneten sich angelweit grelle, strenge und den Atem verschlagende Horizonte, die Welt bebte und wankte in ihren Gelenken, neigte sich gefährlich und drohte mit dem Ausbruch aus allen Maßen und Regeln.
Was bedeutet dir, lieber Leser, eine Briefmarke? Was bedeutet dieses Profil Franz Josef I. mit der von einem Lorbeerkranz bekränzten Glatze? Ist er nicht ein Symbol der Alltäglichkeit, ein Inbegriff aller Möglichkeiten, eine Bürgschaft unüberschreitbarer Grenzen, an denen die Welt ein für allemal versperrt ist?
Die Welt wurde zu jener Zeit allseits von Franz Josef I. umschlungen – und es gab keinen Ausweg neben ihm. Auf allen Horizonten wuchs er empor, aus allen Ecken tauchte dieses allgegenwärtige und unvermeidliche Profil auf und

sperrte die Welt wie ein Gefängnis ab. Doch siehe! als wir bereits voll bitterer Resignation alle Hoffnung verloren hatten, uns innerlich mit der Eindeutigkeit der Welt, deren mächtiger Garant Franz Josef I. war, ausgesöhnt hatten – gerade da öffnetest Du, o Gott, unversehens, wie eine Bagatelle dieses Markenalbum vor mir und erlaubtest mir, im Vorübergehen einen Blick in dieses glanzgeschuppte Buch zu werfen, in ein Markenalbum, das seine Kleider verlor: Seite für Seite, immer greller und immer schrecklicher... Wer wird es mir übelnehmen, daß ich damals geblendet, kraftlos vor Aufregung wurde und aus den glanzüberschwemmten Augen Tränen flossen? Was für ein verblendender Relativismus, was für ein Fließen aller Kategorien und Begriffe! So viele Daseinsarten, o Gott, hast Du also der Welt gegeben, so unermeßlich, unerschöpflich ist also Deine Welt! Das ist mehr, als ich in meinen kühnsten Träumen phantasieren konnte. Diese frühzeitige Vorahnung der Seele, die entgegen allem Augenschein darauf beharrte, daß die Welt unermeßlich sei, ist also wahr.

7

Die Welt war zu jener Zeit von Franz Josef I. begrenzt. Auf jeder Briefmarke, auf jedem Geldstück und auf jedem Stempel bestätigte sein Bildnis die Unveränderlichkeit der Welt und das unerschütterliche Dogma ihrer Eindeutigkeit. So ist die Welt, und du sollst keine anderen Welten neben dieser haben! lautete das Siegel mit dem kaiserlich-königlichen Greis. Alles andere ist Trug, wilde Anmaßung und Thronräuberei. Auf allem lag Franz Josef I. und bremste die Welt in ihrem Wachstum.

Wir verbeugen uns aus der Tiefe unseres Wesens vor der Rechtschaffenheit, lieber Leser. Die Loyalität unserer geschmeidigen Natur ist für Autoritätsansprüche nicht unempfindlich. Franz Josef I. war die höchste Autorität. Wenn dieser autoritative Greis sein ganzes Gewicht in die Waagschale dieser Wahrheit warf, dann gab es keinen Rat: man mußte diesen Trugbildern der Seele, ihren inbrünstigen Vorahnungen entsagen, sich einrichten, wie es in dieser einzigen aller Welten anging – ohne Illusionen und ohne Romantik, und vergessen.

Aber wenn sich schon der Kerker unwiderruflich schließt, wenn die letzte Öffnung zugemauert ist, wenn sich alles verschworen hat, um Dich, o Gott, totzuschweigen, wenn Franz Josef I. den letzten Spalt verrammelt und zugeklebt hat, um Dir keinen Einblick zu gewähren, dann wirst Du im rauschenden Mantel der Meere und Kontinente auferstehen und ihn Lügen strafen. Du, o Gott, nahmst damals das Odium der Häresie auf Dich und brachst gegen diese Welt in ungeheure, bunte und prächtige Lästerungen aus. O prächtiger Häresiarch! Du schlugst damals mit diesem flammenden Buch auf mich los, du explodiertest als Markenalbum aus Rudolfs Tasche. Ich kannte damals die dreieckige Form des Albums noch nicht. Ich verwechselte es in meiner Verblendung mit der papierenen Pistole, aus der wir in der Schule unter der Bank zur Qual der Professoren schossen. Oh, wie Du mit ihr schossest, o Gott! Das war Deine inbrünstige Tirade, das war Deine flammende und weihevolle Philippika gegen Franz Josef I. und seine Herrschaft der Prosa, das war das echte Buch des Glanzes!

Ich öffnete es – und es leuchtete vor mir in den Farben der Heiligen, im Wind unermeßlicher Räume und im Panorama kreisender Horizonte auf. Du gingst vor mir her, Blatt für Blatt, und zogst diese aus allen Zonen und Klimas gewebte Schleppe hinter Dir her. Kanada, Honduras, Nicaragua, Abrakadabra, Hiporabundia ... Ich verstand Dich, o Gott. Dies alles waren Ausflüchte Deines Reichtums, das waren die erstbesten Worte, die Dir einfielen. Du griffst mit der Hand in die Tasche und zeigtest mir wie eine Handvoll Knöpfe die in Dir wimmelnden und schwärmenden Möglichkeiten. Dir ging es nicht um Genauigkeit. Du sprachst, was Dir der Speichel auf die Zunge brachte. Du hättest ebensogut Panfibras und Haleliva sagen können – und die Luft hätte inmitten von Palmen vor Papageienflügeln geschwirrt, und der Himmel hätte wie eine riesige, hundertfältige, saphirene Rose, aufgewühlt bis auf den Grund, seinen glänzenden Kelch gezeigt, und Dein Pfauenauge hätte, bewimpert und schrecklich, im grellen Mark Deiner Weisheit geblinzelt, hätte in einer Überfarbe aufgeleuchtet und wäre in einem Überaroma verweht. Du wolltest mich blenden, o Gott, Dich rühmen und mit mir kokettieren, denn auch Du hast Augenblicke der

Eitelkeit, in denen Du von Dir selber entzückt bist. Oh, wie ich diese Augenblicke liebe!
Wie tief unten bliebst du doch, Franz Josef I., samt deinem Evangelium der Prosa! Vergeblich suchten dich meine Augen. Endlich fand ich dich. Du warst auch in dieser Menge, doch wie klein, entthront und grau. Du marschiertest mit anderen im Staub der Landstraße dicht hinter Südamerika und vor Australien und sangst mit den anderen Hosianna.

8

Ich blieb Adept des neuen Evangeliums. Ich freundete mich mit Rudolf an. Ich bewunderte ihn, obgleich ich unklar spürte, daß er nur ein Werkzeug und das Buch für einen anderen bestimmt war. In Wirklichkeit schien er eher dessen Wächter zu sein. Er katalogisierte, klebte ein, riß heraus und hielt es im Schrank unter Verschluß. Im Grunde genommen war er traurig wie einer, der wußte, daß man ihn erschlagen, ich dagegen aufsteigen würde; er war wie einer, der gekommen war, die Wege des Herrn zu ebnen.

9

Ich hatte viele Gründe zur Annahme, daß dieses Buch für mich bestimmt war. Viele Zeichen wiesen darauf hin, daß es sich als besondere Mission, Sendung und persönlicher Auftrag an mich wandte. Ich erkannte dies schon daran, daß sich niemand als sein Eigentümer fühlte. Nicht einmal Rudolf, der es bediente. Es war ihm im Grunde genommen fremd. Er war ein sozusagen unwilliger und fauler Diener im Frondienst der Pflicht. Manchmal überschwemmte ihm der Neid das Herz mit Bitternis. Er lehnte sich innerlich gegen seine Rolle als Beschließer eines Schatzes auf, der nicht ihm gehörte. Er betrachtete mit Neid den Reflex der fernen Welten, die als leise Farbenskala über mein Gesicht wanderten. Erst als diese von meinem Antlitz verschwand, traf ihn der ferne Widerschein jener Blätter, an denen seine Seele keinen Anteil hatte.

10

Ich sah einmal einen Zauberkünstler. Er stand auf der Estrade, mager, von allen Seiten sichtbar, und demonstrierte seinen Zylinder, indem er allen dessen leeren und weißen Boden zeigte. Als er auf diese Weise seine Kunst über jeden Zweifel eines Verdachts betrügerischer Manipulationen erhoben hatte, zeichnete er mit einem Stäbchen sein verzwicktes magisches Zeichen in die Luft und begann sogleich voll übertriebener Genauigkeit und Offensichtlichkeit mit diesem Stöcklein papierene Bändchen, bunte Bändchen aus seinem Zylinder herauszuziehen – zuerst ellenweise, dann klafterweise und schließlich kilometerweise. Das Zimmer füllte sich mit dieser bunten, raschelnde Masse, wurde von der hundertfältigen Vermehrung, von dem schäumenden und leichten Fließpapier, von der leuchtenden Bauschung hell – und er hörte nicht auf, diesen nicht enden wollenden Faden trotz verblüffter Stimmen voll entzückten Protestes, ekstatischer Schreie und lauter Weinkrämpfe weiter abzuwickeln, bis es schließlich sonnenklar wurde, daß es ihn nichts kostete, daß er diesen Überfluß nicht aus eigenen Vorräten schöpfte, sondern daß sich ihm einfach überirdische Quellen außerhalb menschlicher Maße und Rechnungen aufgetan hatten.
Mancher, der damals zur Aufnahme des tieferen Sinns dieser Demonstration auserkoren, nachdenklich und innerlich geblendet nach Hause ging, war zutiefst von der Wahrheit durchdrungen, die ihm zuteil geworden: Gott ist unermeßlich...

11

Hier ist der Ort, die enge Parallele zwischen Alexander dem Großen und meiner Person zu entwickeln. Alexander der Große war für das Aroma von Ländern empfindlich. Seine Nüstern spürten unerhörte Möglichkeiten voraus. Er war einer von denen, deren Gesicht Gott mit seiner Hand im Schlaf gestreichelt hat, so daß sie sehen, was sie nicht sehen, sich mit Einfällen und Vermutungen füllen und an ihren geschlossenen Lidern die Reflexe ferner Welten vorbeiziehen. Dennoch nahm er die göttlichen Anspielungen zu wörtlich. Als Mann der Tat oder des seichten Geistes deutete er sich seine Mission als Botschaft zur Eroberung der Welt aus. Seine Brust füllte dieselbe Unersättlichkeit wie die meine, dieselben Seufzer weiteten sie, während Horizont um Horizont, Landschaft um Landschaft seine Seele betrat. Er hatte niemanden, der seine Irrtümer berichtigt hätte. Nicht einmal Aristoteles verstand ihn. So starb er – trotz der Eroberung der ganzen Welt – enttäuscht, an Gott verzweifelnd, der sich ständig vor ihm zurückzog, und an dessen Wundern. Sein Porträt zierte die Münzen und Marken aller Länder. Zur Strafe wurde er der Franz Josef seiner Zeiten.

12

Ich möchte dem Leser wenigstens annähernd eine Vorstellung davon vermitteln, was dieses Buch damals war, auf dessen Blättern sich die endgültigen Angelegenheiten dieses Frühlings fortsetzten und niederschlugen. Ein unsäglicher, beunruhigender Wind strich durch das funkelnde Spalier dieser Marken, durch die dekorierte Gasse der Wappen und Fahnen und entfaltete fanatische Sinnbilder und Wahrzeichen, die in begeisterter Stille wogten, im Schatten drohend über den Horizont emporwachsender Wolken. Dann erschienen plötzlich die ersten Herolde auf der leeren Gasse in Galauniformen, mit roten Binden über den Schultern – schweißglänzend, ratlos, sendungsbewußt und geschäftig. Sie machten zutiefst erregt und voll feierlichen Ernstes schweigend Zeichen – und schon wimmelte die Straße von der heranrückenden Demonstration, dunkelten aus allen Quergassen die Spaliere im Geklirr Tausender näherkommender Beine. Es war eine riesige Manifestation der Länder, ein universaler Erster Mai, eine Monstreparade der Welten. Die Welt offenbarte mit Tausenden wie zum Schwur erhobenen Armen, Flaggen und Standarten, offenbarte mit Tausenden von Stimmen, daß sie nicht hinter Franz Josef I. stand, sondern hinter einem viel, viel Größeren. Über allem wehte, wogte die hellrote, fast rosarote, unaussprechliche, befreiende Farbe der Begeisterung. Aus San Domingo, aus San Salvador, aus Florida hatten sich abgehetzte und erhitzte

Delegationen in himbeerroten Monturen eingefunden. Sie verneigten sich mit kirschfarbenen Melonenhüten, unter denen zu zweit und zu dritt schreiende Stieglitze hervorflogen. Ein funkelnder Wind verschärfte in glücklichen Streifzügen den Glanz der Trompeten, franste leicht und kraftlos die Kanten der Instrumente aus, die an allen Rändern feine Staubwedel Elektrizität verloren. Trotz des Gedränges, trotz des Vorbeimarsches der Tausende spielte sich alles geordnet ab, entwickelte sich die riesige Truppenschau planmäßig und in aller Stille.
Es gibt Augenblicke, da die Flaggen, die zuvor glühend und gewaltig von den Balkonen wogen und sich – im vergeblichen Versuch begeistert aufzufliegen – mit mächtigen, leisen Flügelschlägen als amarantene Torsos in der schütteren Luft winden, plötzlich regungslos dastehen wie zum Appell; und die ganze Gasse wird rot, grell und voll schweigenden Alarms, während irgendwo in der sich verfinsternden Ferne aufmerksam die dumpfen Salutschüsse der Kanonade, neunundvierzig Detonationen, in der dämmernden Luft mitgezählt werden.
Dann bewölkt sich plötzlich der Horizont wie vor einem Frühlingsgewitter, nur die Instrumente der Orchester blitzen grell auf, und in der Stille ist das Gebrumm des sich verfinsternden Himmels, das Rauschen ferner Räume zu hören, während aus den nahen Gärten der Duft des Faulbaums in gehäuften Ladungen herüberflutet und ohne Abwehrmöglichkeiten in unsäglichen Entfaltungen abgeladen wird.

13

Bis eines Tages gegen Ende April ein Vormittag war, grau und warm, die Menschen gingen auf die Erde vor sich hinstarrend, immer auf den Quadratmeter feuchte Erde vor sich, und spürten nicht, daß seitlich die Bäume des Parks, schwarzgezweigt und an verschiedenen Stellen in süßen, schwärenden Wunden platzend, vorüberzogen.
In das schwarze verästelte Netz der Bäume verwickelt, lag der graue, schwüle Himmel den Menschen im Genick, von den Winden aufgetürmt, unförmig schwer und riesig wie ein Federbett. Die Menschen schleppten sich unter ihm auf

Händen und Füßen dahin gleich den Maikäfern in dieser warmen Feuchtigkeit, die mit empfindlichen Fühlern den süßen Lehm berochen. Die Welt lag dumpf, entwickelte sich und wuchs – selig kraftlos – hier in die Höhe, dort nach hinten und in die Tiefe und verströmte. Mitunter hielt sie inne und erinnerte sich nebelhaft an etwas, verzweigte sich in den Bäumen, liebäugelte mit dem dichten funkelnden Netz des Vogelgezwitschers, das diesem grauen Tag übergeworfen war, und ging in die Tiefe, in das unterirdische Geschlängel der Wurzeln, in das blinde Pulsieren der Würmer und Raupen, in die dumpfe Düsternis der Schwarzerde und des Lehms ein.

Und unter dieser unförmigen Wucht hockten die Menschen, betäubt und ohne einen Gedanken im Kopf, hockten da, den Kopf in die Hände gestützt, hingen zusammengekauert auf den Bänken der Parke mit einem Lappen Zeitung auf den Knien, aus denen der Text in die große, graue Unsinnigkeit des Tages rann, hingen plump, noch in der Haltung von gestern da, und sabberten unbewußt.

Vielleicht betäubten sie dieses dichte Vogelgezwitscher, diese unermüdlichen, graues Schrot ausschüttenden Mohnköpfe, von denen die Luft verdunkelt wurde. Sie gingen verschlafen unter diesem bleiernen Hagelschauer dahin, unterhielten sich in diesem prasselnden Platzregen durch Gebärden oder schwiegen resigniert.

Wenn aber um die elfte Vormittagsstunde irgendwo an einem Punkt des Raumes durch den großen, aufgequollenen Leib der Wolken als blasser Keimling die Sonne hervorbrach, dann zwitscherten plötzlich in den zweigigen Körben der Bäume alle Vögel mieselnd los und schälte sich der graue Schleier des Schilpens und Zirpens langsam als blaßgoldenes Netz aus dem Antlitz des Tages, der nun seine Augen öffnete. Und das war der Frühling.

Dann plötzlich in einem Nu ist die noch vor einem Augenblick leere Allee des Parks von Menschen überschwemmt (die nach verschiedenen Richtungen eilen, als wäre hier der Knotenpunkt aller Straßen der Stadt) und vom Putz der Frauen erblüht. Von diesen flinken und gebückten Mädchen eilen die einen zur Arbeit, in die Geschäfte und Büros, die anderen zu Verabredungen, doch für die paar Augenblicke, da sie durch den nach der Feuchtigkeit des Blumenladens

riechenden und mit den Trillern der Vögel gesprenkelten Ajourkorb der Allee gehen, gehören sie dieser Allee und dieser Stunde und sind – ohne es zu wissen – in dieser Szene Statistinnen auf dem Theater des Frühlings, als wären sie auf der Promenade zugleich mit diesen zarten Mauern der Zweige und Blätter geboren, die auf dem dunkelgoldenen Hintergrund des feuchten Kieses Knospen treiben, und laufen ein paar goldene, heiße und kostbare Pulsschläge lang und erblassen dann plötzlich und vergehen als Schatten, sickern in den Sand wie jene durchsichtigen Filigrane, wenn die Sonne in die Nachdenklichkeit der Wolken verschwindet.
Doch nach einem Augenblick wimmeln die Alleen abermals in geschäftiger Eile, und aus dem Geflüster ihrer Wäsche scheint das namenlose Odeur der Alleen zu strömen. Ach, diese luftigen und stärkefrischen Hemdchen, die unter dem Ajourschatten des Frühlingskorridors spazierengeführt werden, diese Hemdchen mit nassen Flecken unter den Achseln, in den veilchenblauen Brisen der Ferne trocknend. Ach, diese jungen, rhythmischen, von ihren Bewegungen erhitzten Beine in neuen seidenknisternden Strümpfchen, unter denen sich rote Flecken und Pusteln verstecken – gesunde Frühlingspickel heißen Blutes. Ach, der ganze Park ist unverschämt gepustelt, und alle Bäume schütteln sich in Pustelknospen, die vor Gezwitscher platzen.
Dann verödet die Allee wieder, und unter der gewölbten Promenade schaukelt leise mit drahtenen Speichen ein Kinderwagen auf schmächtigen Federn. In der kleinen lackierten Gondel, in ein Gartenbeet hoher gestärkter Spitzen und Schleifen versenkt, schläft wie in einem Strauß Blumen etwas noch Zarteres als sie selber. Ein Mädchen begleitet langsam den Wagen, neigt sich von Zeit zu Zeit über ihn, neigt, während die Achsen der Reifen quietschen, dieses üppige, in weißer Frische erblühte Körbchen auf die Vorderräder und bauscht diesen Tüllstrauß sorgfältig bis zu seinem süßen, schlummernden Kern auf, über den wie ein Märchen der Schlaf wandert, während am Wagen die Streifen des Schattens vorüberwandern, Gewebe aus Wolken und Licht.
Mittags wird dieser knospende Lustgarten aus Licht und Schatten noch immer geflochten, und durch die zarten Augen dieses Netzes rinnt endlos das Gezwitscher der Vögel von Zweig zu Zweig, rinnt perlend wie Schweißtropfen

durch den drahtgeflochtenen Käfig des Tages, aber die Frauen, die sich am Rand der Promenade ergehen, sind schon ermüdet, ihr Haar hat die Migräne zerzaust und die Gesichter der Frühling abgeplagt, und dann verödet die Allee völlig, und durch die Stille des Mittags zieht langsam der Duft des Restaurants aus dem Pavillon im Park.

14

Täglich um die gleiche Stunde geht Bianka mit ihrer Gouvernante durch die Allee des Parks. Was soll ich über Bianka sagen, wie sie beschreiben? Ich weiß nur, daß sie jederzeit wunderbar mit sich selber zufrieden ist und daß sie ihr Programm restlos erfüllt. Mit einem von tiefer Freude zusammengepreßten Herzen sehe ich jedesmal von neuem, wie sie Schritt für Schritt in ihrem Wesen aufgeht, leicht wie eine Tänzerin, wie sie unbewußt mit jeder Bewegung ins Schwarze trifft.
Sie geht ganz gewöhnlich, nicht mit übermäßiger Grazie, aber mit einer ans Herz greifenden Schlichtheit, und das Herz preßt sich vor Glück zusammen, daß man so einfach Bianka sein kann, ohne alle Künste und ohne alle Anstrengung.
Einmal wandte sie mir langsam ihre Augen zu, und die Weisheit dieses Blicks durchdrang mich, durchbohrte mich wie ein abgeschossener Pfeil. Seitdem weiß ich, daß ihr nichts verborgen ist, daß sie alle meine Gedanken kennt – von Anfang an. Von diesem Augenblick an stellte ich mich ihr ganz, grenzenlos, unteilbar zur Verfügung. Sie nahm es mit einem kaum wahrnehmbaren Senken der Augenlider an. Es geschah wortlos, im Vorübergehen, mit einem einzigen Blick.
Wenn ich mir sie vorstellen will, kann ich nur einen nichtssagenden Umstand herbeirufen: ihre aufgeschundene Haut auf den Knien, wie bei einem Knaben, was zutiefst erregend ist und die Gedanken auf quälende Engpässe zwischen beglükkenden Anatomien lenkt. Alles andere, höher und tiefer, ist transzendental, unvorstellbar.

15

Ich habe mich heute wiederum in Rudolfs Markenalbum vertieft. Was für ein bezauberndes Studium! Der Text ist voll von Hinweisen, Anspielungen, versteckten Winken und zweideutigem Schillern. Aber alle Linien laufen in Bianka zusammen. Was für beglückende Unterstellungen! Von einem Knoten zum anderen läuft mein Verdacht wie an einer Lunte entlang und wird von einer lichtvollen, immer blendenderen Hoffnung beschworen. Ach, wie schwer ist mir, wie preßt sich mein Herz von den Geheimnissen zusammen, die ich ahne.

16

Im Stadtpark spielt jetzt täglich gegen Abend die Musik, und durch die Alleen schiebt sich die Frühlingspromenade. Die Menschen kreisen und kehren um, entschwinden und begegnen einander in symmetrischen, sich stets wiederholenden Arabesken. Die jungen Leute tragen neue Frühjahrshüte und halten achtlos die Handschuhe in den Fäusten. Zwischen den Baumstämmen und Hecken der benachbarten Alleen leuchten die Röcke der Mädchen auf. Die Mädchen gehen, in den Hüften sich wiegend, gebauscht vom Saum der Bänder und Volants, paarweise dahin, tragen Schwänen gleich diese rosa und weißen Bauschungen mit sich herum – Glocken blühenden Musselins – und setzen sich mit ihnen – wie ermüdet von ihrer öden Parade – von Zeit zu Zeit auf die Bänke und zerdrücken alle diese großen Rosen aus Gaze und Batist, die vor lauter rieselnden Blättchen platzen. Und dann enthüllen sich übereinandergelegte und gekreuzte Beine, voll unwiderstehlicher Beredtheit in die weißen Gestalten geflochten, und die jungen Spaziergänger, die an ihnen vorbeikommen, verstummen und erblassen, bestürzt von der Treffsicherheit dieses Arguments bis aufs Mark, überwältigt und besiegt.

Es kommen die Augenblicke vor der eigentlichen Dämmerung, und die Couleur der Welt verschönert sich. Alle Farben stellen sich auf Kothurne und werden leuchtend, fanatisch und traurig. Rasch füllt sich der Park mit rosigem Firnis und funkelndem Lack, von welchem die Dinge auf einmal sehr bunt und illuminiert werden. Aber schon ist in diesen Farben ein etwas zu tiefes Blau, eine etwas zu grelle und schier verdächtige Schönheit. Noch ein Augenblick, und das noch ästestarrende und laubkahle, kaum vom jungen Grün verhüllte Dickicht des Parks leuchtet durch und durch, von der rosigen Dämmerstunde heimgesucht, vom Balsam der Kühle bezwungen und von der unsäglichen Trauer ewig und tödlich schöner Dinge gebauscht.

Dann wird mit einem Mal der ganze Park ein riesiges, schweigendes Orchester, feierlich und andächtig, das unter dem gehobenen Taktstock des Dirigenten wartet, bis seine Musik reift und in ihm emporsteigt und bis plötzlich über diese ungeheure, potentielle und inbrünstige Symphonie wie unter dem Einfluß der in allen Instrumenten gewaltig anschwellenden Töne die schnelle und bunte Theaterdämmerung hereinbricht – irgendwo hoch oben durchbohrt das junge Grün die Stimme der im Laubdickicht eingenähten Feuchtigkeit – und es auf einmal ringsherum feierlich, einsam und spät wie in einem abendlichen Wald wird.

Ein kaum spürbarer Hauch fließt durch die Wipfel der Bäume, aus denen zusammenschauernd der trockene Anflug des Faulbaums rieselt, unaussprechlich und bitter. Er rieselt hoch aus dem dämmerungsdunklen Himmel und verströmt in einem grenzenlosen Todesseufzer, in welchen die ersten Sterne ihre Tränen vergießen, ein bitteres Aroma, gleich den gepflückten Fliederdolden in dieser blassen und lilafarbenen Nacht. Ach, ich weiß: ihr Vater war Schiffsarzt und ihre Mutter Quartiersfrau. Auf sie wartet im Hafen Nacht für Nacht der kleine, dunkle Flußdampfer mit Schaufelrädern an den Seiten und zündet keine Laterne an.

Dann kehrt in diese kreisenden Paare, in diese Jünglinge und in diese Mädchen, die einander fortwährend in regelmäßigen Wendungen begegnen, eine seltsame Kraft und Begeisterung ein. Jeder wird ein Don Juan, schön und unwiderstehlich, geht stolz und siegreich aus sich heraus und erlangt mit einem Blick jene mörderische Macht, vor der alle Mädchenherzen zittern und sich fürchten. Und die Mädchen bekommen unergründliche Augen, es tun sich in ihnen tiefe Gärten mit verzweigten Alleen und Parklabyrinthe auf, dunkel und rauschend. Ihre Pupillen weiten sich in feiertäglichem Glanz, öffnen sich ohne Widerspruch und lassen die Eroberer in die

Spaliere ihrer dunklen Gärten ein, deren Wege sich vielfältig und symmetrisch gleich den Strophen einer Kanzone gabeln, um einander wie in traurigen Reimen auf rosigen Plätzen, um ovale Blumenbeete herum oder bei Fontänen, im sehr späten Feuer des Abendrots flammenden Fontänen zu begegnen und sich zu finden und wieder auseinanderzugehen und sich in die schwarzen Massen des Parks, die abendlichen – immer dichter werdenden, immer lauter rauschenden – Dickichte zu entfernen, in denen sie wie inmitten verworrener Kulissen, samtener Portieren und verschwiegener Alkoven sich verlieren und verschwinden. Und man weiß nicht, wann sie durch die Kühle dieser noch düsteren Gärten zu völlig vergessenen, abgelegenen Orten, zu einem anderen, noch dunkleren, wie Trauerflor wehenden Rauschen der Bäume gelangen werden, in welchem die Dunkelheit gärt und schäumt und die Stille während der Jahre des Schweigens und der Zersetzung zu faulen anfängt wie in alten vergessenen Weinfässern.

So im schwarzen Plüsch dieser Parke blindlings dahinirrend, begegnen sie einander schließlich an einem einsamen Bewässerungsgraben, im letzten Purpur des Abendrots, bei einem Fischweiher, der seit Ewigkeiten mit Schlamm zuwächst, auf einer zerbröckelnden Balustrade, irgendwo an der Gemarkung der Zeit, bei einer Hintertür der Welt, finden sich in irgendeinem längst entschwundenen Leben wieder, in einer fernen, früheren Existenz, schluchzen – in Kostümen abgelegter Jahrhunderte in eine fremde Zeit gezerrt – endlos über dem Musselin einer Schleppe und dringen, sich zu unerfüllbaren Schwüren emporreckend und in den Fußstapfen der Erinnerung dahinschreitend, zu Gipfeln und Grenzen vor, hinter denen es nur mehr den Tod und die Erstarrung namenloser Wollust gibt.

17

Was ist Frühlingsdämmerung?

Sind wir schon zum Kern der Dinge vorgedrungen oder führt dieser Weg nicht mehr weiter? Wir sind mit unseren Worten am Ende, die schon faseln, irrereden und alles Maß verloren haben. Und dennoch fängt erst hinter ihren Gemarkungen an, was an diesem Frühling unbegreiflich und unaussprechlich ist. Das Mysterium der Dämmerung! Erst hinter unseren Worten, wo die Macht unserer Magie nicht mehr hinreicht, rauscht dieses dunkle, unfaßbare Element. Das Wort zerfällt dort und löst sich in seine Bestandteile auf, kehrt zu seiner Etymologie zurück, geht wieder in die Tiefe und gleitet in seine dunkle Wurzel hinab. Wieso in die Tiefe? Wir verstehen es wörtlich. Und deshalb werden auch unsere Worte dunkel und verlieren sich inmitten unklarer Verbindungen: Acheron, Orkus, Unterwelt ... Spürt ihr, wie es düster wird von diesen Worten, wie es Maulwurfshügel regnet, wie es nach Tiefe, Keller und Grab zu wehen anhebt? Was ist nun Frühlingsdämmerung? Noch einmal stellen wir diese Frage, diesen fanatischen Refrain unserer Nachforschungen, auf den es keine Antwort gibt.

Wenn die Wurzeln der Bäume sprechen wollen, wenn sich unter dem Rasen viele Vergangenheiten, alte Romane, urtümliche Geschichten anhäufen, wenn sich unter den Wurzeln allzuviel atemloses Flüstern, unartikuliertes Gewebe und dunkler Stimmeinsatz sammelt, der vor jedem Wort liegt, dann schwärzt sich die Rinde der Bäume und zerfällt rissig in grobe Schuppen und tiefe Schrunden und öffnet sich der Stamm mit dunklen Poren wie ein Bärenpelz. Wenn man sich mit dem Gesicht in diesem flaumigen Pelz der Dämmerung vergräbt, dann wird es nach einer Weile ganz finster, dumpf und stickig wie unter einem Deckel. Dann muß man die Augen wie Blutegel in die schwärzeste Finsternis bohren, ihnen sanfte Gewalt antun, sie fest zudrücken, durch die dumpfe Tiefe hindurchdrängen und hindurchstopfen – und dadurch sind wir plötzlich am Ziel, auf der anderen Seite der Dinge, in der Tiefe, in der Unterwelt. Und wir sehen ...

Es ist hier nicht ganz finster, wie man annehmen sollte. Im Gegenteil, das ganze Innere pulsiert vor Licht. Es ist offenkundig das innere Licht der Wurzeln, die blasse Phosphoreszenz, das winzige Aderngewebe der Helle, mit welchem die Finsternis, das wandernde, leuchtende Flimmern der Substanz marmoriert ist. Es ist doch dasselbe, wenn wir schlafen, abgeschnitten vom Licht, weit verirrt in tiefste Introversion, in die Rückwanderung zu uns selber – auch dann sehen wir; wir sehen deutlich unter den geschlossenen Lidern, wie sich durch innere Kienspäne die Gedanken in uns entzünden und phantasierend an langen Lunten weiterglimmen und von

Knoten zu Knoten neu entbrennen. So vollzieht sich in uns ein Rückschritt auf der ganzen Linie, ein Rückzug in die Tiefe, eine Rückkehr in uns selber. So verzweigen wir uns in der Tiefe durch Anamnese, indem wir vor den unterirdischen Schaudern erschrecken, die uns durchzucken, und träumen subkutan auf der ganzen flirrenden Oberfläche. Denn nur oben, im Licht – es muß einmal gesagt werden – sind wir ein zitterndes, artikuliertes Melodienbündel, ein leuchtender Gipfel Lerchengesang, in der Tiefe verfallen wir sogleich wieder in schwarzes Brummen, in Lärm, in das Gelalle endloser Geschichten.

Jetzt erst sehen wir, worauf der Frühling wächst, weshalb er so unaussprechlich traurig und schwer an Wissen ist. Ach, wir würden es nicht glauben, hätten wir es nicht mit eigenen Augen gesehen. Deshalb sind also die Labyrinthe des Innern, die Magazine und Speicher der Dinge vorhanden, deshalb sind Gräber, Moder und Dünger noch warm. Uralte Geschichten. Sieben Schichten wie im alten Troja – Korridore, Kammern, Schätze. So viele goldene Masken, Maske an Maske, plattgedrücktes Lächeln, zerfressene Gesichter, Mumien, leere Larven ... Da sind die Kolumbarien, die Schubladen für die Toten, in denen sie vertrocknet, schwarz wie Wurzeln liegen und auf ihre Zeit warten. Da sind die großen Drogerien, wo sie in Tränenkrügen, Schmelztiegeln und Glasgefäßen zum Verkauf stehen. Sie stehen jahrelang in ihren Regalen, in langen feierlichen Regalen, obgleich sie niemand kauft. Vielleicht sind sie schon in den Verschlägen ihrer Nester lebendig, schon ganz gesund geworden, rein wie Weihrauch und duftend – zwitschernde Spezifika, aufgeweckte ungeduldige Arzneien, Morgenbalsame und -salben, ihren früheren Geschmack auf der Zungenspitze prüfend. Diese zugemauerten Taubenschläge sind voll durchbrechender Schnäbelchen und voll allerersten, probierenden, leuchtenden Piepsen. Wie eh und je und vor aller Zeit vollzieht sich auf einmal in diesen leeren und langen Spalieren, wo die Toten reihenweise, zutiefst ausgeruht erwachen werden, ein völlig neuer Tagesanbruch!

Das ist aber noch nicht das Ende, steigen wir tiefer hinab. Nur keine Angst. Ich bitte, mir die Hand zu reichen, noch ein Schritt – und wir sind bei den Wurzeln! Und sogleich wird alles verästelt, düster und wurzelig wie im tiefsten Wald. Es riecht nach Rasen und Moder, Wurzeln wandern im Dunkel, verwirren sich, heben und senken sich, und die Säfte steigen beim Atmen in ihnen empor wie von Saugpumpen angesogen. Wir sind auf der anderen Seite, wir sind auf der Sohle der Dinge, in der mit wirrer Phosphoreszenz behafteten Finsternis. Welch ein Kreisen, Verkehr und Gedränge! Was für ein Wimmeln und Wuseln! Wieviel Menschen und Geschlechter, tausendmal vervielfältigte Bibeln und Iliaden! Was für Wanderungen und Tumulte, was für ein Wirrwarr und Durcheinander der Geschichte! Weiter führt dieser Weg nicht mehr. Wir sind auf dem eigentlichen Grund, bei den dunklen Fundamenten, wir sind bei den Müttern! Hier sind die unendlichen Infernos, die hoffnungslosen Weiten Ossians, die beweinten Nibelungen. Hier sind die großen Brutöfen der Geschichte, die Fabriken der Fabulierkunst, die nebeligen Rauchkammern der Fabeln und Märchen. Jetzt endlich wird der große und traurige Mechanismus des Frühlings verständlich. Ach, er wächst auf Geschichte. So viele Erfolge, so viele Handlungen, so viele Schicksale! Alles, was wir jemals gelesen, alle vernommenen Geschichten und alle niemals vernommenen, die uns von Kindheit an als Träume verfolgen, sind hier: nirgend anders ist ihr Haus und ihr Vaterland. Woher nähmen die Schreiber ihre Stoffe, woher sonst schöpften sie den Mut zum Fabulieren, spürten sie nicht diese Reserven, diese Kapitale, diese hundertfachen Mannigfaltigkeiten hinter sich, von denen die Unterwelt vibriert. Was für ein Wirrwarr an Gerüchten, was für ein wurrlendes Wispern der Erde! Oh, dein Ohr pulst unerschöpfliche Überredung. Du gehst mit geschlossenen Augen in dieser flüsternden, lächelnden, verheißungsvollen Wärme dahin, unendlich belästigt, tausendfältig von Fragen wie von Millionen süßer Mückenstiche pikiert. Ich wollte, du könntest etwas mitnehmen davon, irgend etwas, wenigstens eine Fingerspitze voll dieser körperlosen, flüsternden Ereignisse und sie in dein junges Leben aufnehmen, in dein Blut, und gerettet werden und damit weiterleben. Worin soll der Frühling sonst bestehen, wenn nicht in der Auferstehung der Geschichte von den Toten! Er allein inmitten dieser Körperlosen ist lebendig, wirklich, kühl und unwissend. Oh, wie es diese Gespenster hinzieht zu seinem jungen grünen Blut, zu seiner pflanzlichen Unwissenheit, alle diese Larven, Phantome und Lemuren.

Und er nimmt sie, naiv und wehrlos, mit in seinen Schlaf, schläft mit ihnen und erwacht geistesabwesend ums Morgengrauen und erinnert sich an nichts. Deshalb ist er so schwer durch diese ganzen Summen des Vergessens und so traurig, denn er muß allein für so viele Wesen leben und für so viele Abgewiesene und Weggeworfene schön sein... Und er hat hierfür nur den abgrundtiefen Duft des Faulbaums, der in einem einzigen, ewigen, unendlichen Strom dahinfließt und in dem alles ist... Denn was bedeutet schon vergessen? Auf den alten Geschichten ist über Nacht neues Grün, ein weicher grüner Anflug gewachsen, helle dicke Knospen haben sich als gleichmäßige Bürstchen aus allen Poren geschoben gleich den Haarbüscheln der Bauern einen Tag nach dem Haareschneiden. Wie ist der Frühling durch Vergessen grün geworden, wie saugen sich die alten Bäume mit süßer und naiver Unwissenheit voll, wie erwachen sie mit ihren Zweigen, unbelastet von Erinnerungen, die Wurzeln in alten Ereignissen versenkt! Dieses Grün wird sich noch einmal als neu lesen und von Anfang an buchstabieren, und von diesem Grün werden sich die Geschichten verjüngen und noch einmal von vorne anfangen, als ob sie noch nie passiert wären.

Es gibt so viele ungeborene Ereignisse. Oh, diese klagenden Chöre zwischen den Wurzeln, diese sich gegenseitig überschwatzenden Plaudereien, diese unerschöpflichen Monologe inmitten plötzlich ausbrechender Improvisationen! Ob die Geduld reicht, sie anzuhören? Vor der ältesten gehörten Geschichte gab es andere, die ihr nicht gehört habt, gab es namenlose Vorläuferinnen, Romane ohne Titel, gewaltige Epopöen, blaß und monoton, gestaltlose Bylinen, formlose Klötze, Giganten ohne Antlitz, den Horizont verlegend, dunkle Texte unter den abendlichen Dramen der Wolken und – noch früher – Bücher als Legenden, ungeschriebene Bücher, Bücher der ewigen Absicht, blasse und verlorene Bücher in partibus infidelium...

Unter allen Geschichten, die sich unausgebeutet bei den Wurzeln des Frühlings drängen, gibt es eine, die schon lange in das Eigentum der Nacht überging, sich für immer auf dem Grund des Firmaments festgesetzt hat: das ewige Akkompagnement und der Hintergrund der gestirnten Räume. Durch jede Frühlingsnacht, was immer auch geschehen möge in deren Verlauf, geht diese Geschichte mit großen Schritten durch das gewaltige Quaken der Frösche und das endlose Klappern der Mühle. Es geht dieser Mann unter dem Mahlgut der Gestirne, das aus den Mühlsteinen der Natur rieselt, er geht mit großen Schritten über den Himmel, drückt ein Mädchen unter den Falten seines Mantels an sich, stets unterwegs, auf endloser Wanderschaft durch die unendlichen Räume der Nacht. O ungeheuere Trauer der Einsamkeit, o unermeßliches Waisentum in den Räumen der Nacht, o Gefunkel der fernen Gestirne! An dieser Geschichte ändert die Zeit nichts mehr. In jedem Augenblick geht sie geradeaus durch die gestirnten Horizonte, geht sie geradeaus mit großen Schritten an uns vorbei – und so wird es immer sein, ständig von neuem, wenn sie – einmal aus den Geleisen der Zeit gesprungen – den Grund unter den Füßen verloren hat, bodenlos und durch keine Wiederholung erschöpflich geworden ist. Es geht der Mann und drückt das Kind an seine Schulter – absichtlich wiederholen wir diesen Refrain, dieses klägliche Motto der Nacht, um diese intermittierende Dauer und Beständigkeit des Gehens auszudrücken, die bald vom Wirrwarr der Sterne verhüllt, bald durch die langen stummen Intervalle, durch welche die Ewigkeit hindurchweht, ganz unsichtbar wird. Ferne Welten kommen ganz nahe heran, schrecklich grell, senden durch die Ewigkeit gewaltige Signale in stummen, unausgesprochenen Rapporten – und er geht und lullt ohne Unterlaß das Mädchen ein: monoton und hoffnungslos, ohnmächtig gegen das Geflüster dort, gegen die schrecklich süßen Überredungen der Nacht, gegen das einzige Wort, zu dem sich der Mund der Stille formt, wenn niemand sie hört …

Das ist die Geschichte einer entführten und vertauschten Prinzessin.

18

Und wenn sie zur späten Nacht leise in die geräumige Villa inmitten der Gärten, in das weiße, niedrige Zimmer zurückkehren, in dem ein langes, schwarzes, funkelndes Fortepiano steht und mit allen Saiten schweigt, und sich durch die große gläserne Wand, wie durch die Scheiben einer Orangerie, die ganze Frühlingsnacht beugt, blaß und sternenwimmelnd, und aus allen Fläschchen und Döschen bitter der Faulbaum über dem kühlen Bettzeug des weißen Lagers duftet, dann laufen durch die große und schlaflose Nacht Unruhe und Lauschen, und ein Herz läuft durch den Schlaf und fliegt und strauchelt und schluchzt durch die ausladende und taufrische, von Faltern schwärmende, vom Faulbaum bittere und leuchtende Nacht ... Ach, der bittere Faulbaum erweitert so die grenzenlose Nacht, und das vom Fliegen abgeplagte, von glücklichen Wettläufen müdgewordene Herz möchte ein Weilchen auf einer luftigen Grenze ausruhen, auf einem sehr schmalen Grat einschlafen, doch aus dieser blassen Nacht türmen sich endlos immer neue Nächte, noch blasser und noch körperloser, leuchtende Linien und Schlangenwindungen, in Spiralen der Sterne und blasser Flüge gezeichnet, tausendfältig pikiert von den Saugrüsseln unsichtbarer Mükken, geräuschlos und süß vom Mädchenblut, und das unermüdliche Herz stelzt schon wieder phantasierend durch den Schlaf, unzurechnungsfähig, in astrale und komplizierte Affären verstrickt, in atemlose Hetzjagden, in lunare Paniken, betört und entzückt und hundertfältig in blasse Faszinationen verwickelt, in starre, somnambule Träume und lethargische Schauder.

Ach, alle diese Entführungen und Hetzjagden, Verrätereien und Gerüchte, Mohren und Lotsen, Balkongitter und nächtlichen Jalousien, diese Musselinröckchen und Schleier, wehend hinter der atemlosen Flucht dieser Nacht! ... Bis endlich nach einer plötzlichen Verdunkelung, einer dumpfen und schwarzen Pause der Augenblick kommt ... alle Marionetten liegen schon in ihren Häusern, alle Vorhänge sind herabgelassen, und alle längst abgesprochenen Atemzüge gehen ruhig auf der ganzen Breite dieser Szenerie hin und her, während am beruhigten, ausladenden Himmel das Morgengrauen stumm seine fernen, rosigen und weißen Städte, seine hellen, ragenden Pagoden und Minarette baut.

Erst jetzt wird für den geschätzten Leser des Buches die Natur dieses Frühlings klar und leserlich. Alle diese morgendlichen Vorbereitungen des Tages, seine ganze frühzeitige Toilette, alle diese Bedenken, Zweifel und Skrupel der Wahl enthüllen ihren Kern dem in die Geheimnisse der Briefmarken eingeweihten Mann. Die Marken führen in das komplizierte Spiel der morgendlichen Diplomatie ein, in die langwierigen Verhandlungen, das atmosphärische Lavieren, welches der endgültigen Reaktion des Tages vorausgeht. Aus den roten Nebeln dieser neunten Stunde will sich – es ist deutlich zu sehen – das scheckige und fleckige Mexiko schütteln mit einer sich windenden Schlange im Schnabel eines Kondors, heiß und mit grellem Ausschlag befiedert, doch in einem blauen Himmelstümpel, im hohen Grün der Bäume wiederholt ein Papagei fortwährend »Guatemala«, beharrlich, in verschiedenen Abständen und mit der gleichen Intonation; und von diesem grünen Wort wird er allmählich kirschrot, frisch und blättrig. So vollzieht sich langsam zwischen Schwierigkeiten und Konflikten die Abstimmung und entsteht der Ablauf der Zeremonien, die Paradeliste, das diplomatische Protokoll des Tages.

Im Mai waren die Tage rosarot wie Ägypten. Auf dem Ring verloren Glanz und Schimmer alle Maße, flossen über die Grenzsteine des Platzes und wogten. Am Himmel knieten die Türmungen der Sommerwolken, zusammengeballt unter glänzenden Ritzen: vulkanisch, grell gezeichnet, und alles – Barbados, Labrador und Trinidad – ging in Rot über, wie durch Rubinbrillen betrachtet, und durch diese zwei, drei Pulsschläge, durch diese Trübung, durch diese rote Verfinsterung des Blutes, die gegen die Schläfen pochte und zu Kopf stieg, kam über den ganzen Himmel die große Korvette Guyanas angefahren und explodierte mit allen Segeln. Sie schob sich gebläht heran, schnaubte mit der Leinwand, schwer, mit gestrafften Tauen und im Geschrei der Schlepper, durch den Aufruhr der Möwen und den roten Schimmer des Meeres geschleppt. Dann wuchs am ganzen Himmel und baute sich in breiter Wand eine riesige, verworrene Takelage aus Stricken, Leitern und Masten auf, es zerschlug sich, hoch mit der geblähten Leinwand donnernd, das vielfältige, viel-

stöckige luftige Spektakel der Segel, Rahen und Brassen, in dessen Luken sich ein Weilchen lang kleine, behende Mohrenknaben zeigten, um zwischen den Zeichen und Figuren des phantastischen Himmels der Wendekreise zu verschwinden.
Dann änderte sich die Szenerie, am Himmel, in den Massiven der Wolken türmten sich, gleich doppelt und dreifach auf einmal, rosige Verdunklungen übereinander, funkelnde Lava rauchte und zeichnete mit leuchtenden Linien die drohenden Konturen der Wolken, und – Kuba, Haiti, Jamaika – der Kern der Welt ging in die Tiefe, reifte immer greller, drang bis zum Mark vor, und plötzlich ergoß sich die reine Wesenheit dieser Tage: die rauschende Ozeanität großer Wendekreise, archipelagischer Lazurtürme, glücklicher Wirbel und Strudel, äquatorialer und salziger Monsune.
Mit dem Markenalbum in der Hand las ich diesen Frühling. War es nicht ein großer Kommentar der Zeiten, eine Grammatik ihrer Tage und Nächte? Dieser Frühling wurde nach allen Kolumbien, Costaricas und Venezuelas dekliniert, denn was sind Mexiko und Äquador und Sierra Leone anders, wenn nicht ein erdachtes Spezifikum, eine Würzung des Geschmacks der Welt, eine äußerste und gesuchte Endgültigkeit, eine Sackgasse des Aromas, in die sich die Welt auf ihren Suchreisen verirrt, wenn sie versucht, probierend und übend auf allen Tasten zu spielen?
Die Hauptsache jedoch, um sie nicht zu vergessen wie Alexander der Große, ist und bleibt, daß kein Mexiko endgültig ist, sondern ein Durchgangspunkt, welchen die Welt durchschreitet, und daß sich hinter jedem Mexiko ein neues, noch grelleres auftut, ein überbuntes und überaromatisches ...

20

Bianka ist ganz grau. Ihr dunkler Teint hat gleichsam die ausgelassene Ingredienz verloschener Asche an sich. Ich glaube, daß eine Berührung ihrer Hand jegliche Vorstellung überschreiten muß.
Ganze Geschlechter Dressur stecken in ihrem disziplinierten Blut. Erregend, diese resignierte Ergebenheit in die Fuchtel des Taktes, die von total besiegtem Trotz, von unterworfe-

nen Aufständen, von leisen nächtlichen Schluchzern und der Gewalt zeugt, die ihrem Stolz angetan wurde! Mit jeder ihrer Bewegungen geht sie voll guten Willens und trauriger Anmut auf die vorgeschriebenen Formen ein. Sie tut nicht mehr, als unbedingt nötig ist, jede ihrer Gesten erscheint knapp bemessen und füllt kaum die Form aus und geht ihre Begeisterung auf sie über und ist nur aus passivem Pflichtgefühl da. Aus der Tiefe dieser Überwindungen schöpft Bianka ihre frühreife Erfahrung und ihr Wissen um alle Dinge. Bianka weiß alles. Und sie lächelt nicht über dieses Wissen, ihr Wissen ist ernst und voll Trauer – gleich den in vollendet schönen Linien aufeinandergepreßten Lippen und den mit strenger Genauigkeit gezeichneten Brauen. Nein, aus ihrem Wissen schöpft sie keinen Antrieb zu nachsichtiger Lockerung, zu Weichheit und Zügellosigkeit. Ganz im Gegenteil. Als ob man dieser Wahrheit, in die ihre traurigen Augen starren, nur mit angestrengter Aufmerksamkeit gewachsen wäre, nur mit genauester Beobachtung der Form. Und es ist in diesem unfehlbaren Takt, in dieser Loyalität gegenüber der Form ein ganzes Meer von Trauer und mühsam errungener Geduld.

Und dennoch ging sie aus diesem Kampf, wenn auch zerbrochen durch die Form, als Siegerin hervor. Doch mit welchem Opfer sie diesen Triumph erkauft hatte!

Wenn sie – schlank und traurig – geht, weiß man nicht, wessen Stolz sie so schlicht im ungesuchten Rhythmus ihres Ganges dahinträgt: den überwundenen eigenen Stolz oder den Triumph der Grundsätze, denen sie unterlag.

Wenn sie aber dafür mit einem schlichten, traurigen Augenaufschlag um sich blickt, weiß sie plötzlich alles. Ihre Jugend hat sie nicht vor dem Erraten der geheimsten Dinge bewahrt. Ihr stilles Gemüt ist Beruhigung nach langen Tagen des Weinens und Schluchzens. Deshalb haben ihre Augen schwarze Ringe und eine feuchte, heiße Glut in sich und jene aller Verschwendung abholde Zweckmäßigkeit der Blicke, die kaum ihr Ziel verfehlt.

Bianka, die zauberhafte Bianka ist ein Rätsel für mich. Ich studiere sie hartnäckig, grimmig – und verzweifelt auf Grund des Markenalbums. Wie das? Handelt ein Markenalbum auch von Psychologie? Naive Frage! Ein Markenalbum ist ein universales Buch, ist ein Kompendium unseres gesamten Wissens vom Menschen. Natürlich in Anspielungen, mit Vorbehalten und verschluckten letzten Silben. Es bedarf eines gewissen Scharfsinns, eines gewissen Herzensmutes, eines gewissen Traumfluges, um den roten Faden, die feurige Spur, den über die Seiten des Buches huschenden Blitz zu finden.

Einer Sache muß man sich allerdings bei diesen Dingen enthalten: beschränkter Kleinlichkeit und Pedanterie sowie stumpfsinniger Wörtlichkeit. Alle Dinge sind zusammengebunden, alle Fäden führen zu einem Knäuel. Habt ihr schon einmal erwogen, daß zwischen den Versen bestimmter Bücher scharenweise Schwalben, ganze Stropheme zuckender, spitzer Schwalben hindurchfliegen? Man muß aus dem Flug dieser Vögel lesen ...

Aber kehren wir zu Bianka zurück. Wie erregend schön sind doch ihre Bewegungen. Jede einzelne ist mit Überlegung getan, seit Ewigkeiten entschieden und mit Resignation unternommen, als wüßte sie im voraus alle Hergänge und die unvermeidliche Reihenfolge ihrer Schicksale. Es kommt vor, daß ich sie – auf einer Bank in einer Parkallee ihr gegenübersitzend – mit dem Auto um etwas fragen, in Gedanken um etwas bitten will und meine Absicht zu formulieren versuche. Und ehe es mir gelingt, antwortet sie schon. Sie antwortet traurig mit einem tiefen, kurzen und bündigen Blick.

Weshalb hält sie den Kopf geneigt? Worauf sind so aufmerksam, so nachdenklich ihre Augen gerichtet? Ist der Boden ihres Schicksals so bodenlos traurig? Und dennoch, abgesehen von allem: trägt sie diese Resignation nicht mit Würde und mit Stolz, als ob es nur so und nicht anders sein dürfte, als ob sie dieses Wissen, das sie jeder Freude beraubt, dafür mit einer gewissen Unantastbarkeit, einer gewissen höheren Freiheit beschenkte, entdeckt auf dem Boden freiwilligen Gehorsams? Das verleiht ihrer Nachgiebigkeit den Reiz des Triumphes, und das besiegt sie.

Sie sitzt mir gegenüber auf einer Bank neben ihrer Gouvernante, beide lesen. Ihr weißes Kleidchen – niemals habe ich sie in einer anderen Farbe gesehen – liegt gleich einer halb entfalteten Blume auf der Bank. Die schlanken Beine mit dem dunkelbraunen Fleischton sind unsäglich reizend übereinandergeschlagen. Eine Berührung ihres Körpers muß schier schmerzlich sein. O andächtige Heiligkeit eines solchen Kontakts!
Dann stehen beide auf und klappen die Bücher zu. Mit einem Blick empfängt und erwidert Bianka meinen inbrünstigen Gruß und ergibt sich – gleichsam völlig unbeschwert – dem Mäandergeflecht ihrer Beine, das melodisch in den Rhythmus der großen, elastischen Schritte der Gouvernante verfällt.

22

Ich habe den ganzen Umfang des Majorats ringsum erforscht. Ich habe etlichemal das mit einem hohen Plankenzaun befestigte weitläufige Terrain umkreist. Die weißen Mauern der Villa mit ihren Terrassen, ausladenden Veranden zeigen sich mir stets in neuen Aspekten. Hinter der Villa erstreckt sich ein Park, der allmählich in eine baumlose Ebene übergeht. Dort stehen wunderliche Gebäude, halb Fabrik und halb Meierhof. Ich legte die Augen an einen Spalt im Zaun; was ich erblicke, mußte einer Täuschung unterliegen. In dieser von der Hitze verdünnten Frühlingsaura kommen einem die Dinge nicht selten entfernt, über ganze Meilen der zitternden Luft hinweg gespiegelt vor. Und dennoch glüht mir der Kopf von den widerspruchsvollsten Gedanken. Ich muß das Markenalbum zu Rate ziehen.

23

Ist das möglich? Biankas Villa exterritoriales Gebiet? Ihr Haus unter dem Schutz internationaler Verträge? Zu welchen erstaunlichen Entdeckungen mich das Studium des Markenalbums verführt! Bin nur ich allein im Besitz dieser erstaunlichen Wahrheit? Und dennoch ist es unmöglich, alle

Spuren und Argumente auf die leichte Schulter zu nehmen, die unser Markenalbum um alle diese Punkte häuft.
Ich habe heute die ganze Villa aus der Nähe erforscht. Seit Wochen kreiste ich schon um das große, kunstvoll geschmiedete Tor mit dem Wappen. Ich machte mir einen Augenblick zunutze, da zwei große, leere Equipagen aus dem Garten der Villa herausfuhren. Die Torflügel standen weit offen. Niemand schloß sie. Ich trat zögernden Schrittes ein, zog meinen Skizzenblock aus der Tasche und tat, als wollte ich, an einen Torpfeiler gelehnt, ein architektonisches Detail zeichnen. Ich stand auf einem kiesbestreuten Pfad, über den so oft Biankas leichtes Füßchen gegangen war. Das Herz stand mir still vor glücklicher Angst bei dem Gedanken, daß aus irgendeinem Balkontürchen ihre schlanke Gestalt in dem weißen Kleidchen heraustreten könnte. Doch alle Türen und Fenster waren mit grünen Stores verhängt. Nicht das leiseste Geräusch verriet das in diesem Haus verborgene Leben. Der Himmel bewölkte sich am Horizont, in der Ferne blitzte es. In der warmen, verdünnten Luft regte sich nicht die leiseste Brise. In der Stille dieses grauen Tages unterhielten sich nur die kreideweißen Mauern der Villa in der stummen, doch beredten Eloquenz der reichgegliederten Architektur miteinander. Ihre leichte Suada zerrann in Pleonasmen, in tausenderlei Varianten der gleichen Melodie. Entlang dem grellweißen Fries liefen in rhythmischen Kadenzen flachgeschnitzte Girlanden nach links und rechts und verhielen unentschlossen an den Ecken. Von der Höhe der mittleren Terrasse lief eine pathetische und zeremonielle Marmortreppe herab – mitten hinein in die rasch auseinandertretenden architektonischen Balustraden und Vasen – und schien, nachdem sie breitgedrückt in der Erde zerronnen war, ihr wallendes Gewand in tiefer Reverenz zusammenzuraffen und zurückzunehmen.
Ich habe einen seltsam ausgeprägten Sinn für Stil. Dieser Stil reizte und beunruhigte mich durch etwas Unerklärliches. Hinter seinem mühsam beherrschten, fanatischen Klassizismus, hinter dieser scheinbar kalten Eleganz verbargen sich unbegreifliche Schauder. Dieser Stil war zu heiß, überaus scharf pointiert und voll unerwarteter Würze. Ein Tropfen eines unbekannten Gifts in die Adern dieses Stils geträufelt, machte sein Blut dunkel, explosiv und gefährlich.

Innerlich desorientiert, zitternd von widersprüchlichen Impulsen, ging ich auf den Zehenspitzen um die Front der Villa herum und scheuchte die auf den Treppen schlafenden Eidechsen auf.
Rings um das ausgetrocknete längliche Wasserbassin war die Erde von der Sonne gebacken und noch kahl. Nur da und dort schoß aus einem Spalt im Boden ein wenig inbrünstiges, fanatisches Grün hervor. Ich riß ein Büschel dieses Krautes ab und steckte es in den Skizzenblock. Ich zitterte vor innerer Erregung am ganzen Körper. Über diesem grauen Bassin stand graue Luft, überaus durchsichtig und glänzend, flirrend vor Hitze. Das Barometer auf der nahen Säule zeigte ein katastrophales Tief. Stille lagerte ringsum. Kein Zweiglein rührte sich von irgendeinem Lüftchen. Die Villa schlief mit herabgelassenen Jalousien und leuchtete kreideweiß in der grenzenlosen Tödlichkeit der grauen Aura. Auf einmal, als bezeichnete dieser Stillstand einen kritischen Punkt, stürzte die Luft in bunter Gärung herab und zerfiel in bunte Lappen und flimmernde Schaufeln.
Es waren riesige, schwerfällige Schmetterlinge, paarweise im Liebesspiel verfangen. Ihr plumpes, zuckendes Flattern hielt sich ein Weilchen in der toten Aura. Sie überholten einander zur Abwechslung um eine Spanne und vereinigten sich abermals im Flug, wobei sie in der verdunkelten Luft ein ganzes Kartenspiel farbiger Blitze mischten. Oder war es nur eine rasche Zersetzung der üppigen Aura, eine Fata Morgana der Luft voll Haschisch und Schwärmerei? Ich schlug mit der Mütze zu – und ein schwerer Plüschschmetterling fiel mit flatternden Flügeln zu Boden. Ich hob ihn auf und verbarg ihn. Ein Grund mehr.

24

Ich habe das Geheimnis dieses Stils erraten. Die Linien dieser Architektur wiederholten in ihrer zudringlichen Suada dieselben unverständlichen Phrasen so lange, bis ich diese verräterische Chiffre, dieses zwinkernde Auge, diese kitzelige Mystifikation verstand. Es war tatsächlich eine überaus durchsichtige Maskerade. In den ausgesuchten und rührigen Linien von übertriebener Vornehmheit war eine zu scharfe

Paprika, ein Übermaß an brennender Pikanterie, war etwas Flinkes, Fanatisches, zu grell Gestikulierendes – etwas Buntes, Koloniales und die Augen Rollendes mit einem Wort... So ist es, dieser Stil hatte auf seinem Grund etwas unerhört Abstoßendes, er war ausschweifend, erdichtet, tropisch und unerhört zynisch.

25

Ich brauche nicht zu erklären, wie diese Entdeckung mich erschütterte. Entfernte Linien nähern sich und trennen sich, Rapporte und Parallelen werden unerwartet heruntergeschossen. Aufgewühlt teilte ich meine Entdeckung Rudolf mit. Er zeigte sich wenig erregt. Sträubte sich sogar unwillig und warf mir Vorsätzlichkeit und Flunkerei vor. Immer häufiger wirft er mir Aufschneiderei und absichtliche Mystifikation vor. Während ich bisher für ihn als Eigentümer des Albums noch bestimmte Gefühle empfand, stoßen mich jetzt seine gehässigen, mit unbezähmbarer Verbitterung geladenen Ausbrüche immer mehr ab. Ich zeige aber meinen Groll nicht, ich bin leider abhängig von ihm. Was täte ich ohne das Markenalbum? Das weiß er und nützt seine Übermacht aus.

26

Allzuviel geschieht in diesem Frühling. Allzuviele Bestrebungen, grenzenlose Absichten, schwellende und nicht bewältigte ehrgeizige Pläne durchdringen diese dunklen Tiefen. Die Expansion kennt keine Grenzen. Die Verwaltung dieses riesigen, verzweigten und ausgebreiteten Unternehmens geht über meine Kräfte. Da ich einen Teil der Verantwortung auf Rudolf abwälzen wollte, ernannte ich ihn zum Mitregenten. Natürlich anonym. Zusammen mit seinem Markenalbum stellen wir zu dritt gleichsam ein nicht offizielles Triumvirat dar, auf dem die Last der Verantwortung während dieser ganzen unergründlichen und unübersehbaren Affäre ruht.

27

Ich hatte nicht den Mut, um die Villa herumzugehen und auf die andere Seite zu gelangen. Ich wäre unfehlbar ertappt worden. Weshalb habe ich trotzdem das Gefühl, schon einmal dort gewesen zu sein – vor sehr langer Zeit? Kennen wir im Grund genommen nicht schon im voraus alle Landschaften, denen wir in unserem Leben begegnen? Kann es überhaupt noch etwas völlig Neues geben, das wir in unseren tiefsten Reserven nicht schon längst vorausahnten? Ich weiß, daß ich dort einmal zu später Stunde auf der Schwelle der Gärten stehen werde, Hand in Hand mit Bianka. Wir werden in jene vergessenen Winkel gehen, wo zwischen alten Mauern vergiftete Parke eingeschlossen sind, die künstlichen Paradiese Poes, voll von Salbei, Mohn und Opiatgewächsen, die unter dem braunen Himmel sehr alter Fresken flammen. Wir werden den weißen Marmor einer mit leeren Augen im äußersten Randlicht hinter der Gemarkung eines verwelkten Nachmittags schlafenden Statue wecken. Wir werden ihren einzigen Geliebten, einen roten Vampir, der mit zusammengelegten Flügeln in ihrem Schoß schläft, aufscheuchen. Er wird lautlos, weich, fließend und mit seinen kraftlosen, körperlosen, grellroten Fleischwülsten ohne Skelett und Substanz wogend auffliegen und torkelnd dahinwirbeln, schließlich straucheln, die Flügel verlieren und sich spurlos in der erstorbenen Luft auflösen. Wir werden durch eine kleine Pforte völlig kahle Gefilde betreten. Aller Pflanzenwuchs wird dort verbrannt sein wie Tabak, wie eine Prärie im späten indianischen Sommer. Es könnte im Staat New Orleans oder Louisiana sein, aber die Länder sind nur ein Vorwand. Wir werden auf der steinernen Verschalung eines quadratischen Fischteichs sitzen. Bianka wird ihre weißen Finger ins warme Wasser voll gelben Laubes tauchen und die Augen nicht heben. Auf der anderen Seite wird eine schwarze, schlanke, tief verschleierte Gestalt sitzen. Ich werde flüsternd nach ihr fragen, doch Bianka wird den Kopf schütteln und leise sagen: »Fürchte dich nicht, sie hört nicht, es ist meine verstorbene Mutter, die hier wohnt.« Dann wird sie mir die süßesten, leisesten und traurigsten Dinge sagen. Es wird keinen Trost mehr geben. Die Dämmerung wird einfallen ...

28

Die Ereignisse überstürzen sich in einem verrückten Tempo. Biankas Vater ist angekommen. Ich stand heute an der Kreuzung der Fontänen- und Skarabäusgasse, als ein funkelnder, offener Reisewagen mit einem breiten und flachen Kasten wie eine Muschel vorüberfuhr. In dieser weißen, seidenen Schale erblickte ich Bianka, halb liegend in einem Tüllkleid. Ihr liebliches Profil war von der Hutkrempe beschattet, die heruntergelassen und von einer Schleife unter dem Kinn festgehalten wurde. Sie schwamm schier zur Gänze im Staat eines weißen Schals und saß einem Herrn in schwarzem Gehrock und weißer Pikeeweste gegenüber, an der eine schwere Goldkette mit einer Menge Berlocken funkelte. Unter der schwarzen, tief ins Gesicht gedrückten Melone düsterte ein verschlossenes, finsteres Gesicht mit einem Backenbart. Ich erzitterte bei diesem Anblick bis ins Mark. Es konnte keinen Zweifel geben. Es war der Herr de V...

Als das elegante Gefährt mit seinem elastischen Fond diskret donnernd an mir vorbeifuhr, sagte Bianka etwas zu ihrem Vater, der sich umdrehte und einen Blick seiner großen schwarzen Brille auf mich warf. Er hatte das Gesicht eines grauen Löwen ohne Mähne.

In verzückter Begeisterung, fast von Sinnen durch die widerspruchsvollsten Gedanken, rief ich aus: »Zähl auf mich! Bis zum letzten Blutstropfen...« und feuerte in die Luft – aus einer Pistole, die ich aus dem Busen zog.

29

Viel spricht dafür, daß Franz Josef I. im Grunde genommen ein mächtiger und trauriger Demiurg war. Seine schmalen, wie Knöpfchen stumpfen Augen, die in dreieckigen Runzeldeltas staken, waren nicht die Augen eines Menschen. Sein milchweiß behaartes Gesicht mit dem wie bei japanischen Dämonen nach hinten gekämmten Backenbart war das Gesicht eines alten, griesgrämigen Fuchses. Aus der Ferne, von der Schönbrunner Terrasse herab, schien sein Gesicht dank einer bestimmten Anordnung seiner Runzeln zu lächeln. Aus der Nähe entlarvte sich dieses Lächeln als Grimasse der Verbitterung und der ebenerdigen Trivialität, nicht vom schwächsten Schimmer einer Idee erhellt. Im Augenblick, da er im grünen Generalsfederbusch und im türkisblauen, bis auf die Erde reichenden Mantel, leicht gebeugt und salutierend auf dem Schauplatz der Welt erschien, war die Welt in ihrer Entwicklung an eine glückliche Grenze gelangt. Alle Formen, die ihren Inhalt in endlosen Metamorphosen erschöpft hatten, hingen schon locker an den Dingen, halb geschuppt und geschält, bereit abzufallen. Die Welt verpuppte sich gewaltsam, wurde in jungen, geschwätzigen und unerhörten Farben ausgebrütet und streckte sich glücklich in allen Beugen und Gelenken. Es fehlte wenig, und die Landkarte der Welt, dieses Segel voller Flicken und Farben, wäre gebläht vor Begeisterung in die Luft emporgeflogen. Franz Josef I. empfand dies als persönliche Gefahr. Sein Element war eine in den Reglements der Prosa und der Pragmatik der Langweile befangene Welt. Der Geist der Kanzleien und Zirkulare war sein Geist. Und seltsam! Dieser ausgedörrte und stumpfsinnige Greis, dessen Wesen nichts Einnehmendes an sich hatte, strebte danach, einen großen Teil der Schöpfung auf seine Seite zu ziehen. Alle loyalen und vorausschauenden Familienväter fühlten sich zugleich mit ihm bedroht und atmeten erleichtert auf, als sich dieser mächtige Dämon mit seinem Gewicht auf die Dinge legte und den Aufflug der Welt hemmte. Franz Josef I. teilte die Welt in Rubriken ein, regulierte ihren Lauf mit Hilfe von Patenten, bändigte sie durch tausenderlei Prozeduren und bewahrte sie vor dem Entgleisen ins Unvorhergesehene, Abenteuerliche und gänzlich Unberechenbare.

Franz Josef I. war kein Feind anständiger, zugelassener und gottesfürchtiger Freuden. Er hatte sich in einer gewissen Art vorausschauender Leutseligkeit die k. k. Volkslotterie, die ägyptischen Traumbücher, die illustrierten Kalender sowie die k. k. Tabaktrafiken ausgedacht. Er hatte den Dienst der himmlischen Heerscharen gleichgeschaltet, sie in symbolische himmelblaue Uniformen gesteckt und das Personal der Engelscharen, nach Sektionen und Rängen eingeteilt, in Gestalt von Briefträgern, Kondukteuren und Finanzern in die Welt hinausgeschickt. Noch der geringste dieser himmelblauen Boten hatte einen vom Schöpfer entliehenen Abglanz

ewiglicher Weisheit und ein joviales Lächeln der Gnade im Rahmen seines Backenbarts, während seine Füße infolge ausgedehnter irdischer Wanderungen übel nach Schweiß rochen.
Doch hat jemand von einer mißlungenen Verschwörung am Fuße des Thrones, von einer großen, im Keim erstickten Palastrevolution gerade beim Eintritt der allen Lobes vollen Räte des Monarchen gehört? Throne, gespeist von Blut, welken nicht, ihre Lebensfähigkeit wächst durch jene Menge von Unrecht, verleugnetem Leben und ewig anderem, was durch sie verdrängt und verneint wurde. Wir decken hier geheime und verbotene Dinge auf und berühren Staatsgeheimnisse, die tausendfach verschlossen und mit tausend Siegeln des Schweigens versiegelt sind.
Demiurgos hatte einen jüngeren Bruder ganz anderen Geistes und anderer Ideen. Wer hat ihn nicht in dieser oder jener Form, wem gesellt er sich nicht wie ein Schatten, wie eine Antithese, wie ein Partner eines ewigen Dialogs bei? Nach einer bestimmten Version war er nur ein Cousin, nach einer anderen war er sogar überhaupt nicht geboren worden. Man hatte ihn nur aus den im Schlaf belauschten Ängsten und Traumgesichten des Demiurgos herausgefiltert. Kann auch sein, daß ihn jemand fingierte, daß ein anderer untergeschoben wurde, nur um symbolisch dieses Drama zu spielen, um noch einmal – zum wievielten Male, kann niemand sagen – umständlich zeremoniell jenen fatalen Akt zu wiederholen, den man selbst in tausendfältiger Wiederholung nicht erschöpfen konnte. Dieser vorbehaltlich Geborene, professionell irgendwie aus Gründen seiner Rolle beeinträchtigte unglückliche Antagonist trug den Namen Erzherzog Maximilian. Allein schon dieser Name, flüsternd ausgesprochen, erfrischt das Blut in den Adern, macht es heller und röter, läßt es rascher schlagen in der grellen Farbe der Begeisterung, des Siegellacks und des Rotstifts, mit dem die glücklichen Telegramme von dorther gekennzeichnet sind. Er hatte rosige Wangen und strahlende himmelblaue Augen, alle Herzen flogen ihm zu, die Schwalben versperrten ihm freudezwitschernd den Weg, man setzte ihn fortwährend aufs neue in zuckende Anführungszeichen – ein glückliches Zitat, in festlicher Kursive geschrieben und allerorts herumerzählt. Selbst Demiurgos liebte ihn heimlich, obgleich er über sein

Verderben nachgrübelte. Er ernannte ihn zuerst zum Kommandeur des levantinischen Geschwaders in der Hoffnung, daß er als Abenteurer auf den südlichen Meeren kläglich ersaufen würde. Doch kurz darauf schloß er ein geheimes Abkommen mit Napoleon III., der ihn allmählich in das mexikanische Abenteuer hineinzog. Alles war abgekartet. Der schwungvolle und phantasiebegabte Jüngling, von der Hoffnung zur Verwirklichung einer neuen, glücklichen Welt im Pazifik geplagt, verzichtete auf alle Rechte eines Agnaten der habsburgischen Krone und Erbschaft. Auf dem französischen Linienschiff »Le Cid« fuhr er einfach in die ihm gestellte Falle. Die Akten jener geheimen Verschwörung haben nie das Tageslicht erblickt.
So zerflatterte die letzte Hoffnung der Unzufriedenen. Nach seinem tragischen Tod verbot Franz Josef I. unter dem Vorwand der Hoftrauer die rote Farbe. Die schwarzgelbe Trauer wurde die offizielle Farbe. Die Farbe des Amarants, die flatternde Standarte der Begeisterung schlug seitdem nur mehr heimlich in der Brust seiner Anhänger mit den Flügeln. Es gelang Demiurgos aber nicht, ihn ganz aus der Natur zu verdrängen. Er schließt ihn jedoch wirkungsvoller vom Sonnenlicht aus. Es genügt, in der Frühlingssonne die Augen zu schließen, um ihn unter den Lidern heiß und brennend, Woge auf Woge einzufangen. Das photographische Papier verbrennt durch eben dieses Rot im Frühlingsglanz, der sich hinter alle Grenzen ergießt. Die Stiere, mit einem Laken auf den Hörnern durch die sonnigen Straßen einer Stadt geführt, sehen es in den grellen Lappen und senken die Köpfe, bereit, imaginäre Toreros anzugreifen, die in panischem Schrecken auf flammenden Arenen der Gefahr entfliehen.
Bisweilen vergeht der ganze Tag grell in Sonnenausbrüchen, in Wolkentürmungen, die leuchtend und chromatisch an den Horizonten entlanggeführt werden, und strotzt an allen Rändern von ausbrechendem Rot. Die Menschen gehen, verrückt vom Licht, mit geschlossenen Augen dahin und explodieren innerlich von Leuchtkugeln, römischen Raketen und Pulverfäßchen. Dann, gegen Abend, wird dieses Hurrikanfeuer des Lichts sanfter, der Horizont rundet und verschönt und füllt sich lazuren wie eine gläserne Gartenkugel mit einem leuchtenden Miniaturpanorama der Welt, mit glücklich geordneten Plänen, auf denen sich als endgültige

Krönung die Wolken über dem Gesichtskreis reihen wie Rollen goldener Medaillen oder Glockentöne, die sich in Rosenlitaneien ergänzen.
Die Menschen versammeln sich schweigend auf dem Ring unter der riesigen leuchtenden Kuppel, gruppieren sich unwillkürlich und vereinigen sich zu einem großen, regungslosen Finale, zu einer andächtigen Warteszene, die Wolken schauen rosig und immer rosiger zu, auf dem Grund aller Augen ist tiefer Friede und ein Reflex der leuchtenden Ferne, und plötzlich – während man so wartet – erreicht die Erde ihren Zenit und reift in zwei, drei letzten Pulsschlägen zur höchsten Vollendung heran. Die Gärten arrangieren sich schon endgültig auf der Kristallschale des Horizonts, maienhaftes Grün schäumt und brodelt als funkelnder Wein, um nach einem Weilchen über die Ufer zu treten, die Hügel formen sich nach dem Vorbild der Wolken: nachdem sie den höchsten Gipfel überschritten hat, löst sich die Schönheit der Welt und fliegt auf und tritt mit einem ungeheuren Aroma in die Ewigkeit ein.
Und während die Menschen noch unbeweglich stehen, die gesenkten Köpfe noch voll heller und ungeheurer Gedanken, bezaubert von diesem großen, leuchtenden Flug der Welt, läuft aus der Menge unverhofft der heraus, auf den man unbewußt gewartet hat, ein abgehetzter Bote, rosig in seinem Himbeertrikot, mit Glöckchen, Medaillen und Orden behangen, und läuft voller Schwung und Verkündigungsdrang über den sauberen, von der Menge gesäumten Ringplatz – eine Programmzugabe, der von diesem Tag erzielte Reingewinn, glücklich abgespart von dessen vollem Glanz. Sechs- und siebenmal läuft er um den Ring in schönen mythologischen Kreisen, in schön gebogenen und gezogenen Kreisen, er läuft vor aller Augen mit gesenkten Lidern, als schämte er sich, und mit den Händen an den Hüften. Sein etwas dicker Bauch hängt herab, geschüttelt im rhythmischen Lauf. Sein Purpurgesicht glänzt infolge der Anstrengung vor Schweiß unter dem schwarzen Bosniakenbart, und die Medaillen, Orden und Glöckchen hüpfen gleichmäßig auf seinem bronzefarbenen Dekolleté wie das Geschirr eines Hochzeitsgespanns. Man sieht ihn von weitem, wie er sich – an der Ecke in einer parabolischen Linie wendend – mit der Janitscharenkapelle seiner Glöckchen nähert, schön wie ein Gott, un-

wahrscheinlich rosig, mit regungslosem Rumpf, und sich mit einem Blitzen aus den Augenwinkeln und einer Hetzpeitsche einer Hundekoppel erwehrt, die bellend an ihm hochspringt.
Dann proklamiert Franz Josef I., entwaffnet durch die allgemeine Harmonie, eine schweigende Amnestie, billigt das Rot, billigt es für diesen einen Maienabend in zwiespältiger und süßer Bonbongestalt und steht, versöhnt mit der Welt und seiner Antithese, am offenen Fenster Schönbrunns und ist in diesem Augenblick auf der ganzen Welt, auf allen Horizonten, unter denen auf sauberen Ringplätzen, gesäumt von schweigenden Menschenmengen, rosige Schnelläufer dahinfliegen, zu sehen; man sieht ihn als riesige k. k. Apotheose auf dem Hintergrund der Wolken, mit behandschuhten Händen – im türkisblauen Rock und mit dem Band eines Komturs des Malteserordens – auf die Balustrade des Fensters gestützt, die Lider gleichsam lächelnd in den Deltas der Falten zugekniffen: blaue Knöpfe ohne Güte und ohne Gnade. So steht er, mit dem nach hinten gebürsteten schneeweißen Backenbart auf Leutseligkeit charakterisiert, da – ein ranziger, verbitterter Fuchs – und imitiert aus der Ferne mit seinem Gesicht ohne Humor und ohne Genialität ein Lächeln.

30

Ich erzählte Rudolf nach langem Zaudern die Ereignisse der letzten Tage. Ich konnte das Geheimnis, das mich bedrückte, nicht mehr länger bewahren. Sein Gesicht verfinsterte sich, er schrie, beschuldigte mich der Lüge und explodierte schließlich offenkundig vor Neid und Eifersucht. »Alles Aufschneiderei, Erzaufschneiderei!« rief er und lief mit erhobenen Armen hin und her. »Exterritorialität! Maximilian! Mexiko! Haha! Baumwollplantagen! Genug davon, es ist aus und vorbei! Denk ja nicht mehr daran, mein Markenalbum zu solchen Windbeuteleien zu benutzen! Schluß mit dem Verein! Aufkündigung des Vertrages!« Er raufte sich vor Erregung die Haare. Er war aus allen Grenzen geraten, zu allem entschlossen.
Ich begann ihm alles zu erklären, ihn zu beruhigen und war

sehr erschrocken. Ich gab zu, daß die Sache auf den ersten Blick tatsächlich unwahrscheinlich, ja geradezu unglaubwürdig sei. »Ich selber«, gestand ich, »komme aus dem Staunen nicht heraus.« Kein Wunder, daß es ihm, dem Unvorbereiteten, dem Uneingeweihten schwerfalle, es gleich zu akzeptieren. Ich appellierte an sein Herz und seine Ehre. Ob er es mit seinem Gewissen vereinbaren könne, mir jetzt, da die Angelegenheit in ein entscheidendes Stadium trete, seine Hilfe zu versagen und sie durch die Zurücknahme seiner Beteiligung zum Scheitern zu bringen? Schließlich begann ich ihm auf Grund des Markenalbums zu beweisen, daß alles, Wort für Wort, wahr sei.
Etwas besänftigt breitete er das Album aus. Nie habe ich mit soviel Geist und Feuer gesprochen und mich selber übertroffen. Auf Grund der Marken argumentierend, widerlegte ich nicht nur alle Vorwürfe und beseitigte ich nicht nur alle Zweifel, sondern gelangte darüber hinaus zu so einfach verblüffenden Schlußfolgerungen, daß ich selber geblendet vor den Perspektiven stand, die sich auftaten. Rudolf schwieg geschlagen, von der Auflösung des Vereins war nicht mehr die Rede.

31

Kann man es als Zufall betrachten, daß gerade in diesen Tagen ein großes Illusionstheater angereist kam, ein prachtvolles, großartiges Panoptikum, und sein Zelt auf dem Platz der hl. Dreifaltigkeit aufschlug? Ich hatte es schon längst vorausgesehen und teilte es Rudolf triumphierend mit.
Es war ein windiger und scheuer Abend. Es schickte sich zum Regnen an. Auf den gelben und müden Horizonten richtete sich der Tag schon zur Abreise her und spannte eilends wasserdichte und graue Schonbezüge über sein Warenlager, das im Halbrund nach späten und kalten überirdischen Räumen hinaufgriff. Unter dem schon halb herabgelassenen, dunkelnden Vorhang zeigten sich noch einen Augenblick lang die fernen und letzten Borten des Abendrots, die als große, flache, endlose Ebene voll ausgedehnter Seenplatten und Wasserspiegelungen herabfielen. Ein gelber, bestürzter, schon übertriebener Widerschein reichte von diesen hellen

Borten schräg über den halben Himmel, der Vorhang fiel rasch, die Dächer glänzten blaß in nassen Reflexen, es dämmerte, und nach einer Weile begannen die Dachrinnen monoton zu singen.

Das Panoptikum war schon hell erleuchtet. In der scheuen und eiligen Dämmerung drängten sich die Menschen als dunkle Silhouetten, mit Regenschirmen bedeckt, im fahlen Licht des untergehenden Tages in dem beleuchteten Vorraum des Zeltes, wo sie achtungsvoll vor einer dekolletierten, bunten Dame mit blitzenden Kleinodien und einer Goldplombe in den Zähnen ihre Gebühr entrichteten, eine lebende Büste, geschnürt und bemalt, unten dagegen auf unbegreifliche Weise im Schatten samtener Vorhänge verschwindend.

Wir betraten durch die gelüftete Portiere einen hellerleuchteten Raum. Er war schon ziemlich bevölkert. Gruppen in regennassen Mänteln und mit aufgestellten Kragen schoben sich schweigend von Platz zu Platz und blieben endlich in gedrängten Halbkreisen stehen. Mitten unter ihnen bemerkte ich mühelos jene, die nur mehr scheinbar in diese Welt gehörten, in Wirklichkeit aber schon ein getrenntes, repräsentatives und einbalsamiertes Leben auf dem Piedestal führten, ein zur Schau gestelltes und feiertägliches Leben. Sie standen in schrecklichem Schweigen da, mit prächtigen, für sie nach Maß geschneiderten Gehröcken, Cuts und Jacken aus gutem Tuch bekleidet, sehr blaß, mit den Fieberröten ihrer letzten Krankheiten, an denen sie gestorben waren, und ließen die Augen blitzen. In ihren Köpfen war schon längst kein Gedanke mehr, nur die Gewohnheit, sich von allen Seiten zu zeigen, die Gewohnheit zur Repräsentation ihres leeren Daseins, das sie mit letzter Anstrengung aufrechthielt. Sie sollten schon längst in kühle Leintücher gehüllt, mit geschlossenen Augen im Bett liegen und ihren Löffel Medizin eingenommen haben. Es war Unfug, sie so spät in der Nacht auf ihren engen Postamenten und Sesseln hocken zu lassen, auf denen sie in ihrem engen lackierten Schuhwerk steif dasaßen, meilenweit von ihrer alten Existenz entfernt, mit blitzenden Augen und völlig erinnerungslos.

Wie einem Erhängten die Zunge, so hing – schon tot – jedem sein letzter Schrei aus dem Mund, seit sie das Irrenhaus verlassen hatten, wo sie eine gewisse Zeit wie im Fegefeuer

verbrachten, da sie als Wahnsinnige galten, ehe sie diese endgültige Schwelle überschritten. Ja, es waren tatsächlich gar keine authentischen Dreyfuse, Edisone und Lucchenis, es waren vielleicht tatsächlich Wahnsinnige, gerade in dem Augenblick in flagranti erwischt, da diese blendende fixe Idee in ihnen Wohnung nahm, im gleichen Moment, da ihr Wahnsinn nach einer Weile lautere Wahrheit war und – kunstvoll herauspräpariert – das Heft ihrer neuen Existenz wurde, zur Gänze auf diese Karte gesetzt und seitdem unverändert. Sie hatten schon seit damals diesen einen Gedanken im Kopf wie ein Ausrufezeichen und standen gleich diesem auf dem Kopf, auf einem Bein wie im Flug, mitten in der Bewegung aufgehalten.
Ich suchte ihn mit den Augen in dieser Schar und ging unruhig von Gruppe zu Gruppe. Endlich fand ich ihn; doch keineswegs in der glänzenden Uniform eines Admirals des levantinischen Geschwaders, in der er auf dem Flaggschiff »Le Cid« von Toulon in jenem Jahr ausgefahren war, als er den mexikanischen Thron besteigen wollte; auch nicht im grünen Frack eines Generals der Kavallerie, den er so gern in seinen letzten Tagen trug. Er war vielmehr mit einem gewöhnlichen Rock mit langen, faltenreichen Schößen und hellen langen Hosen bekleidet, ein hoher Kragen mit breiter Halsbinde stützte sein Kinn. Ehrfürchtig und erregt blieben wir beide – ich und Rudolf – vor ihm mitten in einer Gruppe von Menschen stehen, die ihn nach allen Seiten drehte. Da fuhr ich plötzlich bis ins Mark getroffen zusammen. Drei Schritte vor uns in der ersten Reihe der Zuschauer stand in einem weißen Kleidchen Bianka mit ihrer Gouvernante. Sie stand und schaute. Ihr Gesichtlein war in den letzten Tagen blaß und elend geworden, und ihre umringten und schattenvollen Augen schauten betrübt bis in den Tod.
So stand sie regungslos, die verschlungenen Händchen in den Falten des Kleidchens versteckt, und blickte unter ihren ernsten Brauen mit zutiefst bekümmerten Augen hervor. Das Herz preßte sich mir bei diesem Anblick zusammen. Unwillkürlich folgte ich mit meinen Augen ihren todtraurigen Blicken nach – und was sah ich? Sein Antlitz bewegte sich wie soeben aus dem Schlaf erwacht, die Mundwinkel hoben sich zu einem Lächeln, die Augen funkelten und begannen sich in den Höhlen zu drehen, und die ordensblitzende Brust

wölbte und senkte sich atmend. Es war kein Wunder, sondern ein gewöhnlicher mechanischer Trick. Entsprechend aufgezogen, hielt der Erzherzog nach mechanischen Prinzipien kunstvoll und zeremoniell Cercle, wie er es zu Lebzeiten gewohnt war. Er wandte den Blick der Reihe nach den Anwesenden zu und ließ ihn ein Weilchen auf jedem ruhen.

So begegneten sich in einem bestimmten Moment ihre Blicke. Er fuhr zusammen, zögerte, schluckte den Speichel, als wollte er etwas sagen, doch nach einem Augenblick schon lief er – gehorsam seinem Mechanismus – mit dem Blick weiter und ließ ihn mit dem gleichen ermutigenden, versprechenden und strahlenden Lächeln über die anderen gleiten. Hatte er Biankas Anwesenheit zur Kenntnis genommen, war sie in sein Herz vorgedrungen? Wer konnte es wissen? Er war doch nicht einmal in der vollen Bedeutung dieses Wortes er selber, sondern viel eher sein eigener entfernter Doppelgänger in einem sehr reduzierten und hochgradig entkräfteten Zustand. Doch vom Standpunkt der Tatsachen aus mußte angenommen werden, daß er dennoch irgendwie sein nächster Agnat war, vielleicht sogar er selber in dem Grad, wie es bei diesem Stand der Dinge eben gerade noch möglich war, so viele Jahre nach seinem Tod. Es war bestimmt schwierig, in dieser wächsernen Auferstehung von den Toten gründlich in sich selber einzudringen. Unwillkürlich mußte sich bei dieser Gelegenheit etwas Neues und Drohendes in sein Inneres einschleichen, mußte sich etwas Fremdes aus dem Wahn dieses genialen Irren beimischen, das ihn unbezweifelbar in seiner Megalomanie bestärkte und Bianka mit Schrekken und Bestürzung erfüllen mußte. Zieht sich doch bereits ein Schwerkranker zurück und entfernt sich von dem ehemals Gewesenen – um wieviel mehr ein so ungeziemend von den Toten Auferstandener! Wie verhielt er sich zum Beispiel nur jetzt gegen sein eigenes Blut? Voll künstlicher Fröhlichkeit und Bravour spielte er seine kaiserliche Narrenkomödie, lächelnd und glänzend. Oder mußte er sich so arg verstellen oder fürchtete er so arg die Aufseher, die ihn von überall beobachteten, den im gleichen Wachsfigurenspital zur Schau Gestellten, wo sie alle unter der Drohung der Spitalzucht lebten? Oder mußte der mühsam aus irgendwessen Irrsinn Herausdestillierte, chemisch Reine, Ausgeheilte und schließ-

lich dem Tode Entronnene nicht lange halten, weil man ihn wieder in die Auflösung und in das Chaos zurückstoßen konnte?
Als mein Blick von neuem Bianka suchte, gewahrte ich, daß sie ihr Gesicht im Taschentuch barg. Die Gouvernante drehte sie an der Schulter weg, wobei sie leer mit ihren emaillierten Augen blitzte. Ich konnte Biankas Schmerz nicht mehr länger mit ansehen, ich spürte, daß mich ein Weinkrampf packte, und zupfte daher Rudolf am Ärmel. Wir schritten dem Ausgang zu.
Hinter unserem Rücken schickte der geschminkte Vorfahre, dieser Großvater in der Blüte der Jahre, weiterhin seine strahlenden Monarchengrüße in die Runde, ja hob sogar in übertriebenem Eifer die Hand und warf uns beinahe Kußhändchen zu in dieser regungslosen Stille, beim Zischen der Acetylenlampen und inmitten des leisen Gemurmels des Regens auf den Zeltbahnen und stellte sich mit seinen letzten Kräften auf die Zehenspitzen, obwohl er sterbenskrank war und wie alle seine Kollegen vor Todesangst zitterte.

32

O Abgrund menschlicher Perversität, o wahrhaft höllische Intrige! In wessen Hirn mochte sich dieser giftige und satanische Gedanke festgesetzt haben, der durch seine Dreistigkeit die ausgesuchtesten Erfindungen der Phantasie übertraf? Durch sie dringe ich in diese abgründige Nichtswürdigkeit immer tiefer ein, dadurch ergreift mich noch größere Verwunderung für die grenzenlose Perfidie, für den genialen Blitz des Bösen im Kern dieser verbrecherischen Idee.
Also hat mich meine Vorahnung doch nicht getäuscht! Hier, in unserer Nähe, inmitten scheinbarer Rechtsstaatlichkeit, inmitten eines allgemeinen Friedens und der vollen Machtentfaltung aller möglichen Traktate vollzog sich ein Verbrechen, von dem mir die Haare zu Berg standen. Das düstere Drama vollzog sich in absoluter Stille, so maskiert und konspiratorisch, daß es niemand vermuten und inmitten der unschuldigen Scheinwelten dieses Frühlings verfolgen konnte. Wer konnte ahnen, daß sich zwischen diesem geknebelten, stummen, augenrollenden Mannequin und der zarten, so

sorgfältig erzogenen, so wohlgesitteten Bianka eine Familientragödie abspielte? Wer war Bianka eigentlich? Sollen wir gar den Schleier des Geheimnisses lüften? Was macht es aus, daß sie weder von der rechtmäßigen Kaiserin Mexikos noch auch von der zur Linken angetrauten, morganatischen Isabella d'Orgaz abstammte, die von der Bühne einer Wanderoper herab den Erzherzog durch ihre Schönheit eroberte? Was macht es aus, daß ihre Mutter jene kleine Kreolin war, der man den Spitznamen Conchita gegeben hatte und die unter diesem Namen – irgendwie über die Küchentreppe – in die Geschichte einging? Die Nachrichten über sie, die ich auf Grund des Markenalbums zu sammeln beschlossen hatte, lassen sich in ein paar Worte zusammenfassen.
Nach dem Sturz des Kaisers reiste Conchita mit ihrem kleinen Töchterlein nach Paris, wo sie von einer Witwenrente lebte und ihrem kaiserlichen Geliebten unverbrüchlich die Treue hielt. Die Geschichte verliert hier alle weiteren Spuren dieser aufregenden Gestalt und überläßt das Wort Vermutungen und Intuitionen. Über die Ehe ihrer Tochter und über ihre weiteren Schicksale wissen wir nichts. Dagegen reiste im Jahre 1900 eine gewisse Frau de V..., eine Person von ungewöhnlicher und exotischer Schönheit, mit ihrem Töchterlein und ihrem Mann samt einem falschen Paß von Frankreich nach Österreich. In Salzburg, an der bayrischen Grenze, wurde die ganze Familie, als sie in den Zug nach Wien umsteigen wollte, von der österreichischen Gendarmerie festgenommen und arretiert. Auffallend ist, daß nach Prüfung seiner falschen Papiere Herr de V... freigelassen wird, aber keine Bemühungen um die Freilassung von Frau und Tochter aufwendet. Er reist noch am selben Tag nach Frankreich zurück und verwischt seine Spuren. Hier verlaufen alle Fäden in völliges Dunkel. Mit welcher Verklärung habe ich ihre Spur wiedergefunden, die mir als flammende Linie aus dem Markenalbum entgegenschlug! Mein Verdienst, meine Entdeckung wird für alle Zeiten die Identifizierung des genannten Herrn de V... mit einer gewissen höchlichst verdächtigen Person bleiben, die unter einem ganz anderen Namen in einem anderen Land auftritt. Doch pst! vorläufig kein Wort davon. Es genügt, daß die Abstammung Biankas über alle Zweifel erhaben und bestätigt ist.

Soviel kanonisches Geschehen! Doch die offizielle Geschichte ist unvollständig. Sie enthält absichtliche Lücken, lange Pausen und Verschweigungen, in denen sich rasch der Frühling einnistet. Er überwuchert diese Lücken schnell mit seinen Marginalien, durchflicht sie mit unzähligem rieselndem Laub, das um die Wette wächst, mit den ungereimtesten Schwätzereien der Vögel, mit der Kontroverse dieser Geflügelten voller Widersprüche und Lügen, naiver Fragen und Antworten und hartnäckiger, prätentiöser Wiederholungen. Es ist viel Geduld erforderlich, um hinter diesem Wirrwarr den eigentlichen Text zu finden. Dahin führt eine aufmerksame Analyse des Frühlings, eine grammatische Sezierung seiner Ansichten und Abschnitte. Wer, was? Wessen, wem, wen oder was? Es müssen die schwatzhaften Plaudereien der Vögel, ihre spitzen Umstandswörter, Verhältniswörter und Vorwörter und ihre schüchternen rückbezüglichen Fürwörter eliminiert werden, um allmählich ein gesundes Körnchen Sinn auszusondern... Das Markenalbum ist mir dabei der beste Wegweiser. Dummer, nichtwählerischer Frühling! Überwuchert alles ohne Ausnahme, verwickelt Sinn mit Unsinn... o ewiger Possenreißer, falscher Biedermann, bodenlos Leichtsinniger! Ob auch er mit Franz Josef I. verbündet war oder mit ihm durch die Bande einer gemeinsamen Verschwörung verbunden ist? Es darf nicht vergessen werden, daß jedes Lot Sinn, das von diesem Frühling ausgebrütet wird, auf der Stelle von hundertfacher Aufschneiderei, von plapperndem purem Unsinn hinweggeredet wird. Die Vögel verwischen die Spur und verdrehen die Wortfolge durch falsche Interpunktion. So ist die Wahrheit von allen Seiten durch den üppigen Frühling verdrängt, der jede freie Spanne, jede Ritze auf der Stelle mit seinem geilen Blühen überwuchert. Wo soll er sich verbergen, der Exkommunizierte, wo ein Asyl finden, wenn nicht dort, wo niemand ihn sucht: in Jahrmarktskalendern und Erbauungstraktaten, in den Bettler- und Armengesangsbüchelchen, die sich in gerader Linie aus dem Markenalbum ableiten lassen?

34

Nach vielen sonnigen Wochen kam wieder eine Serie düsterer und heißer Tage. Der Himmel wurde dunkel wie auf alten Fresken, es ballten sich in der schwülen Stille die aufgetürmten Wolken wie tragische Schlachtfelder auf den Bildern der neapolitanischen Schule zusammen. Auf dem Grund dieser bleifarbenen, dunkelgrauen Ballungen leuchteten grell die Häuser in kreidigem, brennendem Weiß, das durch die scharfen Schatten der Gesimse und Pilaster noch stärker hervortrat. Die Menschen gingen mit gesenkten Köpfen dahin, innerlich voller Dunkel, das sich in ihnen wie vor einem Gewitter inmitten stiller elektrischer Entladungen anhäufte.
Bianka zeigt sich nicht mehr im Park. Man bewacht sie offenbar, erlaubt ihr nicht mehr auszugehen. Man wittert die Gefahr.
Ich sah heute in der Stadt eine Gruppe Herren in schwarzen Fräcken und Zylindern, die sich im gemessenen Schritt der Diplomaten über den Ring begaben. Die weißen Vorhemden leuchteten grell in der bleiernen Luft. Sie betrachteten schweigend die Häuser, als wollten sie diese abschätzen. Sie gingen einträchtigen, langsamen, rhythmischen Schritts. Sie hatten kohlschwarze Bärte in den glattrasierten Gesichtern und funkelnde Augen, die sich in den Höhlen glatt, wie geölt und überaus beredt drehten. Manchmal nahmen sie ihre Zylinder ab und wischten sich den Schweiß von der Stirn. Sie waren alle groß, hager, mittleren Alters und hatten dunkelbraune Gangstergesichter.

35

Die Tage werden dunkel, düster und grau. Ein fernes, potentielles Ungewitter liegt Tag und Nacht auf den fernen Horizonten, ohne sich durch eine Entladung zu erleichtern. In großer Stille gehen von Zeit zu Zeit der Atem des Ozons, Regengeruch und eine feuchte, frische Brise durch die stählerne Luft.
Dann aber blähen wieder nur die Gärten mit ihrem ungeheueren Atem die Luft und wachsen tausendfach durch ihr

Laub: um die Wette, Tag und Nacht, im Akkord. Alle Fahnen hängen schwer, nachgedunkelt da und gießen kraftlos die letzten Wellen der Farben in die dickgewordene Aura. Manchmal wendet jemand in einer Gassenbresche die grelle, aus dem Dunkel geschnittene Gesichtshälfte mit dem bestürzten und leuchtenden Auge gen Himmel und lauscht dem Rauschen der Räume, dem elektrischen Schweigen der heraufziehenden Wolken, und die Tiefe der Luft durchschneiden wie Schüsse zitternde und spitze schwarzweiße Schwalben.

Ecuador und Kolumbien mobilisieren. In drohendem Schweigen drängen sich auf der Mole die Reihen der Infanterie, weiße Hosen, weiße gekreuzte Riemen auf der Brust. Das chilenische Einhorn bäumt sich. Man sieht es abends auf dem Hintergrund des Himmels, das pathetische Tier, in regungsloser Drohung, mit den Hufen in der Luft.

36

Die Tage versinken immer tiefer in Schatten und Grübeleien. Der Himmel hat sich geschlossen, verrammelt und schwellt tiefgewölbt in stets dunkleren Stahlgewittern und schweigt. Die verbrannte und scheckige Erde hörte auf zu atmen. Nur die Gärten wachsen atemlos, hüllen sich wie von Sinnen, wie trunken in Laub und überwuchern jede kahle Ritze mit kühler Blattsubstanz. Die Beulen der Knospen waren klebrig wie juckender Ausschlag, schmerzlich und eiternd – jetzt verheilen sie als kühles Grün, vernarben vielfältig Blatt auf Blatt und entschädigen sich mit hundertfacher Gesundheit: auf Vorrat, über alles Maß und ohne Berechnung. Sie haben unter ihrem dunklen Grün schon die verlorenen Rufe des Kuckucks versteckt und betäubt, nur seine ferne und gedämpfte Stimme ist noch zu hören, eingenäht in tiefen Lustgärten, verloren unter der Flut glücklichen Blühens.

Warum leuchten die Häuser in dieser dunkelgewordenen Landschaft? Je stärker das Rauschen der Parke düstert, desto spitzer und schärfer tritt das Kalkweiß der Häuser hervor und leuchtet ohne Sonne durch die heißen Reflexe der verbrannten Erde, immer heißer, als ob es sich in einem Augenblick

mit den schwarzen Flecken einer grellen und scheckigen Krankheit färben wollte.
Die Hunde laufen, die Nasen in der Luft, trunken umher. Sie wittern etwas, sind von Sinnen und erregt und stöbern im flaumigen Grün.
Etwas will in dem laubdichten Lärm dieser verdüsterten Tage gären; etwas Staunenerregendes, etwas Verblüffendes, etwas über alle Maßen Ungeheueres.
Ich versuche und probiere, was für ein Ereignis dieser negativen Summe der Erwartung, die sich zu einer riesigen Ladung Elektrizität ballt, gewachsen sein könnte, was diesem katastrophalen Barometertief gleichkommen könnte.
Irgendwo wächst schon und wuchtet das, worauf sich überall in unserer Natur diese Verschwörung, diese Form, dieser Rachen atemlos vorbereiten, dessen Parke vor lauter trunkenem Fliederduft nichts ausrichten können.

37

Mohren, Mohren, Scharen von Mohren in der Stadt! Sie werden da und dort, gleichzeitig an vielen Punkten der Stadt gesehen. Sie laufen als großes, lärmendes, zerlumptes Gesindel durch die Straßen, überfallen die Lebensmittelgeschäfte und plündern sie. Scherz, Rippenstöße, Gelächter, mächtig rollende weiße Augäpfel, Kehllaute und weiße, blitzende Zähne. Ehe die Miliz mobilisiert werden konnte, waren sie verduftet wie Kampfer.
Ich habe es vorausgeahnt, es konnte nicht anders kommen. Es war eine natürliche Folge der meteorologischen Spannung. Erst jetzt gebe ich mir Rechenschaft darüber, daß ich von Anfang an gespürt habe: dieser Frühling ist mit Mohren unterfüttert.
Woher sind in unseren Breiten diese Mohren gekommen, woher sind diese Negerhorden in gestreiften Baumwollpyjamas zugewandert? Hatte der große Barnum, der mit einem Train von unzähligen Menschen, Tieren und Dämonen herumzog, in der Nähe sein Lager aufgeschlagen oder standen hier irgendwo in der Nähe seine Züge, vollgestopft mit dem unendlichen Getriebe von Engeln, Bestien und Akrobaten? Nie in der Welt! Barnum ist weit. Mein Verdacht bewegt

sich in einer ganz anderen Richtunng. Ich will nichts sagen. Deinetwegen werde ich schweigen, Bianka, und keine noch so große Tortur wird mir ein Geständnis entreißen.

38

Ich machte an diesem Tag lange und sorgfältige Toilette. Zum Schluß, schon fertig, verlieh ich meinem Gesicht vor dem Spiegel den Ausdruck ruhiger und unerbittlicher Standhaftigkeit. Aufmerksam betrachtete ich die Pistole, worauf ich sie in die Gesäßtasche der Hose steckte. Noch einmal warf ich einen Blick in den Spiegel, berührte mit der Hand den Rock, unter dem an der Brust die Dokumente verborgen waren. Nun war ich bereit, ihm die Stirn zu bieten.

Ich fühlte mich zutiefst beruhigt und entschlossen. Ging es doch um Bianka – und was wäre ich nicht imstande gewesen für sie zu tun? Ich hatte beschlossen, Rudolf nichts zu verraten. Je näher ich ihn kennenlernte, desto stärker festigte sich in mir die Überzeugung, daß er ein Vogel sehr niedrigen Fluges war, unfähig, sich über die Trivialitäten des Alltags zu erheben. Ich hatte genug von diesem vor Verwirrung erstarrenden und vor Neid erblassenden Gesicht, mit dem er jede meiner neuen Entdeckungen begrüßte.

Nachdenklich legte ich rasch den kurzen Weg zurück. Als das große eiserne Tor hinter mir zukrachte und in gedämpfter Vibration weiterzitterte, betrat ich mit einem Mal ein anderes Klima, ein anderes Wehen der Luft, eine fremde und kalte Gegend des großen Jahres. Die schwarzen Zweige der Bäume verzweigten sich in eine abgesonderte und abgerissene Zeit, ihre noch unbelaubten Wipfel reckten sich als schwarze Korbweide in den hoch dahinfließenden weißen Himmel einer anderen und fremden Zone und waren von allen Seiten mit Alleen abgeschlossen – abgeschnitten und vergessen wie eine Bucht ohne Abfluß. Die Stimmen der Vögel, verloren und verstummend in den weiten Räumen dieses ausladenden Himmels, durchschnitten anders die Stille, betrachteten sie als eine Werkstatt in Gedanken – schwer grau, verkehrt gespiegelt im stillen Weiher, und die Welt flog in diese Spiegelung sterblich verliebt hinein und gravierte sich blindlings, voller Ungestüm in diese große, universale, graue

Nachdenklichkeit, in diese umgekehrten Korkenzieher der Bäume, die endlos in die Tiefe stürzten, in diese große zerschlagene Blässe ohne Maß und Ziel.

Erhobenen Hauptes, kalt und ruhig bis ans Herz hinan, befahl ich, mich zu melden. Ich wurde in eine halbdunkle Halle geführt. Dort herrschte ein von stillem Luxus vibrierendes Halbdunkel. Durch das geöffnete hohe Fenster rann wie durch ein Flötenrohr die Luft aus dem Garten herein, in sanften Wellen, balsamisch und behutsam, wie in ein Zimmer, in dem ein unheilbar Kranker liegt. Von den leisen Influenzen, die unsichtbar durch die sanft respirierenden Filter der Vorhänge hereindrangen, leicht geschwellt durch die Aura des Gartens, wurden die Gegenstände lebendig, sie erwachten seufzend, ein funkelndes Vorgefühl lief in angsterfüllten Passagen über die Reihen der venezianischen Gläser in der dunklen Vitrine, das Laub der Tapeten raschelte scheu und silbrig.

Dann erloschen die Tapeten, verschwanden im Schatten, und ihre gespannte Nachdenklichkeit, seit Jahren in diesen Dikkichten voll finsterer Spekulationen zusammengedrängt, lockerte sich, indem sie gewaltig mit den blinden Phantastereien ihrer Gerüchte zu prahlen versuchte wie alte Herbarien, über deren ausgedorrte Prärien Kolibristaffeln und Bisonherden, Steppenbrände und Verfolgungsjagden mit wehenden Skalps am Sattel fliegen.

Seltsam, daß diese alten Interieurs über ihrer aufgeregten dunklen Vergangenheit nicht zur Ruhe kommen können, daß sie in ihrer Stille fortwährend von neuem aberwitzige und aussichtslose Taten zu inszenieren versuchen, es auf gleiche Situationen in unendlichen Varianten ankommen lassen, auf allen Seiten durchgehechelt von der unfruchtbaren Dialektik der Tapeten. So verfällt diese Stille, völlig verdorben und demoralisiert, in tausendfältige Überlegungen, einsame Beratungen, welche die Tapeten verrückt in lichtlosen Gewittern durcheilen. Weshalb es verheimlichen? Oder müssen wir nicht Nacht für Nacht diese maßlosen Erregungen, diese aufgetürmten Fieberphantasien beschwichtigen, sie durch Einspritzungen geheimer Drogen entkrampfen, die beides auf weitläufige, schmerzstillende und sanfte Landschaften und – inmitten der auseinandertretenden Tapeten – weite Wasser mit kühnen Spiegelungen entführen?

Ich vernahm ein Geräusch. Hinter einem Lakaien kam er, untersetzt und gedrängt, sparsam in seinen Bewegungen, geblendet vom Reflex der großen Hornbrille, die Treppe herab. Ich stand ihm zum ersten Mal von Angesicht zu Angesicht gegenüber. Er war undurchdringlich, aber nicht ohne Genugtuung gewahrte ich schon bei meinen ersten Worten, wie sich zwei griesgrämige und verbitterte Falten in seine Züge gruben. Während sich hinter dem blinden Funkeln der Brille sein Gesicht mit der Maske erhabener Unzugänglichkeit drapierte, sah ich zwischen den Runzeln dieser Maske einen verstohlen über sie hinweghuschenden bleichen Schrecken. Allmählich faßte er Interesse, man konnte seiner ernstwerdenden Miene ansehen, daß er jetzt erst anfing, mich zu würdigen. Er bat mich, in sein nebenan gelegenes Kabinett zu kommen. Bei unserem Eintritt sprang eine weibliche Gestalt im weißen Rock von der Tür zurück, ganz erschreckt, als ob sie gelauscht hätte, und entfernte sich in die Tiefe der Wohnung. War es etwa Biankas Gouvernante gewesen? Als ich über die Schwelle des Zimmers trat, war es mir, als beträte ich einen Dschungel. Das blaßgrüne Halbdunkel dieses Zimmers war wäßrig von den Streifen der herabgelassenen Brettchenjalousien gestreift. Die Wände waren mit botanischen Tafeln behängt, in großen Käfigen flatterten kleine bunte Vögelchen. Da er offenbar Zeit gewinnen wollte, erklärte er mir umständlich die Schaustücke an primitiven Waffen – Wurfspieße, Bumerangs, Tomahawks –, die an den Wänden hingen. Mein ausgeprägter Geruchsinn witterte Brathuhn. Während er an einer barbarischen Hellebarde herumfingerte, empfahl ich ihm weitgehende Vorsicht und die Beherrschung seiner Bewegungen und unterstützte meine Warnung durch die plötzlich hervorgeholte Pistole. Er lächelte widerwärtig, etwas außer Fassung geraten, und legte die Waffe an ihren Platz. Wir setzten uns an den mächtigen Schreibtisch aus Ebenholz. Ich dankte für die Zigarre, die er mir anbot, indem ich mich als Nichtraucher ausgab. Diese Vorsichtsmaßnahmen erwarben mir jedoch seine Hochachtung. Die Zigarre im schlaffen Mundwinkel, betrachtete er mich mit drohendem, keinerlei Vertrauen einflößendem Wohlwollen. Dann begann er wie zerstreut lässig in seinem Scheckbuch zu blättern und nannte eine vielstellige Zahl, während seine Pupillen in die Augenwinkel liefen. Mein

ironisches Lächeln veranlaßte ihn zu einem raschen Wechsel des Gesprächsthemas. Mit einem Seufzer breitete er die Handelsbücher aus. Er begann mir den Stand seiner Geschäfte zu erklären. Biankas Name fiel kein einziges Mal zwischen uns, obwohl sie in jedem unserer Worte gegenwärtig war. Ich betrachtete ihn, ohne mit der Wimper zu zucken, und das ironische Lächeln wich nicht von meinen Lippen. Schließlich stützte er sich kraftlos auf die Sessellehne. »Sie sind unversöhnlich«, sagte er gleichsam zu sich selber. »Was wollen Sie eigentlich?« Ich begann wieder zu sprechen. Ich sprach mit gedämpfter Stimme, mit verhaltenem Feuer. Meine Wangen röteten sich. Einige Male sprach ich bebend Maximilians Namen aus, erwähnte ihn mit Nachdruck und beobachtete, wie das Gesicht meines Gegners jedesmal um eine Schattierung bleicher wurde. Schließlich hielt ich schweratmend inne. Er saß zerschmettert da. Er vermochte nicht mehr, sein Gesicht zu beherrschen, das plötzlich alt und müde wurde. »Ihre Entschlüsse werden mir zeigen«, endete ich, »ob Sie zum Verständnis des neuen Standes der Dinge vorgedrungen sind und ob Sie bereit sind, es durch Taten zu beweisen. Ich verlange Tatsachen und noch einmal Tatsachen ...«
Seine zitternden Hände wollten zur Klingel greifen. Ich hielt ihn mit einer Handbewegung zurück und entfernte mich, die Finger am Abzug der Pistole, rückwärtsgehend aus dem Zimmer. Am Ausgang reichte mir ein Diener meinen Hut. Ich befand mich auf einer sonnenüberfluteten Terrasse, die Augen noch voller Dämmerung und Vibration. Ich ging die Treppe hinunter, ohne mich umzublicken, triumphierend und fest überzeugt, daß sich jetzt nicht mehr durch einen der herabgelassenen Fensterläden des Palais der meuchelmörderische Lauf einer Doppelflinte nach mir herausschieben würde.

39

Wichtige Angelegenheiten, höchst bedeutsame Staatsangelegenheiten nötigten mich jetzt zur Abhaltung vertraulicher Konferenzen mit Bianka. Ich bereite mich auf jede peinlich gewissenhaft vor, indem ich bis spät in die Nacht hinein über dynastischen Angelegenheiten kitzligster Natur am Schreibtisch hocke. Die Zeit verrinnt, die Nacht verhält still im

geöffneten Fenster über der Tischlampe, immer später und feierlicher, schneidet immer spätere und dunklere Schichten an, überschreitet immer tiefere Grade der Einweihung und erschöpft sich endlich kraftlos im Fenster in unaussprechlichen Seufzern. In langen, langsamen Zügen saugt das dunkle Zimmer die Umzingelungen des Parks in seine Tiefe, tauscht in kalten Transfusionen seinen Inhalt mit der großen Nacht aus, die schwellend vor Finsternis mit einer Saat gefiederter Körner, dunkler Stäubchen und lautloser Plüschmotten heranrückt, welche in leiser Panik die Wände abfliegen. Die Dickichte der Tapeten sträuben sich vor Angst in der Dunkelheit, bekommen silbrige Borsten und sieben jene bleichen und lethargischen Schauder, jene kühlen Ekstasen und Höhenflüge und jene transzendentalen Schrecken und Besinnungslosigkeiten durchs rieselnde Laub, deren die Maiennacht voll ist. Ihre durchsichtige und gläserne Fauna, das leichte Plankton der Mücken, belagert mich, während ich gebeugt über Papieren sitze, und überwuchert den ganzen Raum höher und höher mit jener schaumigen, kunstvollen und weißen Stickerei, mit der die Nacht sich spät nach Mitternacht putzt. Auf den Papieren sitzen Grashüpfer und Moskitos, fast nur aus dem durchsichtigen Gewebe nächtlicher Spekulationen gemacht, gläserne Weberknechte, feine Monogramme, Arabesken, von der Nacht ersonnen, immer größer und phantastischer, so groß wie Fledermäuse, wie Vampire, aus lauter Kalligraphie und Luft gemacht. Der Vorhang wimmelt schier von dieser wandernden Spitze, von der leisen Invasion dieser imaginativen weißen Fauna.
In einer solchen Nacht hinter jener Gemarkung, die keine Grenzen hat, verliert der Raum seinen Sinn. Von diesem hellen Reigen der Mücken umtanzt, mit einem Bündel endlich fertiggestellter Papiere unter dem Arm, mache ich ein paar Schritte in eine unbestimmte Richtung, in eine Sackgasse der Nacht, die mit einer Tür, eben mit der weißen Tür Biankas endete. Während mein schwarzer Karbonarohut, wenn ich die Schwelle überschreite, wie vom Wind einer weiten Wanderung flattert und meine zerzauste Krawatte phantastisch im Zugwind knattert, drücke ich ein Schulheft voll geheimster Dokumente an die Brust. Wie, wenn ich aus dem Vorzimmer der Nacht in die wirkliche Nacht käme! Wie tief es sich atmet in diesem nächtlichen Ozon! Das ist der

Urwald, da ist das Mark der jasminschwellenden Nacht. Da erst beginnt ihre eigentliche Geschichte. Die große Lampe mit dem rosa Schirm brennt zu Häupten des Lagers. In dem rosa Halbdunkel ruht Bianka inmitten riesiger Kissen, getragen vom schwellenden Bettzeug wie von der Flut der Nacht vor dem weitgeöffneten und transpirierenden Fenster. Bianka liest, auf den blassen Arm gestützt. Auf meine tiefe Verbeugung antwortet sie mit einem kurzen Blick über das Buch hinweg. Aus der Nähe gesehen ist ihre Schönheit wie unterdrückt und sinkt zusammen wie eine auf kleine Flamme gedrehte Lampe. Mit gotteslästerlicher Freude beobachte ich, daß ihr Näschen nicht so edel gebogen und ihr Teint weit von jeder idealen Vollendung ist. Ich beobachte es mit Erleichterung, obwohl ich weiß, daß es sich um eine Enthaltsamkeit ihres Glanzes handelt, gleichsam aus Mitleid und deshalb gebilligt, daß es einem nicht den Atem nehme und die Rede verschlage. Ihre Schönheit regeneriert sich dann schnell wieder durch das Medium der Entfernung und wird schmerzhaft, unerträglich und maßlos.

Ermutigt durch ihr Nicken, setze ich mich ans Lager und beginne mit dem Vortrag, wobei ich mich der vorbereiteten Dokumente bediene. Durch das offene Fenster hinter Biankas Kopf strömt das geistesabwesende Rauschen des Parks. Der ganze Wald, hinter dem Fenster zusammengedrängt, fließt im Reigentanz der Bäume, dringt durch die Mauern, breitet sich aus – allgegenwärtig und allumfassend. Bianka hört einigermaßen zerstreut zu. Es ist eigentlich irritierend, daß sie während meines Vortrags weiterliest. Sie erlaubt, daß ich jede Frage von allen Seiten beleuchte, alle Pro und Contra aufzeige; dann hebt sie die Augen vom Buch, blinzelt ein wenig geistesabwesend mit ihnen und entscheidet rasch, flüchtig und mit verblüffender Treffsicherheit. Gewärtig jedes Winks und auf jedes ihrer Worte erpicht, greife ich den Ton ihrer Stimme auf, um in die verborgene Absicht einzudringen. Dann lege ich ihr demütig die Dekrete zur Unterschrift vor, und Bianka unterschreibt mit gesenkten Wimpern, die einen langen Schatten werfen, und beobachtet unter ihnen hervor mit leiser Ironie, wie ich gegenzeichne.

Kann sein, daß die späte Stunde, die längst überschrittene Mitternacht einer Konzentrierung auf Staatsangelegenheiten nicht günstig ist. Die Nacht, über ihre letzten Grenzen

hinausgegangen, neigt zu einer gewissen Ausschweifung. Während wir uns besprechen, löst sich die Illusion des Zimmers immer weiter auf, wir sind eigentlich im Wald, Farnsträucher überwuchern alle Ecken, dicht hinter dem Lager schiebt sich eine bewegliche und voll Schabernack steckende Gewächsmauer vorbei. Aus dieser Laubwand kommen großäugige Eichkätzchen, Spechte und nächtliche Lebewesen hervor und schauen regungslos mit funkelnden, vorquellenden Augen ins Licht. Mit Beginn einer bestimmten Frist betreten wir eine illegale Zeit, eine der Kontrolle ermangelnde Nacht, die allerlei nächtlichen Auswüchsen und Narreteien unterliegt. Das, was noch geschieht, steht außer Rechnung, wird nicht mehr gezählt, ist voller Torheiten, unzähliger Ausschreitungen und nächtlichen Unfugs. Ich kann das nur den merkwürdigen Änderungen zuschreiben, die in Biankas Stimmungen auftreten. Sie, stets so beherrscht und gesetzt, die reinste Verkörperung der Zucht und der schönen Disziplin, wird jetzt launisch, widerspenstig und unberechenbar. Die Papiere liegen auf der großen Ebene ihrer Bettdecke ausgebreitet, Bianka nimmt sie achtlos in die Hände, wirft einen widerwilligen Blick auf sie und läßt sie gleichgültig durch ihre lockeren Finger gleiten. Mit aufgeblasenen Lippen, den blassen Arm unter dem Kopf verschränkt, verschleppt sie ihre Entscheidung und läßt mich warten. Oder sie dreht sich mit den Schultern von mir weg, hält sich die Ohren mit den Händen zu und ist taub für meine Bitten und Vorstellungen. Plötzlich streut sie wortlos, mit einem kleinen Ruck ihres unter der Decke verborgenen Füßchens alle Papiere auf die Erde und schaut mir, von der Höhe ihrer Kissen herab, über die Schulter mit rätselhaft aufgerissenen Augen zu, wie ich sie – tief gebückt und die Fichtennadeln wegblasend – eifrig wieder von der Erde auflese. Diese letzten Endes freilich höchst reizenden Launen erleichtern mir aber meine ohnehin schon schwere und verantwortungsvolle Rolle als Regent keineswegs.
Während unserer Gespräche wandert das Rauschen des Waldes, in kühlen Jasminwogen schwellend, mit ganzen Meilen an Landschaften durch das Zimmer. Immer neue Waldabschnitte, Reigentänze aus Bäumen und Büschen schieben sich vorbei, ganze Waldszenerien fließen, sich ausdehnend und erweiternd, durch das Zimmer und wandern dahin. Jetzt

stellt sich heraus, daß wir eigentlich von Anfang an in einer bestimmten Art von Zug sitzen, im nächtlichen Waldzug, der langsam am Saume eines Hohlwegs durch die waldige Umgebung der Stadt rollt. Daher also dieser trunkene und tiefe Luftzug, der alle Abteile mit einem stets neuen, sich in unendliche Perspektiven verlängernden Faden mächtiger Ahnungen durchdringt. Selbst der Kondukteur mit seinem Laternchen wird von irgendwoher aufgewickelt, er kommt als kreiselnder Wollknäuel zwischen den Türen hervor und locht uns die Karten mit seiner Zange. So fahren wir stets tiefer in die Nacht hinein und öffnen ihr ganz neue Zimmerfluchten mit zuschlagenden Türen und knallenden Luftzügen. Biankas Augen werden tiefer, ihre Wangen brennen, ein reizendes Lächeln öffnet ihr halb die Lippen. Will sie mir etwas anvertrauen? Etwas streng Geheimes? Bianka spricht von Verrat, und ihre Bäckchen flammen in Ekstase, die Augen verengen sich vom Ansturm der Wollust, wenn sie mich, gleich einer Eidechse unter der Decke sich windend, des Verrats der heiligsten Mission verdächtigt. Sie tastet bohrend mein erbleichendes Gesicht mit den süßen Augen ab, die zu schielen anfangen. »Tu es«, flüstert sie inständig, »tu es. Dann wirst du einer von ihnen, einer dieser schwarzen Mohren ...« Und wenn ich mit einer beschwörenden Geste verzweifelt den Finger an den Mund lege, wird ihr süßes Gesichtlein gleich böse und giftig. »Du bist lächerlich mit deiner unverbrüchlichen Treue und mit deiner ganzen Mission. Weiß Gott, was du dir auf deine Unentbehrlichkeit einbildest. Und wenn ich Rudolf erwählte? Ich habe ihn tausendmal lieber als dich, du langweiliger Pedant. Ach, er wäre folgsam, folgsam bis zum Verbrechen, bis zur Auslöschung seines Wesens, bis zur Selbstvernichtung ...« Dann fragt sie plötzlich mit triumphierender Miene: »Erinnerst du dich noch an Lonka, das Töchterlein der Wäscherin Antosja, mit der du als kleiner Junge gespielt hast?« Ich schaue sie verwundert an. »Das war ich«, sagt sie kichernd, »nur daß ich damals noch ein Knabe war. Habe ich dir damals ähnlich gesehen?«

Ach, im tiefsten Kern des Frühlings wird etwas faul und zerfällt. Bianka, Bianka, habe ich mich auch in dir getäuscht?

Ich fürchte, vorzeitig die letzten Trümpfe auszuspielen. Ich spiele um einen zu hohen Einsatz, um das riskieren zu können. Ich habe längst aufgehört, Rudolf den Verlauf der Ereignisse zu berichten. Sein Verhalten hat sich übrigens seit einer bestimmten Zeit geändert. Der Neid, welcher der beherrschende Zug seines Charakters war, hat einer gewissen Großmut Platz gemacht. Ein gewisses eilfertiges Wohlwollen, mit Verlegenheit gemischt, macht sich in seinen Gesten und ungeschickten Worten bemerkbar, sooft wir einander zufällig begegnen. Früher verbarg sich jedoch hinter seiner mürrischen Miene des schweigsamen Menschen, hinter seiner abwartenden Reserve eine verzehrende Neugierde, süchtig nach jedem neuen Umstand, jeder neuen Version der Angelegenheit. Jetzt dagegen ist er merkwürdig ruhig und wünscht von mir nichts mehr zu erfahren. Das kommt mir jetzt, da ich Nacht für Nacht die maßlos wichtigen Sitzungen im Panoptikum abhalte, die vorläufig tiefstes Geheimnis bleiben müssen, eigentlich sehr gelegen. Die Aufseher, vom Wodka betäubt, den ich ihnen nicht vorenthalte, schlafen in ihren Kammern den Schlaf der Gerechten, während ich im Schein etlicher tropfender Kerzen in diesem würdigen Zirkel konferiere. Befinden sich doch auch gekrönte Häupter darunter, und die Verhandlungen mit ihnen gehören nicht zu den leichten Sachen. Seit uralten Zeiten haben sie einen gegenstandslosen, jetzt leeren und textlosen Heroismus bewahrt, eine Flamme, eine Lust, sich im Feuer irgendeiner Konzeption zu verbrennen, und den Drang, das ganze Leben auf eine Karte zu setzen. Ihre Ideen, für die sie gelebt haben, sind eine nach der anderen in der Prosa des Alltags außer Kredit gekommen, ihre Lunten sind ausgebrannt, sie stehen leer da, voll nicht ausgelebter Dynamik, blinzeln geistesabwesend mit den Augen und warten auf das Stichwort ihrer Rolle. Wie leicht ist es da, in einem solchen Moment das Wort zu fälschen und ihnen die erste beste Idee aufzudrängen, wo sie so kritiklos und wehrlos sind! Das erleichtert vortrefflich meine Aufgabe. Andererseits ist es aber maßlos schwierig, ihre Absichten zu erraten, in ihnen das Licht irgendeines Gedankens zu entfachen: eine solche Zugluft ist in ihrem Geist, ein solch leerer Wind bläst durch sie hindurch. Es hat schon viel Arbeit gekostet, sie aus dem Schlaf zu wecken. Sie lagen alle in ihren Betten, totenblaß und ohne Atem. Ich beugte mich über sie und sprach flüsternd die für sie wesentlichsten Worte aus, Worte, die sie gleich einem elektrischen Strom durchdringen mußten. Sie öffneten ein Auge. Sie fürchteten die Aufseher und stellten sich tot und taub. Erst als sie sich versichert hatten, daß wir allein sind, erhoben sie sich der Reihe nach von ihren Lagern: bandagiert, aus Stücken zusammengesetzt, hölzerne Prothesen an sich drückend, Imitationen mit falschen Lungen und Eingeweiden. Sie waren anfänglich sehr mißtrauisch und wollten die auswendig gelernten Rollen hersagen. Konnten nicht begreifen, daß man von ihnen etwas anderes verlangte. Und so saßen sie stumpf da und stöhnten von Zeit zu Zeit: diese heiligen Männer, diese Blüten der Menschheit, Dreyfus und Garibaldi, Bismarck und Viktor Emanuel I., Gambretta und Mazzini und viele andere. Am schwersten begriff Erzherzog Maximilian selber. Als ich mit inbrünstigem Flüstern immer wieder Biankas Namen an seinem Ohr wiederholte, blinzelte er geistesabwesend mit den Augen, malte sich auf seinem Gesicht unerhörte Verwunderung, und kein begreifendes Aufblitzen huschte über seine Züge. Erst als ich langsam und nachdrücklich den Namen Franz Josef I. aussprach, lief eine wilde Grimasse über sein Gesicht, eine reine Reflexbewegung, die keine Entsprechung mehr in seiner Seele hatte. Dieser Komplex war längst aus seinem Bewußtsein verdrängt. Wie hätte er auch mit ihm, mit dieser berstenden Spannung des Hasses leben können, er, der nach jenem blutigen Erschießungstod in Vera Cruz nur mühselig zusammengestellt und zusammengeflickt werden konnte. Ich mußte ihn erst wieder sein Leben von Anfang an lehren. Sein Erinnerungsvermögen war maßlos schwach, ich mußte an die unterbewußten Gefühlsregungen anknüpfen. Doch in der folgenden Nacht zeigte sich, daß er alles vergessen hatte. Seine Kollegen, gelehriger als er, halfen mir, sagten ihm die Reaktionen vor, mit denen zu antworten er verpflichtet war, und so ging seine Erziehung mit langsamen Schritten voran. Er war sehr vernachlässigt, einfach innerlich verwüstet worden von den Aufsehern; dennoch brachte ich ihn dazu, daß er beim Aussprechen des Namens Franz Josef I. den Säbel aus der Scheide zog. Um ein Haar hätte er dabei Viktor

Emanuel I. durchbohrt, der ihm nicht schnell genug aus dem Weg ging.
So geschah es, daß der Rest dieses glänzenden Kollegiums sich viel schneller an der Idee begeisterte und sie schneller übernahm als der unglückliche Erzherzog. Ihre Begeisterung kannte keine Grenzen. Ich mußte sie aus Leibeskräften bremsen. Es läßt sich nicht genau sagen, ob sie die Idee, für die zu kämpfen sie auserkoren waren, in ihrer ganzen Tragweite begriffen. Das Wesen von Ideen zu begreifen war nicht ihre Sache. Zur Verbrennung im Feuer irgendeines Dogmas vorausbestimmt, waren sie hell begeistert, dank meiner eine Parole gefunden zu haben, in deren Namen sie im Krieg, im Rausch des Enthusiasmus sterben konnten. Ich beruhigte sie durch Hypnose und schärfte ihnen mühevoll die Bewahrung des Geheimnisses ein. Ich war stolz auf sie. Welcher Feldherr hatte schon jemals einen so glänzenden Stab unter seinem Befehl, eine Generalität aus so flammenden Geistern zusammengesetzt, eine Garde – aus Invaliden zwar, doch aus was für genialischen!
Endlich kam die Nacht, jene ungestüme und sturmgeblähte Nacht, erschüttert in ihren Tiefen durch das, was sich in ihrem Verlauf Ungeheuerliches und Grenzenloses vorbereitete. Blitze spalteten einer um den anderen die Finsternis, die Welt tat sich zerklüftet bis in ihre tiefsten Eingeweide auf, zeigte ihr grelles, entsetzliches und atemberaubendes Inneres und schlug es krachend wieder zu. Und schwamm weiter im Rauschen der Parke, im Festmarsch der Wälder, im Reigentanz der kreisenden Horizonte. Im Schutz der Dunkelheit verließen wir das Museum. Ich ging an der Spitze meiner begeisterten Kohorte, die sich unter dem Gehinke, Geschwenke und Geklapper ihrer Stelzen und Hölzer vorwärtsbewegte. Blitze flogen über entblößte Säbelklingen. So gelangten wir in der Finsternis an das Tor der Villa. Wir fanden es geöffnet vor. Beunruhigt, im Vorgefühl einer Arglist befahl ich, die Fackeln anzubrennen. Die Luft errötete vom pechigen Kienholz, aufgescheuchte Vögel schwangen sich hoch in den roten Schein empor – und in diesem bengalischen Licht erblickten wir die Villa, ihre Terrassen und Balkone so deutlich, als stünde sie im Feuerschein. Auf dem Dach wehte eine weiße Fahne. Von einem schlimmen Vorgefühl bedrückt, schritt ich an der Spitze meiner Krieger in den Hof.

Auf der Terrasse zeigte sich der Majordomus. Er kam unter Bücklingen die monumentale Treppe herab und näherte sich zögernd, blaß und unsicher in seinen Bewegungen, immer mehr dem Schein der Fackeln. Ich richtete die Spitze meines Degens auf seine Brust. Meine Getreuen standen regungslos, hoch über ihre Köpfe die qualmenden Fackeln erhebend, so daß in dem Schweigen das Rauschen der waagrecht flackernden Flammen zu hören war.

»Wo ist Herr de V...?« fragte ich.

Er breitete mit einer unbestimmten Bewegung die Arme aus.

»Ausgefahren, Herr!« sagte er.

»Sogleich werden wir uns von der Wahrheit deiner Worte überzeugen. Und wo ist die Infantin?«

»Ihre Hoheit sind ebenfalls ausgefahren, alle sind ausgefahren ...«

Ich hatte keinen Grund, daran zu zweifeln. Irgendwer mußte mich verraten haben. Es galt keine Zeit zu verlieren.

»Auf die Pferde!« rief ich. »Wir müssen ihnen den Weg abschneiden!«

Wir brachen die Stalltür auf, in der Finsternis schlug uns die Wärme und der Geruch der Tiere entgegen. Ein Weilchen später saßen wir alle auf den sich unter uns bäumenden und wiehernden Rossen. Von ihnen im Galopp davongetragen, stürmten wir unter dem Dröhnen der Hufe auf dem Pflaster als weit auseinandergezogene Kavalkade in die nächtliche Gasse. »Durch den Wald an den Fluß«, stieß ich hervor und bog in die Waldschneise ein. Rings um uns rasten tiefe Forste. In der Finsternis taten sich gleichsam schon einmal erblickte Landschaften von Katastrophen und Sintfluten auf. Wir flogen dahin zwischen Wasserfällen von Lärm, zwischen aufgewühlten Waldmassen, die flammenden Fackeln rissen sich als große Lappen aus unserem gestreckten Galopp los und stürmten hinterdrein. Durch meinen Kopf flog ein Hurrikan von Gedanken. War Bianka entführt worden oder hatte auch in ihr das niedrige Erbe des Vaters über das Blut der Mutter und über die Mission gesiegt, die ihr einzuimpfen ich mich vergeblich angestrengt hatte? Die Schneise ward enger, verwandelte sich in einen Hohlweg, an dessen Ausgang sich eine große Lichtung öffnete. Dort holten wir sie endlich ein. Sie erblickten uns schon von weitem und hielten

die Gefährte an. Herr de V... stieg aus und kreuzte die Arme über der Brust. Er ging langsam auf uns zu – mürrisch, mit funkelnden Augengläsern, purpurn im Schein der Fackeln. Zwölf funkelnde Klingen richteten sich auf seine Brust. Wir näherten uns in einem Halbkreis, schweigend, die Pferde gingen im Schritt, ich bedeckte die Augen mit der Hand, um besser sehen zu können. Der Schein der Fackeln fiel auf ein Gefährt, und ich erblickte in der Tiefe des Fonds die todblasse Bianka und neben ihr – Rudolf. Er hielt ihre Hand und drückte sie an die Brust. Ich stieg langsam vom Pferd und ging schwankenden Schrittes auf das Gefährt zu. Rudolf erhob sich langsam, als wollte er mir entgegengehen.
Nachdem ich bei dem Gefährt stehengeblieben war, wandte ich mich an die Kalvalkade, die langsam in breiter Front, die Degen zum Stich erhoben, nachrückte, und sagte: »Meine Herren, ich habe euch überflüssigerweise beunruhigt. Die Herrschaften sind frei und können unbehindert weiterfahren, ohne von jemand angehalten zu werden. Kein Haar auf dem Kopf darf ihnen gekrümmt werden. Ihr habt eure Pflicht erfüllt. Steckt die Säbel in die Scheiden. Ich weiß nicht, bis zu welchem Grad ihr die Idee begriffen habt, in deren Dienst ich euch eingespannt habe, bis zu welchem Grad sie in euch eingedrungen und Blut von eurem Blut geworden ist. Die Idee hat, wie ihr seht, bankrott gemacht, bankrott gemacht auf der ganzen Linie. Ich glaube, was euch betrifft, daß ihr diesen Bankrott überstehen werdet, denn ihr habt ja auch den Bankrott eurer eigenen Sache überlebt. Ihr seid nicht zu vernichten. Was mich betrifft... Aber es geht nicht um meine Person. Ich wollte nur«, damit wandte ich mich an jene im Gefährt, »daß ihr nicht glaubt, daß das, was geschehen ist, mich gänzlich unvorbereitet angetroffen hat. So ist es nicht. Ich habe dies alles seit langem vorausgesehen. Wenn ich scheinbar so lange in meinem Irrtum verharrte, kein besseres Wissen an mich heranließ, dann einzig deshalb, weil es sich für mich nicht geziemte, Sachen zu wissen, die meinen Bereich überschreiten, und es sich nicht geziemte, den Ereignissen vorzugreifen. Ich wollte auf meinem Posten ausharren, auf den mich das Schicksal gestellt hat, ich wollte mein Programm zu Ende führen, der Rolle treu bleiben, die ich selber an mich gerissen habe. Denn, ich bekenne es jetzt reumütig, ich war trotz der Einflüsterungen meines Ehrgei-

zes nur ein Usurpator. In meiner Verblendung unterfing ich mich der Schriftauslegung, wollte Dolmetscher des göttlichen Willens sein und nahm in falscher Begeisterung die durch das Markenalbum huschenden blinden Spuren und Konturen zu wörtlich. Ich habe sie leider zu willkürlichen Figuren zusammengefügt. Ich habe diesem Frühling meine Regie aufgezwungen, ihm ein nicht vorhandenes Blühen nach eigenem Programm untergelegt und wollte ihn nach eigenen Plänen zurechtbiegen und ausrichten. Er trug mich eine Zeitlang auf seinem Blühen mit, geduldig und gleichgültig, fast ohne mich zu spüren. Ich hielt seine Unempfänglichkeit für Toleranz, ja für Solidarität und für Zustimmung. Ich dachte, aus seinen Zügen besser als er selbst seine tiefsten Absichten zu erraten, in seiner Seele zu lesen und das vorwegzunehmen, was er – verführt durch seine Gleichgültigkeit – nicht ausdrücken konnte. Ich ließ alle Anzeichen seiner wilden und zügellosen Unabhängigkeit außer acht, übersah absichtlich alle Perturbationen, die ihn bis in die Tiefe und unberechenbar aufwühlten. Ich ging in meinem Größenwahn so weit, daß ich in dynastische Angelegenheiten der höchsten Häuser einzugreifen wagte, euch, meine Herren, gegen Demiurgos mobilisierte und eure Unwiderstehlichkeit gegenüber Ideen, eure edle Kritiklosigkeit ausnützte, um euch eine falsche und gotteslästerliche Doktrin einzuimpfen und euren flammenden Idealismus für verrückte Taten zu mißbrauchen. Ich will nicht entscheiden, ob ich zu den höchsten Dingen berufen war, nach denen mein Ehrgeiz griff. Ich war vielleicht nur zu Initiativen berufen, blieb angeschnitten liegen und wurde dann weggeworfen. Ich habe meine Grenzen überschritten, aber auch das wie vorausbestimmt. Im Grunde genommen kannte ich mein Schicksal von Anfang an. Wie das Schicksal dieses unglücklichen Maximilian da war mein Schicksal das Schicksal Abels. Es gab eine Zeit, da mein Opfer Gott wohlriechend und angenehm war, während dein Rauch nach unten stieg, Rudolf. Aber Kain wird immer siegen. Das Spiel war im voraus abgekartet.«

In diesem Augenblick erschütterte eine ferne Detonation die Luft, eine Feuersäule stieg über den Wäldern hoch. Alle wandten die Köpfe. »Seid ruhig«, sagte ich, »das Panoptikum brennt. Ich habe beim Verlassen des Museums eine Pulver-

ladung mit einer brennenden Lunte zurückgelassen. Ihr habt kein Zuhause mehr, edle Herren, ihr seid heimatlos. Ich hoffe aber, daß euch das nicht übermäßig aufregen wird.«
Doch diese mächtigen Individuen schwiegen, diese Elite der Menschheit, und ließen ratlos die Augen funkeln und standen geistesabwesend in Schlachtordnung im fernen Schein des Feuers da. Sie blickten einander an – völlig meinungslos und klapperten mit den Augendeckeln. »Du, Sire«, wandte ich mich an den Erzherzog, »hattest keinen Grund. Es war vielleicht auch deinerseits Größenwahn. Ich wollte in deinem Namen zu Unrecht die Welt reformieren. Und übrigens war das vielleicht nicht einmal deine Absicht. Die rote Farbe ist genauso eine Farbe wie jede andere, erst alle zusammen bilden vollends das Licht. Vergib mir, daß ich deinen Namen für fremde Ziele mißbraucht habe. Es lebe Franz Josef I.!«
Der Erzherzog zuckte bei diesem Namen zusammen, griff nach dem Säbel, doch nach einem Augenblick kam er zu sich, ein lebhaftes Rot färbte seine geschminkten Wangen, die Mundwinkel hoben sich wie zu einem Lächeln, die Augen begannen sich in ihren Höhlen zu drehen, er hielt gemessen und würdig Cercle und neigte sich mit verheißungsvollem Lächeln vom einen zum anderen. Sie wandten sich entrüstet von ihm ab. Dieser Rückfall der kaiserlichen Majestät unter so unschicklichen Umständen machte den schlechtesten Eindruck.
»Laß, Sire«, sagte ich, »ich zweifle nicht, daß du auf Anhieb das Zeremoniell deines Hofes kennst, aber jetzt ist nicht die Zeit dazu.
Ich wollte euch, würdige Herren, und dir, Infantin, meine Abdankungsurkunde vorlesen. Ich danke auf der ganzen Linie ab. Ich löse das Triumvirat auf. Ich lege die Regentschaft in Rudolfs Hände. Und ihr, edle Herren«, damit wandte ich mich an meinen Stab, »seid frei. Ihr hattet den besten Willen, und ich danke euch aufs wärmste im Namen der Idee, unserer entthronten Idee« – die Tränen traten mir in die Augen –, »die trotz allem ...«
In diesem Augenblick erdröhnte ganz in der Nähe ein Schuß. Wir wandten alle die Köpfe in diese Richtung. Herr de V... stand mit der rauchenden Pistole in der Hand da, seltsam steif und schief verlängert. Er krümmte sich häßlich, plötzlich erzitterte er und fiel auf das Gesicht. »Vater, Vater!« rief

Bianka und stürzte sich auf den Liegenden. Es entstand eine Verwirrung. Garibaldi, der sich als alter Praktiker auf Wunden verstand, untersuchte den Unglücklichen. Die Kugel hatte das Herz durchbohrt. Der König von Piemont und Mazzini nahmen ihn vorsichtig bei den Schultern und legten ihn auf eine Bahre. Bianka schluchzte und wurde von Rudolf gestützt. Die Mohren, die sich erst jetzt unter den Bäumen versammelt hatten, umstanden ihren Herrn. »Massa, Massa, unser guter Massa«, wehklagten sie im Chor.
»Diese Nacht ist wahrhaftig fatal!« rief ich. »Es wird das in ihrer denkwürdigen Geschichte nicht die letzte Tragödie sein. Ich bekenne jedoch, daß ich dergleichen nicht vorausgesehen habe. Ich habe ihm unrecht getan. Im Grunde genommen schlug in seiner Brust ein edles Herz. Ich widerrufe mein kurzsichtiges und verblendetes Urteil über ihn. Er war sicherlich ein guter Vater und ein guter Herr zu seinen Sklaven. Meine Konzeption bekennt auch in diesem Punkt ihren Bankrott. Aber ich opfere sie ohne Bedauern. An dir, Rudolf, liegt es, Biankas Schmerz zu lindern, sie mit doppelter Liebe zu lieben und Vaterstelle an ihr zu vertreten. Ihr wollt ihn sicherlich mit euch an Bord nehmen. Formieren wir uns zu einem Zug und brechen wir zum Hafen auf. Der Dampfer ruft schon lange mit heulender Sirene.«
Bianka setzte sich wieder in das Gefährt, wir setzten uns auf die Pferde, die Mohren nahmen die Bahre auf die Schultern, und wir brachen zum Hafen auf. Die Kavalkade der Reiter beschloß den traurigen Zug. Das Gewitter hatte sich während meiner Rede beruhigt, das rote Licht der Fackeln öffnete tiefe Schneisen in die Tiefe des Waldes, lange schwarze Schatten huschten zu Hunderten seitlich und oben vorbei und traten in einem großen Halbkreis hinter unseren Schultern zusammen. Endlich kamen wir aus dem Wald heraus. In der Ferne war schon der Dampfer mit seinen Rädern zu sehen.
Es bleibt nur mehr wenig hinzuzufügen, unsere Geschichte nähert sich dem Ende. Unter dem Weinen Biankas und der Mohren wurde der Körper des Toten an Bord getragen. Zum letzten Mal formierten wir uns am Ufer. »Noch etwas, Rudolf«, sagte ich und faßte ihn am Rockknopf. »Du reist als Erbe eines riesigen Glücks ab, ich will dir nichts aufdrängen, was sich eher für mich geziemen würde, nämlich für das

Alter dieser heimatlosen Recken der Menschheit Sorge zu tragen, aber leider bin ich ein armer Teufel.« Rudolf langte auf der Stelle nach dem Scheckbuch. Wir neigten uns flüchtig zur Seite und gelangten schnell zu einer Verständigung.
»Meine Herren!« rief ich, zu meiner Garde zurückkehrend, »dieser mein edelgesinnter Freund hat sich entschlossen, meine Tat wiedergutzumachen und euch mit Brot und einem Dach über dem Kopf zu versorgen. Nach dem, was geschehen ist, wird euch kein Panoptikum mehr aufnehmen, zumal die Konkurrenz groß ist. Ihr werdet von eurem Ehrgeiz etwas abschreiben müssen. Dafür werdet ihr freie Menschen sein, und ich weiß, ihr wißt es zu schätzen. Weil man euch leider keine praktischen Berufe hat lernen lassen, da ihr für reine Repräsentationszwecke vorherbestimmt wart, hat mein Freund eine Summe gestiftet, die zum Ankauf von zwölf Leierkasten aus dem Schwarzwald langt. Zerstreut euch über die Erde und spielt den Menschen etwas vor zur Stärkung ihres Herzens. Die Auswahl der Arien bleibt euch überlassen. Doch weshalb viele Worte verlieren? Ihr seid keine ganz echten Dreyfuse, Edisone und Napoleone. Ihr seid es sozusagen nur in Ermangelung besserer. Vergrößert jetzt den Kreis eurer Vorgänger, dieser anonymen Garibaldis, Bismarcke und McMahons, die sich zu Tausenden unerkannt in der Welt herumtreiben, die ihr in der Tiefe eurer Herzen für immer bleiben werdet. Und jetzt lebt wohl, liebe Freunde und ehrenwerte Herren, und brecht mit mir in den Ruf aus: ›Es lebe das glückliche neuvermählte Paar Rudolf und Bianka!‹« – »Hoch, hoch, hoch!« riefen sie im Chor. Die Mohren stimmten einen Mohrensong an. Als sie verstummten, gruppierte ich sie mit einer Handbewegung neu, worauf ich in die Mitte trat, die Pistole abfeuerte und rief: »Und jetzt lebt wohl, meine Herren, und das, was ihr sogleich sehen werdet, laßt euch zur Warnung dienen, auf daß keiner sich hinreißen lasse, die Absichten und Pläne Gottes zu erraten, auf daß keiner mehr die Absichten des Frühlings ergründe. Ignorabimus, meine Herren, ignorabimus!«
Ich setzte die Pistole an die Schläfe und schoß, aber im selben Augenblick schlug mir jemand die Waffe aus der Hand. Neben mir stand ein Offizier der Feldjäger; er hielt ein Papier in der Hand und fragte: »Sind Sie Józef N...?«
»Ja«, antwortete ich erstaunt.

»Haben Sie vor einiger Zeit«, sagte der Offizier, »den Standardtraum des biblischen Josef geträumt?«
»Kann sein ...«
»Stimmt«, sagte der Offizier und blickte auf das Papier. »Wissen Sie, daß dieser Traum allerhöchsten Orts wahrgenommen und heftig kritisiert wurde?«
»Ich bin für meine Träume nicht verantwortlich«, sagte ich.
»Natürlich sind Sie dafür verantwortlich. Im Namen Seiner Kaiserlichen und Königlichen Majestät sind Sie verhaftet.«
Ich lachte.
»Wie langsam die Maschinerie der Gerechtigkeit arbeitet. Die Bürokratie Seiner Kaiserlichen und Königlichen Majestät ist etwas Schwerfälliges. Ich habe diesen früheren Traum längst von Taten viel schwererern Kalibers getrennt, für die ich mir selber Gerechtigkeit zumessen wollte, und deshalb rettet mir dieser überalterte Traum das Leben. Ich stehe Ihnen zur Verfügung.«
Ich erblickte eine Kolonne näherkommender Feldjäger. Ich streckte selber die Hände aus, um mir die Handschellen anlegen zu lassen. Dann wandte ich mich noch einmal um. Ich erblickte zum letzten Mal Bianka. Sie stand auf dem Deck und winkte mit dem Taschentuch. Die Garde der Invaliden salutierte schweigend vor mir.

Die Julinächte lernte ich zum erstenmal im Jahr meiner Matura während der Ferien kennen. Unser Haus, durch welches tagsüber das Wehen, Sausen und Funkeln der heißen Sommertage zu den offenen Fenstern hereindrang, bewohnte ein neuer Mieter, ein winziges, greinendes, quietschendes Geschöpf, das Söhnchen meiner Schwester. Es brachte eine Art Rückkehr zu primitiven Verhältnissen über das Haus und schraubte die soziologische Entwicklung auf die Nomaden- und Haremsatmosphäre des Matriarchats zurück. Ein Lagerleben mit Betten, Windeln und ewigem Waschen und Trocknen von Wäschestücken griff um sich, ein Nachlassen der weiblichen Toilettensucht, die plötzlich nach ausgiebigen Entblößungen von geradezu vegetativ unschuldigem Charakter verlangte, machte sich bemerkbar; der säuerliche Geruch des Säuglingszeitalters und milchgeschwollener Brüste stand im Raum.

Die Schwester fuhr nach dem schweren Wochenbett ins Bad, der Schwager erschien lediglich zu den Mahlzeiten, und die Eltern weilten bis in die Nacht hinein im Laden. Das Haus geriet unter die Herrschaft einer Kinderfrau, deren expansive Weiblichkeit sich noch vervielfältigte und die alle Maßnahmen aus ihrer Rolle als Nährmutter ableitete. Im Gefühl dieser majestätischen Würde drückte sie dem ganzen Haus durch ihre breite und gewichtige Existenz das Siegel der Gynokratie auf, die zugleich die Überlegenheit einer satten und üppigen, in weiser Steigerung zwischen ihr selber und zwei Dienstmägden verteilten Körperlichkeit war, denen jede Tätigkeit erlaubte, die ganze Skala ihrer autarken Weiblichkeit wie einen Pfauenfächer zu entfalten. Auf das stille Blühen und Reifen des Gartens voll Blattgeflüster, Silberglanz und Schattenversunkenheit antwortete unser Haus mit dem Aroma von Weiblichkeit und Mutterschaft, das über der weißen Wäsche und dem blühenden Fleisch schwebte, und wenn sich um die erschreckend grelle Mittagsstunde alle Vorhänge an den sperrangelweit geöffneten Fenstern entsetzt blähten und alle an den Leinen hängenden Windeln als leuchtendes Spalier aufstanden, schwebten durch den ganzen weißen Alarm der Wäschefahnen und Leintücher über und über gefiederte Samenkörnchen, Stäubchen, verlorene Blättchen, und der Garten ging mit dem Überschwang seiner Lichter und Schatten, mit der Prozession seines Rauschens und Sinnens langsam durch das Zimmer, als hätten sich zu dieser Stunde Pans alle Hindernisse und Wände davongemacht und durch die ganze Welt zöge in der Ebbe der Gedanken und Gefühle der Schauder einer allumfassenden Einheit.

Die Abende dieses Sommers verbrachte ich im Kino des Städtchens. Ich verließ es nach der letzten Vorstellung.

Aus der Schwärze des Kinosaals, zerrissen vom Entsetzen fliegender Lichter und Schatten, trat man in das stille, helle Vestibül wie aus der Maßlosigkeit der Nacht in ein einsames Gasthaus.

Nach der phantastischen Jagd durch die Labyrinthe des Films beruhigte sich das abgehetzte Herz nach den Ekstasen der Leinwand – ein heller Wartesaal, durch Mauern vom Ansturm der großen pathetischen Nacht getrennt, ein sicherer Hafen, wo die Zeit seit langem stillestand und die Glühbirnen vergeblich ein schales Licht verströmten, Welle um Welle, in einem für ewige Zeiten vom dumpfen Stampfen des Motors, welcher die Bude der Kassiererin leicht erzittern ließ, festgelegten Rhythmus.

Dieses Vestibül, in die Langweile der späten Abendstunden getaucht wie Wartesäle nach der Abfahrt des letzten Zuges, schien gelegentlich wie der endgültige Hintergrund der Wohnung zu sein, das, was übrigbleibt, wenn alle Ereignisse vorübergehen, wenn sich der Tümpel der Vielfalt erschöpft hat. Auf einem großen bunten Plakat schwankte Asta Nielsen für immer mit dem schwarzen Stigma des Todes auf der Stirn, ein für allemal den Mund im letzten Schrei geöffnet und die Augen übermenschlich weit aufgerissen und zum letztenmal schön.

Die Kassiererin war längst nach Hause gewandert. Sie machte sich jetzt sicherlich in ihrem Zimmerchen neben dem aufgeschlagenen Bett zu schaffen, das aufwartete wie ein Schiff, um mit ihr sogleich in die schwarzen Lagunen des Schlafes und die Verworrenheit nächtlicher Ereignisse zu segeln. Was noch in dem Häuschen saß, war nur ihre Hülle, ein täuschendes Phantom, das mit gelangweilten, grell bemalten Augen in die Leere der Lichter starrte und sinnlos mit den Wimpern zuckte, um den goldenen Staub der Schläfrigkeit abzuschütteln, der endlos von den elektrischen Lampen rieselte. Mitunter lächelte sie bleich dem Sergeanten der Feuerwehr zu, der – selber schon längst seiner Realität entkleidet – an der Wand lehnte, ein für allemal regungslos in seinem funkelnden Helm, dem schmalen Glanz der Epauletten und der silbernen Schnüre und Medaillen. Von weitem klirrten im Rhythmus des Motors die Scheiben der Glastür, die hinausführte in die späte Julinacht, aber der Reflex des elektrischen Kronleuchters blendete das Glas, verleugnete die Nacht, flickte, so gut er konnte, an der Vortäuschung eines sicheren Hafens, der kein bißchen bedroht ist von dem Element der gewaltigen Nacht. Schließlich mußte der Zauber des Wartesaals doch platzen, die Glastür ging auf, die rote Portiere bauschte sich vom Atem der Nacht, die plötzlich alles wurde.

Fühlt ihr den geheimen tiefen Sinn des Geschehens, wenn ein schmächtiger und blasser Maturant durch die Glastür mutterseelenallein aus dem sicheren Hafen in die Grenzenlosigkeit der Julinacht hinausgeht? Wird er alle schwarzen Sümpfe, Moderbrüche und Abgründe in der endlosen Nacht durchwaten oder eines Morgens im sicheren Port landen?

Niemand hat noch eine Topographie der Julinacht geschrieben, in der Geographie des inneren Kosmos sind die Blätter noch leer.

Julinacht! Womit sie vergleichen, wie sie beschreiben? Oder soll ich sie mit dem Innern einer riesigen schwarzen Rose vergleichen, die uns mit dem hundertfältigen Schlaf Tausender samtener Blätter bedeckt? Der Nachtwind blättert ihre flaumige Fülle auf und gibt uns auf ihrem duftenden Grund den Blick zu den Sternen frei.

Soll ich sie mit dem schwarzen Firmament unserer halbgeschlossenen Lider voll wandernder Stäubchen, weißer Mohnkörner, Sterne, Raketen und Meteore vergleichen?

Oder kann man sie mit einem Nachtzug so lang wie die Welt vergleichen, der durch einen endlosen schwarzen Tunnel fährt? Durch die Julinacht zu gehen, das hieße dann, sich mühsam von Waggon zu Waggon quetschen, zwischen schläfigen Passagieren hindurch, umgeben von schwarzen Korridoren, stickigen Abteilen und sich kreuzenden Zügen.

Julinacht! Geheimes Fluidum der Dunkelheit, regsame und rührige Materie der Finsternis, unaufhörlich aus dem Chaos gestaltend und jede Gestalt auf der Stelle vernichtend! Schwarzes Bauholz, rings um den schläfrigen Wanderer durch Höhlen, Keller und Nischen gestapelt! Wie ein zudringlicher Schwätzer begleitet sie den einsamen Wanderer, sperrt ihn ein in den Kreis seiner Gesichte, ein unerschöpfliches Faß an Einfällen, Delirien, Phantasien – gaukelt ihm Sternenweiten, weiße Milchstraßen und Irrgärten endloser Kolosseen und Tempel vor. Der Nachtwind, dieser schwarze Protheus, der zum Spaß samtene Dickichte formt. Golfströme an Jasminduft, Kaskaden von Ozon, unerwartete Luftlöcher, schwarzen Ballonen gleich in die Unendlichkeit wachsend, monströse Weintrauben an Finsternis, gepreßt zu dunklen Säften ... Ich dränge mich durch diese engen Nischen hindurch, stecke den Kopf unter die Luken und tief herabhängenden Gewölbe – und da bricht die Decke auf, öffnet sich für einen Augenblick mit einem gestirnten Seufzer die unendliche Kuppel, um mich sogleich wieder zwischen enge Mauern, Durchlässe und Nischen zu geleiten. In diesen Ecken ohne Luft und Hauch, in diesen Buchten der Finsternis stehen noch Gesprächsfetzen, von den Wandernden zurückgelassen, Fragmente der Schriften auf den Plakaten, zerstörte Takte des Lachens, Streifen, Geflüster, vom Luftzug der Nacht noch nicht zerweht. Mitunter sperrt mich die Nacht wie in einem engen Zimmer ohne Ausgang ein. Schläfrigkeit überkommt mich, ich lege mir keine Rechenschaft ab, ob die Füße noch ausschreiten oder ob ich schon längst in diesem Hotelzimmer der Nacht ruhe. Doch da spüre ich einen samtweichen Kuß, im Raum von einem duftenden Mund verloren, es öffnen sich Jalousien, ich steige mit hohen Schritten über das Fensterbrett und wandere weiter unter den Parabeln der fallenden Sterne. Aus dem Labyrinth der Nacht treten zwei Wanderer. Sie schwatzen, ziehen gemeinsam ein langes Knäuel Gespräch aus der Finsternis. Monoton stößt der Regenschirm des einen auf das Pflaster (die Regenschirme werden gegen Sternen- und Meteorenregen getragen), sie torkeln wie betrunken, die großen Köpfe in ballonartigen Melonen. An einer anderen Stelle hält mich ein Weilchen später der verschwörerische Blick eines schwarzen schielenden Auges auf, während eine große knochige Hand mit ausgeprägtem Gelenk, um den Hirschhorngriff des Stockes geklammert, mit diesem durch die Nacht stapft (in solchen Stöcken sind gewöhnlich lange schmale Degen verborgen).

Endlich verzichtet die Nacht am Stadtrand auf ihre Spielereien, zieht den Vorhang auf und enthüllt ihr ernstes und ewiges Antlitz. Mauert uns nicht mehr im täuschenden Labyrinth ihrer Halluzinationen und Luftspiegelungen ein und öffnet uns ihre sternenvolle Ewigkeit. Das Firmament wächst in die Unendlichkeit, die Sternenchöre leuchten in der Helligkeit ihrer ewigen Position und zeichnen magische Figuren an den Himmel, als wollten sie etwas verkünden, durch ihr bestürzendes Schweigen etwas Endgültiges verkünden. Vom Blinken dieser fernen Welten rinnt Froschgequake und silbernes Sternengeflüster. Der Julihimmel sät unhörbar den Miesel der Meteore und saugende Stille in das Weltall.

Zu irgendeiner Nachtstunde – die Konstellationen träumten am Himmel ihren ewigen Traum – befand ich mich wieder in meiner Gasse. Ein Stern stand an ihrem Ende und verbreitete fremden Duft. Ein Lufthauch durchwehte sie, als wäre hier ein finsterer Korridor, da ich das Haustor öffnete. Im Speisezimmer brannte noch Licht, vier Kerzen blakten in den Bronzeleuchtern. Der Schwager war noch nicht da. Seit meine Schwester abgereist war, kam er zum Abendessen zu spät, kehrte erst spät in der Nacht heim. Aus dem Schlaf erwachend, sah ich ihn des öfteren, wie er sich stumpfen und nachdenklichen Blicks entkleidete. Dann löschte er die Kerze, zog sich nackt aus und blieb lange schlaflos im kühlen Bett liegen. Erst später senkte sich ein unruhiger Halbschlaf auf ihn herab, der seinen großen Körper allmählich kraftlos machte. Er murmelte noch etwas, schnaufte, atmete schwer, rang mit einer Last, die sich auf seine Brust wälzte. Mitunter brach er in ein leises, trockenes Schluchzen aus. Erschrocken fragte ich in der Finsternis: »Was hast du, Karol?« Doch er wanderte schon weiter auf seiner schweren Traumstraße und marschierte eifrig einen steilen Schnarchberg hinan.

Durch das offene Fenster atmete die Nacht in langsamen Pulsschlägen. In ihrer großen, nichtgeformten Masse schwappte ein kühles, duftendes Fluidum, in ihren schwarzen Klumpen lösten sich Verbindungen und rannen schmale Fäden Duft hin und her. Die tote Materie der Finsternis suchte in diesem seufzenden Verströmen von Jasminduft ihre Erlösung, aber die Massen in der Tiefe der Nacht lagen noch immer unerlöst und tot da.

Ein Spalt in der Tür des Nebenzimmers leuchtete als goldene Saite, wohltönend und zärtlich wie der Schlaf des Säuglings, der dort in der Wiege sein launenhaftes Wesen trieb. Von dort drang zwitscherndes Geschwätz, die Idylle der Amme mit dem Kind, Schäferstündchen der ersten Liebe mit ihren Seufzern und Nöten, bedrängt von allen Seiten von den Dämonen der Nacht, welche die Finsternis vor dem Fenster immer noch dichter machten, angezogen von dem warmen Fünkchen Leben, das dort gloste.

Auf der anderen Seite stieß ein leeres und finsteres Zimmer an das unsrige, und dahinter befand sich das Schlafzimmer der Eltern. Mein Gehör anstrengend, vernahm ich, wie mein Vater, an die Brüste des Schlafes geklammert, sich ekstatisch über dessen luftige Wege tragen ließ, mit seinem ganzen Wesen dem weiten Flug ergeben. Sein singendes, fernes Schnarchen entsprach der Geschichte dieser Wanderung über unbekannte Scheitelhöhen des Traumes.

So gingen die Seelen allmählich in das dunkle Apohelium, in die sonnenlose Seite des Lebens ein, dessen Gestalten noch kein Lebender erblickt hat. Sie lagen wie gestorben da, schrecklich röchelnd und weinend, während schwarze Verfinsterung wie taubes Blei auf ihrem Geist lag. Und als sie endlich den schwarzen Nadir, den tiefsten Orkus der Seele passiert, als sie im Todesschweiß dessen wundervolles Kap überquert hatten, hoben die Bälge der Lungen wieder mit einer anderen Melodie an und strebten mit begeistertem Schnarchen der Morgenröte entgegen.

Taube, dichte Finsternis kreiste um die Erde, ihre Kadaver lagen da wie abgestochen, schwarze, ohnmächtige Rinder mit heraushängenden Zungen, der Speichel rann aus den ohnmächtigen Lefzen. Doch ein anderer Duft, eine ganz andere Farbe der Finsternis kündete schon das Nahen des Morgens an. Von den vergifteten Fermenten des neuen Tages gärte die Finsternis, wuchs wie mit Hefe versetzt ihr phantastischer Teig, formte sich zu exzentrischen Figuren, rann durch alle Tröge und Zuber, schwoll in aller Eile und voller Panik, um bei dieser ausgelassenen Fruchtbarkeit nicht vom Morgengrauen ertappt und für alle Zeiten festgenagelt zu werden mit diesen kranken, mißgestalteten Kindern verhängnisvoller Sinnenlust und Selbstzeugung, den Brottrögen der Nacht entstiegen wie jene Dämonen, die in den Dämpfen der Kinderwannen baden. Es ist der Augenblick, da selbst den nüchternsten, schlaflosesten Kopf einen Augenblick lang die Dämmerung des Schlafes überkommt. Die Kranken, zutiefst Betrübten und Zerrissenen haben dann ihr Stündchen der Erleichterung. Wer weiß, wie lange dieser Moment dauert, in welchem die Nacht ihren Vorhang über das breitet, was in ihrer Tiefe geschieht, aber diese kurze Pause genügt zum Wechsel des Bühnenbildes, zur Beseitigung der gewaltigen Apparatur, zur Liquidation der großen Impression der Nacht mit ihrem ganzen dunklen, phantastischen Pomp. Du erwachst, bestürzt, mit dem Gefühl, etwas versäumt zu haben, und bemerkst in Wirklichkeit einen hellen Streifen am Horizont und die schwarze, sich konsolidierende Masse der Erde.

In den ersten Oktobertagen kehrten wir mit der Mutter aus der Sommerfrische zurück, die in einem benachbarten Departement des Landes gelegen war, im waldigen Flußgebiet der Stotwinka, durchsetzt vom Gemurmel Tausender von Wasserläufen, Rinnsalen und Quellen. Noch das Rauschen der Erlen, durchwoben vom Gezwitscher der Vögel in den Ohren, fuhren wir heimwärts in einem großen alten Rumpelkasten, der zu einer riesigen Bude gleich einem dunklen, geräumigen Wirtshaus aufgedunsen war, eingesperrt zwischen dem Handgepäck, in einem tiefen, mit Samt ausgeschlagenen Alkoven, in dessen Fenster Karte um Karte die farbigen Bilder der Landschaft fielen, langsam, wie beim Mischen von einer Hand in die andere.
Gegen Abend kamen wir auf eine winddurchwehte Hochfläche, auf eine große, Befremden erregende Wegscheide des Landes. Der Himmel über dieser Wegscheide stand tief, verhalten, im Zenit rotierend als farbige Windrose. Hier war der fernste Schlagbaum des Landes, die letzte Straßenkehre, hinter der sich unten das ausladende und späte Landschaftsbild des Herbstes auftat. Hier war die Grenze und hier stand der alte morsche Grenzpfosten mit verwitterter Aufschrift und schwankte im Wind.
Die großen Reifen des Rumpelkastens knirschten und versanken im Sand, die plappernden, flirrenden Speichen verstummten, nur die große Bude polterte dumpf, schwankte finster in den Kreuzwinden der Wegscheide, wie eine Arche in Einöden verpflanzt.
Die Mutter zahlte die Maut, der Schlagbaum der Wegscheide hob sich kreischend, dann fuhr der Rumpelkasten langsam in den Herbst hinein.
Hinein in die welke Langweile einer riesigen Ebene, in ein verwachsenes und blasses Wehen, das hier über der gelben Ferne seine törichte und müde Unendlichkeit auftat. Eine späte und riesige Ewigkeit erhob sich aus verblichenen Fernen und wehte.
Wie in einer alten Romanze rotierten die vergilbten Karten des Landschaftsbildes immer blasser und immer kraftloser,

als sollten sie in einer großen, winddurchwehten Leere enden. In dieser verwehten Nichtigkeit, in diesem gelben Nirwana hätten wir hinter Zeit und Wirklichkeit fahren und für immerdar in diesem Landschaftsbild, in diesem warmen, schalen Wehen bleiben können – eine regungslose Diligence auf großen Rädern, steckengeblieben inmitten der Wolken auf dem Pergament des Himmels, eine alte Illustration, ein vergessener Holzschnitt in einer altväterlichen, verschütteten Romanze –, als der Kutscher mit letzter Kraft die Leitseile straffte und den Rumpelkasten aus der süßen Lethargie dieser Winde hinauslenkte und in den Wald einbog.
Wir fuhren in eine dichte und dürre Flaumigkeit, in ein tabakbleiches Welken hinein. Sogleich wurde es ringsumher still und braun wie in einem Kästchen Trabucos. In diesem Zedernhalbdunkel huschten an uns die Baumstämme vorbei, trocken und duftend wie Zigarren. Wir fuhren, der Wald dunkelte immer stärker, roch immer aromatischer nach Tabak, bis er uns schließlich wie in das trockene Futteral eines Violoncellos einsperrte, das vom Wind hohl gestimmt wurde. Der Kutscher hatte keine Streichhölzer, konnte die Laternen nicht anzünden. Die schnaubenden Pferde fanden in der Dunkelheit instinktiv den Weg. Das Klappern der Speichen verlangsamte sich und verstummte, die eisernen Radreifen fuhren weich über duftenden Nadelboden. Die Mutter war eingeschlafen. Die Zeit verrann ungemessen, schlang wunderliche Knoten und Abbreviaturen in ihren Ablauf. Die Dunkelheit war undurchdringlich, über der Bude lärmte noch das trockene Rauschen des Waldes, als der Boden unter den Hufen der Pferde plötzlich zu hartem Straßenpflaster gerann, der Wagen sich auf der Stelle drehte und stehenblieb. Er stand so dicht neben einer Mauer, daß er fast scheuerte an ihr. Beim Öffnen des Schlages berührte die Mutter die Hausmauer. Der Kutscher lud das Handgepäck aus.
Wir betraten den großen, verzweigten Flur. Es war dort finster, warm und still wie in einer alten leeren Bäckerei gegen Morgen nach dem Auskühlen des Ofens oder wie in einem Bad zur späten Nacht, wenn die verlassenen Wannen und Zuber in der Finsternis, in der Stille vom Klatschen der Tropfen gemessen, langsam erkalten. Ein Heimchen trennte geduldig illusorische Nähte von Licht aus der Finsternis, von denen es nicht heller wurde. Tappend fanden wir die Treppe.

Als wir den knarrenden Treppenabsatz erreicht hatten, sagte die Mutter: »Wach auf, Józef, du fällst von den Beinen, es sind nur mehr ein paar Stufen.« Doch schlaftrunken schmiegte ich mich noch fester an sie und schlief vollends ein.
Nie konnte ich später von der Mutter erfahren, ob es Wirklichkeit gewesen, was ich jene Nacht durch die geschlossenen Lider gesehen hatte, überwältigt von schwerem Schlaf und stets tiefer in taube Vergeßlichkeit versinkend, oder nur eine Frucht meiner Imagination.
Es gab eine große Auseinandersetzung zwischen meinem Vater, der Mutter und Adela, der Protagonistin dieser Szene, eine Auseinandersetzung von grundsätzlicher Bedeutung, wie ich heute vermute. Wenn ich mich vergeblich anstrenge, ihren ständig entschlüpfenden Sinn zu erraten, sind daran bestimmte Lücken meines Gedächtnisses, die blinden Flecken des Schlafes schuld, denen ich durch Vermutungen, Hypothesen, Mutterwitz nachzuhelfen versuche. Ohnmächtig und geistesabwesend segelte ich stets von neuem in taube Unbegreiflichkeit, während auf die zugefallenen Lider ein Hauch der Sternennacht herabstieg, die vor dem offenen Fenster aufgespannt war. Die Nacht atmete in seinen Pulsschlägen und ließ plötzlich den durchsichtigen Vorhang der Sterne fallen, blickte aus der Höhe mit ihrem alten und ewigen Antlitz in meinen Schlaf hinein. Der Strahl eines fernen Sternes, in meinen Wimpern verheddert, schmolz silbern auf dem blinden Weiß meines Auges, und durch die Ritzen der Lider sah ich das Zimmer im Licht einer Kerze, gebrochen im Wirrwarr goldener Linien und Zickzacke.
Es kann freilich auch sein, daß die Szene anderswo sich abspielte. Mancherlei weist darauf hin, daß ich deren Zeuge erst beträchtlich später war, als wir eines Tages nach Schließung des Ladens mit der Mutter und den Gehilfen nach Hause zurückkehrten.
Auf der Schwelle der Wohnung stieß die Mutter einen Schrei der Verwunderung und des Entzückens aus, während die Gehilfen geblendet verstummten. Inmitten des Zimmers stand ein glänzender Messingritter, ein wahrer heiliger Georg, überlebensgroß durch den Küraß, die goldenen Buckel der Arm- und Beinschienen, die ganze klirrende Rüstung polierter Goldbleche. Mit Staunen und Freude erkannte ich

den gesträubten Bart und das struppige Kinn meines Vaters, die unter dem schweren Prätorianerhelm hervorragten. Der Panzer wogte auf seiner erregten Brust, die Messingringe atmeten durch die Ritzen wie der Leib eines gewaltigen Insekts. Riesengroß durch die Rüstung, im Glanz des Goldblechs war er dem Archistrategen der himmlischen Heerscharen ähnlich.

»Leider, Adela«, sprach der Vater, »hattest du nie Verständnis für Dinge höherer Ordnung. Immer und überall durchkreuztest du mein Beginnen durch Ausbrüche sinnlosen Zorns. Doch gerüstet und gewappnet spotte ich heute deinem Kitzeln, mit dem du mich Wehrlosen zur Verzweiflung brachtest. Ohnmächtige Wut verleitet heute deine Zunge zu bemitleidenswerter Eloquenz, deren Roheit und Schartigkeit mit Stumpfsinn gepaart ist. Glaube mir, daß sie mich nur mit Trauer und Mitleid erfüllt. Des edlen Flugs der Phantasie beraubt, siehst du mit unbewußtem Haß alles, was sich über die Alltäglichkeit erhebt.«

Adela maß den Vater mit einem Blick voll grenzenloser Verachtung und sagte, zur Mutter gewandt, mit erregter Stimme, während sie unwillkürlich Tränen des Zornes vergoß: »Er nimmt uns den ganzen Saft weg! Trägt alle Flaschen mit dem Himbeersaft fort, den wir zusammen diesen Sommer eingekocht haben! Er will ihn diesen nichtsnutzigen Pumpern zum Trinken geben. Und als Draufgabe überschüttet er mich noch mit Frechheiten.« Adela schluchzte kurz auf. »Dieser Feuerwehrhauptmann, dieser Räuberhauptmann!« rief sie und maß den Vater mit einem haßerfüllten Blick. »Überall wimmelt es von ihnen. Am Morgen, wenn ich um die Semmeln gehen will, kann ich die Tür nicht aufmachen. Natürlich sind zwei von ihnen auf der Schwelle im Flur eingeschlafen und verrammeln den Ausgang. Auf der Treppe, auf jeder Stufe liegt einer im Messinghelm und schläft. Sie drängen in die Küche, stecken ihre Kaninchengesichter in den Messingbüchsen durch den Türspalt, pfeifen auf zwei Fingern wie Schulbuben und winseln flehentlich: Zucker, Zukker ... Sie reißen mir den Eimer aus der Hand und sausen um Wasser, tanzen um mich herum, machen Männchen und wedeln unaufhörlich mit den Schwänzen. Dabei blinzeln sie jedesmal mit den roten Lidern und lecken sich abscheulich die Lippen. Ich brauche nur den einen oder anderen kurz anzublicken, schon schwillt ihm das Gesicht in schamlosem rotem Fleisch auf wie einem Truthahn. Und denen unseren Himbeersaft geben ...«

»Deine gemeine Natur«, sagte der Vater, »besudelt alles, was ihr unzugänglich ist. Du hast ein Bild dieser Söhne des Feuers gezeichnet, das deines kleinlichen Geistes würdig ist. Was mich betrifft, gehört dem unglücklichen Geschlecht der Salamander, den armen, enterbten Feuerwesen, meine ganze Sympathie. Die ganze Schuld dieses herrlichen Feuergeschlechts besteht darin, daß es sich in den Dienst der Menschen gestellt hat, daß es sich den Menschen für einen Löffel voll erbärmlicher menschlicher Nahrung verkauft hat. Dafür wurde es mit Verachtung belohnt. Der Stumpfsinn der Plebs ist grenzenlos. So wurden diese zarten Wesen dem tiefsten Verfall, der endgültigen Verworfenheit preisgegeben. Was Wunder, daß ihnen die Kost, diese fade und ordinäre Kost, von der Tertia der städtischen Schule für sie und die städtischen Arrestanten gemeinsam in einem Kessel zubereitet, nicht schmeckt? Ihr Gaumen, dieser zarte und geniale Gaumen der Feuergeister, verlangt nach edlem und dunklem Balsam, nach aromatischem und buntem Fluidum. Deshalb wird in jener feierlichen Nacht, wenn wir alle, freudig und festlich gestimmt, im großen Saal der städtischen Stauropigie an weißgedeckten Tischen sitzen, in jenem Saal mit den hohen, hellerleuchteten Fenstern, die ihren Glanz in die Tiefe der Herbstnacht werfen, während die Stadt ringsum in tausend Illuminationslichtern schwirrt – deshalb wird jeder von uns mit Pietät und mit jener Feinschmeckerei, welche den Söhnen des Feuers eigen ist, eine Semmel in den Pokal mit Himbeersaft tauchen und langsam von dieser edlen und dicken Flüssigkeit schlürfen. Auf diese Weise wird die innere Sicherheit der Feuerwehrmänner gestärkt und der Reichtum der Farben erneuert werden, den dieses Volk in Gestalt von Feuerwerken, Raketen und bengalischen Feuern von sich schleudert. Meine Seele ist voll Mitleid mit ihrem Elend, mit ihrem unverschuldeten Niedergang. Wenn ich aus ihrer Hand den Säbel des Hauptmanns entgegengenommen habe, so lediglich in der Hoffnung, daß es mir gelingen wird, dieses Geschlecht dem Verfall zu entreißen, es aus der Erniedrigung hinauszuführen und über ihm die Standarte einer neuen Idee zu entfalten.«

»Du bist ganz verändert, Jakub«, sagte die Mutter, »du bist großartig. Dennoch wirst du nachts nicht aus dem Haus gehen. Vergiß nicht, daß wir seit meiner Rückkehr noch keine Gelegenheit hatten, ordentlich miteinander zu sprechen. Um aber wieder auf die Spritzenpumper zurückzukommen«, sagte die Mutter und wandte sich Adela zu, »scheint mir tatsächlich, daß du dich von einer gewissen Voreingenommenheit leiten läßt. Es sind doch – Nichtsnutze hin, Nichtsnutze her – liebe Burschen. Ich betrachte diese schlanken Jünglinge in ihren anmutigen Uniformen mit den etwas zu straff geschnürten Taillen stets mit Wohlgefallen. Sie haben viel natürliche Eleganz, und aufregend ist ihr Eifer und Enthusiasmus, mit dem sie jederzeit bereit sind, Damen behilflich zu sein. Sooft mir auf der Straße der Schirm aus der Hand fällt oder ein Schnürsenkel aufgeht, immer kommt einer von ihnen angelaufen, ergriffen und voll inbrünstigen Diensteifers. Ich habe nicht das Herz, diese feurigen Wesen zu enttäuschen, und warte immer geduldig, bis einer herbeiläuft und mir behilflich ist, worüber er sehr beglückt zu sein scheint. Wenn er sich nach Erfüllung seiner Ritterpflicht entfernt, umringt ihn sogleich die Schar seiner Kollegen und erörtert mit ihm lebhaft den ganzen Vorfall, wobei der Held mimisch wiederholt, wie alles vor sich ging. An deiner Stelle würde ich mich ihrer Galanterie bereitwillig bedienen.«
»Ich betrachte sie als Taugenichtse«, sagte der älteste Gehilfe Teodor. »Wir erlauben ihnen erst gar nicht, bei der Löschung eines Brandes mitzuwirken, wegen ihrer kindischen Unverantwortlichkeit. Man braucht sie nur zu betrachten, mit welchem Neid sie regelmäßig vor jeder Bubenschar stehen, die Knöpfe gegen eine Mauer wirft, um die ganze Reife ihres Kaninchenverstandes einschätzen zu können. Wenn von der Straße der wilde Lärm des Spiels hereindringt, kann man geradezu überzeugt sein, bei einem Blick durchs Fenster inmitten der Bubenschar diese geschäftigen, durchtriebenen Schlingel wahrzunehmen, schier toll in der Zügellosigkeit des Nachlaufens. Beim Anblick von Bränden heulen sie vor Freude, klatschen in die Hände und tanzen wie verrückt. Nein, zum Löschen kann man sie nicht verwenden. Dazu verwenden wir Kaminkehrer und städtische Polizisten. Verbleiben also nur die Unterhaltungen und volkstümlichen Feste, bei denen sie unentbehrlich sind. Zum Beispiel beim

sogenannten Sturm auf das Kapitol in der dunklen herbstlichen Morgendämmerung. Da verkleiden sie sich als Karthager und belagern mit höllischem Lärm den Basilianerhügel. Alle singen gleichzeitig: Hannibal, Hannibal ante portas.

Außerdem werden sie gegen Ende des Herbstes faul und schläfrig, nicken stehenden Fußes ein, und wenn der erste Schnee fällt, sieht man sie überhaupt nicht mehr. Ein gewisser alter Ofensetzer erzählte mir, daß er sie bei der Reparatur der Kamine festgekrallt im Rauchkanal vorfindet, regungslos wie Insektenlarven in ihren scharlachroten Uniformen und funkelnden Helmen. So schlafen sie stehend, trunken von Himbeersaft, inwendig prall von klebriger Süße und Feuer. Er zieht sie jedesmal an den Ohren heraus und führt die Schlafbenommenen und Geistesabwesenden durch die morgendlichen, von den ersten Herbstfrösten bunten Straßen zu den Kasernen, während der Straßenpöbel ihnen Steine nachwirft, und sie selber lächeln ihr geschämiges und beschämtes Lächeln, schuldbewußt und schlechten Gewissens, und schwanken wie Betrunkene auf den Beinen.«

»Wie dem auch sei«, sagte Adela, »den Saft gebe ich ihnen nicht. Ich habe mir nicht deshalb in der Küche beim Einsieden den Teint verdorben, daß diese Nichtsnutze ihn austrinken.«

Statt jeglicher Antwort setzte mein Vater die Trillerpfeife an den Mund und pfiff durchdringend. Als hätten sie am Schlüsselloch gelauscht, stürzten vier schlanke Jünglinge herein und stellten sich längs der Wand in Reih und Glied auf. Das Zimmer wurde heller vom Gefunkel ihrer Helme, während sie – in militärisch strammer Haltung, dunkel und sonnengebräunt unter ihren hellen Schöpfen – seiner Befehle harrten. Auf ein Zeichen des Vaters packten zwei von ihnen von beiden Seiten eine große Korbflasche voll purpurner Flüssigkeit, und ehe sie Adela daran hindern konnte, liefen sie schon polternd die Treppe hinab und schleppten den kostbaren Raub fort. Die zwei anderen grüßten militärisch und folgten ihnen.

Ein Weilchen schien es, als wollte sich Adela zu unüberlegten Handlungen hinreißen lassen, ein solches Feuer sprühte aus ihren schönen Augen. Doch der Vater wartete nicht den Ausbruch ihres Zornes ab. Mit einem Satz befand er sich auf dem Fensterbrett und öffnete die Flügel. Wir liefen ihm nach. Der Ring, mieseldicht mit Lichtern übersät, brodelte von einer bunten Volksmenge. Vor unserem Haus rollten acht Feuerwehrmänner eine große Segelleinwand aus. Der Vater drehte sich noch einmal um, ließ den ganzen Prunk seiner Rüstung funkeln und salutierte schweigend, dann sprang er mit ausgebreiteten Armen, leuchtend wie ein Meteor, in die von tausend Lichtern flammende Nacht. Das war ein so schöner Anblick, daß alle entzückt in die Hände klatschten. Selbst Adela vergaß die angetane Kränkung und applaudierte diesem Sprung, mit soviel Eleganz ausgeführt. Mein Vater war indes aus dem Leintuch gesprungen und hatte sich – rasselnd seine Blechkruste schüttelnd – an die Spitze einer Abteilung gestellt, die während des Marsches in Zweierreihen abfiel, sich zu einer langen Reihe formierte und langsam durch das dunkle Spalier der Menge verschwand. Die Messingbüchsen der Helme funkelten.

Von den vielen wissenschaftlichen Arbeiten, denen sich mein Vater in den karg bemessenen Stunden seiner inneren Ruhe und Muße und zwischen den Schicksalsschlägen und Katastrophen widmete, mit denen ihn das Leben abenteuerlich und stürmisch bedachte, standen seinem Herzen die Studien über vergleichende Meteorologie und insbesondere über das spezifische Klima unserer einzigartigen besonderen Provinz am nächsten. Er war es eigentlich, mein Vater, welcher die Grundlagen zu einer exakten Analyse der Klimaformationen gelegt hatte. Sein »Abriß einer allgemeinen Systematik des Herbstes« hatte ein für allemal das Wesen jener Jahreszeit erklärt, die in unserem Provinzklima jene langwierige, verzweigte, parasitenhaft wuchernde Form annimmt, die sich unter der Bezeichnung »chinesischer Herbst« weit in die Tiefe unserer farbigen Winter erstreckt. Was sage ich? Er hatte als erster den sekundären, abgeleiteten Charakter dieser späten Formation aufgeklärt, die nichts anderes war als eine eigenartige Vergiftung des Klimas durch Miasmen jener überreifen und entarteten Barockkunst, die in unseren Museen zusammengepfercht ist. Diese in Langweile und Vergeßlichkeit zerfallende Musealkunst ohne Ausweg und Abfluß, verzuckert wie alte Konfitüren, versüßt unser Klima und ist die Ursache jenes schönen Malariafiebers und jenes bunten Deliriums, an denen unser langwieriger Herbst dahinsiecht. Das Schöne ist nämlich eine Krankheit, lehrte mein Vater, ist eine Art Schauder über eine geheimnisvolle Infektion, eine dunkle Ankündigung des Zerfalls, die sich aus der Tiefe der Vollkommenheit erhebt und von der Vollkommenheit mit Seufzern höchsten Glücks begrüßt wird.

Einige sachliche Erwägungen über unser Provinzmuseum mögen an dieser Stelle zum besseren Verständnis der ganzen Angelegenheit dienen... Seine Anfänge reichen ins achtzehnte Jahrhundert zurück und sind auf das engste mit dem bewunderungswürdigen Sammeleifer der Basilianermönche verbunden, von denen die Stadt mit diesem Schmarotzergewächs beschenkt wurde, das unser Stadtbudget mit übermäßigen, unproduktiven Ausgaben belastet. Eine Reihe von

Jahren verschwendete die Republik, welche dem verarmten Orden die Sammlung um ein Spottgeld abgekauft hatte, großzügig Staatsgelder für dieses Mäzenatentum, das eher zu einer königlichen Residenz gepaßt hätte. Aber schon die folgende Generation der Stadtväter, mehr praktisch orientiert und die Augen nicht den wirtschaftlichen Notwendigkeiten verschließend, sperrte nach erfolglosen Verhandlungen mit dem Kuratorium der erzbischöflichen Sammlungen, dem sie das Museum verkaufen wollte, dieses endgültig zu und liquidierte die Verwaltung, nachdem man dem letzten Kustos eine lebenslängliche Pension ausgesetzt hatte. Während dieser Verhandlungen wurde von den Sachkennern jeden Zweifel ausschließend festgestellt, daß die Lokalpatrioten den Wert dieser Sammlung arg überschätzt hatten. Die ehrwürdigen Mönche hatten in löblichem Eifer manches Falsifikat erworben. Das Museum enthielt nicht *ein* Bild eines erstrangigen Meisters, dafür aber ganze Kollektionen dritt- und viertrangiger, ganze Provinzschulen, die nur den Spezialisten bekannt waren, vergessene Sackgassen der Kunstgeschichte.

Seltsam: die ehrwürdigen Mönche hatten Gefallen an militärischen Dingen, der größte Teil der Bilder waren Schlachtschinken. Verglommene goldene Dämmerung lag düster auf den alterswelken Leinwänden, auf denen Flotten von Galeeren und Karavellen, alte vergessene Armaden in Golfen ohne Flut und Ebbe vermoderten und die Majestät längst untergegangener Republiken in den geblähten Segeln schaukelte. Unter dem verrauchten und nachgedunkelten Firnis schimmerten die kaum noch sichtbaren Konturen von Reiterscharmützeln hervor. Über die Öde verbrannter Schlachtfelder zogen unter einem dunklen, tragischen Himmel erschrekkend still zusammengedrängte Kavalkaden, von beiden Seiten in den Stau und das Blühen des Artilleriefeuers gezwängt.

Auf den Bildern der neapolitanischen Schule altern Nachmittage, endlos braune und geselchte, wie durch eine dunkle Flasche betrachtet. Die verdunkelte Sonne scheint angesichts dieser verurteilten Landschaften wie am Vortag einer kosmischen Katastrophe ihren Glanz zu verlieren. Und deshalb sind auch die Gesten und die lächelnden Gesichter der goldenen Fischerfrauen so töricht, die mit manierierter An-

mut wandernden Komödianten Bündel von Fischen verkaufen. Diese ganze Welt ist längst verurteilt und längst abgestorben. Daher die grenzenlose Süße der letzten Geste, die allein noch übrigbleibt – schon sich selbst fern und verloren, stets von neuem wiederholt und schon unveränderlich.
Und noch weiter in der Tiefe dieses mit einem sorglosen Völkchen von Spaßmachern, Harlekinen und Vogelhändlern bevölkerten Landes, eines Landes ohne Charakter und Wirklichkeit, schlagen kleine Türkinnen mit prallen Händen auf Brettern Honigplätzchen flach, zwei Bauern mit napolitanischen Hüten tragen einen Korb flatternder, gurrender Tauben auf einer Stange, die sich unter dieser geflügelten Last leicht biegt. Und noch weiter im Hintergrund, schon am Rand des Abends, auf dem letzten Streifchen Land, wo an der Grenze des mattgoldenen Nichts ein welkendes Bündel Akanthus zittert, kreist immer noch ein Spiel Karten, der letzte menschliche Einsatz vor der heraufziehenden Nacht.
Diese ganze Rumpelkammer alter Schönheit ist unter der Last vieler langweiliger Jahre einer schmerzlichen Destillation ausgesetzt.
»Kannst du die Verzweiflung dieser verurteilten Schönheit, ihre Tage und Nächte verstehen?« fragte mein Vater. »Immer von neuem bricht sie zu täuschenden Versteigerungen auf, inszeniert falsche Ausverkäufe, laute und besucherreiche Auktionen, weidet sich am wilden Hasard, spielt Baisse und Hausse, verteilt, verstreut, verschwendet gestenreich seinen Reichtum, um dann – ernüchtert – zu gewahren, daß alles vergeblich ist, daß nichts über den geschlossenen Kreis der zu sich selbst verurteilten Vollkommenheit hinausführt und nichts den schmerzlichen Überfluß zu lindern vermag. Kein Wunder, daß diese Ungeduld, diese Ratlosigkeit des Schönen sich letzten Endes in unserem Himmel widerspiegeln, als Feuerschein über unserem Horizont entbrennen, in jene atmosphärischen Gaukel- und Taschenspielereien, gewaltigen und phantastischen Wolkenarrangements entarten mußte, die ich unseren anderen, unseren Pseudoherbst nenne. Dieser andere Herbst unserer Provinz ist nichts anderes als eine kranke Fata Morgana, eine vom sterbenden, eingeschlossenen Schönen unserer Museen in riesenhafter Vergrößerung auf unseren Himmel projizierte Ausstrahlung. Dieser Herbst ist ein großes Wandertheater der Lügenpoesie, eine

gewaltige bunte Zwiebel, die Haut für Haut ein stets neues Panorama enthüllt. Nie läßt sich ein Boden sehen. Hinter jeder Kulisse, wenn sie welkt und sich raschelnd einrollt, zeigt sich ein neuer strahlender Prospekt, der ein Weilchen echt und lebendig wirkt, bis er verlöschend seine papierene Natur verrät. Und alle Perspektiven sind gemalt, und alle Panoramen sind aus Pappe, und nur ihr Geruch ist echt, dieser Geruch verwelkender Kulissen, dieser Geruch großer Garderoben voll Schminke und Weihrauch. Und in der Dämmerung diese große Unordnung und dieses Gewimmel von Kulissen, dieser Wirrwarr der weggeworfenen Kostüme, in denen man endlos watet wie in raschelndem, verwelktem Laub. Es herrscht eine große Kopflosigkeit, und jeder zieht an den Schnüren der Vorhänge, und der Himmel, der große Herbsthimmel, hängt in den Fetzen der Prospekte und knarrt in den Blockrollen. Und dieses galoppierende Fieber, dieser gehetzte und späte Karneval, diese Panik der überfüllten Ballsäle und dieser babylonische Turm der Masken, die nicht zu ihren Gewändern gelangen können.«

Der Herbst, der Herbst, die alexandrinische Epoche des Jahres, in ihren riesigen Bibliotheken die schale Weisheit der 365 Tage des Sonnenumlaufes häufend! O der greisenhafte Morgen, gelb wie Pergament, süß von Weisheit wie späte Abende! Diese Vormittage, schlau lächelnd wie weise Palimpseste, vielschichtig wie alte vergilbte Bücher! Ach, der Herbsttag, dieser alte Schalksbibliothekar, der im verschlissenen Schlafrock über die Leitern steigt und von den Konfitüren aller Jahrhunderte und Kulturen nascht! Jede Landschaft ist für ihn wie eine Einführung in einen alten Roman. Wie er sich köstlich amüsiert, indem er die Helden alter Geschichten unter dem verrauchten und honigfarbenen Himmel spazierenführt, in der trüben und traurigen, späten Süße des Lichts! Was für neue Abenteuer wird Don Quichotte in Soplicôw erfahren? Wie gestaltet sich Robinsons Leben nach seiner Rückkehr ins heimatliche Belechôw?

An den schwülen, regungslosen, von goldener Röte verklärten Abenden las uns der Vater Auszüge aus seinem Manuskript vor. Der hinreißende Flug seiner Ideen ließ ihn sogar ein Weilchen lang die drohende Anwesenheit Adelas vergessen.

Es kamen die warmen Winde von der Moldau und aus der

Walachei, eine gewaltige gelbe Monotonie zog herauf, das süße schale Wehen von Mittag her. Der Herbst wollte kein Ende nehmen. Wie Seifenblasen stiegen die Tage auf, immer schöner und ätherischer werdend, und jeder schien derart bis zur letzten Möglichkeit veredelt zu sein, daß jeder Augenblick der Dauer ein über alle Maßen verlängertes Wunder und geradezu schmerzlich war.

In der Stille dieser tiefen und schönen Tage veränderte sich unmerklich die Materie des Laubes, bis eines Tages die Bäume im Strohfeuer völlig dematerialisierter Blätter dastanden, in einer Schönheit, so leicht wie Spreublumen, wie ein Anflug bunter Konfetti – prächtige Phönixe und Pfauen, die sich nur schütteln und mit den Flügeln flattern mußten, um das herrliche, leichter als Fließpapier linierte und nicht mehr nötige Gefieder zu verlieren.

1

Um fünf Uhr morgens, eines der frühen Sonne wegen grellen Morgens, badete unser Haus schon lange in einem inbrünstigen und stillen Glanz. Zu dieser solennen Stunde ging er leise, von niemandem gesehen – durch die Zimmer im Halbdunkel der herabgelassenen Vorhänge wogte noch einträchtig der friedfertige Atem der Schlafenden – in die sonnenflammende Terrasse ein, in die Stille der frühen Glut, als wäre er auf der ganzen Oberfläche mit selig schlafenden Lidern beklebt. So nutzte er die Stille dieser feierlichen Stunden und saugte das erste Feuer des Morgens mit selig verschlafenem Gesicht ein. Er versank mit der ganzen Lineatur seiner Züge, die von den Träumen dieser gespannten Stunde leicht im Schlaf zuckten, in ohnmächtige Schlaffheit. Der Schatten der Akazien vor dem Haus, grell auf den heißen Lidern wogend, wiederholte auf deren Oberfläche wie auf einem Klavier immer von neuem dieselben schillernden, von dem sanften Lüftchen fortgewischten Läufe und bemühte sich vergebens, in die Tiefe dieses goldenen Schlafes einzudringen. Die Leinenvorhänge verschlangen Portion um Portion den morgendlichen Brand und schwangen bräunlich, erschlaffend, in uferlosem Glanz.

Zu dieser frühen Stunde ging mein Vater, da er keinen Schlaf mehr finden konnte, die Treppe hinab, beladen mit Büchern, um den Laden zu eröffnen, der sich im Parterre des Hauses befand. Ein Weilchen blieb er regungslos im Tor stehen und hielt mit blinzelnden Augen der gewaltigen Attacke des Sonnenfeuers stand. Die leuchtende Hauswand bezog ihn süß in ihre selig nivellierte, bis zum Verderben glatte Flachheit ein. Ein Weilchen wurde auch der Vater platt, verwuchs mit der Fassade und spürte, wie die Arme, verästelt, zitternd und warm, inmitten der Stukkaturen der Fassade flach vernarbten. (Wie viele Väter waren auf diese Weise nicht schon für immer um fünf Uhr morgens in die Fassade eines Hauses hineingewachsen in dem Augenblick, da sie von der letzten Treppenstufe herabstiegen. Wie viele Väter waren so nicht ein für allemal zu Pförtnern des eigenen Haustores geworden, zu Flachreliefen in einer Nische, die Hand noch auf der Klinke, das Gesicht in lauter parallele und selige Furchen aufgelöst, über die alsdann liebend die Finger der Söhne fuhren, um die letzten Spuren des Vaters zu suchen, für immer eingegraben in das universale Lächeln der Fassade.) Aber dann riß er sich mit letzter Willenskraft los, tappte nach der dritten Dimension und befreite, wieder zum Menschen geworden, die beschlagene Ladentür von den Hängeschlössern und Eisenstäben.

Wenn er den schweren, eisenbeschlagenen Flügel der Ladentür öffnete, wich das düstere Dunkel einen Schritt vom Eingang zurück, rückte eine Elle weit in die Tiefe des Ladens, vermengte sich und verschwand träge in der Tiefe. Unsichtbar von den noch kalten Fliesen des Gehsteiges dampfend, stand die Morgenfrische schüchtern, ein dünner, zitternder Luftfaden, auf der Schwelle. Dahinter lag die Finsternis vieler mittelmäßiger Tage und Nächte in den nicht angeschnittenen Tuchballen schichtweise übereinander und lief als Spalier weiter, in gedämpfte Spaziergänge und Wanderungen versunken, um endlich kraftlos im eigentlichen Zentrum des Ladens stehenzubleiben, im finsteren Magazin, wo sie dann, schon neutralisiert und von sich selbst gesättigt, in die dumpfe Urmaterie aller Stoffe und Tuche aufgelöst wurde.

Der Vater ging an der hohen Mauer aus Cheviot und Kord entlang und fuhr mit der Hand über die Kanten der Stoffballen wie über die Säume von Frauenröcken. Unter seiner Berührung beruhigten sich die Reihen der blinden Gestelle und Gehäuse, die – stets zu Aufruhr, zur Störung der Ordnung bereit – unter der Hierarchie der Tuche zu leiden hatten.

Für meinen Vater war unser Laden ein Ort ewiger Martern und Qualen. Dieses heranwachsende Geschöpf seiner Hände setzte ihm nicht erst seit heute immer härter zu und wuchs ebenso drohend wie verständnislos über ihn hinaus. Es war für ihn eine übergroße Aufgabe, eine Aufgabe, die über seine Kräfte ging, eine erhabene und nicht zu bewältigende Aufgabe. Die Ungeheuerlichkeit dieser Anmaßung bestürzte ihn. Voller Schrecken in ihre Größe versunken, der er mit seinem ganzen Leben, auf diese eine Karte gesetzt, nicht zu

genügen vermochte, sah er verzweifelt den Leichtsinn der Gehilfen, ihren flatterhaften, unbekümmerten Optimismus und ihre schalkhaften und sinnlosen Manipulationen, die am Rand dieser großen Sache einherliefen. Mit bitterer Ironie durchforschte er die Galerie dieser von keinem Kummer geplagten Gesichter und von keinem Gedanken angegriffenen Stirnen, drang bis auf den Grund dieser Augen, deren unschuldige Zuversichtlichkeit nicht der leichteste Schatten eines Verdachts quälte. Was konnte ihm die Mutter samt ihrer Loyalität und Ergebenheit helfen? Kein Reflex dieser ungewöhnlichen Angelegenheit berührte ihre einfache, ungefährdete Seele. Sie war für heroische Aufgaben nicht geschaffen. Sah er denn nicht, daß sie hinter seinem Rücken durch rasche Blicke mit den Gehilfen sich verständigte, froh über jeden unbewachten Augenblick, in dem sie Anteil nehmen konnte an deren sinnlosen Seligkeiten?
Von dieser Welt leichtsinniger Unbekümmertheit sonderte sich der Vater immer mehr ab und flüchtete in die strenge Regel eines Ordens. Bestürzt von der rings um sich greifenden Ausgelassenheit, widmete er sich in einsamem Dienst seinem hohen Ideal. Nie ließ seine Hand die gestrafften Zügel schleifen, nie erlaubte er sich eine Lockerung der Strenge, eine bequeme Erleichterung.
Das konnten sich Balanda & Ska und jene anderen Dilettanten der Branche erlauben, denen der Hunger nach Vollkommenheit und die Askese hoher Meisterschaft fremd waren. Der Vater betrachtete den Verfall der Branche mit schmerzlicher Bewegung. Wer von der heutigen Generation der Seidenzeughändler kannte noch die guten Traditionen der alten Kunst, wer von ihnen wußte zum Beispiel noch, daß eine Reihe von Stoffballen, nach den Grundsätzen kaufmännischer Kunst in den Regalen gestapelt, unter dem von oben nach unten gleitenden Finger einen Ton wie eine Klavierskala von sich geben mußte? Wem von den Heutigen waren die letzten Feinheiten des Stils beim Austausch von Noten, Memoranden und Briefen zugänglich? Wer kannte noch den ganzen Zauber kaufmännischer Diplomatie, einer Diplomatie der alten Schule, und den ganzen spannungsreichen Ablauf der Verhandlungen von unversöhnlicher Steifheit, von abweisender Reserviertheit beim Erscheinen des bevollmächtigten Ministers einer ausländischen Firma über das

langsame Auftauen unter dem Einfluß unermüdlicher Anstrengungen und Hofierungen der Diplomaten bis zum gemeinsamen Abendessen mit Wein, auf dem Schreibtisch serviert, auf Papieren, in gehobener Stimmung, während die bedienende Adela in die Hinterbacken gekniffen wurde, und begleitet von gepfefferten und freien Reden, wie sie eben Herren führen, die wissen, was sie dem Augenblick und der Umgebung schuldig sind – und beendet mit einem beiderseits vorteilhaften Geschäft?
In der Stille solcher Morgenstunden, in deren Verlauf eine glühende Hitze heranreifte, hoffte mein Vater, den glücklichen inspirierenden Kniff zu finden, den er brauchte, um den Brief an die Herren Christian Seipel & Söhne, mechanische Spinnereien und Webereien, zu vollenden. Es war eine scharfe Antwort auf die unbegründeten Ansprüche dieser Herren, eine Replik, gerade an der entscheidenden Stelle unterbrochen, wo sich der Stil des Briefes zur mächtigen und witzigen Hauptpointe steigern sollte, in jenem Augenblick, dem ein elektrischer Kurzschluß folgte, spürbar an einem leichten inneren Schauder, aus dem er sich nur mit einer schwungvollen, eleganten Redewendung, abschließend und definitiv, befreien konnte. Er ahnte die Form dieser Pointe, die ihn seit Tagen narrte, er hatte sie fast schon zwischen den Fingern, die stets ungreifbare. Es fehlte ihm einfach ein Augenblick glücklicher Laune, ein Moment glücklicher Verve, um das Hindernis im Sturm zu nehmen, an dem er jedesmal scheiterte. Immer von neuem griff er nach einem reinen Bogen, um mit einem neuen Anlauf die Schwierigkeit zu überwinden, die allen seinen Anstrengungen spottete.
Mittlerweile bevölkerte sich der Laden mit den Gehilfen. Sie kamen herein, rot von der frühen Hitze, machten einen Bogen um den Schreibtisch des Vaters, zu dem sie ängstlich, das verkörperte schlechte Gewissen, hinblickten.
Voller Makel und Schwächen spürten sie die Last seiner schweigenden Mißbilligung auf sich ruhen, der sie nichts entgegenzusetzen hatten. Nichts vermochte den in seine Kümmernisse versunkenen Chef zu versöhnen, durch keinerlei Eifer gelang es, den einem Skorpion gleich hinter dem Schreibtisch Lauernden zu besänftigen. Er ließ seine Brillengläser giftig funkeln und raschelte wie eine Maus in den

Papieren. Sein Grimm wuchs in dem gleichen Maße, wie die Sonne stärker wurde. Eine unbeschreibliche Leidenschaft erhob sich. Ein Viereck Glanz brannte auf dem Fußboden. Metallisch funkelnde Feldfliegen durchschnitten als Blitze den Ladeneingang, hielten einen Augenblick auf der Türfüllung inne, wie aus metallischem Glas geblasen – rastende Glasbläschen aus der heißen Pfeife der Sonne, aus der Glashütte des flammenden Tages –, hielten mit gespreizten Flügeln voll Begier nach Flug und Flinkheit inne und wechselten ihre Plätze in zornigen Zickzacklinien. Im hellen Viereck der Tür fielen von dem Glanz die fernen Linden des Stadtparks in Ohnmacht, die entlegene Silhouette der Kirche flimmerte ganz nahe in der durchsichtigen und zitternden Luft wie in der Linse eines Fernrohres. Die Blechdächer loderten. Über der Welt bäumte sich ein riesiges goldenes Kuppeldach aus Glut.

Die Gereiztheit des Vaters wuchs. Er blickte ratlos, schmerzhaft zusammengekrümmt, entkräftet von seiner Diarrhöe, um sich. Im Mund hatte er einen Geschmack, bitterer als Wermut.

Die Hitze nahm zu, reizte die Wut der Fliegen und spritzte helle Punkte auf ihre metallischen Flügeldecken. Das Viereck aus Licht kam bis zum Schreibtisch, die Papiere loderten wie eine Apokalypse. Die Augen, mit einem Übermaß an Licht gefüllt, vermochten nicht mehr die weiße Einförmigkeit zu ertragen. Durch seine dicken chromatischen Gläser sieht der Vater alle Gegenstände mit Purpur umrandet, in violettgrüne Kreise gefaßt. Die Verzweiflung packt ihn bei dieser Explosion der Farben, bei dieser Anarchie des Bunten. Sie rasen in leuchtenden Orgien über die Welt hinweg. Seine Hände zittern. Der Gaumen ist bitter und trocken wie vor einem Anfall. Die in den Fugen der Krähenfüße lauernden Augen folgen aufmerksam der Entwicklung der Ereignisse in der Tiefe.

2

Wenn sich der Vater in der Mittagsstunde an der Grenze des Wahnsinns, ratlos vor Hitze, zitternd vor grundloser Aufregung in die oberen Zimmer zurückzog und die Decke des Stockwerks in der Stille bald hier, bald dort unter seinem lauernden Hocken krachte, begann im Laden die Zeit der Pause und der Entspannung und nahte die Stunde der mittäglichen Siesta.

Die Gehilfen schlugen auf den Tuchballen Purzelbäume, bauten in den Regalen Stoffzelte auf und fertigten aus Dekorationsstoff Schaukeln. Sie veranstalteten laute Bälle und ließen die flaumige, hundertfach zusammengeballte, uralte Finsternis frei. Das seit Jahren abgelegene, schimmlige, freigelassene Duster füllte die oberen Räume mit dem Geruch einer anderen Zeit, mit dem Duft vergangener Tage, während langer, kalter Herbste geduldig in unzähligen Schichten aufeinandergetürmt. Blinde Motten wurden in die düstere Luft geschüttelt, Flaumfedern und Wollflocken kreisten durch den ganzen Laden mit dieser Saat der Finsternis, und der Duft der Appretur, tief und herbstlich, füllte den dunklen Lagerplatz der Tuche und der Samte. Mitten auf diesem Lagerplatz biwakierend, dachten die Gehilfen an Schabernack und Possen. Sie ließen sich von den Kollegen bis über die Ohren in dunkles, kühles Tuch einwickeln und lagen so in einer Reihe nebeneinander, selig regungslos unter einem Stoß von Ballen – lebende Gestalten, Mumien aus Tuch, die Augen verdrehend vor scheinbarem Entsetzen über ihre Unbeweglichkeit. Oder ließen sich auf riesigen ausgebreiteten Stoffballen bis unter die Decke wippen und werfen. Das dumpfe Flattern dieser Planen und das Wehen der gefächelten Luft versetzten sie in rasendes Entzücken. Es schien, als schickte sich der ganze Laden zum Fliegen an, die Tuche erhoben sich gebläht, die Gehilfen stiegen mit wehenden Rockschößen, Propheten gleich, zu kurzwährenden Himmelfahrten auf. Die Mutter sah diesen Streichen durch die Finger zu, die Zerstreuungen der Siestastunden rechtfertigten in ihren Augen den schlimmsten Unfug.

Im Sommer wurde der Laden von wildem, zuchtlosem Unkraut überwuchert. Von der Hofseite, vom Magazin her, schimmerte das ganze Fenster grün von den Quecken und Brennesseln, trügerisch und schillernd von den glühenden Blättern und wogenden Reflexen. Wie auf dem Boden einer alten grünen Flasche summten dort im Halbdunkel der langen Sommervormittage in unheilbarer Melancholie die Fliegen – kranke und monströse Schaustücke, aufgezogen mit dem süßen Wein des Vaters, zottige Einsiedler, den ganzen Tag über in langen, monotonen Epopöen ihr verfluchtes Schicksal beweinend. Diese entartete Rasse der Ladenfliegen, zu wilden, unerwarteten Mutationen neigend, brachte absonderliche Individuen hervor, Produkte blutschänderischer Kreuzungen, und wuchs sich zu einer Überrasse schwerfälliger Riesen und Veteranen mit tiefem, klagendem Timbre aus, zu wilden und trübsinnigen Druiden des eigenen Leidens. Gegen Ende des Sommers schlüpften endlich die einsamen Nachgeborenen aus, die letzten ihres Stammes, großen blauen Käfern ähnlich, stumm und stimmlos, mit verkümmerten Flügeln, und vollendeten ihr trauriges Leben, indem sie endlos, in unermüdlichen, sinnlosen Wanderungen über die grünen Scheiben liefen.

Die selten geöffnete Tür hatten Spinnweben überzogen. Über dem Schreibtisch, in einer Hängematte aus Tuch, die zwischen den Regalen hing, schlief die Mutter. Die Gehilfen, von den Fliegen gepeinigt, zuckten, schnitten Grimassen und warfen sich in unruhigem Sommerschlaf hin und her. Auf dem Hof schoß indes das Unkraut hoch. Unter der wilden Sonnenglut füllte sich der Müllhaufen mit Generationen riesiger Brennesseln und Malven.

Wo die Sonne mit einem bißchen Grundwasser zusammentraf, sproß auf diesem Stückchen Erde bösartiges Unkraut, zänkischer Sud, giftiger Chlorophyllschaum. Dort wurde die Fieberlohe in der Sonne gekocht und wucherte in leichten, vielfältigen, gezähnten und runzeligen Blattformationen, tausendmal nach einem Muster wiederholt, nach einer einzigen in ihnen verborgenen Idee. Zur Herrschaft gelangt, breitete sich dieses ansteckende Konzept, diese flammende und wilde Idee wie Feuer aus und wuchs, versengt von der Sonne, als eitel seidenpapierenes Gekräusel grüner Pleonasmen unter dem Fenster: grüner Plunder, hundertfach vermehrt zu geschmacklosem, betrügerischem Mumpitz – papierenes, schundiges Flickwerk, die Wand des Magazins mit immer größeren, raschelnden, haarig schwellenden Lappen tapezierend, Tapete auf Tapete. Die Gehilfen erwachten aus dem flüchtigen Schlummer mit roten Flecken auf den Wangen. Seltsam erregt, erhoben sie sich voll fieberhafter Unternehmungslust von dem Lager und dachten sich heroische Buffonaden aus. Von Langweile verzehrt, schaukelten sie auf den hohen Regalen und trommelten mit den Füßen und

suchten vergebens die leere Fläche des von glühender Hitze leergefegten Ringplatzes nach irgendeinem Ereignis ab.
Damals geschah es, daß ein Bäuerlein vom Land, bloßfüßig und in graues Werg gekleidet, zögernd auf der Schwelle des Ladens stehenblieb und schüchtern hereinblickte. Für die gelangweilten Gehilfen war dies ein gefundenes Fressen. Blitzgeschwind kletterten sie von den Leitern herab, wie Spinnen beim Anblick einer Fliege – und plötzlich umringt, eingekreist, gestoßen und mit tausend Fragen überschüttet, versuchte das Bäuerlein mit geschämigem Lächeln sich dem Verhör der Zudringlichen zu entziehen. Er kratzte sich am Kopf, lächelte und blickte mißtrauisch auf die überfreundlichen Verführer. Um Tabak ging es also? Aber welchen? Den besten? Mazedonischen oder bernsteingoldenen? Nein? Gewöhnlicher Pfeifentabak genügt? Machorka? Nur näher, näher bitte. Keine Angst. Die Gehilfen dirigierten ihn unter Komplimenten und mit leichten Rippenstößen in die Tiefe des Ladens. Der Gehilfe Leon stellte sich hinter den Ladentisch an der Wand und bemühte sich, eine fiktive Schublade herauszuziehen. Oh, wie er sich quälte, der Arme, wie er sich vor gespielter Anstrengung in die Lippen biß. Nein! Man mußte aus Leibeskräften mit den Fäusten auf den Ladentisch hauen. Das Bäuerlein tat es, ermutigt durch die Gehilfen, hingebungsvoll, eifrig und gesammelt. Als das nicht half, stieg er schließlich – geduckt und grau – auf einen Stuhl und stampfte bloßfüßig auf die Schublade ein. Wir platzten schier vor Lachen.
Damals kam es auch zu diesem bedauernswerten Zwischenfall, der uns alle mit Trauer und Scham erfüllte. Keiner von uns war schuldlos, obgleich wir es nicht aus bösem Willen getan hatten. Es waren vielmehr unser Leichtsinn, der Mangel an Mut und Verständnis für den hohen Kummer des Vaters, es war eher unsere Unvorsichtigkeit, die bei der unberechenbaren, bedrohten und der letzten Konsequenz zugeneigten Natur des Vaters zu diesen wahrhaft fatalen Auftritten führte.
Während wir im Halbkreis herumstanden und uns gerade auf das beste amüsierten, schob sich leise der Vater in den Laden.
Wir hatten den Augenblick seines Eintretens übersehen. Erblickten ihn erst, als ihn das Verstehen der Zusammen-

hänge plötzlich wie ein Blitz durchfuhr und sein Gesicht in wilden, schauerlichen Krämpfen sich verzerrte. Die Mutter stürzte betroffen herbei. »Was ist dir, Jakub?!« rief sie atemlos. Sie wollte ihn, völlig verzweifelt, auf den Rücken schlagen wie jemanden, der sich verschluckt hat. Aber es war schon zu spät. Der Vater sträubte sich mächtig und geriet in Harnisch, sein Gesicht zerfiel in symmetrisch gegliederte Bestürzung und verpuppte sich unter der Last der unfaßbaren Kalamität unaufhaltsam in den Augen. Ehe er begriffen, was geschehen war, erzitterte er gewaltig, surrte auf und schoß vor unseren Augen als monströse, haarige, stählern blitzende Fliege umher, die in tollem Flug gegen alle Wände des Ladens stieß. Zutiefst ergriffen lauschten wir seinem hoffnungslosen Lamento, seiner hohlen, beredt modulierten Klage, die unter der dunklen Decke des Ladens aufwärts und abwärts durch alle Register unergründlichen Schmerzes und untröstlichen Leidens lief.

Wir standen konsterniert da, tief beschämt von dieser bedauerlichen Tatsache, und wichen gegenseitig unseren Blikken aus. In der Tiefe des Herzens fühlten wir eine gewisse Erleichterung, daß er im kritischen Augenblick doch einen Ausweg aus dieser abgrundtiefen Blamage gefunden hatte. Wir staunten über seinen kompromißlosen Heroismus, mit dem er sich besinnungslos in diese Sackgasse der Verzweiflung gestürzt hatte, aus der es allem Anschein nach keine Wiederkehr gab. Freilich mußte man diesen Schritt des Vaters cum grano salis nehmen. Es war mehr eine innere Geste, eine gewaltsame und verzweifelte Demonstration, die jedoch mit einer minimalen Dosis Wirklichkeit operierte. Man darf nicht vergessen: der größte Teil dessen, was wir da erzählten, geht zu Lasten jener sommerlichen Sinnesverwirrung, hundstägigen Halbwirklichkeit und jener unverantwortlichen Marginalien, die ohne Garantie an den Gemarkungen der toten Saison verlaufen.

Wir lauschten schweigend. Das war die raffinierte Rache des Vaters, seine Revanche an unserem Gewissen. Wir waren seitdem auf ewig dazu verurteilt, dieses klägliche tiefe Brummen zu hören, das immer aufdringlicher, immer schmerzlicher klagte und plötzlich verstummte. Ein Weilchen durften wir diese Stille erleichtert auskosten, diese wohltätige Pause, in deren Verlauf in uns schüchterne Hoffnungen erwachten. Doch nach einem Weilchen kehrte es unstillbar wieder, immer weinerlicher, immer gereizter, und wir begriffen, daß es für diesen grenzenlosen Schmerz, für diesen brummigen Fluch, zum ausweglosen Anrennen gegen alle Wände verurteilt, weder Ziel noch Erlösung gab. Dieser allen Vorstellungen unzugängliche, weinerliche Monolog und diese Pausen, in denen er einen Augenblick lang nicht an sich zu denken schien, um dann jedesmal mit noch lauterem und zornigerem Weinen zu erwachen, als widerriefe er verzweifelt die vorausgegangene Besänftigung, erbitterten uns zutiefst. Jedes grenzenlose, verbissen in seine eigene Manie verbohrte, rasend und wütend sich selbst geißelnde Leid wird letzten Endes für die ratlosen Zeugen des Unglücks unerträglich. Dieser unablässige zornige Appell an unser Mitleid enthielt einen zu deutlichen Vorwurf, eine zu grelle Anklage unseres eigenen Wohlbefindens, um nicht das Gegenteil zu bewirken. Wir alle replizierten im Geist zornig, statt zerknirscht. Hatte es für ihn tatsächlich keinen anderen Ausweg mehr gegeben, als sich blindlings in diesen kläglichen und hoffnungslosen Zustand zu stürzen? Und konnte er, wenn er schon durch eigene oder unsere Schuld hineingeraten war, nicht mehr Geistesstärke, nicht mehr Würde aufbringen, um ihn ohne Gejammer zu ertragen? Die Mutter bezwang nur mühsam ihren Zorn. Die Gehilfen saßen in stumpfer Erstarrung auf den Leitern, hatten blutige Träume, jagten in Gedanken mit Fliegenklappen über die Regale und sahen rot. Die Leinenmarkise über dem Eingang wogte grell in der Hitze, die nachmittägliche Schwüle verbrannte meilenweit die helle Ebene, vernichtete die weite Welt unter sich, während mein Vater wie verrückt im Halbdunkel des Ladens unter der finsteren Decke kreiste, ausweglos in die Schleifen seiner Flugbahn verheddert und sich selber in den desparaten Zickzacklinien seiner Runden aufhaspelte.

3

Welch geringe Bedeutung im Grunde genommen solche Episoden allem Anschein zum Trotz hatten, ging aus der Tatsache hervor, daß mein Vater noch am Abend des gleichen Tages wie gewöhnlich über seinen Papieren saß. Der

Vorfall schien längst vergessen zu sein, die tiefe Kränkung überwunden und verwischt. Natürlich enthielten wir uns aller Anspielungen. Wir sahen mit Genugtuung, wie er in scheinbar vollkommenem Gleichmut, in gleichsam heiterer Kontemplation emsig Seite für Seite mit seiner kalligraphischen, regelmäßigen Schrift bedeckte. Um so schwieriger ließen sich die Spuren der kompromittierenden Persönlichkeit des armen Bäuerleins verwischen. Man weiß ja, wie beharrlich sich Überreste dieser Art auf gewissen Substraten halten. Wir sahen im Lauf dieser leeren Wochen absichtlich darüber hinweg, wenn er in dem finsteren Winkel auf dem Ladentisch tanzte und von Tag zu Tag kleiner, von Tag zu Tag grauer wurde. Fast schon unsichtbar, zuckte er noch immer auf der gleichen Stelle, auf seinem Posten, lächelte, auf dem Ladentisch zusammengekauert, gutmütig, klopfte unermüdlich und redete leise mit sich selber. Das Klopfen war seine eigentliche Beschäftigung geworden, in der er sich unwiderruflich verloren hatte. Wir riefen ihn nicht zurück. Er war schon zu weit gegangen, als daß man ihn hätte noch erreichen können.

Die Sommertage haben keine Dämmerung. Ehe wir uns versahen, war es schon Nacht im Laden, wurde die große Petroleumlampe angezündet, und das Ladengeschäft ging weiter. In diesen kurzen Sommernächten lohnte es nicht, nach Hause zu gehen. Während die Stunden der Nacht verrannen, saß der Vater in scheinbarer Sammlung da und verwandelte die Briefränder durch Berührungen der Feder in schwarze fliegende Sterne, Tintenteufelchen und zottige Fläumchen, die kreisend im Gesichtsfeld umherwirbelten, Atome der Finsternis, losgerissen von der großen Sommernacht vor der Tür. Diese Nacht vor der Tür stäubte wie ein Bovis, säte im Schatten den schwarzen Mikrokosmos der Finsternis, den ansteckenden Ausschlag der Sommernächte. Die Brillengläser blendeten ihn, die Petroleumlampe schaukelte über ihnen wie eine Feuersbrunst, umringt von zuckenden Blitzen. Der Vater wartete, wartete ungeduldig und lauschte, versenkt in das grelle Weiß des Papiers, über das jene schwarzen Galaktyten der schwarzen Sterne und Stäubchen rannen. Hinter dem Rücken des Vaters wogte, gewissermaßen ohne seine Beteiligung, der große Endkampf in Sachen des Ladens, wogte seltsamerweise auf einem Bild, das zu seinen Häupten, zwischen der Registratur und dem Lüster, im hellen Licht der Petroleumlampe hing. Es war ein Talismanbild, ein unergründliches Bild, ein Rätselbild, endlos interpretiert und von Generation zu Generation wandernd. Was stellte es dar? Es war ein endloser Disput, der seit Jahrhunderten wogte, ein nie beendigter Prozeß zwischen zwei divergierenden Grundsätzen. Es standen sich zwei Kaufleute gegenüber, zwei Antithesen, zwei Welten. »Ich habe auf Kredit verkauft«, schrie verdutzt der magere, schäbige, und seine Stimme brach vor Verzweiflung. »Ich habe gegen bar verkauft«, antwortete der dicke im Fauteuil, indem er ein Bein über das andere legte und die Daumen der gefalteten Hände auf dem Bauch drehte. Wie der Vater den Dicken haßte! Er kannte sie von klein auf. Schon auf der Schulbank hatte ihn der schläfrige Egoist, der in den Pausen eine endlose Zahl von Buttersemmeln fraß, mit Abscheu erfüllt. Aber er sympathisierte auch nicht mit dem Armen. Staunend bemerkte er, daß die ganze Initiative, verschlungen von diesen zwei Streitenden, seinen Händen entglitten war. Den Atem verhaltend, regungslos über die verrutschten Augengläser hinwegschielend, gesträubt und zutiefst ergriffen, erwartete der Vater das Ergebnis.

Der Laden, der Laden war unerforschlich. Er war das Ziel aller Gedanken, nächtlichen Erwartungen und bestürzenden Träume des Vaters. Ohnedies unergründlich und grenzenlos, wurde er nach allem, was geschehen war, noch düsterer und universal. Tagsüber lagen die Stoffgenerationen voll patriarchalischen Gehabens, nach Ensenität gestapelt und geschichtet nach Geschlechtern und Abstammung da. Doch nachts brach die aufrührerische Schwärze des Tuches aus und stürmte den Himmel in pantomimischen Tiraden und luziferischen Improvisationen. Im Herbst rauschte der Laden, spuckte die von schwarzem Sortiment geschwollene Winterware aus, als rührten sich ganze Hektar Wald als große, rauschende Landschaft von ihrem Platz. Im Sommer dagegen, in der toten Saison, war er düster und zog sich in seine finsteren Reservate zurück, hockte unzugänglich und mürrisch in seinen Wabenzellen aus Tuch. Die Gehilfen schlugen in den Nächten mit den hölzernen Ellen wie mit Dreschflegeln gegen die taube Wand der Ballen und lauschten, wie er schmerzlich in der Tiefe brüllte, eingemauert in seine Bärenhöhle aus Tuch.

Auf diesen tauben Filzspuren stieg der Vater in die Tiefe der Genealogien, auf den Grund der Zeiten hinab. Er war der letzte seines Geschlechtes, ein Atlas, auf dessen Schultern die Last eines riesigen Testaments ruhte. Tag und Nacht brütete der Vater über dem Leitsatz dieses Testaments und bemühte sich, durch einen blitzartigen Einfall seine Pflicht zu begreifen. Nicht nur einmal blickte er fragend, erwartungsvoll auf die Gehilfen. Selber ohne Anhaltspunkte, ohne Funken, ohne Richtlinien in der Seele, erwartete er, daß diesen jungen und naiven Leuten, die sich eben erst verpuppt hatten, plötzlich jener Sinn des Ladens aufgehen werde, der sich vor ihm verbarg. Er trieb sie mit beharrlichem Blinzeln in die Enge, sie jedoch, dumm und töricht, duckten sich unter seinen Blicken oder führten die Augen spazieren und sammelten verwirrt lauter Unsinn. Am Morgen wanderte der Vater, auf einen langen Stock gestützt wie ein Hirte, immer wieder aufgehalten, zwischen diesen blinden wollenen Herden, den wogenden blökenden Rümpfen ohne Kopf an der Tränke auf und ab. Er wartete noch, zögerte noch den Augenblick hinaus, da sein ganzes Volk sich in Bewegung setzte und in die lärmende Nacht aufbrach als beladenes, wimmelndes, hundertfältiges Israel ...

Die Nacht vor dem Laden war wie aus Blei – ohne Raum, ohne Luft, ohne Weg. Nach ein paar Schritten endete sie als Blendwand. Man trippelte wie im Halbschlaf auf der Stelle vor dieser unerwarteten Grenze; und während die Füße, wenn sie den mageren Raum erschöpft hatten, stehenblieben, lief der Geist weiter, endlos, unaufhörlich befragt, auf die Folter gespannt und durch alle Labyrinthe dieser schwarzen Dialektik geleitet. Die Differentialanalyse lief von selbst. Bis endlich die Füße in dieser Sackgasse ohne Ebbe vollends steckenblieben. Man stand dort im Finstern, im intimsten Winkel der Nacht wie vor einem Pissoir, in hohler Stille, stundenlang und mit dem Gefühl seliger Blamage. Nur der Geist, sich selbst überlassen, wurde langsam wie ein Wasserhahn angedreht, die verworrene Anatomie des Gehirns rollte sich auf wie ein Knäuel, und inmitten der bösartigen Dialektik wogte endlos der abstrakte Traktat der Sommernacht und schlug Purzelbäume inmitten logischer Gedankenketten, auf beiden Seiten von unermüdlichen und geduldigen Verhören und sophistischen Fragen gestützt, auf die es keine Antwor-

ten gab. So philosophierte er sich mühsam durch die spekulativen Räume dieser Nacht und ging, bereits körperlos, in endgültige Verlassenheit ein.
Es war schon lange nach Mitternacht, als mein Vater plötzlich den Kopf von den Papieren hochriß. Er stand ernst und feierlich auf, die Augen geweitet, ganz in Gehör verwandelt. »Er kommt«, sagte er mit strahlendem Gesicht, »öffnet ihm.« Ehe unser ältester Gehilfe Teodor zu der gläsernen, von der Nacht verrammelten Tür laufen konnte, zwängte er sich schon, mit Schachteln beladen, schwarzbärtig, feierlich und lächelnd herein – der lang erwartete Gast. Herr Jakub lief ihm, zutiefst erregt, entgegen, verbeugte sich und streckte beide Arme aus. Sie umarmten sich. Ein Weilchen schien es, als wäre die schwarze, niedrige, funkelnde Lokomotive des Zuges lautlos bis vor die Tür gefahren. Ein Träger in Eisenbahnermütze trug auf den Schultern einen riesigen Koffer herein.
Wir erfuhren nie, wer dieser berühmte Gast eigentlich war. Der älteste Gehilfe Teodor behauptete starrköpfig, daß es Christian Seipel & Söhne (mechanische Spinnereien und Webereien) persönlich sei. Dafür sprach nur wenig, die Mutter verbarg ihre Vorbehalte dieser Auffassung gegenüber nicht. Doch wie es sich auch verhalten mochte, es gab keinen Zweifel, daß es ein mächtiger Dämon sein mußte, einer der Pfeiler des Landesverbandes der Gläubiger. Ein schwarzer aromatischer Bart umwallte sein dickes, glänzendes und würdevolles Gesicht. Von den Armen des Vaters umschlungen, ging er unter Verbeugungen zum Schreibtisch.
Da wir keine Fremdsprachen verstanden, lauschten wir respektvoll der zeremoniellen Konversation voll Lächeln, Augenzwinkern und zartem, gefühlvollem Schulterklopfen. Nach dem Austausch dieser einleitenden Höflichkeiten kamen die Herren auf die eigentliche Sache zu sprechen. Bücher und Papiere wurden auf dem Schreibtisch ausgebreitet, dazu eine Flasche Weißwein entkorkt. Würzige Zigarren im Mundwinkel, das Gesicht zu einer Grimasse schroffer Genugtuung verzogen, tauschten die Herren kurze Sätze, einsilbige Zeichen der Verständigung aus und deuteten mit dem Finger krampfhaft auf einen sonderbaren Posten des Buches, den schelmischen Glanz der Auguren im Gesicht. Allmählich

wurde die Unterredung hitziger, schon konnte man den mühsam verhaltenen Ausbruch erkennen. Sie kauten an den Lippen, die Zigarren ragten bitter und erloschen aus den plötzlich enttäuschten und unmutvollen Gesichtern. Die Herren zitterten vor innerer Erregung. Mein Vater atmete durch die Nase, schwarze Ringe unter den Augen, die Haare unter der schweißnassen Stirn gesträubt. Die Situation verschärfte sich. Es kam der Augenblick, da beide Herren von ihren Plätzen hochfuhren und geistesabwesend stehenblieben, schwer schnauften und ihre Augengläser funkeln ließen. Die bestürzte Mutter klopfte dem Vater begütigend auf die Schulter, um eine Katastrophe zu verhindern. Beim Anblick einer Dame kamen beide Herren wieder zu sich und brachten sich den Gesellschaftskodex des guten Tons in Erinnerung, verneigten sich lächelnd voreinander und setzten sich erneut an die Arbeit.

Gegen zwei Uhr morgens schlug der Vater endlich den schweren Deckel des Hauptbuches zu. Wir beobachteten unruhig die Gesichter der beiden Kontrahenten, um zu erfahren, welcher Seite sich der Sieg zugeneigt hatte. Die Laune des Vaters schien gekünstelt und gezwungen zu sein, während es sich der Schwarzbärtige mit überschlagenen Beinen im Fauteuil bequem machte und eitel Wohlwollen und Optimismus atmete. Mit ostentativer Freigebigkeit teilte er Trinkgelder unter die Gehilfen aus.

Nachdem die Herren die Papiere und Rechnungen beiseite geschoben hatten, standen sie vom Schreibtisch auf. Ihre Mienen waren überaus versprechend. Den Gehilfen verständnisvoll zuzwinkernd, gaben sie zu verstehen, daß sie voll Unternehmungsgeist seien. Sie äußerten hinter dem Rücken der Mutter ihre Bereitschaft zu einer wüsten Schlemmerei. Es waren eitle Prahlereien. Die Gehilfen wußten, was sie davon zu halten hatten. Die Nacht führte nirgends hin. Sie endete im Rinnstein, an der bewußten Stelle als Blendwand des Nichts und beschämende Blamage. Alle Pfade zu ihr führten wieder in den Laden zurück. Alle Eskapaden, in die Tiefen seiner Räume geplant, hatten von vornherein gebrochene Flügel. Die Gehilfen zwinkerten aus Höflichkeit zurück.

Der Schwarzbärtige und der Vater verließen den Laden: untergehakt, voller Abenteuerlust und Erlebnisgier, begleitet

von den nachsichtigen Blicken der Gehilfen. Gleich vor der Tür schlug ihnen die Guillotine der Nacht mit einem Schwung die Köpfe ab, sie plätscherten in der Nacht wie in einem schwarzen Wasser.
Wer hat je die Bodenlosigkeit einer Julinacht erforscht, wer je ausgelotet, wie viele Klafter man in eine Tiefe saust, in der nichts mehr geschieht? Als diese ganze schwarze Unendlichkeit durchflogen war, standen sie abermals vor der Tür des Ladens, als wären sie soeben hinausgegangen, um die verlorenen Köpfe mit dem letzten, noch nicht angebrachten Wort von gestern auf den Lippen zu suchen. Während sie so dastanden, ohne zu wissen wie lange, plauderten sie monoton miteinander, als kehrten sie von einer fernen Expedition zurück, verbunden durch die Kameradschaft vermeintlicher Erlebnisse und nächtlicher Abenteuer. Sie nahmen sozusagen rückwirkend mit den Gesten Betrunkener die Hüte ab und taumelten auf weichen Beinen.
Sie gingen am beleuchteten Portal des Ladens vorbei, schlichen heimlich ins Haustor und stiegen über die knarrende Treppe in das Stockwerk hinauf. So gelangten sie auf die hintere Veranda vor Adelas Fenster und versuchten, die Schlafende zu beobachten. Sie konnten sie aber nicht sehen, denn sie lag mit ausgebreiteten Gliedern im Schatten und zuckte geistesabwesend konvulsivisch, den flammenden Kopf zurückgeworfen, in den Armen des Schlafes. Sie klopften an die schwarzen Scheiben, sangen ordinäre Liedchen. Doch sie wanderte, ein lethargisches Lächeln auf dem halbgeöffneten Mund, starr und kataleptisch auf fernen Wegen, meilenweit entfernt und unerreichbar.
Darauf gähnten sie, resigniert auf dem Balkongeländer hängend, lang und laut und trommelten mit den Füßen auf die Bretter der Balustrade. Zu später, unbekannter nächtlicher Stunde fand man ihre Körper, niemand wußte wie, auf zwei schmalen Lagern mit hochgetürmten Betten wieder. Sie schwammen waagerecht dahin, schliefen um die Wette und lösten einander im geschäftigen Galopp des Schnarchens ab.
An irgendeinem Kilometerstein des Schlafes – hatte eine Stromtiefe ihre Körper verschmolzen, war dieser Schlaf unversehens einer geworden? – spürten sie irgendwo in dieser schwarzen Unermeßlichkeit, daß sie einander in den

Armen lagen in schwerem unbewußtem Ringen. Sie atmeten einander unter vergeblichen Anstrengungen ins Gesicht. Der Schwarzbärtige lag auf dem Vater wie der Engel auf Jakob. Doch der Vater drückte ihn aus Leibeskräften mit den Knien zusammen und stahl sich noch insgeheim, während er starr in taube Abwesenheit davonschwamm, kurzen stärkenden Schlummer zwischen den einzelnen Runden. So rangen sie – worum? um den Namen? um Gott? um den Vertrag? – im Todesschweiß und gaben ihre letzten Kräfte aus, während die Stromtiefe des Schlafes sie stets ferneren und seltsameren Stadtvierteln der Nacht entgegentrug.

4

Am nächsten Morgen hinkte der Vater leicht auf einem Bein. Sein Gesicht strahlte. Im ersten Morgengrauen hatte er die fertige blendende Pointe des Briefes gefunden, um die er so viele Tage und Nächte gerungen hatte. Den Schwarzbärtigen bekamen wir nie mehr zu Gesicht. Er war am Morgen mit Koffern und Schachteln abgereist, ohne sich von jemandem zu verabschieden. Es war die letzte Nacht der toten Saison. Von dieser Sommernacht an begannen für den Laden sieben lange fruchtbare Jahre.

1

Die Reise dauerte lange. Auf dieser vergessenen Nebenlinie, auf der nur einmal wöchentlich ein Zug verkehrte, fuhren lediglich ein paar Passagiere. Nie hatte ich Waggons so archaischen Typs gesehen, geräumig wie Zimmer, dunkel und voller Verstecke, auf anderen Linien längst aus dem Verkehr gezogen. Diese Korridore, die sich unter ganz verschiedenen Winkeln brachen, diese leeren, labyrinthartigen und kalten Abteile hatten etwas seltsam Verlassenes, etwas geradezu Erschreckendes an sich. Ich zog auf der Suche nach einem gemütlichen Winkel von einem Waggon zum anderen. Überall zog es, kalte Luftströmungen bahnten sich einen Weg durch diese Innenräume und bohrten sich durch den ganzen Zug. Da und dort saßen Leute mit Bündeln auf dem Fußboden, da sie es nicht wagten, die leeren, übermäßig hohen Kanapees einzunehmen. Außerdem waren diese wachsleinenen, gewölbten Sitze kalt wie Eis und klebrig vor Alter. Auf den leeren Stationen stieg kein einziger Passagier ein. Ohne zu pfeifen, ohne zu schnaufen fuhr der Zug langsam an, wie in Gedanken an den weiteren Weg.
Eine Zeitlang leistete mir ein Mann in zerrissener Eisenbahnuniform Gesellschaft, schweigend und in Gedanken versunken. Er drückte ein Tuch an das geschwollene und schmerzende Gesicht. Dann verschwand auch der irgendwo und stieg unbemerkt auf irgendeiner Haltestelle aus. Es blieben von ihm eine Delle im Stroh, welches den Fußboden bedeckte, und ein schwarzer, kaputter Koffer übrig, den er vergessen hatte.
In Stroh und Abfällen watend, ging ich schwankenden Schritts von Waggon zu Waggon. Die Türen der Abteile flatterten im Luftzug und standen sperrangelweit offen. Nirgends ein einziger Passagier. Endlich traf ich den Kondukteur in der schwarzen Uniform des Bahnpersonals dieser Linie. Er wickelte sich ein grobes Tuch um den Hals, packte seine Habseligkeiten, die Laterne und das Dienstbuch ein. »Wir sind gleich da, mein Herr«, sagte er nach einem Blick

aus seinen völlig weißen Augen zu mir. Der Zug blieb langsam stehen – ohne zu schnaufen, ohne zu rucken, als verließe ihn langsam, zugleich mit dem letzten Atemzug des Dampfes, das Leben. Wir standen. Stille und Leere, kein Stationsgebäude. Beim Aussteigen zeigte er mir noch die Richtung, in welcher das Sanatorium lag. Mit dem Koffer in der Hand ging ich die weiße, schmale Landstraße entlang, die allmählich in das dunkle Dickicht eines Parks überging. Mit einer gewissen Neugierde betrachtete ich die Landschaft. Der Weg, den ich ging, hob sich und führte auf den Rücken einer sanften Höhe, die einen großen Gesichtskreis bot. Der Tag war im ganzen grau, gedämpft, ohne Akzente. Vielleicht verdunkelte sich auch unter dem Einfluß dieses schweren und farblosen Wetters die große Schüssel des Horizonts, auf der sich die ausladende, waldige Landschaft wie aus Kulissen zusammengesetzt arrangierte. Es waren – bald rechts, bald links – bewaldete Streifen und Schichten, die – je weiter, desto grauer – zu schmalen Strichen und sanften Gefällen verschmolzen. Diese ganz dunkle, ernsterfüllte Landschaft schien, kaum wahrnehmbar, wie der wolkige, aufgetürmte, versteckter Bewegung volle Himmel in sich selbst zu fließen und an sich selbst vorüberzuziehen. Die fließenden Streifen und Schläge der Wälder schienen zu rauschen und in diesem Rauschen zu wachsen gleich der Meeresflut, die unmerklich landeinwärts anschwillt. Inmitten der dunklen Dynamik des waldigen Terrains wand sich der ausgetretene weiße Weg wie eine Melodie auf dem Rücken breiter Akkorde, niedergedrückt vom Ansturm starker musikalischer Massen, die sie am Ende verschlangen. Ich riß einen Zweig von einem Baum am Weg. Das Grün der Blätter war ganz dunkel, schier schwarz. Es war eine seltsam gesättigte Schwärze, tief und wohltuend wie ein mächtiger und stärkender Schlaf. Und alle Grautöne dieser Landschaft stammten von dieser einen Farbe ab. Eine solche Farbe nimmt die Landschaft manchmal bei uns im Sommer während bewölkter, von langem Regen gesättigter Abenddämmerung an. Dieselbe tiefe und ruhige Verneinung, dieselbe resignierte und endgültige Stumpfheit, die nicht des Trostes der Farben bedarf.

Im Wald war es dunkel wie zur Nacht. Ich ging blind über den stillen Nadelboden. Als sich die Bäume lichteten, dröhnten unter meinen Füßen die Balken einer Brücke. An ihrem anderen Ende, in der Schwärze der Bäume, schimmerten die grauen, fensterreichen Mauern des Hotels, das sich als Sanatorium empfahl. Die gläserne Doppeltür des Eingangs stand offen. Man betrat sie unmittelbar von der Brücke, die zu beiden Seiten in schwankende Balustraden aus Birkenzweigen gefaßt war. Im Korridor herrschten Halbdunkel und feierliche Stille. Ich begann auf den Zehenspitzen von Tür zu Tür zu schleichen, während ich im Finstern die über ihnen angebrachten Nummern las. An einer Biegung stieß ich endlich auf ein Zimmermädchen. Sie stürzte keuchend und erregt aus einem Zimmer heraus, als hätte sie sich aus jemandes aufdringlichen Händen losgerissen. Kaum daß sie verstand, was ich zu ihr sagte. Ich mußte es wiederholen. Sie drehte und wand sich ratlos.

»Haben Sie meine Depesche erhalten?« Sie breitete die Arme aus, ihr Blick wanderte zur Seite. Sie wartete nur auf eine Gelegenheit, um zur halbgeöffneten Tür hinzuspringen, nach der sie schielte.

»Ich komme von weit und habe in diesem Haus telegraphisch ein Zimmer bestellt«, sagte ich mit einer gewissen Ungeduld. »An wen soll ich mich wenden?«

Sie wußte es nicht.

»Vielleicht gehen Sie ins Restaurant«, wand sie sich. »Jetzt schlafen alle. Wenn der Herr Doktor aufsteht, werde ich Sie anmelden.«

»Schlafen? Es ist doch Tag und ist noch lange bis zur Nacht ...«

»Bei uns schläft man ständig. Wissen Sie das nicht?« Sie richtete neugierige Augen auf mich. »Außerdem ist es hier niemals Nacht«, fügte sie kokett hinzu. Sie wollte nicht mehr davonlaufen, zupfte mit den Händen die Spitze ihrer Schürze zurecht und krümmte sich.

Ich ließ sie stehen. Ich betrat das halbdunkle Restaurant. Hier standen Tischchen, ein großes Büfett nahm die ganze Breite der Wand ein. Nach langer Zeit verspürte ich wieder einmal einen gewissen Appetit. Ich erfreute mich am Anblick der Kuchen und Torten, mit denen die Fächer des Büfetts reichlich gefüllt waren.

Ich stellte meinen Koffer auf eins der Tischchen. Alle waren leer. Ich klatschte in die Hände. Keine Antwort. Ich warf einen Blick in den benachbarten größeren und helleren Saal.

Der Saal öffnete sich mit einem breiten Fenster (oder einer Loggia) auf eine mir schon bekannte Landschaft, die – vom Fensterrahmen eingefaßt – mit ihrer tiefen Trauer und Resignation wie ein klägliches Memento dastand. Auf den Tischtüchern waren die Reste der kurz vorher aufgehobenen Tafel zu sehen, entkorkte Flaschen und halbgeleerte Gläser. Da und dort lagen sogar noch die von der Bedienung nicht aufgelesenen Trinkgelder. Ich kehrte an das Büfett zurück und schaute mir die Kuchen und Pasteten an. Sie sahen äußerst schmackhaft aus. Ich überlegte, ob ich mich selber bedienen sollte. Ich verspürte einen Anfall ungewohnter Naschhaftigkeit. Besonders eine bestimmte Art Mürbeteig mit Apfelmarmelade ließ mir das Wasser im Mund zusammenlaufen. Ich wollte schon einen dieser Kuchen mit dem silbernen Schäufelchen anstechen, als ich hinter mir jemandes Anwesenheit verspürte. Das Zimmermädchen war auf leisen Pantöffelchen eingetreten und berührte mit den Fingern meine Schulter. »Der Herr Doktor läßt bitten«, sagte sie und betrachtete ihre Nägel.
Sie ging vor mir her und wandte sich – der magnetischen Wirkung ihrer spielenden Hüften sicher – überhaupt nicht um. Sie machte sich einen Spaß daraus, diesen Magnetismus noch zu verstärken, indem sie die Entfernung unserer Körper regulierte, während wir an Dutzenden von Türen vorbeigingen, die mit Nummern versehen waren. Der Korridor wurde immer dunkler. In völliger Dunkelheit lehnte sie sich flüchtig an mich. »Da ist die Tür des Doktors«, flüsterte sie, »bitte einzutreten.«
Doktor Gotard empfing mich, mitten im Zimmer stehend. Er war ein Mann von kleiner Statur, breit in den Schultern, mit schwarzem Bart.
»Wir haben Ihr Telegramm noch gestern erhalten«, sagte er. »Wir haben die Anstaltskutsche auf die Station geschickt, aber Sie sind mit einem anderen Zug gekommen. Leider ist die Bahnverbindung nicht die beste. Wie fühlen Sie sich?«
»Lebt mein Vater noch?« fragte ich und vertiefte meinen unruhigen Blick in sein lächelndes Gesicht.
»Natürlich lebt er«, sagte er und hielt ruhig meinem brennenden Blick stand. »Allerdings in den situationsbedingten Grenzen«, fügte er mit blinzelnden Augen hinzu. »Sie wissen ja ebensogut wie ich, daß vom Gesichtspunkt Ihres Hauses,

von der Perspektive Ihrer Heimat aus betrachtet – der Vater gestorben ist. Das läßt sich im großen und ganzen nicht rückgängig machen. Dieser Tod wirft auch einen gewissen Schatten auf seine hiesige Existenz.«

»Aber mein Vater selber weiß es doch nicht und vermutet es auch nicht?« fragte ich flüsternd. Er schüttelte in tiefster Überzeugung den Kopf. »Sie können ganz beruhigt sein«, sagte er mit gedämpfter Stimme, »unsere Patienten vermuten nichts, können gar nichts vermuten ... Der ganze Trick besteht darin«, fügte er hinzu, bereit, dessen Mechanismus an den Fingern zu demonstrieren, »daß wir die Zeit zurückgestellt haben. Wir sind hier zeitlich um ein bestimmtes Intervall, dessen Größe sich nicht beschreiben läßt, später dran. Die ganze Sache wird auf einen einfachen Relativismus gebracht. Hier ist also der Tod Ihres Vaters einfach noch nicht Tatsache geworden; ich meine jenen Tod, der ihn bei Ihnen daheim schon erreicht hat.«

»In diesem Falle«, sagte ich, »ist mein Vater am Sterben oder dem Tode nahe ...«

»Sie verstehen mich nicht«, erwiderte er in einem Ton nachsichtiger Ungeduld. »Wir reaktivieren hier die Vergangenheit mit allen ihren Möglichkeiten, damit aber auch mit der Möglichkeit einer Genesung.«

Er blickte mich lächelnd an und faßte sich an den Bart.

»Aber jetzt werden Sie Ihren Vater sicherlich sehen wollen. Ihrem Wunsch entsprechend haben wir für Sie ein zweites Bett im Zimmer Ihres Vaters reserviert. Ich werde Sie führen.«

Als wir auf den dunklen Korridor hinaustraten, sprach Doktor Gotard flüsternd weiter. Ich bemerkte, daß er Filzpantoffeln an den Füßen hatte wie das Zimmermädchen.

»Wir lassen unsere Patienten lange schlafen und schonen ihre Lebensenergie. Außerdem haben sie hier ohnehin nichts Besseres zu tun.«

Vor irgendeiner Tür blieb er stehen. Er legte den Finger an den Mund.

»Treten Sie leise ein, Ihr Vater schläft. Legen Sie sich auch hin. Das ist das beste, was Sie in diesem Augenblick tun können. Auf Wiedersehen.«

»Auf Wiedersehen«, flüsterte ich und spürte, wie mir der Herzschlag in die Kehle stieg. Ich drückte die Klinke nieder, die Tür gab von selbst nach und ging auf wie ein Mund, der sich wehrlos im Schlaf öffnet. Das Zimmer war geradezu leer, grau und nackt. Auf einem gewöhnlichen Holzbett unter dem kleinen Fenster lag mein Vater in reichlicher Bettwäsche und schlief. Sein tiefes Atmen lud ganze Fuhren Geschnarche aus der Tiefe des Schlafes aus. Das ganze Zimmer schien vom Fußboden bis zur Decke bereits mit diesem Geschnarche ausgelegt zu sein, und immer noch kamen neue Ladungen dazu. Zutiefst erregt, betrachtete ich das magere, ausgemergelte Gesicht des Vaters, das jetzt von dieser Arbeit des Schnarchens vollauf in Anspruch genommen war, ein Gesicht, das in ferner Trance, seiner irdischen Hülle entkleidet, irgendwo an einem entlegenen Ufer seine Existenz in feierlichen Aufzählungen ihrer Minuten beichtete.

Ein zweites Bett war nicht vorhanden. Vom Fenster zog durchdringende Kälte herein. Der Ofen war nicht angeheizt.

Sie schienen sich hier um ihre Patienten nicht übermäßig zu kümmern, dachte ich bei mir. Ein so kranker Mensch dem Luftzug preisgegeben! Und niemand scheint hier aufzuräumen. Eine dicke Staubschicht lag auf dem Fußboden, bedeckte das Nachtkästchen mit den Arzneien und dem Glas kalt gewordenen Kaffees. Auf dem Büfett lagen Stöße von Kuchen, aber den Patienten hier gibt man reinen schwarzen Kaffee statt etwas Nahrhaftem! Doch im Vergleich zu den Wohltaten der zurückgestellten Zeit waren das natürlich Kleinigkeiten.

Ich zog mich langsam aus und legte mich in das Bett des Vaters. Er wachte nicht auf. Nur sein Schnarchen, offenbar schon zu hoch aufgetürmt, sank um eine Oktave und verzichtete auf das Hochtrabende seiner Deklamation. Es wurde gleichsam zu einem privaten Schnarchen für den eigenen Bedarf. Ich drückte rings um den Vater das Federbett nieder, um ihn so nach Möglichkeit vor der Zugluft aus dem Fenster zu schützen. Bald darauf schlief ich neben ihm ein.

2

Als ich erwachte, war die Dämmerung im Zimmer. Mein Vater saß schon fertig angezogen am Tisch und trank Tee, in den er Kekse mit Zuckerguß hineintunkte. Er hatte seinen neuen schwarzen Anzug aus englischem Tuch an, den er sich vergangenen Sommer gekauft hatte. Nur seine Krawatte war etwas unordentlich gebunden.
Als er sah, daß ich nicht mehr schlief, sagte er mit einem lieben Lächeln in seinem von der Krankheit blaß gewordenen Gesicht: »Ich habe mich herzlich gefreut, daß du gekommen bist, Józef. Das war eine Überraschung! Ich fühlte mich hier so allein. In meiner Lage darf man sich freilich nicht beklagen, ich habe schon schlimmere Dinge erlebt, und wenn man aus allen diesen Posten das Fazit ziehen wollte ... Aber das ist das wenigste. Stell dir vor, man hat mir gleich am ersten Tag ein herrliches filet du boeuf mit Pilzen vorgesetzt. Es war ein höllisches Stück Fleisch, Józef! Ich warne dich auf das eindringlichste – sollte man dir hier irgendwann ein filet du boeuf vorsetzen ... Ich spüre immer noch das Feuer im Bauch. Und eine Diarrhöe nach der anderen ... Ich wußte mir keinen Rat mehr. Aber ich muß dir eine Neuigkeit mitteilen«, fuhr er fort. »Lach nicht, aber ich habe hier ein Lokal für einen Laden gemietet. So ist es. Ich gratuliere mir zu diesem Einfall. Ich habe mich, weißt du, herzlich gelangweilt. Du kannst dir nicht vorstellen, was für eine Langweile hier herrscht. Und so habe ich wenigstens eine angenehme Beschäftigung. Aber stell dir nicht gleich Herrlichkeiten vor. Woher auch? Ein weitaus bescheideneres Lokal als unser alter Laden. Nur eine Bude im Vergleich zu ihm. Bei uns in der Stadt würde ich mich einer solchen Krambude schämen, aber hier, wo wir so viele unserer Prätentionen aufgeben mußten – nicht wahr, Józef?« Er lachte schmerzlich auf. »Und so lebt man doch irgendwie.« Mir wurde sehr peinlich zumute. Ich schämte mich der Verlegenheit meines Vaters, der merkte, daß er ein unzulässiges Wort gebraucht hatte.
»Ich sehe, daß du schläfrig bist«, sagte er nach einer Weile. »Schlaf noch ein bißchen, dann besuchst du mich im Laden, nicht wahr? Ich eile gerade hin, um zu sehen, wie die Geschäfte gehen. Du hast keinen Begriff, wie schwierig es war, einen Kredit zu erhalten, und mit welchem Mißtrauen

man hier alten Kaufleuten begegnet. Kaufleuten mit seriöser Vergangenheit ... Erinnerst du dich an den Optikerladen am Ring? Gleich daneben ist unser Laden. Er hat noch kein Schild, aber du findest ihn auch so. Nicht zu verfehlen.«
»Geht der Vater ohne Mantel aus?« fragte ich unruhig.
»Man hat vergessen, ihn mir einzupacken ... Stell dir vor, ich habe ihn nicht im Koffer gefunden, aber er geht mir nicht ab. Dieses milde Klima, diese süße Luft ...«
»So nehme doch der Vater meinen Mantel«, drängte ich, »ich bitte, ihn doch zu nehmen.« Doch der Vater setzte schon den Hut auf. Er winkte mir zu und schob sich aus dem Zimmer.
Nein, ich war nicht mehr schläfrig. Ich fühlte mich ausgeruht ... und hungrig. Mit Vergnügen erinnerte ich mich des mit Kuchen beladenen Büfetts. Während ich mich anzog, überlegte ich, wie ich mich an den verschiedenen Arten dieser Leckerbissen gütlich tun würde. Den Vorrang gedachte ich dem Mürbeteig mit den Äpfeln zu geben, ohne das herrliche, mit Orangenschalen gefüllte Biskuit zu vergessen, das ich gesehen hatte. Ich stellte mich vor den Spiegel, um die Krawatte zu binden, aber seine Oberfläche versteckte gleich einem sphärischen Spiegel mein Bild irgendwo in der Tiefe und wirbelte trüben Bodensatz auf. Vergebens regulierte ich die Entfernung, indem ich bald näher trat, bald zurückwich – aus dem silbernen, fließenden Nebel wollte sich keine Spiegelung zeigen. Ich muß mir einen anderen Spiegel bringen lassen, dachte ich und ging aus dem Zimmer.
Auf dem Korridor war es völlig dunkel. Den Eindruck der feierlichen Stille steigerte noch die winzige Gaslampe, die an einer Biegung mit blauem Flämmchen brannte. In diesem Labyrinth von Türen, Nischen und Verstecken fiel es schwer, den Eingang zum Restaurant wiederzufinden. Ich werde in die Stadt gehen, dachte ich in einem plötzlichen Entschluß. Ich werde irgendwo in der Stadt essen. Ich werde wohl dort eine gute Konditorei finden.
Hinter dem Tor umwehte mich die schwere, feuchte und süße Luft dieses besonderen Klimas. Das chronische Grau der Aura sank noch um einige Nuancen tiefer. Es war ein Tag gleichsam durch einen Trauerflor betrachtet.
Ich konnte meine Augen nicht genug sättigen an der samtenen, saftigen Schwärze der dunkelsten Partien, an der Tonlei-

ter der erloschenen Grautönungen plüschener Aschen, die in Passagen gedämpfter Töne, vom Dämpfungspedal der Klaviatur gebrochen, vorbeilief – ein Nokturno der Landschaft. Die reichliche, faltige Luft umwand mir das Gesicht mit einem weichen Tuch. Es hatte die flaue Süße abgestandenen Regenwassers in sich.
Wiederum dieses in sich selbst zurückkehrende Rauschen der schwarzen Wälder, die dumpfen Akkorde, welche die Räume schon außerhalb der Skala der Hörbarkeit aufwühlen! Ich befand mich auf dem Hinterhof des Sanatoriums. Ich schaute mich nach den hohen Mauern der Nebengebäude des hufeisenförmig gebrochenen Haupthauses um. Alle Fenster waren mit schwarzen Läden geschlossen. Das Sanatorium lag in tiefem Schlaf. Ich passierte das Tor mit den eisernen Staketen. Daneben stand eine Hundehütte von ungewöhnlichen Ausmaßen – doch verlassen. Wiederum umfing mich und drückte mich der schwarze Wald an sich, in dessen Dunkelheiten ich blind, gleichsam mit geschlossenen Augen, auf dem stillen Nadelboden dahinging. Als es etwas heller wurde, zeichneten sich zwischen den Bäumen Konturen von Häusern ab. Nach ein paar Schritten befand ich mich auf dem weitläufigen Stadtplatz.
Was für eine merkwürdige, verwirrende Ähnlichkeit mit dem Ringplatz unseres Heimatstädtchens! Wie ähnlich sind sich in Wirklichkeit alle Ringplätze auf der Welt!
Beinahe die gleichen Häuser und Läden.
Die Gehsteige waren fast leer. Der klägliche und späte Halbschimmer einer unbestimmten Tageszeit rieselte in einem undefinierbaren Grau vom Himmel nieder. Ich las mit Leichtigkeit alle Anschläge und Schilder, hätte mich aber keineswegs gewundert, wenn mir jemand gesagt hätte, daß es tiefe Nacht sei! Nur einige Läden waren noch geöffnet. Andere hatten halb herabgelassene Jalousien, die man eilig schloß. Feste und üppige Luft, berauschende und reiche Luft verschlang stellenweise einen Teil der Aussicht, wusch wie ein nasser Schwamm ein paar Häuser, die Laterne und ein Stück Ladenschild weg. Mitunter war es schwierig, die Augenlider zu heben, die infolge einer seltsamen Nachlässigkeit oder Schläfrigkeit zufielen. Ich begann den Optikerladen zu suchen, den mein Vater erwähnt hatte. Er sprach davon wie von etwas Bekanntem und berief sich gleichsam auf

meine Kenntnis der örtlichen Verhältnisse. Wußte er nicht, daß ich zum ersten Mal hier war? Ohne Zweifel verwirrte sich alles in seinem Kopf. Doch was konnte man schon von einem nur zur Hälfte wirklichen Vater erwarten, der ein so bedingtes, relatives, durch so viel Vorbehalte begrenztes Leben lebte! Es ist schwer zu verheimlichen, daß es sehr viel guten Willens bedurfte, um ihm eine gewisse Art von Existenz zuzubilligen. Es war ein bedauernswerter Lebensersatz, abhängig von der allgemeinen Nachsicht, von diesem consensus omnium, aus dem er seine spärlichen Säfte schöpfte. Es war klar, daß sich nur dank dem solidarischen Durch-die-Finger-Blicken, dem allgemeinen Augenverschließen vor den offensichtlichen und krassen Unzulänglichkeiten dieses Zustandes eine Weile dieser traurige Schein von Leben auf dem Gewebe der Wirklichkeit halten konnte. Die leiseste Opposition konnte ihn erschüttern, der schwächste Hauch von Skeptizismus ihn umwerfen. Konnte ihm das Sanatorium des Doktors Gotard diese Treibhausatmosphäre wohlwollender Toleranz sichern und ihn vor den kalten Windstößen der Nüchternheit und des Kritizismus beschützen? Man mußte sich wundern, daß mein Vater bei diesem bedrohlichen und fragwürdigen Stand der Dinge noch seine vornehme Haltung zu wahren vermochte.

Ich freute mich, als ich im Auslagefenster einer Konditorei Bäckereien und Torten erblickte. Mein Appetit lebte auf. Ich öffnete die Tür mit der Aufschrift »Eis« und betrat das dunkle Lokal. Es duftete nach Kaffee und Vanille. Aus der Tiefe des Ladens trat ein Fräulein mit einem von der Dämmerung verschmierten Gesicht und nahm die Bestellung entgegen. Endlich konnte ich mich nach so langer Zeit wieder einmal mit herrlichen Krapfen sättigen, die ich in den Kaffee tunkte. In der Dunkelheit, von den kreisenden Arabesken der Dämmerung umtanzt, verschlang ich immer neue Kuchen und spürte dabei, wie sich das Kreisen der Dunkelheit unter die Lider drückte, mein Innerstes in aller Stille mit seinem warmen Pulsieren und einem Millionenschwarm zarter Berührungen beherrschte. Schließlich leuchtete in der völligen Dunkelheit nur mehr das Viereck des Fensters als graue Flamme. Vergeblich klopfte ich mit dem Löffelchen auf die Tischplatte. Niemand erschien, um die Gebühr für die Mahlzeit entgegenzunehmen. Ich ließ eine Silbermünze auf

dem Tisch zurück und ging auf die Straße hinaus. In der Buchhandlung nebenan brannte noch Licht. Die Verkäufer waren mit dem Sortieren von Büchern beschäftigt. Ich fragte nach dem Laden des Vaters. »Gerade das nächste Lokal neben uns«, erklärten sie mir. Ein diensteifriger Bursche lief sogar bis an die Tür, um ihn mir zu zeigen. Das Portal war aus Glas, das Auslagefenster noch nicht fertig und mit grauem Papier verhängt. Schon in der Tür bemerkte ich, daß der Laden voller Käufer war. Mein Vater stand hinter dem Ladentisch und summierte, fortwährend am Bleistift kauend, die Posten einer langen Rechnung. Der Herr, für den diese Rechnung ausgestellt wurde, neigte sich über den Ladentisch, fuhr mit dem Zeigefinger jeder abgestrichenen Ziffer nach und rechnete halblaut mit. Die übrigen Gäste schauten schweigend zu. Der Vater warf mir einen Blick über die Augengläser hinweg zu und sagte, indem er den Posten, bei dem er gerade verweilte, festhielt: »Es ist ein Brief für dich da, er liegt auf dem Schreibpult zwischen den Papieren«, und versenkte sich wieder in seine Rechnung. Die Verkäufer legten indes die gekauften Waren zurecht, wickelten sie in Papier und banden sie mit Schnüren zu. Die Regale waren erst zum Teil mit Stoffen gefüllt. Der größere Teil war noch leer.
»Warum setzt sich der Vater nicht?« fragte ich leise, als ich hinter den Ladentisch trat. »Vater paßt gar nicht auf sich auf, wo er doch so krank ist.« Er hob abwehrend den Arm, als ob er mein Zureden wegwischen wollte, und hörte mit dem Rechnen nicht auf. Er sah höchst elend aus. Es lag auf der Hand, daß nur die künstliche Erregung, die fieberhafte Tätigkeit seine Kräfte aufrecht hielt und noch ein Weilchen seinen völligen Zusammenbruch verzögerte.
Ich suchte auf dem Schreibpult. Es war eher ein Paket als ein Brief. Ich hatte vor etlichen Tagen an eine Buchhandlung bezüglich eines bestimmten pornographischen Werkes geschrieben, und deshalb hatte man es mir hierhergeschickt, auch schon meine Adresse gefunden oder – besser gesagt – die Adresse meines Vaters, der kaum den Laden, noch ohne Schild und Firma, eröffnet hatte. Wahrhaftig, eine erstaunliche Organisation des Kundendienstes, eine bewunderungswürdige Genauigkeit der Expedition! Und diese ungewöhnliche Eile!
»Du kannst hinten im Kontor lesen«, sagte der Vater und

warf mir einen unzufriedenen Blick zu, »du siehst selber, daß hier kein Platz ist.«
Das Kontor hinter dem Laden war noch leer. Durch eine Glastür fiel etwas Licht aus dem Laden herein. An den Wänden hingen die Mäntel der Verkäufer. Ich öffnete den Brief und begann, im schwachen Licht von der Tür her zu lesen.
Es wurde mir mitgeteilt, daß das gewünschte Buch leider nicht auf Lager sei. Man habe eine Suchaktion eingeleitet, aber, ohne dem Ergebnis vorzugreifen, erlaube sich die Firma, mir vorerst – selbstverständlich ganz unverbindlich – einen gewissen Artikel zu senden, für den ein unbezweifelbares Interesse meinerseits vorauszusetzen sei. Es folgte eine komplizierte Beschreibung eines zusammenlegbaren astronomischen Refraktors von großer Lichtkraft und mit verschiedenen Vorzügen. Neugierig entnahm ich dem Umschlag das aus schwarzem Wachs- oder Steifleinen verfertigte Instrument, das in eine flache Harmonika zusammengefaltet war. Ich hatte immer eine Schwäche für Teleskope. Ich begann den mehrfach zusammengelegten Mantel des Instruments auseinanderzunehmen. Mit dünnen Stäbchen versteift, baute sich unter meinen Händen der riesige Balg eines Fernrohrs auf, das seinen langen Tubus über die ganze Länge des Zimmers erstreckte, ein Labyrinth schwarzer Schotten, ein langer Komplex optischer Dunkelkammern, halb ineinandergeschoben. Es war etwas in Form eines langen Autos aus lackiertem Leinen, irgendein Theaterrequisit, das mit dem leichten Material von Papier und steifem Drillich die Massivität der Wirklichkeit nachahmte. Ich schaute in den schwarzen Trichter des Okulars und erblickte in der Tiefe die kaum wahrnehmbaren Umrisse der Hoffassade des Sanatoriums. Neugierig geworden, schob ich mich tiefer in die hintere Kammer des Apparates. Ich verfolgte jetzt im Sehfeld des Fernrohrs das Zimmermädchen, das mit einem Tablett in der Hand über den halbfinsteren Korridor des Sanatoriums ging. Sie drehte sich um und lächelte. Sieht sie mich etwa? dachte ich mir. Eine unbezwingbare Schläfrigkeit verdeckte mir die Augen mit Nebel. Ich saß eigentlich in der hinteren Kammer des Fernrohrs wie in einer Wagenlimousine. Die leichte Bewegung eines Hebels – und der Apparat begann im Flügelschlag eines Papierschmetterlings zu rascheln, und ich

merkte, daß er sich plötzlich mit mir bewegte und sich der Tür zuwandte.
Wie eine große schwarze Raupe fuhr das Fernrohr in den beleuchteten Laden – ein vielgliederiger Rumpf, eine riesige Papierschabe mit der Imitation zweier Laternen vorne. Die Käufer drängten sich zusammen, wichen vor diesem blinden Papierwurm zurück, die Verkäufer öffneten weit die Tür auf die Straße, und ich fuhr mit diesem Papierauto langsam durch das Spalier der Kunden, die mit Anstoß nehmenden Blicken diese in der Tat skandalöse Ausfahrt begleiteten, auf die Straße hinaus.

3

So lebt man in dieser Stadt, und die Zeit verrinnt. Der größte Teil des Tages wird verschlafen, und das nicht nur im Bett. Nein, man ist nicht sehr wählerisch in diesem Punkt. Allerorten und zu jeder Tageszeit ist der Mensch hier bereit, sich an einem schmackhaften Nickerchen gütlich zu tun, den Kopf auf das Tischchen im Restaurant gestützt, in der Droschke, ja sogar im Stehen, unterwegs, im Flur eines Hauses, in den man für ein Weilchen einfällt, um für einen Moment dem unbezwingbaren Schlafbedürfnis zu erliegen.
Erwachend, noch benommen und torkelnd, führen wir das unterbrochene Gespräch weiter, setzen wir einen beschwerlichen Weg fort, treiben wir eine komplizierte Sache ohne Anfang und Ende voran. Infolgedessen kommen irgendwo unterwegs beiläufig ganze Zeitintervalle abhanden, wir verlieren die Kontrolle über die Dauer des Tages und verlernen schließlich auf ihr zu bestehen, verzichten ohne Trauer auf das Skelett der ununterbrochenen Chronologie, an deren aufmerksame Kontrolle wir einmal aus Gewohnheit und aus sorgfältiger täglicher Disziplin gedrillt waren. Schon längst haben wir diese unermüdliche Bereitschaft, über die verflossene Zeit Rechnung abzulegen, diese Skrupelhaftigkeit, die benutzten Stunden bis auf den Pfennig zu berechnen, den Stolz und den Ehrgeiz unserer Wirtschaft, geopfert. Vor diesen Kardinaltugenden, bei denen wir ehemals weder Zaudern noch Fehler kannten, haben wir längst kapituliert.
Ein paar Beispiele mögen zur Illustration dieses Standes der

Dinge behilflich sein. Zu irgendeiner Tages- oder Nachtzeit – eine kaum sichtbare Nuance des Himmels unterscheidet diese Zeiten – erwache ich an dem Geländer der Brücke, die ins Sanatorium führt. Es dämmert. Ich muß, von der Schläfrigkeit übermannt, lange unbewußt durch die Stadt gewandert sein, ehe ich mich, zu Tode ermüdet, auf diese Brücke schleppte. Ich kann nicht sagen, ob mir unterwegs die ganze Zeit über Doktor Gotard Gesellschaft geleistet hat, der jetzt vor mir steht und eine lange Ausführung durch die Ableitung der endgültigen Schlußfolgerungen zu Ende bringt. Hingerissen von der eigenen Beredtheit, faßt er mich sogar unter dem Arm und schleppt mich nach. Ich gehe mit ihm, doch bevor wir noch die dröhnenden Bretter der Brücke überschritten haben, schlafe ich schon wieder. Durch die geschlossenen Lider sehe ich unklar die eindringliche Gestikulation des Doktors, das Lächeln in der Tiefe seines schwarzen Bartes und versuche vergeblich, diesen kapitalen logischen Griff, diesen endgültigen Trumpf zu verstehen, mit dem er auf dem Gipfel seiner Beweisführung, regungslos mit ausgebreiteten Armen dastehend, triumphiert. Ich weiß nicht, wie lange wir noch so – in diese Unterhaltung voller Mißverständnisse vertieft – nebeneinandergehen, doch ehe ich in einem bestimmten Augenblick ganz wach werde, ist Doktor Gotard nicht mehr da, es ist ganz finster, aber nur deshalb, weil ich die Augen geschlossen halte. Ich öffne sie und bin im Bett, in meinem Zimmer, in das ich, ohne zu wissen wie, gelangt bin.

Ein noch drastischeres Beispiel.

Ich trete zur Mittagszeit in das Restaurant am Ort, mitten in den unordentlichen Lärm und das Durcheinander der Essenden. Und wen treffe ich hier mitten im Saal vor einem Tisch, der sich unter den Speisen biegt? Meinen Vater. Aller Augen sind auf ihn gerichtet, während er sich, mit seiner Brillantnadel funkelnd, ungewöhnlich lebhaft, selig bis zur Ekstase, affektiert nach allen Seiten neigt – in eine überschäumende Unterhaltung mit dem ganzen Saal zugleich vertieft. Mit künstlicher Bravour, die ich ohne die größte Unruhe nicht betrachten kann, bestellt er immer neue Speisen, die sich in Stößen auf dem Tisch türmen. Mit Wohlgefallen versammelt er sie um sich, obwohl er noch nicht den ersten Gang bewältigt hat. Mit der Zunge schnalzend, kauend und gleichzeitig redend, bringt er mit Gesten und in seiner Mimik die höchste Zufriedenheit mit diesem Mahl zum Ausdruck und begleitet mit lobpreisenden Blicken Herrn Adam, den Kellner, den er mit verliebtem Lächeln immer neue Bestellungen aufnehmen läßt. Und wenn der Kellner, die Serviette schwenkend, fortläuft, um sie zu erfüllen, appelliert mein Vater mit einer beschwörenden Geste an alle, Zeugen des unbezwingbaren Zaubers dieses Ganymed zu sein.

»Ein unbezahlbarer Knabe«, ruft er mit zufriedenem Lächeln und drückt die Augen zu, »ein Engelsknabe! Gesteht, meine Herren, daß er bezaubernd ist!«

Ich verlasse den wenig geschmackvollen Saal, ohne vom Vater bemerkt zu werden. Wäre er der Reklame halber von der Hotelleitung zur Animierung der Gäste angestellt worden, hätte er sich nicht provozierender und ostentativer benehmen können. Mit einem vor Schläfrigkeit qualmenden Kopf schwanke ich durch die Straßen und sehne mich nach Hause. Ich lehne den Kopf an einen Briefkasten und gewähre mir so eine kurze Siesta. Endlich ertappe ich in der Dunkelheit das Tor des Sanatoriums und trete ein. Im Zimmer ist es dunkel. Ich drehe am Kontakt, aber die Elektrizität funktioniert nicht. Vom Fenster her weht ein kalter Luftzug. Das Bett knarrt in der Dunkelheit. Mein Vater hebt den Kopf aus der Bettwäsche und sagt: »Ach Józef, Józef! Ich liege schon seit zwei Tagen ohne Pflege hier, die Klingeln sind unterbrochen, kein Mensch kümmert sich um mich, selbst der eigene Sohn verläßt mich, einen schwerkranken Menschen, und steigt den Mädchen in der Stadt nach. Schau, wie mein Herz schlägt.«

Wie das in Übereinstimmung bringen? Sitzt nun der Vater im Restaurant, von einer ungesunden Freßgier ergriffen, oder liegt er schwerkrank in seinem Bett? Gibt es zwei Väter? Nichts dergleichen. An allem ist der schnelle Zerfall der Zeit schuld, die nicht durch unaufhörliche Wachsamkeit beaufsichtigt wird.

Wir alle wissen, daß sich dieses undisziplinierte Element lediglich notgedrungen, dank unaufhörlicher Kultivierung, aufmerksamer Fürsorge, sorgfältiger Regulierung und Korrektur seiner Ausbrüche in gewissen Grenzen hält. Dieser Sorgfalt entledigt, neigt sie sofort zu Übertretungen, zu wilden Irrtümern, zu unberechenbaren Scherzen und formloser Narretei. Immer deutlicher zeichnet sich die Inkongruenz unserer individuellen Zeiten ab. Die Zeit meines Vaters und meine eigene Zeit paßten nicht mehr zueinander.

Nebenbei gesagt: der Vorwurf lockerer Sitten, den mir mein Vater machte, ist eine haltlose Verdächtigung. Ich habe mich hier noch keinem Mädchen genähert. Wie ein Betrunkener von Schlaf zu Schlaf torkelnd, schenke ich in nüchternen Augenblicken dem hiesigen schönen Geschlecht kaum Beachtung.

Schließlich erlaubte mir die chronische Dämmerung auf den Straßen kaum, die Gesichter genauer zu unterscheiden. Das einzige, was ich als junger Mensch, der auf diesem Gebiet zugestandenermaßen einige Interessen hat, bisher bemerken konnte, war der besondere Gang dieser Mädchen.

Es ist ein Gang in einer unnachgiebig geraden Linie, der auf keinerlei Hindernisse Rücksicht nimmt, nur einem inneren Rhythmus gehorcht, einem Gesetz, das sie wie von einem Knäuel voller Akkuratesse und gemessener Grazie in einen Faden geradlinigen Trabs abwickeln.

Jede trägt eine andere, individuelle Regel wie eine aufgezogene Feder in sich.

Wenn sie so geradeaus vor sich hingehen, ganz in diese Regel versenkt, voller Sammlung und Ernst, hat es den Anschein, als wären sie nur von der einen Sorge durchdrungen, nichts davon außer acht zu lassen, die schwierige Regel nicht zu verletzen und nicht einen Millimeter von ihr abzuweichen. Und dann wird auch klar, daß das, was sie mit solcher Vorsicht und Ergriffenheit dahintragen, nichts anderes ist als die fixe Idee ihrer eigenen Vollkommenheit, die durch die Macht ihrer Überzeugung fast zur Wirklichkeit wird. Es ist gleichsam eine auf eigenes Risiko unternommene Vorwegnahme ohne Bürgschaft und Haftung, ein unantastbares Dogma, das über jeden Zweifel erhaben ist.

Was für Mängel und Schäden, was für Himmelfahrtsnasen und Entenschnäbel, was für Sommersprossen und Pickel schmuggeln sich nicht mit Bravour unter die Flagge dieser Fiktion! Es gibt keine Häßlichkeit und Gewöhnlichkeit, die sich im Aufschwung dieses Glaubens nicht in diesen fiktiven Himmel der Vollkommenheit mitreißen ließe.

Unter der Billigung dieses Glaubens wird der Körper bedeutend schöner, die Beine dagegen, die wirklich schönen und elastischen Beine in unzerstörbarem Schuhwerk sprechen durch ihren Gang, erklären eifrig durch ihren flüssigen, glänzenden Monolog des Auftretens den Reichtum dieser Idee, welchen das vom Stolz geschlossene Gesicht verschweigt. Die Hände halten sie in den Taschen ihrer kurzen, anliegenden Jacken. Im Café und im Theater legen sie die hoch, bis zu den Knien entblößten Beine übereinander und schweigen mit ihnen beredt. Ich habe schon über die hiesige schwarze Vegetation gesprochen. Beachtung verdient besonders eine bestimmte Art schwarzes Farnkraut, dessen riesige Büschel die Vasen in jeder hiesigen Wohnung und in jedem öffentlichen Lokal zieren. Es ist gleichsam das Trauersymbol, das Begräbniswappen dieser Stadt.

4

Die Verhältnisse im Sanatorium werden mit jedem Tag unerträglicher. Es läßt sich schwer leugnen, daß wir einfach in eine Falle geraten sind. Seit dem Augenblick meiner Ankunft, da vor dem Ankömmling ein gewisser Schein der Gastfreundschaft abgespult wurde, gibt sich die Leitung des Sanatoriums nicht die geringste Mühe, uns wenigstens die Illusion einer gewissen Fürsorge zu vermitteln. Wir sind einfach unserem Gutdünken überlassen. Niemand kümmert sich um unsere Bedürfnisse. Schon längst habe ich festgestellt, daß die Leitungen der elektrischen Klingeln gleich über der Tür aufhören und gar nirgends hinführen. Eine Bedienung ist nicht zu sehen. Die Korridore sind Tag und Nacht in Dunkelheit und Stille versunken. Ich habe den starken Verdacht, daß wir die einzigen Gäste des Sanatoriums sind und daß die geheimnisvollen und diskreten Mienen, mit denen das Zimmermädchen die Türen beim Hineingehen oder Herausgehen hinter sich zudrückt, einfach Mystifikationen sind.

Ich hätte manchmal Lust, die Türen dieser Zimmer der Reihe nach aufzureißen und sie weit aufgerissen stehen zu lassen, um diese niederträchtige Intrige, in die man uns verwickelt hat, zu entlarven.

Dennoch bin ich meines Verdachts nicht ganz sicher. Mitunter sehe ich spät in der Nacht Doktor Gotard auf dem

Korridor, wie er – vom Zimmermädchen geführt – im weißen Operationsmantel mit der Klistierspritze in der Hand irgendwo hineilt. Es ist dann schwierig, seine Eile zu bremsen und ihn durch präzise Fragen an die Wand zu drücken.
Gäbe es nicht das Restaurant und die Konditorei in der Stadt, könnte man Hungers sterben. Bis heute konnte ich kein zweites Bett erzwingen. Von frischer Bettwäsche keine Rede. Man muß zugeben, daß die allgemeine Lockerung der kulturellen Gepflogenheiten nicht einmal uns selber verschonte.
Sich in Anzug und Schuhen ins Bett zu legen, war für mich als zivilisiertem Menschen immer ein schlechthin undenkbares Ding gewesen. Aber jetzt komme ich spät nach Hause, trunken vor Schläfrigkeit, im Zimmer Halbdunkel, die Vorhänge am Fenster von kalter Zugluft gebauscht. Besinnungslos wälze ich mich aufs Lager und vergrabe mich in die Federbetten. Ich schlafe so ganze irreguläre Zeiträume, Tage oder Wochen, reise durch leere Schlaflandschaften, immer unterwegs, immer auf den steilen Landstraßen der Respiration, bald leicht und elastisch von sanften Hängen herunterfahrend, bald wiederum mühsam die senkrechte Wand des Schnarchens erklimmend. Habe ich den Gipfel erreicht, umfasse ich die ungeheuren Rundblicke dieser felsigen und tauben Traumwüste. Zu irgendeiner Zeit, an einem unbekannten Punkt, in einer scharfen Biegung des Schnarchens wache ich halb besinnungslos auf und spüre zu Füßen den Körper meines Vaters. Er liegt dort zu einem Knäuel zusammengerollt und klein wie ein Kätzchen. Ich schlafe wieder mit offenem Mund ein, und das ganze riesige Panorama der bergigen Landschaft schiebt sich an mir wellig und majestätisch vorbei.
Im Laden entwickelt der Vater eine höchst eifrige Tätigkeit, führt Transaktionen durch und strengt seine ganze Überredungskunst an, die Kundschaft zu überzeugen. Seine Wangen sind lebhaft gerötet, seine Augen blitzen. Im Sanatorium liegt er so schwer danieder wie in den letzten Wochen daheim. Es kann nicht geleugnet werden, daß sich der Prozeß mit schnellen Schritten seinem fatalen Ende nähert. Mit schwacher Stimme sagt er zu mir: »Du müßtest öfter in den Laden gehen, Józef. Die Verkäufer bestehlen uns. Du siehst doch, daß ich meiner Aufgabe nicht mehr nachkommen

kann. Ich liege hier seit Wochen krank, und der Laden verkommt, der Gnade des Schicksals ausgeliefert. Habe ich nicht Post von daheim erhalten?«

Ich fange an, dieses ganze Unternehmen zu bedauern. Daß wir, von schaumschlägerischer Reklame verführt, den Vater hierher geschickt haben, läßt sich schwerlich als glücklicher Einfall bezeichnen. Die zurückgestellte Zeit ... das klingt in der Tat sehr schön, doch als was erweist es sich in Wirklichkeit? Bekommt man hier eine vollwertige richtige Zeit, eine Zeit gleichsam aus einem frischen Ballen gewickelt, eine nach Neuheit und Farbe riechende Zeit? Ganz im Gegenteil. Es ist eine gründlich abgenutzte, von den Menschen abgetragene Zeit, eine durchgewetzte und an vielen Stellen löchrige Zeit, durchlässig wie ein Sieb.

Kein Wunder, daß es eine gleichsam erbrochene Zeit (bitte, mich richtig zu verstehen), eine Zeit aus zweiter Hand ist. Herr, erbarme dich ...

Dazu diese ganze, höchst unzulässige Manipulation mit der Zeit. Diese abwegigen Ränke, dieses hinterhältige Heranschleichen an ihren Mechanismus, dieses riskante Fingern an ihren kitzligen Geheimnissen! Manchmal möchte man auf den Tisch schlagen und lauthals rufen: »Genug davon, hütet euch vor der Zeit, die Zeit ist unantastbar, die Zeit darf man nicht provozieren! Habt ihr am Raum nicht genug? Der Raum ist für den Menschen da, im Raum könnt ihr nach Belieben schweben, Purzelbäume schlagen, umhertoben, von einem Stern zum anderen springen. Aber um Gottes willen, laßt die Zeit sein!«

Andererseits: darf man von mir verlangen, daß ich selber Doktor Gotard die Verabredung aufsage? Wie die armselige Existenz meines Vaters auch sein mag, aber ich sehe ihn immerhin, bin mit ihm zusammen, spreche mit ihm ... Eigentlich bin ich Doktor Gotard zu unendlicher Dankbarkeit verpflichtet ...

Ich wollte schon mehrmals offen mit ihm sprechen. Aber Doktor Gotard ist nicht zu fassen. »Gerade ist er in den Speisesaal gegangen«, verkündet mir das Zimmermädchen. Ich will dorthin gehen, da kommt sie mir nachgelaufen, um mir zu sagen, daß sie sich geirrt habe. Doktor Gotard sei im Operationssaal. Ich eile in den ersten Stock und überlege, welche Operationen denn hier vorgenommen werden könn-

ten, komme in das Vorzimmer – und tatsächlich heißt man mich warten. »Doktor Gotard kommt sogleich, hat gerade eine Operation beendet, wäscht sich die Hände.« Ich sehe beinahe, wie er – klein, mit großen Schritten, im flatternden Mantel – durch eine Reihe von Spitalsälen eilt. Doch was erweist sich ein Weilchen später? Doktor Gotard war überhaupt nicht hier, seit Jahren ist hier keine Operation mehr vorgenommen worden. Doktor Gotard schläft in seinem Zimmer, und sein schwarzer Bart ragt zerzaust in die Luft. Das Zimmer füllt sich von seinem Geschnarche wie mit Wolkenknäueln, die wachsen, sich aufstocken und türmen und auf ihren Gewölben Doktor Gotard zusammen mit seinem Bett immer höher und höher tragen – eine große pathetische Himmelfahrt auf den Wellen des Schnarchens und der aufgeblähten Bettwäsche.
Es geschehen hier noch seltsamere Dinge; Dinge, die ich vor mir selber verschweige, Dinge, phantastisch einfach durch ihre Absurdität. Sooft ich das Zimmer betrete, scheint es mir, daß sich jemand rasch von der Tür entfernt und in einen Seitengang abbiegt. Oder es geht jemand vor mir, ohne sich umzudrehen. Das ist keine Pflegeschwester. Ich weiß, wer es ist! »Mama!« rufe ich mit vor Aufregung zitternder Stimme, und die Mutter wendet mir das Gesicht zu und schaut mich einen Augenblick mit einem flehenden Lächeln an. Wo bin ich? Was geht hier vor? In welcher Falle habe ich mich verstrickt?

5

Ich weiß nicht, ob es auf die späte Jahreszeit zurückzuführen ist, aber die Tage werden immer ernster in der Farbe, verdüstern sich und werden dunkler. Es ist, als ob man die Welt durch eine ganz schwarze Brille betrachtete.
Die Landschaft ist wie der Boden eines riesigen Aquariums mit blasser Tinte gefüllt. Bäume, Menschen und Häuser fließen in schwarzen Silhouetten zusammen und schwanken wie Wasserpflanzen auf dem Grund dieser tintigen Tiefe.
In der Nähe des Sanatoriums wimmelt es von schwarzen Hunden. Verschieden nach Größe und Gestalt, laufen sie in der Dämmerung geduckt über alle Wege und Stege, leise,

gespannt und aufmerksam ihren Hundesachen nach. Sie fliegen zu zweit und zu dritt mit vorgestreckten, wachsamen Hälsen, die Ohren spitz aufgerichtet, mit den traurigen Tönen leisen Jaulens vorbei, das sich unwillkürlich ihren Kehlen entringt und höchste Erregung bekundet. Mit ihren Angelegenheiten beschäftigt, voller Eile, immer unterwegs, immer von einem unbegreiflichen Ziel verschlungen, achten sie der Fußgänger kaum. Nur manchmal blinzeln sie ihnen im Fluge mit den Augen zu – und dann schaut aus diesem schwarzen und klugen Schielen die Wut heraus, die in ihrem Schwung lediglich durch den Mangel an Zeit gehemmt wird. Manchmal jedoch, wenn sie ihrer Wut Folge leisten, laufen sie einem mit gesenktem Kopf und mit unheilverkündendem Knurren bis vor die Füße, aber nur deshalb, um auf halbem Weg ihre Absicht fahrenzulassen und weiter in den großen Hundetänzen mitzufliegen.

Gegen diese Hundeplage gibt es keinen Rat, aber weshalb zum Teufel hält die Leitung des Sanatoriums einen riesigen Wolfshund an der Kette, eine schreckliche Bestie, einen richtigen Werwolf von geradezu dämonischer Wildheit?

Das Zittern überkommt mich, sooft ich an seiner Hütte vorbeigehe, wo er regungslos an der kurzen Kette steht, den wilden Zottelkragen rings um den Kopf gesträubt, bärtig, borstig und stachelig, die Maschinerie des gewaltigen Rachens voller Zähne. Er bellt nie, nur sein wildes Gesicht wird beim Anblick eines Menschen noch schrecklicher, seine Züge erstarren in einem Ausdruck bodenloser Wut, und wenn er seine schreckliche Schnauze hebt, vergeht er in den leisen Zuckungen eines ganz dunklen, fanatischen, aus der Tiefe des Hasses hervorgelockten Heulens, in welcher Trauer und ohnmächtige Verzweiflung schwingen.

Mein Vater geht gleichgültig an dieser Bestie vorbei, wenn wir zusammen aus dem Sanatorium gehen. Was mich anbelangt, bin ich jedesmal zutiefst erschüttert durch diese elementare Manifestation ohnmächtigen Hasses. Ich bin jetzt um zwei Kopf größer als der Vater, der klein und mager mit winzigen Greisenschritten neben mir einhertrippelt.

Während wir uns schon dem Ring nähern, sehen wir eine ungewöhnliche Bewegung. Eine Menge Leute rennt durch die Straßen. Es erreichen uns unglaubwürdige Nachrichten über den Einfall einer feindlichen Armee in die Stadt.

Inmitten der allgemeinen Verwirrung reichen sich die Leute alarmierende und widerspruchsvolle Nachrichten herum. Es ist schwierig, sie zu begreifen. Ein Krieg ohne vorangehende diplomatische Auseinandersetzungen? Ein Krieg mitten im glücklichen Frieden, durch keinerlei Konflikt gestört? Ein Krieg mit wem und warum? Man informiert uns, daß die Invasion der feindlichen Armee die Partei der Unzufriedenen in dieser Stadt ermutigt hätte, die mit der Waffe in der Hand auf die Straße gingen, um die friedlichen Bürger zu terrorisieren. Wir erblickten tatsächlich Gruppen solcher Attentäter in schwarzen Zivilanzügen mit weißen, auf der Brust gekreuzten Riemen, die sich schweigend mit gesenkten Karabinern fortbewegten. Die Menge wich vor ihnen zurück, drängte auf die Gehsteige, während jene dahingingen und unter ihren Zylindern hervor ironische, dunkle Blicke um sich warfen, Blicke, in denen sich das Gefühl der Übermacht, das Aufblitzen boshaften Amüsements und ein verständigendes Zwinkern malten, als ob sie ihren Lachreiz zurückhielten, welcher diese ganze Mystifikation entlarven würde. Einige von ihnen werden von der Menge erkannt, aber den fröhlichen Ausruf dämpft das Grauen der gesenkten Gewehrläufe. Sie gehen an uns vorbei, ohne jemanden zu belästigen. Abermals fließen alle Straßen von der ängstlichen, dumpf schweigenden Menge über. Ein hohles Gemurmel brennt über der Stadt. Es ist, als ob in der Ferne das Rattern der Artillerie und das Donnern der Munitionskisten zu hören wären. »Ich muß in den Laden hinübergelangen«, sagt mein Vater, bleich, aber entschlossen. »Du brauchst mir nicht Gesellschaft zu leisten; du würdest mir nur im Weg sein«, fügt er hinzu. »Geh ins Sanatorium zurück.« Die Stimme der Feigheit rät mir zu gehorchen. Ich sehe, wie sich der Vater in die dichte Wand der Menge hineindrückt, und verliere ihn aus den Augen.

Durch Seitengassen stehle ich mich eilends in die obere Stadt. Ich bin mir bewußt, daß es mir auf diesen steilen Wegen gelingen wird, die von der drängenden Menschenmenge abgesperrte Stadtmitte im Halbkreis zu umgehen.

Dort, im oberen Teil der Stadt, war die Menge lockerer, schließlich verschwand sie gänzlich. Ich ging ruhig durch leere Gassen in den Stadtpark. Dort brannten die Laternen mit dunklen, blauen Flämmchen wie Trauerasphodille. Jede wurde von einem Schwarm Käfer, schwer wie Kugeln und getragen vom schrägen, seitlichen Flug vibrierender Flügel, umtanzt. Einige abgestürzte krabbelten, bucklig durch die harten Deckel, unter die sie ihre ausgebreiteten zarten Flügelhäutchen zu legen versuchten, auf ihren runden Rücken hilflos im Sand. In den Anlagen und auf den Wegen spazierten die Fußgänger, in sorglose Gespräche vertieft. Die letzten Bäume hingen über den Höfen der tief unten liegenden, in die Parkmauer gedrückten Häuser. Ich wanderte diese Mauer entlang, die auf meiner Seite kaum Brusthöhe hatte, aber nach außen, zum Niveau der Höfe hin mit stockwerkhohen Stützen abfiel. An einer Stelle reichte zwischen den Höfen eine Rampe aus gestampfter Erde bis in die Höhe der Mauer. Ich stieg mit Leichtigkeit über die Barriere hinweg und zwängte mich auf diesem engen Damm zwischen den zusammengedrängten Gebäuden hindurch in eine Gasse. Meine Berechnungen, durch eine vortreffliche räumliche Intuition unterstützt, trafen zu. Ich befand mich fast genau dem Sanatoriumsgebäude gegenüber, dessen Nebengebäude undeutlich in der schwarzen Umrahmung der Bäume schimmerten. Ich gehe wie gewöhnlich von hinten durch den Hof, durch das Tor in der eisernen Umzäunung, und sehe schon von weitem den Hund auf seinem Wachtposten. Wie immer überläuft mich ein Zittern des Widerwillens bei diesem Anblick. Ich will möglichst schnell an ihm vorbei, um nicht dieses aus der Tiefe des Herzens kommende Stöhnen des Hasses zu hören, als ich zu meinem Entsetzen – ich traue den eigenen Augen nicht – sehe, wie er sich mit großen Sprüngen von seiner Hütte entfernt und – nicht angebunden – mit dumpfem wie aus einem Faß kommenden Gebell um den Hof herumläuft und mir den Rückweg abschneiden will.

Starr vor Grauen weiche ich in den gegenüberliegenden, entferntesten Winkel des Hofes zurück, suche instinktiv nach einem Versteck und rette mich in den kleinen Altan, der dort steht, fest überzeugt, daß alle meine Anstrengungen vergeblich sind. Die zottige Bestie nähert sich mir in großen Sprüngen, und da ist ihr Maul schon am Eingang des Altans und sperrt mich in der Falle ein. Halbtot vor Angst merke ich, daß die ganze Länge der Kette, die sie hinter sich über den Hof schleppt, abgewickelt ist und daß der Altan selbst schon außerhalb des Bereiches ihrer Zähne liegt. Maltraitiert, von Grauen zermalmt, spüre ich kaum eine Erleichterung. Auf den Füßen schwankend, einer Ohnmacht nahe, hebe ich die Augen. Niemals hatte ich sie so nahe gesehen – und erst jetzt fällt es mir wie Schuppen von den Augen. Wie groß ist die Macht des Vorurteils! Wie mächtig die Suggestion der Angst ist! Welch eine Verblendung! Das war doch ein Mensch. Ein Mensch an der Kette, den ich in abkürzender, metaphorischer, pauschaler Vereinfachung unbegreiflicherweise für einen Hund gehalten hatte. Bitte mich nicht falsch zu verstehen. Es war ein Hund – ohne allen Zweifel, aber in menschlicher Gestalt. Die Beschaffenheit des Hundes ist eine innerliche und vermag sich ebensogut in menschlicher wie in tierischer Gestalt zu manifestieren. Der, welcher vor mir in der Öffnung des Altans stand – den Rachen ein wenig zur Seite gedreht, alle Zähne zu einem schrecklichen Knurren gebleckt –, war ein Mann mittlerer Statur mit schwarzem Bart. Das Gesicht gelb und knochig, die Augen schwarz, böse und unglücklich. Dem schwarzen Anzug und der zivilisierten Form des Bartes nach zu urteilen, hätte man ihn für einen Intellektuellen, einen Gelehrten halten können. Er hätte der ältere, ungeratene Bruder Doktor Gotards sein können. Aber dieser erste Schein trog. Seine großen, mit Kleister beschmierten Hände, zwei brutale und zynische Furchen um die Nase herum, die sich im Bart verloren, und die waagrechten ordinären Falten auf der niedrigen Stirn zerstörten diese erste Illusion sehr schnell. Es war eher ein Buchbinder, Schreiner, Versammlungsredner und Parteimensch – ein gewalttätiger Mensch mit dunklen, explosiven Leidenschaften. Und gerade dort, in diesen Abgründen der Leidenschaft, in diesem krampfhaften Sträuben aller Fibern, in dieser wahnsinnigen Furie, die wütend das Ende eines auf sie gerichteten Stockes verbellt, war er ein hundertprozentiger Hund.

Wenn ich über die Rückwand des Altans klettere, so dachte ich mir, entkäme ich vollständig dem Bereich seiner Wut und könnte auf einem Seitenpfad zum Tor des Sanatoriums gelangen. Ich schwinge schon das Bein über das Geländer, als ich auf einmal in der Bewegung innehalte. Ich fühle, daß es zu grausam wäre, einfach wegzugehen und ihn so einer ratlosen, aus allen Fugen geratenen Wut zu überlassen. Ich stelle mir seine schreckliche Enttäuschung und den unmenschlichen Schmerz vor, den er empfinden müßte, sähe er mich der Falle

entweichen und für immer weggehen. Ich bleibe. Ich gehe auf ihn zu und sage mit neutraler, ruhiger Stimme: »Beruhigen Sie sich, ich werde Ihnen die Kette abnehmen.«
Darauf wird sein von Zuckungen durchschnittenes, vom vibrierenden Knurren aufgewühltes Gesicht ganz, es glättet sich, und aus der Tiefe taucht ein schier völlig menschliches Antlitz auf. Ich trete ohne Angst auf ihn zu und löse die Schnalle auf seinem Nacken. Wir gehen jetzt nebeneinander. Der Buchbinder trägt einen ordentlichen schwarzen Anzug, ist aber barfuß. Ich versuche ein Gespräch mit ihm anzuknüpfen, aber aus seinem Mund dringt nur ein unverständliches Lallen. Nur in seinen Augen, in diesen schwarzen, beredten Augen lese ich eine wilde, begeisterte Anhänglichkeit und eine Sympathie, die mich mit Schaudern erfüllt. Manchmal stolpert er über einen Stein, über einen Erdklumpen, und dann zerfällt infolge der Erschütterung sein Gesicht sofort wieder, es bricht, die Bestürzung taucht zur Hälfte auf, bereit zum Sprung, und gleich darauf die Wut, die nur auf den Augenblick wartet, um dieses Gesicht erneut in ein Gewirr zischender Kreuzottern zu verwandeln. Ich rufe ihn dann mit einer rauhen, kollegialen Mahnung zur Ordnung. Ich klopfe ihm sogar auf die Schultern. Und mitunter versucht sich auf seinem Gesicht ein erstauntes, zweifelndes, mißtrauisches Lächeln zu formen. Ach! wie schwer lastet diese schreckliche Freundschaft auf mir. Wie mich diese unheimliche Sympathie erschreckt. Wie soll ich diesen Menschen, der neben mir einhergeht und mit dem Blick, der ganzen Inbrunst seiner Hundeseele an meinem Gesicht hängt, loswerden? Ich darf ihm aber nicht meine Ungeduld verraten. Ich ziehe die Brieftasche und sage in sachlichem Ton: »Sie werden bestimmt Geld brauchen, ich kann Ihnen mit Freuden etwas borgen« – doch im gleichen Augenblick nimmt sein Gesicht den Ausdruck einer so schrecklichen Wildheit an, daß ich meine Tasche schnell wieder einstecke. Und noch lange kann er sich nicht beruhigen und seine Gesichtszüge beherrschen, die fortwährend von seinen Heulkrämpfen verzerrt werden. Nein, das halte ich nicht länger aus. Alles lieber als das. Die Angelegenheiten sind auch ohne das verwickelt genug und hoffnungslos verworren. Über der Stadt sehe ich einen Feuerschein. Der Vater irgendwo im Feuer der Revolution

im brennenden Laden, Doktor Gotard nicht zu erreichen – und dazu noch das unbegreifliche Auftauchen der Mutter: inkognito, in einer geheimnisvollen Mission! Das sind die Kettenglieder irgendeiner großen, unverständlichen Intrige, die sich um meine Person schließen. Fort, fort von hier! Irgendwohin. Die gräßliche Freundschaft dieses nach Hund stinkenden Buchbinders abwerfen, der mich nicht aus den Augen läßt! Wir stehen vor dem Tor des Sanatoriums.
»Kommen Sie auf mein Zimmer«, sage ich mit zuvorkommender Geste. Die zivilisierten Bewegungen faszinieren ihn, schläfern seine Wildheit ein. Ich lasse ihn vor mir ins Zimmer. Ich setze ihn in einen Sessel.
»Ich gehe ins Restaurant und hole Kognak«, sage ich.
Darauf springt er bestürzt auf und will mich begleiten. Ich dämpfe seine Panik mit sanfter Entschiedenheit.
»Sie bleiben hier sitzen, Sie warten hier ruhig auf mich«, sage ich zu ihm mit tiefer, vibrierender Stimme, auf deren Grund heimliche Angst klingt. Er setzt sich mit unsicherem Lächeln hin.
Ich gehe hinaus und gehe langsam den Korridor entlang, dann die Stiege hinunter, durch den Korridor zum Ausgang, schreite durch das Tor, überquere den Hof, schlage die eiserne Pforte hinter mir zu – und jetzt fange ich zu laufen an, atemlos, mit pochendem Herzen, mit hämmernden Schläfen, die dunkle Allee entlang, die zum Bahnhof führt.
In meinem Kopf türmen sich Bilder, eins schrecklicher als das andere. Die Ungeduld des Ungeheuers, seine Bestürzung, die Verzweiflung, als es merkt, daß es betrogen wurde. Die Rückkehr der Furie, der Rückfall in die mit unbändiger Kraft ausbrechende Wut. Die Rückkehr meines Vaters ins Sanatorium, sein ahnungsloses Klopfen an der Tür und das Zusammentreffen mit der schrecklichen Bestie.
Ein Glück, daß der Vater im Grunde genommen nicht mehr lebt, daß ihn das eigentlich nicht mehr erreicht, denke ich erleichtert und sehe schon den langen schwarzen Zug der Eisenbahnwaggons vor mir, die an der Ausfahrt stehen.
Ich steige ein, und der Zug, als hätte er nur darauf gewartet, bewegt sich langsam, ohne zu pfeifen, von der Stelle.
Im Fenster schiebt und dreht sich noch einmal langsam die riesige Schüssel des Horizonts vorbei, gefüllt mit dunklen, rauschenden Wäldern, zwischen denen die Mauern des Sana-

toriums schimmern. Leb wohl, Vater, leb wohl, du Stadt, die ich nie mehr sehen werde.
Seit dieser Zeit fahre ich, fahre ich immerzu, bin auf der Bahn irgendwie heimisch geworden, und man duldet mich, wenn ich von Waggon zu Waggon schleiche. Die Wagen, riesig wie Zimmer, sind voll Unrat und Stroh, die Zugluft verwirbelt beides zu grauen, farblosen Tagen.
Mein Anzug ist zerrissen und ausgefranst. Man hat mir die abgetragene Montur eines Eisenbahners geschenkt. Das Gesicht habe ich wegen einer geschwollenen Backe mit einem schmutzigen Tuch verbunden. Ich sitze im Stroh und schlummere, und wenn ich hungrig bin, stelle ich mich im Korridor vor die Abteile der zweiten Klasse und singe. Und man wirft mir kleine Münzen in meine Kondukteursmütze, eine schwarze Eisenbahnermütze mit abgerissenem Schirm.

Er kam immer am Samstag nach Mittag zu uns im dunklen Gehrock und weißer Pikeeweste und mit einer kleinen Melone, die, nach dem Umfang seines Schädels zu schließen, eigens für ihn angefertigt sein mußte; er kam immer, um ein Viertelstündchen oder zwei bei einem Glas Himbeerwasser zu sitzen, das Kinn auf den Hornknopf seines Spazierstockes gestützt, den er zwischen den Beinen hielt, bei einem Glas Himbeerwasser zu sitzen und beim himmelblauen Rauch einer Zigarre seinen Träumen nachzuhängen.

Gewöhnlich waren um diese Zeit noch andere Verwandte zu Besuch, und während der freimütig geführten Unterhaltung zog sich Dodo gleichsam in den Schatten zurück und verfiel angesichts der lebhaften Versammlung in die passive Rolle eines Statisten. Ohne das Wort zu ergreifen, ließ er die beredten, ausdrucksvollen Augen unter den herrlichen Brauen von einem Sprecher zum anderen gleiten, wobei sich sein Gesicht allmählich in die Länge zog, gleichsam aus den Scharnieren ging und, durch nichts von diesem elementaren Lauschen zurückgehalten, gänzlich verblödete.

Er sprach nur, wenn man sich direkt an ihn wandte, und dann beantwortete er die Frage, freilich sehr einsilbig und gleichsam unwillig, da er in eine ganz andere Richtung blickte – vorausgesetzt, daß die Fragen nicht einen bestimmten Bereich einfacher und leicht verständlicher Dinge überschritten. Manchmal gelang es ihm auch, das Gespräch noch um ein paar Fragen länger hinzuziehen, über diesen Bereich hinaus, und zwar dank des Vorrates an ausdrucksvollen Mienen und Gesten, über die er verfügte. Sie leisteten ihm wegen ihrer Mehrdeutigkeit universale Dienste, füllten die Lücken in der unartikulierten Rede aus und riefen durch ihre lebendige, mimische Ausdruckskraft die Suggestion einer sozusagen vernünftigen Resonanz hervor. Das war jedoch eine Täuschung, die bald zerstob, und die Unterhaltung brach kläglich zusammen, während sich der Blick des Gesprächspartners langsam und nachdenklich von Dodo abwandte, der – sich selber überlassen – wiederum auf dem Hintergrund der allgemeinen Konversation in die ihm eigene Rolle eines Statisten und passiven Beobachters verfiel.

Denn wie konnte man die Unterhaltung fortsetzen, wenn er zum Beispiel auf die Frage, ob er die Mutter auf ihrer Reise aufs Land begleitet habe, in Molltonart antwortete: »Ich weiß nicht.« Und doch war das die traurige und beschämende Wahrheit, da Dodos Gedächtnis in Wirklichkeit nicht über den Augenblick und die unmittelbare Aktualität hinausreichte.

Dodo hatte einmal, noch im Kindesalter, eine schwere Gehirnkrankheit überstanden, in deren Verlauf er monatelang bewußtlos und mehr tot als lebendig darniedergelegen hatte, und als er schließlich doch wieder gesund wurde, erwies sich, daß er mittlerweile gleichsam aus dem Verkehr gezogen worden war und nicht mehr der Gemeinschaft der vernünftigen Menschen angehörte. Seine Erziehung wurde privat, gewissermaßen pro forma und mit großer Rücksichtnahme fortgesetzt. Die Anforderungen, streng und gnadenlos gegen andere, wurden gegen Dodo sozusagen weich, enthielten sich aller Strenge und waren voll Nachsicht.

Rings um ihn bildete sich eine Aura merkwürdiger Privilegien, die ihn mit einem Rettungsgürtel und einer neutralen Sphäre vom Ansturm des Lebens und dessen Forderungen absonderten. Alle außerhalb dieser Sphäre wurden von den Wogen des Daseins angegriffen, plätscherten geräuschvoll in ihnen umher und ließen sich überspült und schiffbrüchig in den merkwürdigsten Haltungen dahintreiben; innerhalb dieser Sphäre war Ruhe und Pause, eine Zäsur in diesem allgemeinen Tumult.

So wuchs er auf, und die Ausnahmestellung seines Schicksals wuchs zugleich mit ihm, verstand sich gleichsam von selbst und ohne Widerspruch von irgendeiner Seite.

Dodo bekam nie einen neuen Anzug, er hatte nur die Anzüge seines älteren Bruders aufzutragen. Während das Leben seiner Altersgenossen in einzelne Phasen und Bereiche gegliedert und durch Grenzereignisse, erhebende und symbolische Augenblicke wie Namenstage, Prüfungen, Verlobungen und Beförderungen akzentuiert war, rann sein Leben in undifferenzierter Monotonie dahin, von nichts Angenehmem oder Widerwärtigem unterbrochen, und auch seine Zukunft zeigte sich als völlig ebene und einförmige Landstraße ohne Ereignisse und Überraschungen.

Man irrte jedoch, wollte man glauben, daß sich Dodo diesem Stand der Dinge innerlich widersetzt hätte. Er nahm ihn einfach als die ihm eigene Lebensform hin – ohne sich zu wundern, mit sachlicher Zustimmung und ernstem Optimismus – und richtete sich ein, arrangierte die Verhältnisse in den Grenzen dieser ereignislosen Monotonie.
Täglich vor dem Mittagessen machte er einen Spaziergang in die Stadt und schlug dabei immer den gleichen Weg durch drei Gassen ein, die er bis an ihr Ende durchmaß, um auf derselben Strecke wieder zurückzugehen. In der vornehmen, wenn auch getragenen Garnitur seines Bruders, die Hände mit dem Spazierstock auf dem Rücken verschränkt, bewegte er sich distinguiert und ohne Eile. Er sah aus wie ein zu seinem Vergnügen reisender Herr, der einen Stadtbummel macht. Dieser Mangel an Eile, Richtung oder Ziel, der in seinen Bewegungen zum Ausdruck kam, nahm gelegentlich kompromittierende Formen an, da Dodo einen Hang zum Gaffen bekundete und vor Ladentüren, vor Werkstätten, in denen geklopft und gehämmert wurde, und sogar vor Gruppen sich unterhaltender Menschen stehenblieb.
Seine Physiognomie begann frühzeitig zu reifen, und während seltsamerweise die Abenteuer und Erschütterungen des Lebens an der Schwelle dieses Daseins haltmachten und dessen leere Unberührtheit und Ausnahmestellung innerhalb der festumrissenen Grenzen achteten, formten sich seine Züge an jenen Erlebnissen, die an ihm vorübergingen, und antizipierten eine Art Biographie, die – kaum in der Sphäre des Möglichen gelegen – sein Antlitz zu der trügerischen Maske eines großen Tragöden voll Wissen und Trauer um alle Zeiten modellierte und schnitzte.
Seine Brauen wölbten sich als prächtige Bogen und ließen die großen, traurigen, umränderten Augen tief in ihren Schatten versinken. Rechts und links der Nase hatten sich zwei Furchen voll abstrakten Leids und trügerischer Weisheit eingepflügt und liefen bis zum Mundwinkel und noch darüber hinaus. Der kleine, verschwollene Mund war schmerzlich geschlossen, während ihm eine kokette »Fliege« auf dem langen Bourbonenkinn den Anschein eines älteren und erfahrenen Bonvivants verlieh.
Es ließ sich natürlich nicht vermeiden, daß seine privilegierte Stellung allmählich von der schlau getarnten und ewig

gefräßigen menschlichen Böswilligkeit ausgekundschaftet und raubgierig ausgeschnüffelt wurde.
Immer häufiger geschah es, daß sich ihm während seiner morgendlichen Spaziergänge Freunde zugesellten, und es gehörte zu den Bedingungen dieser privilegierten Stellung, daß es Freunde ganz besonderer Art waren, nicht Berufskollegen und nicht solche mit gemeinsamen Interessen, sondern Freunde in einem höchst problematischen und ihm wenig zur Ehre gereichenden Sinn. Es waren hauptsächlich bedeutend jüngere Jahrgänge, die sich dem Würdevollen und Ernsthaften anschlossen, und die von ihnen geführten Gespräche hatten einen besonderen, lustigen und scherzenden Ton, der Dodo – es kann nicht verschwiegen werden – gar lieblich und erfrischend in den Ohren klang.
Wenn er so, um Haupteslänge diese lustige und leichtfertige Gesellschaft überragend, dahinging, sah er aus wie ein peripatetisierender Philosoph im Kreis seiner Schüler, und unter der Maske der Würde und Trauer zeigte sich in seinem Gesicht ein frivoles Lächeln, das mit der tragischen Dominante dieser Physiognomie kämpfte.
Dodo verspätete sich jetzt bei seinen morgendlichen Spaziergängen, kehrte von ihnen mit einem mäßigen Schwips und in leicht derangiertem Zustand, jedoch animiert zurück, bereit zu heiteren Kontroversen mit seiner blassen Cousine Karola, die sich an Tante Retycja drückte. Endlich bewahrte Dodo über diese Begegnungen, als spürte er deren Unschicklichkeit, daheim völliges Stillschweigen.
Ein- oder zweimal gab es in diesem monotonen Leben Vorfälle, die durch ihr grandseigneurhaftes Format über die Seichtigkeit der täglichen Ereignisse hinausragten.
Einmal kam Dodo von seinem morgendlichen Spaziergang nicht zum Mittagessen heim. Er kam auch nicht zum Abendessen und zum Mittagessen am nächsten Tag. Tante Retycja war der Verzweiflung nahe. Doch gegen Abend erschien er dann, ein wenig verknittert, mit verbeulter und schief sitzender Melone, aber im übrigen gesund und voller Ruhe des Geistes.
Es war schwierig, die Geschichte dieser Eskapade zu rekonstruieren, über die Dodo strengstes Schweigen bewahrte. Wahrscheinlich hatte er irgendwo Maulaffen feilgehalten während des Spazierganges und war in ein unbekanntes

Stadtviertel geraten, möglicherweise hatten die jugendlichen Peripatetiker, die Dodo gern in neue, ihm unbekannte Situationen brachten, etwas nachgeholfen. Vielleicht war es auch einer jener Tage gewesen, da Dodo sein armes, überfordertes Gedächtnis auf Urlaub geschickt und seine Adresse oder gar seinen Namen und alle Daten vergessen hatte, die ihm ansonsten stets zu Diensten standen.
Wir erfuhren jedenfalls nie die näheren Umstände dieses Vorfalls.
Als Dodos älterer Bruder ins Ausland fuhr, schrumpfte die Familie auf drei, vier Personen zusammen. Außer Onkel Hieronymus und Tante Retycja war noch Karola da, die Beschließerin in dem großen Haushalt des Onkels.
Onkel Hieronymus verließ schon jahrelang nicht mehr sein Zimmer. Seit der Zeit, da die Vorsehung ihm das Ruder des zerschellten und auf eine Sandbank gelaufenen Lebensschiffchens sanft aus der Hand genommen hatte, führte er auf dem Streifchen zwischen Flur und dem dunklen Erker, das man ihm zugewiesen hatte, das Leben eines Pensionisten.
In einem langen, bis auf die Erde reichenden Schlafrock saß er in der Tiefe des Erkers und wurde mit einem schier phantastischen Bartwuchs überzogen. Ein langer pfefferfarbener (in den Enden der langen Zotteln freilich weißer) Bart umrankte sein Gesicht, reichte bis auf die halben Wangen und ließ nur die Habichtsnase und seine zwei Augen frei, deren weiße Äpfel im Schatten der buschigen Brauen kreisten.
In diesem dunklen Erker, einem engen Gefängnis, das ihn wie einen großen raubgierigen Kater dazu verurteilte, vor der großen Glastür zum Salon hin und her zu gehen, standen zwei große Eichenbetten, die Nachtlager des Onkels und der Tante, während ein großer, undeutlich in der dunklen Tiefe schimmernder Gobelin die ganze hintere Wand bedeckte. Wenn die Augen sich an die Dunkelheit gewöhnt hatten, tauchte zwischen Bambus und Palmen ein gewaltiger Löwe auf, dräuend und düster wie ein Prophet und majestätisch wie ein Patriarch.
Rücken an Rücken sitzend, wußten der Löwe und Onkel Hieronymus haßerfüllt voneinander. Ohne sich eines Blickes zu würdigen, drohten sie einander mit entblößten, gefletschten Hauern und schrecklich knurrenden Worten. Mitunter stellte sich der Löwe, aufs äußerste gereizt, auf die Vorder-

beine, streckte den Hals vor und sträubte die Mähne und ließ sein fürchterliches Gebrüll rings um den düsteren Horizont kreisen.
Darauf übertraf ihn Onkel Hieronymus wieder durch eine prophetische Tirade, und sein Gesicht wurde erschreckend von den großen Worten modelliert, die es anschwellen ließen, während sein Bart begeistert wogte. Da verengte der Löwe schmerzlich die Pupillen, wandte langsam den Kopf ab und rollte sich unter der Wucht des Gotteswortes zusammen.
Dieser Löwe und dieser Hieronymus erfüllten den dunklen Erker in der Wohnung des Onkels mit ewigem Zank.
Onkel Hieronymus und Dodo lebten in der engen Wohnung irgendwie aneinander vorbei, in zwei verschiedenen Dimensionen, die sich kreuzten, ohne sich zu berühren. Trafen ihre Augen sich, so gingen sie weiter, aneinander vorbei, als wären sie Tiere aus zwei verschiedenen, fremden Gattungen, die sich gar nicht wahrnehmen und nicht imstande sind, das fremde, quer durch ihr Bewußtsein huschende Bild festzuhalten und zu realisieren.
Niemals sprachen sie miteinander.
Wenn man sich zu Tisch setzte, bildete Tante Retycja, zwischen Mann und Sohn sitzend, die Grenze der zwei Welten, den Isthmus zwischen zwei Welten des Wahns.
Onkel Hieronymus aß unruhig, sein langer Bart fiel in den Teller. Wenn die Küchentür knarrte, sprang er vom Stuhl auf und packte den Suppenteller, jederzeit bereit, mit seiner Portion in den Erker zu laufen, falls jemand die Wohnung betreten sollte. Dann beruhigte ihn Tante Retycja jedesmal: »Hab keine Angst, es kommt niemand, das Dienstmädchen ist es.« Darauf warf Dodo jedesmal einen zornigen und unwilligen Blick aus seinen funkelnden Knopfaugen auf den Erschrockenen und murmelte unzufrieden: »Ein kompletter Narr ...«
Onkel Hieronymus war, ehe er von den allzu wirren Komplikationen des Lebens losgesprochen wurde und die Erlaubnis erhielt, sein einsames Refugium im Erker zu beziehen, ein Mensch völlig anderer Fasson gewesen. Alle, die ihn als jungen Mann gekannt hatten, behaupteten steif und fest, daß dieses hemmungslose Temperament keinerlei Hindernisse, Rücksichten oder Skrupel gekannt habe. Er sprach mit

unheilbar Kranken voll Genugtuung über ihren bevorstehenden Tod. Beileidsbesuche benützte er dazu, vor der konsternierten Familie das Leben des Toten, um den man noch weinte, einer scharfen Kritik zu unterziehen. Menschen, die peinliche und heikle persönliche Angelegenheiten zu verbergen suchten, brachte er diese laut und höhnisch in Erinnerung. Doch eines Nachts kehrte er völlig verwandelt und halb verrückt von einer Reise zurück und wollte sich unter dem Bett verstecken. Etliche Tage später verbreitete sich innerhalb der Familie die Nachricht, daß Onkel Hieronymus allen seinen verwickelten, zweifelhaften und riskanten Geschäften, die ihm über den Kopf zu wachsen drohten, entsagt, auf der ganzen Linie und definitiv entsagt und ein neues Leben begonnen habe, ein Leben nach einer strengen und harten, wenngleich uns allen unverständlichen Regel.
Am Sonntagnachmittag kamen wir regelmäßig alle zu Tante Retycja auf einen kleinen Familienplausch. Onkel Hieronymus erkannte uns nicht. Er saß im Erker und warf der Versammlung durch die Glastür wilde und bestürzte Blicke zu. Mitunter kam er aber unerwartet in dem bis auf den Boden reichenden Schlafrock und mit wallendem Bart aus seiner Einsamkeit heraus und machte mit den Armen eine Bewegung, als wollte er uns trennen und sagen: Und jetzt, ich bitte euch, so wie ihr da sitzt, geht fort, verlauft euch geschwind, mäuschenstill und unauffällig ... Dann drohte er uns geheimnisvoll mit dem Finger und fügte mit gedämpfter Stimme hinzu: »Es heißt schon allgemein: Di–da.«
Die Tante bugsierte ihn sanft in den Erker zurück, aber er drehte sich in der Tür noch einmal drohend um und wiederholte mit erhobenem Finger: »Di–da.«
Dodo begriff nicht sogleich, es dauerte seine Zeit, und so vergingen einige Minuten in Schweigen und Konsternation, ehe die Situation seinem Verstand klar wurde. Dann glitten seine Augen von einem zum anderen, als wollte er sich versichern, daß etwas Lustiges passiert sei, und schließlich brach er in schallendes Gelächter aus, lachte laut und voller Genugtuung, schüttelte mitleidig den Kopf und wiederholte lachend: »Ein kompletter Narr ...«
Die Nacht brach über das Haus der Tante Retycja herein, die gemolkenen Kühe rieben sich in der Dunkelheit an den Brettern, die Mädchen schliefen schon in der Küche, Ballone

mit nächtlichem Ozon schwebten aus dem Garten herein und platzten im offenstehenden Fenster. Tante Retycja schlief in ihrem großen Bett. Auf den Kissen des anderen Bettes hockte wie ein Käuzchen Onkel Hieronymus. Seine Augen blitzten in der Dunkelheit, der Bart floß ihm über die angezogenen Knie.
Langsam erhob er sich vom Lager und stahl sich auf den Zehenspitzen zur Tante. Er blieb neben der Schlafenden stehen, geduckt wie ein Kater zum Sprung, Brauen und Bart gesträubt. Der Löwe an der Wand gähnte kurz und wandte den Kopf ab. Die Tante fuhr hoch und erschrak vor diesem funkensprühenden und schnaubenden Kopf.
»Geh, geh zu Bett«, sagte sie und schob ihn gleich einem Hahn mit einer Handbewegung von sich.
Er zog sich schnaubend zurück und drehte sich mit nervösen Kopfbewegungen um.
Im anderen Zimmer lag Dodo. Er konnte nicht schlafen. Das Schlafzentrum in seinem kranken Gehirn funktionierte nicht richtig. Er wand sich, wälzte sich im Bett und drehte sich von einer Seite auf die andere.
Die Matratze knarrte. Dodo seufzte schwer, schnaufte und erhob sich ratlos aus den Kissen.
Das nichtgelernte Leben quälte, marterte, wandte sich verzweifelt wie ein Kater im Käfig. In Dodos Körper, in diesem Körper eines Schwachkopfes, alterte jemand ohne Erlebnisse, reifte jemand für den Tod heran ohne das Krümelchen Strafe.
Plötzlich schluchzte er in der Dunkelheit erschüttert auf. Tante Retycja lief an sein Bett. »Was hast du, Dodo, tut dir etwas weh?«
Dodo wandte stolz den Kopf ab. »Wem?« fragte er.
»Warum stöhnst du?« fragte die Tante.
»Das bin nicht ich, das ist er ...«
»Was für ein er?«
»Der Eingemauerte ...«
»Wer ist das?«
Aber Dodo machte nur eine resignierte Handbewegung. »Äh ...« und drehte sich auf die andere Seite.
Tante Retycja ging auf den Zehenspitzen zu ihrem Bett. Onkel Hieronymus drohte ihr im Vorbeigehen mit dem Finger: »Es heißt schon allgemein: Di–da ...«

1

Im gleichen Stockwerk des Hauses wie wir, in dem schmalen langen Hoftrakt, wohnt Edzio mit seiner Familie.
Edzio ist schon lange kein Knabe mehr, Edzio ist ein erwachsener Mann mit einer Tubastimme, die mitunter Opernarien singt.
Edzio neigt zur Korpulenz, aber nicht zur schwammigen und weichen Form, sondern eher zu deren athletischer und muskulöser Abart. Er ist stark wie ein Bär in den Schultern, doch was hat er davon, wenn seine Beine, völlig entartet und mißgestaltet, nicht zu gebrauchen sind.
Man weiß eigentlich gar nicht, wenn man Edzios Beine betrachtet, worin deren seltsame Krüppelhaftigkeit besteht. Es sieht aus, als hätten sie zu viele Gelenke, zwischen dem Knie und dem Knöchel mindestens um zwei Glieder mehr als normale Beine. Kein Wunder, daß sie in diesen überzähligen Gelenken jämmerlich einknicken – und das nicht nur seitwärts, sondern auch nach vorne und nach allen Richtungen.
Edzio bewegt sich also mit Hilfe von zwei Krücken, Krücken von vollendeter Arbeit, schön auf Mahagoniholz poliert. An diesen Krücken geht er täglich hinab, um die Zeitung zu kaufen, das ist sein einziger Spaziergang und seine einzige Abwechslung. Es ist peinlich, seinen Gang über die Treppe zu beobachten. Seine Beine biegen sich unregelmäßig bald nach der Seite, bald nach hinten und knicken an völlig unerwarteten Stellen ein, während die Füße wie Pferdehufe so kurz und hoch wie Klötze über die Bretter stampfen. Doch wenn sich Edzio auf ebenem Boden befindet, ändert er sich ganz überraschend. Er richtet sich auf, der Rumpf weitet sich stattlich, sein Körper holt zum Schwung aus. Edzio stemmt sich an den Krücken wie an einem Geländer hoch, wirft die Beine weit von sich, so daß sie mit unregelmäßigem Stampfen zu Boden schlagen, dann bewegt er die Krücken von der Stelle und wirft sie mit neuem Schwung wieder mächtig nach vorne. Mit solchen Körperstößen überwindet und erobert er

den Raum. Wenn Edzio mit den Krücken auf dem Hof manövriert, kann er gelegentlich im Übermaß seiner Kräfte, die sich beim langen Sitzen angesammelt haben, mit schlechthin großartiger Leidenschaft diese heroische Methode der Fortbewegung zum Staunen der Dienstboten aus Parterre und erstem Stock demonstrieren. Sein Hals droht dabei zu platzen, unter dem Kinn zeichnen sich zwei Speckfalten ab, in dem schräg gehaltenen Gesicht mit dem vor Anstrengung zusammengepreßten Mund erscheint heimlich eine schmerzliche Grimasse. Er hat keinen Beruf und keine Beschäftigung, als hätte ihn das Schicksal für die Last seiner Krüppelhaftigkeit stillschweigend vom Fluch der Kinder Adams befreit. Im Schatten seiner Krüppelhaftigkeit macht Edzio von diesem Ausnahmerecht zum Müßiggang im vollen Umfang Gebrauch und ist wohl im Innern mit seiner sozusagen privat und individuell mit dem Schicksal vereinbarten Transaktion zufrieden.
Nicht nur einmal halten wir uns jedoch darüber auf, womit sich dieser etliche zwanzig Jahre alte Jüngling seine Zeit vertreibt. Viel Beschäftigung vermittelt ihm die Lektüre der Zeitung. Edzio ist ein gründlicher Leser. Seiner Aufmerksamkeit entgeht keine einzige Notiz und keine einzige Annonce. Und ist er auf der letzten Seite des Blattes angelangt, erwartet ihn deshalb, o beileibe! für den Rest des Tages nicht die Langweile. Dann erst beginnt nämlich Edzios eigentliche Arbeit, auf die er sich schon im vorhinein freut. Nach dem Mittagessen, wenn sich andere zu einem Verdauungsschläfchen hinlegen, holt Edzio seine großen, dicken Bücher hervor, breitet sie auf dem Tisch am Fenster aus, legt Kleister, Pinsel und Schere zurecht und beginnt mit der ihm liebsten und angenehmsten Arbeit, dem Ausschneiden und Einkleben der interessantesten Artikel in seine Bücher nach einem bestimmten System. Die Krücken stehen für alle Fälle bereit und lehnen am Fensterbrett, aber Edzio braucht sie nicht, wenn er alles zur Hand hat. Bei dieser emsigen Arbeit vergehen die Stunden bis zum Abend.
Jeden dritten Tag rasiert Edzio seine roten Bartstoppeln. Er liebt auch diese Beschäftigung samt allen ihren Requisiten: dem heißen Wasser, der schäumenden Seife und dem glatten, sanften Rasiermesser. Wenn Edzio Seifenschaum schlägt und das Rasiermesser an einem Lederriemen abzieht, singt er:

nicht eben gekonnt und kunstvoll, aber dafür auch nicht anspruchsvoll und aus voller Brust; und Adela behauptet, daß er eine angenehme Stimme habe.
Dennoch scheint im Hause Edzio nicht alles in Ordnung zu sein. Leider besteht zwischen ihm und seinen Eltern irgendeine sehr ernste Mißhelligkeit, deren Ursache und Anlaß unbekannt sind. Wir wollen nicht die Vermutungen und Klatschereien wiederholen, sondern uns lediglich auf die empirischen Tatsachen beschränken.
Es passiert gewöhnlich gegen Abend in der warmen Jahreszeit, wenn Edzios Fenster offensteht, daß der Widerhall dieser Mißhelligkeiten zu uns herüberdringt. Wir hören eigentlich nur die Hälfte dieses Dialogs, nämlich Edzios Part, während die Erwiderungen seiner Antagonisten, in den weiteren Quartieren der Wohnungen verborgen, nicht zu uns dringen.
Diesen Fragmenten ist schwer zu entnehmen, was Edzio vorgeworfen wird, doch aus dem Ton seiner Reaktion läßt sich schließen, daß er ins lebende Fleisch geschnitten und fast zur Raserei getrieben wird. Seine Worte sind heftig und nicht überlegt, von übermäßiger Aufregung diktiert, doch der Ton ist, wenn auch aufgebracht, dennoch feige und erbärmlich.
»Jawohl«, ruft er mit weinerlicher Stimme, »was soll das schon... Wann gestern? Das stimmt nicht! Und wenn es auch so ist... Du lügst, Papa...« und so geht es ganze Viertelstunden lang, variiert lediglich durch Edzios Schmerz- und Wutausbrüche, der sich auf den Kopf schlägt und sich in ratloser Wut die Haare rauft.
Doch manchmal – und das ist eigentlich die Pointe dieser Szenen und macht ihren spezifischen Schrecken aus – tritt das ein, worauf wir mit verhaltenem Atem lauern. In der Tiefe der Wohnung scheint sich etwas zu wälzen, Türen fliegen krachend auf, Möbelstücke werden polternd umgeworfen, dann erschallt Edzios ohrenzerreißendes Gequieke.
Wir lauschen erschüttert und beschämt, wenn auch von jener unheimlichen Genugtuung erfüllt, die erwacht beim Gedanken an eine wilde und phantastische Gewalttat, begangen an einem athletischen, wenngleich in den Beinen machtlosen Jüngling.

2

In der Dämmerung, wenn schon nach dem frühen Abendessen das Geschirr gewaschen ist, sitzt Adela unweit von Edzios Fenster auf der Veranda. Zwei lange, zweimal gebrochene Veranden laufen um den Hof herum, die eine im Parterre, die andere in der Höhe des ersten Stockwerks. In den Ritzen dieser hölzernen Balkone wächst Gras, und in einem Spalt zwischen den Balken schießt sogar eine kleine Akazie hervor und schwankt hoch über dem Hof.
Außer Adela sitzen auch diese oder jene Nachbarn vor ihrer Tür, zusammengekauert auf Stühlen und Hockern, ausdruckslos in der Dämmerung welkend; erschöpft von der Schwüle des Tages sitzen sie da wie geschnürte und stumme Bündel und warten, daß die Dämmerung sie sanft aufschnüre.
Unten saugt sich der Hof Woge um Woge rasch mit Dämmerung voll, oben jedoch will die Luft sich vom Licht nicht lossagen und leuchtet um so heller, je rascher unten alles verkohlt und sich kläglich schwärzt, leuchtet hell, vibrierend und flimmernd, von undeutlichen Fledermausflügeln durchschattet.
Doch unten hat schon die rasche und leise Stille der Dämmerung begonnen, dort wimmelt es von jenen flinken, gefräßigen Ameisen, die alle Substanz der Dinge auseinandernehmen und bis auf den letzten Rest auseinandertragen und sie abnagen bis auf die weißen Knochen, bis nur das Skelett und die matt phosphoreszierenden Rippen auf diesem traurigen Schlachtfeld verbleiben. Die weißen Papiere, die Lumpen auf dem Müllhaufen, diese nicht verdauten Orgelpfeifen des Lichts, halten sich am längsten in der wurmstichigen Dunkelheit und können nicht verenden. Ein ums andere Mal scheint es, als hätte die Dämmerung sie verschlungen, aber dann existieren sie noch und leuchten, jeden Augenblick vernichtet von den Augen voller Vibration und von den Ameisen, aber das hört schon auf, sich von den Resten der Dinge und dem Flirren des Auges zu unterscheiden, die gerade jetzt wie im Traum zu phantasieren anfangen, bis jeder in seiner eigenen Aura dasitzt wie in einer Wolke von Mücken, umtanzt vom Sternengewimmel, vom pulsierenden Gehirn, von der flimmernden Anatomie der Halluzinationen.

Dann erhebt sich von dem Grund des Hofes langsam, zugleich mit den Äderchen der Abendluft, noch unsicher in ihrer Existenz und schon resignierend an ihr, ehe sie an unser Gesicht dringt, samt den Streifen der Abendfrische, mit denen sie auf der Innenseite, Seidenfutter gleich, unterlegt ist, die faltige Sommernacht. Und während am Himmel die ersten flackernden, immer noch angeblasenen Sterne entflammen, teilt sich sehr langsam der schwüle, aus Wirbeln und Flimmern gewebte Schleier der Dämmerung und öffnet sich seufzend die Tiefe der mit Sternenmiesel und fernem Froschgequake gefüllten Sommernacht.

Adela geht im Dunkel schlafen, legt sich in das von der letzten Nacht zerwühlte und erschöpfte Bett, und kaum daß ihr die Lider zugefallen sind, setzt ein Gejeide durch alle Stockwerke und alle Wohnungen des Hauses ein.

Nur für Nichteingeweihte ist die Sommernacht Ausruhen und Vergessen. Kaum daß die Tätigkeiten des Tages enden und das abgerackerte Hirn einschlafen und vergessen möchte, fängt die wirre Geschäftigkeit, der krause, gewaltige Wirrwarr der Julinacht an. Alle Wohnungen des Hauses, alle Zimmer und Erker, in allen herrscht ein Lärmen, Wandern, Kommen und Gehen. In allen Fenstern stehen Tischlampen mit Schirmen, selbst die Korridore sind hell beleuchtet, die Türen öffnen und schließen sich ohne Unterlaß. Eine große, wirre, halb ironische Unterhaltung zieht und streicht unter steten Mißverständnissen durch alle Waben dieses Bienenstocks. Im Stockwerk weiß man nicht genau, worum es denen im Parterre geht, sie schicken Boten mit eiligen Instruktionen. Kuriere flitzen durch alle Wohnungen, treppauf und treppab, vergessen unterwegs die Instruktionen und werden wiederum wegen neuer Aufträge zurückbeordert. Und immer ist etwas zu ergänzen, immer bleibt noch dies und jenes ungeklärt, und der ganze Wirrwarr zwischen Lachen und Scherzen führt zu keinerlei Klärung.

Nur die Nebenzimmer, in das große Jahrmarkttreiben der Nacht nicht einbezogen, haben ihre separate Zeit, gemessen vom Ticken der Uhren, von den Monologen der Stille und vom tiefen Atem der Schlafenden. Dort schlafen, eifersüchtig in den Schoß der Nacht gesaugt und mit ekstatisch glühenden Wangen die wuchtigen, von Milch strotzenden Ammen,

Säuglinge irren mit geschlossenen Lidern durch ihren Traum, wandern liebkosend wie schnuppernde Tierchen über die himmelblaue Landkarte der Adern auf den weißen Ebenen der Brüste, kriechen zärtlich umher und suchen mit blindem Gesicht den warmen Schlitz, den Eingang in diesen tiefen Schlaf, bis sie mit fühlendem Mund und voll seligen Vergessens das Brünnlein, die vertraute Brustwarze finden.
Und die, welche in ihren Betten den Schlaf gepackt haben, lassen nicht mehr los, ringen mit ihm wie mit einem Engel, der sich loszureißen versucht, bis sie ihn bezwingen und ins Bett drücken und mit ihm um die Wette schnarchen, als stritten sie und brächten sich zornig die Geschichte ihres Hasses in Erinnerung. Und wenn diese Klagen und Verdrießlichkeiten eingelullt sind und verstummen und das ganze Gejeide sich zerstreut und in die Ecken verliert und ein Zimmer nach dem anderen in Stille und Nichtsein verfällt, dann steigt der Gehilfe Leon tappend, langsam, die Schuhe in der Hand, die Treppe hoch und sucht in der Dunkelheit mit dem Schlüssel die Schlüssellöcher ab. Er kehrt wie jede Nacht mit blutunterlaufenen Augen, vom Schluckauf geschüttelt und einen Speichelfaden auf der herabhängenden Lippe aus dem Lupanar zurück.
In Herrn Jakubs Zimmer brennt auf dem Tisch die Lampe, während er selber, über den Tisch gebeugt, einen Brief an Seipel & Söhne (mechanische Spinnereien und Webereien) schreibt, einen viele Seiten langen Brief. Auf dem Fußboden liegt schon ein ganzer Stapel vollgeschriebener Bogen, aber bis zum Ende ist es noch weit. Jeden Augenblick springt er vom Tisch auf und läuft, die Hände in den zerzausten Haaren, im Zimmer herum und während er so kreist, scheint er plötzlich die Wand hochzulaufen, wie eine winzige Mücke an den Tapeten entlangzufliegen, schwebend gegen die Arabesken der Wandmuster zu schlagen, dann wieder auf den Fußboden herabzugleiten und seinen Rundlauf wieder fortzusetzen.
Adela schläft fest, ihr Mund steht offen, das Gesicht hat sich in die Länge gezogen und wirkt fremd, aber ihre gesenkten Lider sind durchsichtig, und auf dem dünnen Pergament ihrer Haut schreibt die Nacht ihre Beschwörungsformel (halb Text und halb Bild), voll von Zeichnungen, Korrekturen und Gekritzel.

Edzio steht entblößt in seinem Zimmer und turnt mit Hanteln. Er braucht viel Kraft, zwiefache Kraft in den Schultern, um damit die ohnmächtigen Beine zu ersetzen, und deshalb übt er eifrig, übt er insgeheim ganze Nächte lang.
Adela schwimmt aus sich hinaus in Bewußtlosigkeit und kann weder schreien noch rufen noch auch verhindern, daß Edzio durchs Fenster steigt.
Edzio klettert ohne seine Krücken auf die Veranda hinaus, Adela schaut bestürzt zu, ob die Beine ihn tragen. Aber Edzio versucht erst gar nicht zu gehen.
Wie ein großer weißer Hund nähert er sich auf allen vieren und mit großen schlurfenden Sprüngen auf den donnernden Brettern der Veranda und ist schon bei Adelas Fenster. Wie jede Nacht drückt er sein blasses feistes Gesicht mit schmerzlicher Grimasse an die mondbeglänzten Scheiben und spricht weinerlich und zudringlich, erzählt unter Tränen, daß man ihm zur Nacht den Ball in den Schrank sperre und daß er jetzt in den Nächten wie ein Hund auf allen vieren umherlaufen müsse.
Adela rührt sich aber nicht, ist ganz dem tiefen Rhythmus des Schlafes ergeben, der über sie hinwegsegelt. Sie hat nicht einmal so viel Kraft, um die Decke über die entblößten Glieder zu ziehen und kann nicht verhindern, daß über ihren Körper Wanzen, Scharen und Kolonnen von Wanzen, ziehen. Diese leichten und dünnen Blattkörper laufen so delikat über sie hinweg, daß nicht die leiseste Berührung zu spüren ist. Flache Bluttäschchen, rote Blutbeutelchen ohne Augen und Physiognomie marschieren sie jetzt in ganzen Clans, eine große Völkerwanderung, nach Geschlechtern und Arten geordnet. Sie laufen blitzgeschwind und zu Hunderttausenden, eine unzählbare Promenade, immer größer werdend, so groß wie Nachtfalter, wie flache Geldkatzen, wie rote Vampire ohne Kopf, leicht und papieren, auf Füßchen dünner als Spinnenbeine.
Wenn aber die letzten verspäteten Wanzen vorübergelaufen und verschwunden sind – da kommt noch eine große, riesige und jetzt die letzte –, wird es still, und während die Zimmer langsam mit dem Grau der ersten Morgendämmerung sich vollsaugen, schwebt durch die leeren Korridore und Wohnungen tiefer Schlaf.

In allen Betten liegen Menschen mit angezogenen Knien, mit gewaltsam zur Seite geworfenen, tief gesammelten und in Schlaf versenkten und ihm grenzenlos ergebenen Gesichtern.
Wie jeder einzelne den Schlaf erkämpft hat, so hält er ihn krampfhaft mit eifersüchtigem und geistesabwesendem Gesicht fest, während der Atem, weit vorauseilend und zuvorkommend, ganz allein und sich selbst überlassen über entlegene Wege irrt.
Und es ist eigentlich eine große Geschichte, in mehrere Abschnitte geteilt, in Kapitel und in Rhapsodien aufgeteilt zwischen den Schlafenden. Wenn einer aufhört und verstummt, nimmt der andere dessen Faden auf – und so geht die Erzählung mutterseelenallein in breitem, epischem Zickzack dahin, während in den Zimmern dieses Hauses die Ohnmächtigen wie Körner in den Fächern einer großen tauben Mohnkapsel liegen und im Ein- und Ausatmen der Morgendämmerung entgegenwachsen.

Ich bin ein Pensionist in der wörtlichen und vollen Bedeutung dieses Ausdrucks und schon sehr weit fortgeschritten, erheblich avanciert in dieser Eigenschaft, also ein Pensionist hohen Grades.
Es kann sein, daß ich unter diesem Gesichtspunkt sogar schon gewisse letzte und zulässige Grenzen überschritten habe. Ich will es nicht verheimlichen, was ist schon Außergewöhnliches daran? Weshalb gleich große Augen machen und mit jener heuchlerischen Ehrfurcht, jenem feierlichen Ernst dreinschauen, in dem nur heimliche Freude über den Schaden des Nächsten liegt? Wie wenig Menschen haben im Grund genommen das primitivste Gefühl für Takt! Solche Tatsachen muß man mit der gewöhnlichsten Miene, mit einer gewissen Zerstreutheit und mit der solcherlei Dingen anhaftenden Gleichgültigkeit hinnehmen. Man muß darüber leichten Herzens zur Tagesordnung übergehen, indem man sich eins in den Bart trällert, so wie ich darüber leicht und sorglos hinweggehe. Vielleicht bin ich deshalb ein wenig unsicher auf den Beinen und muß langsam und vorsichtig Schritt vor Schritt setzen und sehr auf die Richtung achten. Man kommt bei diesem Stand der Dinge so leicht von ihr ab. Der Leser wird verstehen, daß ich nicht allzu deutlich werden kann. Meine Existenzform beruht in hohem Maße auf Einbildung und verlangt in dieser Hinsicht viel guten Willen. Ich werde nicht nur einmal an ihn und seine sehr subtilen Schattierungen appellieren, auf die man lediglich mit einem gewissen diskreten Augenzwinkern hinweisen kann, das mir infolge der Steifheit meiner aller mimischen Bewegungen entwöhnten Maske ganz besonders schwerfällt. Außerdem dränge ich mich niemandem auf und bin weit davon entfernt, vor Dankbarkeit für ein Asyl, das mir in jemandes Einbildung gewährt wurde, zu zerfließen. Ich quittiere dieses Zugeständnis ohne Rührung, kalt und mit völliger Gleichgültigkeit. Ich mag es nicht gern, wenn mir jemand zugleich mit der Wohltat des Verstehens als Rechnung die Dankbarkeit präsentiert. Am besten ist es, wenn man mich mit einer gewissen gesunden Rücksichtslosigkeit, scherzhaft und kollegial be-

handelt. In dieser Hinsicht treffen meine ehrlichen, geistig schlichten Bürokollegen und die jüngeren Amtskollegen den richtigen Ton.
Ich gehe mitunter, so um den Ersten eines jeden Monats, zu ihnen, bleibe leise an der Barriere stehen und warte, bis man mich bemerkt. Dann spielt sich jedesmal folgende Szene ab. In einem bestimmten Augenblick legt der Bürovorstand, Herr Kawatkiewicz, die Feder weg, gibt den Beamten mit den Augen ein Zeichen und sagt plötzlich, während er an mir vorbei in die leere Luft starrt, mit der Hand am Ohr: »Wenn mich mein Gehör nicht trügt, dann sind jetzt Herr Rat irgendwo bei uns im Zimmer.« Seine Augen, hoch über mich hinweg ins Leere gerichtet, beginnen zu schielen, während er das sagt, das Gesicht lächelt schalkhaft. »Ich habe eine Stimme im Kosmos vernommen und dachte mir sogleich, daß es unser lieber Herr Rat sein muß!« ruft er laut und angestrengt wie zu jemand weit Entferntem. »Geben Sie ein Zeichen, trüben Sie wenigstens die Luft an der Stelle, wo Sie schweben.« – »Lose Scherze, Herr Kawatkiewicz«, sage ich leise, ihm direkt ins Gesicht, »ich bin um meine Pension gekommen.« – »Um die Pension?« schreit Herr Kawatkiewicz und starrt schielend in die Luft. »Haben Sie gesagt: Um die Pension? Sie scherzen, lieber Herr Rat. Sie sind schon längst von der Pensionsliste gestrichen. Wie lange wollen Sie noch Pension beziehen, geehrter Herr?«
Auf diese Weise scherzen sie mit mir auf eine warme, belebende und menschliche Art. Diese ungenierte Derbheit, dieser unzeremonielle Griff am Ärmel bereiten mir eine seltsame Erleichterung. Ich komme von dort gestärkt und munter heraus und eile schnell nach Hause, um ein bißchen von dieser angenehmen inneren Wärme, die schon am Verdunsten ist, in die Wohnung zu bringen.
Andere Leute dagegen ... Aufdringliche, nie ausgesprochene Fragen, die ich ständig in ihren Augen lese. Man kann sich ihrer einfach nicht erwehren. Nehmen wir an, daß dem so ist – warum gleich diese langen Gesichter, diese feierlichen Mienen, dieses gewissermaßen ehrfürchtig zurückweichende Schweigen, diese erschreckte Rücksicht? Nur um nicht mit einem Wörtlein anzustoßen, um auf delikate Weise meinen Zustand zu verschweigen ... Wie ich dieses Spiel durchschaue! Es ist das seitens der Menschen nichts anderes als eine

Form, sybaritisch an sich selber herumzuschmecken, die eigene, glücklicherweise andersartige Beschaffenheit zu genießen und als Heuchelei getarnt, meinen Zustand ungestüm abzulehnen. Sie tauschen beredte Blicke und schweigen und erlauben dieser Sache, im Schweigen zu wachsen. Mein Zustand! Mag sein, daß er nicht ganz korrekt ist. Vielleicht hat er ein gewisses unbedeutendes Manko prinzipieller Art in sich! Mein Gott! Was ist das schon? Das ist noch kein Grund für diese schnelle und bestürzte Nachgiebigkeit. Manchmal kommt mich ein tolles Lachen an, wenn ich dieses plötzlich ernstwerdende Begreifen, diese bereitwillige Achtung sehe, mit der man sozusagen meinem Zustand Platz macht. Als ob das ein völlig unabweisbares, endgültiges, unwiderrufliches Argument wäre. Weshalb bestehe ich so sehr auf diesem Punkt, weshalb ist das für sie so überaus wichtig und weshalb gibt ihnen die Bestätigung dessen diese tiefe Befriedigung, die sie hinter der Maske scheuer Devotion verstecken?

Nehmen wir an, daß ich sozusagen ein Passagier von leichtem Gewicht bin, tatsächlich von überaus leichtem Gewicht; nehmen wir an, daß mich gewisse Fragen in Verlegenheit bringen, zum Beispiel: wie alt ich bin, wann ich meinen Namenstag feiere und dergleichen ... Ist das ein Grund, ohne Unterlaß um diese Fragen zu kreisen, als ob darin der Kern der Dinge steckte? Nicht daß ich mich meines Zustandes schämte. Nicht im geringsten. Aber ich kann nicht die Übertreibung ertragen, mit der man die Bedeutung einer gewissen Tatsache, einer gewissen, in Wirklichkeit haarfeinen Unterscheidung aufbauscht. Diese ganze falsche Theatralik, dieses feierliche Pathos, das man über dieser Sache auftürmt, diese Drapierung eines Moments mit einem tragischen Kostüm voll düsteren Pomps machten mich lachen. Die Wirklichkeit dagegen? Es gibt nichts weniger Pathetisches, nicht Natürlicheres, nichts Banaleres auf der Welt. Leichtigkeit, Unabhängigkeit, Verantwortungslosigkeit ... Und Musikalität, eine außergewöhnliche Musikalität der Glieder, um es so auszudrücken. Man kann an keinem Leierkasten vorbeigehen, ohne zu tanzen. Nicht aus Fröhlichkeit, sondern weil uns alles einerlei ist und die Melodie ihren eigenen Willen, ihren eigensinnigen Rhythmus hat. Also gibt man nach. »Margarete, Schätzchen, meiner Seele ...« Man ist zu leicht, allzu anfällig, um sich zu widersetzen – und außerdem: in wessen Namen soll man sich einem so unverbindlich ermunternden, so anspruchslosen Vorschlag widersetzen? Also tanze oder, besser gesagt, tripple ich zum Takt der Melodie im kleinen Zockeltrab der Pensionisten, hie und da mit einem Hopser dazwischen. Kaum einer merkt es, da er mit den Laufereien des Alltags beschäftigt ist. Nur das eine möchte ich vermeiden, daß der Leser sich übertriebene Vorstellungen von meiner Kondition macht. Ich warne ausdrücklich vor deren Überschätzung – und das sowohl im Guten wie im Schlechten. Nur keine Romantik. Es ist eine Kondition wie jede andere auch, wie jede andere, welche das Zeichen der natürlichsten Verständlichkeit und Gewöhnlichkeit in sich birgt. Die ganze Paradoxie verschwindet, wenn man sich auf dieser Seite der Sache befindet. Eine große Ernüchterung – so möchte ich meinen Zustand nennen, Abwurf jeglichen Ballasts, tänzerische Leichtigkeit, Leere, Unverantwortlichkeit, Nivellierung der Unterschiede, Lokkerung aller Bande, Aufhebung der Grenzen. Nichts hält mich und nichts bindet mich, kein Widerstand, grenzenlose Freiheit. Seltsam die Indifferenz, mit der ich mich leicht durch alle Dimensionen des Daseins bewege... es müßte eigentlich angenehm sein... weiß ich es? Diese Abgründigkeit, diese Allgegenwärtigkeit, diese Sorglosigkeit sozusagen, gleichgültig und leicht – ich will mich nicht beklagen. Es gibt eine Redensart: nirgends den Stuhl anwärmen. Das ist es eigentlich: ich habe schon längst aufgehört, den Stuhl unter mir anzuwärmen.

Wenn ich aus dem Fenster meines hochgelegenen Zimmers auf die Stadt, die Dächer, die Feuermauern und Schornsteine im braunen Licht des herbstlichen Morgens, aus der Vogelperspektive auf diese ganze, dichtverbaute Landschaft schaue, die sich kaum aus der Nacht geschält hat und blaß den gelben Horizonten entgegentagt, die von den schwarzen, wogenden Scheren des Krähengekrächzes in helle Fetzen zerschnitten sind, dann spüre ich: das ist das Leben... Jeder steckt an jeglichem Tag, zu dem er erwacht, zu jeglicher Stunde, die ihm gehört, und jeden Augenblick in sich selber. Irgendwo in einer halbfinsteren Küche wird der Kaffee gekocht, die Köchin ist fortgegangen, der braune Widerschein der Flamme tanzt auf dem Fußboden. Die von der Stille getäuschte Zeit rinnt einen Augenblick zurück, hinter sich, und infolge dieser nicht gezählten Augenblicke wächst wiederkehrend die Nacht auf dem wogenden Fell des Katers. Zosia aus dem ersten Stock gähnt lange und streckt sich gründlich, bevor sie zum Aufräumen das Fenster öffnet; die reichlich verschlafene, vollgeschnarchte Luft der Nacht wandert träge ans Fenster, durchschreitet es und steigt langsam in das braune und rauchige Grau des Tages hinaus. Das Mädchen taucht die Hände zögernd in den Teig des noch warmen, vom Schlaf gesäuerten Bettes. Endlich schüttelt sie mit innerem Schauder, die Augen voll Nacht, das große, pralle Federbett am Fenster aus, und auf die Stadt fliegen Federfläumchen und Flaumsternchen, träge Aussaat nächtlicher Schwärmereien.

Dann träume ich davon, Bäckerjunge, Elektromonteur oder Kassierer der Krankenkasse zu sein. Oder wenigstens Schornsteinfeger. Zeitig, kaum daß es graut, geht man – vorbei an der brennenden Laterne des Hausmeisters – in ein leicht angelehntes Tor, legt mit einem Scherz auf den Lippen lässig zwei Finger an den Mützenrand und betritt dieses Labyrinth, um es irgendwann spät abends am anderen Ende der Stadt zu verlassen. Den ganzen Tag über von einer Wohnung in die andere übersiedeln, ein endloses, verworrenes Gespräch von einem Ende der Stadt bis zum anderen führen, das auf die Einwohner portionenweise verteilt wird, in der einen Wohnung etwas fragen und in der nächsten die Antwort erhalten, an einer Stelle einen Scherz machen und an den folgenden noch lange die Früchte des Gelächters ernten! Unter Türenschlagen durch lange Korridore, durch möbelverstellte Schlafzimmer gehen, Nachttöpfe umwerfen, gegen quietschende Wiegen stoßen, in denen Kinder weinen, sich nach verlorenen Klappern von Säuglingen bücken! Sich über Gebühr lange in den Küchen und Vorzimmern aufhalten, wo die Dienstmädchen aufräumen. Die Mädchen tummeln sich, strecken die jungen Beine, spannen die gewölbten Riste, spielen und tändeln mit dem Glanz ihres billigen Schuhwerks und klappern mit den losen Pantöffelchen.

Das sind die Träume in meinen verantwortungslosen, gleich Marginalien am Rande verbrachten Stunden. Ich verleugne sie nicht, obgleich ich ihre Sinnlosigkeit einsehe. Jeder muß die Grenzen seiner Kondition kennen und wissen, was ihm ansteht.

Für uns Pensionisten ist der Herbst im allgemeinen eine gefährliche Zeit. Wer aber weiß, mit welcher Mühe man in unserem Zustand zu irgendeiner Stabilisierung gelangt, wie schwer es gerade uns Pensionisten fällt, einer Zerstreuung, der Vernichtung durch unsere eigenen Hände zu entgehen, der wird verstehen, daß der Herbst und seine Stürme, Aufregungen und atmosphärischen Verwirrungen unsere an sich schon bedrohte Existenz nicht begünstigen.
Es gibt aber auch im Herbst andere Tage, Tage voller Ruhe und Nachdenklichkeit, die uns gnädig sind. Es geraten ihm manchmal sonnenlose, warme, neblige und an ihren fernen Rändern bernsteingelbe Tage. In den Lücken zwischen den Häusern öffnet sich plötzlich ein Blick in die Tiefe, auf einen Streifen des tief, immer tiefer, bis zum endgültig verwelkten Gelb der fernsten Horizonte herabsinkenden Himmels. In diesen sich in die Tiefe des Tages öffnenden Perspektiven wandert der Blick gleichsam in die Archive des Kalenders, man bemerkt wie im Querschnitt die Schichtungen des Tages, die unendlichen Registraturen der Zeit, die in Spalieren in eine gelbe und helle Ewigkeit eingehen. Dies alles türmt und reiht sich in den fahlen und verlorenen Formationen des Himmels, während im Vordergrund der Tag gegenwärtig ist und der Augenblick und selten jemand den Blick auf die fernen Regale dieses täuschenden Kalenders richtet. Gebückt und zu Boden starrend streben alle irgendwohin, weichen einander ungeduldig aus – die ganze Gasse ist mit den Linien dieses Strebens, Begegnens und Ausweichens gezeichnet. Aber diese Häuserlücke, aus welcher der Blick auf die ganze Grube der Stadt fliegt, auf dieses ganze architektonische Panorama, aus dem Hintergrund von einem Streifen zu müden Horizonten entweichender Helligkeit belebt, ist auch schon eine Unterbrechung und die erste Pause in diesem Lärm. Dort wird auf einem verbreiterten und hellen Plätzchen das Holz für die städtische Schule geschnitten. Dort stehen in Quadern und Kuben Stöße gesunden und kernigen Holzes, das langsam, Scheit für Scheit, unter den Sägen und den Äxten der Holzhacker zerschmilzt. Ach, Holz! du vertraute, ehrliche, vollwertige Materie der Wirklichkeit, durch und durch klar und redlich, Verkörperung der Anständigkeit und Lebensprosa. So tief du auch in seinem tiefsten Kern suchen magst, du wirst nichts finden, was es

nicht schon einfach und ohne Vorbehalte auf seiner Oberfläche zeigt, immer gleichmäßig lächelnd und hell durch die warme und feste Helligkeit seines fasrigen Fleisches, nach dem Vorbild des menschlichen Körpers gewebt. An jeder frischen Stelle des gespaltenen Scheites zeigt sich ein neues Gesicht – und immer dasselbe, lächelnd und golden. O wunderbare Karnation des Holzes, warm ohne Überspanntheit, durch und durch gesund, duftend und lieblich.
Eine wahrhaft sakramentale Tätigkeit voll Ernst und Symbolik: Holzhacken! Ich könnte stundenlang in dieser hellen, in die Tiefe des späten Nachmittags geöffneten Lücke stehen und den melodisch spielenden Sägen, der gleichmäßigen Arbeit der Äxte zuschauen. Hier ist eine Tradition so alt wie das Menschengeschlecht. In dieser hellen Scharte des Tages, in dieser Lücke der Zeit, in die gelbe und verwelkte Ewigkeit hinaus geöffnet, werden die Klafter des Buchenholzes seit Noahs Zeiten geschnitten. Dieselben patriarchalischen und ewigen Bewegungen, dieselben Schwünge und Verbeugungen. Sie stehen bis zu den Achselhöhlen in goldenen Sägespänen und schneiden sich langsam in die Kuben und Klafter des Holzes hinein und hacken sich immer tiefer in das warme und gesunde Fleisch, in die feste Masse hinein, und haben nach jedem Hieb einen goldenen Glanz in den Augen, als ob sie im Kern des Holzes etwas suchten, als ob sie sich zu einem goldenen Salamander durchhacken wollten, einem kreischenden, feurigen Lebewesen, das immer tiefer ins Holzmark flieht. Nein, sie teilen einfach die Zeit in kleine Holzscheite, wirtschaften mit der Zeit und füllen die Keller mit einer guten und gleichmäßig geschnittenen Zukunft für die Wintermonate.
Hat man diese kritische Zeit, die paar Wochen überstanden, so beginnen alsbald die ersten Morgenfröste und der Winter. Wie ich dieses Vorspiel zum Winter liebe! Noch ohne Schnee, aber schon mit dem Geruch der Kälte und des Rauches in der Luft. Ich erinnere mich an solche Sonntagnachmittage im Spätherbst. Nehmen wir an, daß es die ganze Woche vorher geregnet hat; ein langes herbstliches Sauwetter, aber schließlich hat die Erde Wasser genug getrunken und beginnt jetzt abzutrocknen und auf der Oberfläche matt zu glänzen und eine kräftige, gesunde Kälte auszuscheiden. Der Himmel der letzten Wochen mit seinem Wolkenbezug ist in Lettern zerharkt wie ein Sumpf auf der einen Seite des Himmels-

gewölbes, wo es in Stößen, faltig und zerknittert dunkelt, doch vom Westen her dringen langsam die gesunden, frischen Farben des herbstlichen Abends vor und färben die düstere Landschaft. Und während sich der Himmel vom Westen her langsam reinigt, indem er eine durchsichtige Klarheit ausscheidet, gehen die Dienstmädchen, feiertäglich gekleidet, zu dritt und zu viert beieinander eingehängt, durch die leere, sonntäglich saubere und austrocknende Gasse zwischen den bunten Vorstadthäuschen dahin, in jener bitteren Farbigkeit der Luft, die vor der Dämmerung errötet; die Mädchen gehen schlank, die runden Gesichter von der gesunden Kälte gerötet, und setzen die Beine im neuen, knappbemessenen Schuhwerk elastisch auf. Liebliche, rührende Erinnerungen, aus einem Versteck des Gedächtnisses hervorgeholt!
In der letzten Zeit ging ich fast täglich ins Amt. Es geschieht manchmal, daß jemand erkrankt, und man erlaubt mir, statt seiner zu arbeiten. Mitunter hat jemand einfach irgendeine wichtige Sache in der Stadt zu erledigen und läßt sich in der Büroarbeit vertreten. Leider ist das keine regelmäßige Arbeit. Es ist angenehm, wenigstens ein paar Stunden lang einen eigenen Sessel mit einem Lederkissen und eigene Lineale, Bleistifte und Federn zu haben. Es ist angenehm, von den Mitarbeitern angestoßen oder kollegial angefaucht zu werden. Der eine wendet sich an unsereinen mit einer Frage, der andere sagt ein Wort, hänselt einen oder scherzt – und man blüht ein Weilchen auf. Man hakt sich an jemandem fest und hängt seine Heimatlosigkeit an etwas Lebendiges und Warmes. Der andere geht fort und spürt meine Last nicht, ahnt nicht, daß er mich trägt, daß ich ein Weilchen auf seinem Leben schmarotze...
Doch seitdem ein neuer Bürovorstand kam, ist auch das zu Ende.
Ich sitze jetzt häufig, wenn schönes Wetter ist, auf einer Bank in einer kleinen Grünanlage gegenüber der städtischen Schule. Aus der Gasse nebenan dringt das Geräusch holzhackender Äxte. Mädchen und junge Frauen kehren vom Markt zurück. Einige haben ernste und regelmäßig gezeichnete Brauen und gehen, drohend unter ihnen hervorschauend, schmal und düster an mir vorbei – Engel mit Körben voller Gemüse und Fleisch. Manchmal bleiben sie vor den Läden stehen und betrachten sich in der Auslagenscheibe. Dann

gehen sie, einen stolzen und musternden Blick von oben auf sich selber und auf die Spitzen der eigenen Schuhe werfend, weiter. Um die zehnte Stunde betritt der Schuldiener die Türschwelle, und seine lärmende Glocke füllt mit ihrem Gellen die Gasse. Im gleichen Augenblick scheint das Innere der Schule in einen gewaltigen Tumult zu geraten, der nahezu das Gebäude sprengt. Gleich Flüchtlingen vor einem allgemeinen Aufruhr fliegen, wie aus einer Schleuder geschossen, kleine zerlumpte Bengel aus dem Tor und kollern lärmend die steinerne Treppe herab, um – erst einmal in Freiheit – ein paar verrückte Sprünge auszuführen und sich zwischen zwei Augenzwinkern in verrückte, blindlings improvisierte Unternehmungen zu stürzen. Manchmal gelangen sie bei diesen unbewußten Hetzjagden bis an meine Bank und werfen im Vorbeistürzen unverständliche Schimpfwörter an meine Adresse. Ihre Gesichter scheinen bei den gewaltigen Grimassen, die sie mir schneiden, aus den Fugen zu gehen. Wie eine Herde geschäftiger Affen, die ihre närrischen Heldentaten parodistisch erläutern, fliegt die Bande gestikulierend, mit höllischem Gekreisch an mir vorbei. Ich sehe dann die aufgestülpten, kaum angedeuteten Näschen, die ihren Ausfluß nicht halten können, ihre vom Geschrei zerrissenen und mit Schorf bedeckten Münder und ihre kleinen, geballten Fäuste. Es kommt vor, daß sie manchmal bei mir stehenbleiben. Seltsam, aber sie halten mich für einen Altersgenossen. Meine Statur befindet sich seit langem im Schwinden. Mein Gesicht, aufgelöst und erschlafft, hat einen kindlichen Ausdruck angenommen. Ich bin etwas verlegen, denn sie behandeln mich ohne viel Zeremonien. Als mich zum ersten Mal einer von ihnen unerwartet vor die Brust stieß, kollerte ich unter die Bank. Aber ich war nicht beleidigt. Sie zogen mich sogleich heraus; ich war glücklich verwirrt und begeistert von diesem so frischen und belebenden Vorgehen. Dieser Vorzug, daß mich keine Gewalttätigkeit ihres angriffslustigen savoir-vivre beleidigt, verschafft mir langsam Ansehen und Popularität. Es ist leicht zu verstehen, daß ich seitdem meine Taschen emsig mit einer entsprechenden Kollektion von Knöpfen, Steinchen, Zwirnspulen und Gummistücken versehe. Das erleichtert den Gedankenaustausch ungemein und bildet eine natürliche Brücke bei der Anknüpfung von Freundschaften. Wenn sie von sachlichen Interessen in Anspruch genommen sind, schenken sie außerdem mir selber weniger Aufmerksamkeit. Im Schutz des aus der Tasche gezogenen Arsenals brauche ich keine Angst zu haben, daß ihre Neugierde und ihr Vorwitz mir gegenüber zudringlich werden.

Zu guter Letzt beschloß ich, einen gewissen Gedanken in die Tat umzusetzen, der mich seit einiger Zeit immer hartnäckiger bedrängte.

Es war ein windstiller, sanfter und nachdenklicher Tag, einer jener späten Herbsttage, an denen das Jahr, nachdem es alle Farben und Tönungen dieser Jahreszeit erschöpft hat, zu den Frühlingsregistern des Kalenders zurückzukehren scheint. Der sonnenlose Himmel hatte sich in farbige Streifen und sanfte Schichten von Kobalt, Grünspan und Seladon gelegt und am äußersten Rand mit einem wie Wasser reinen Streifen Weiß abgeschlossen – der Farbe des Aprils, unsäglich und längst vergessen. Ich zog meinen besten Anzug an und begab mich, nicht ohne ein gewisses Lampenfieber, in die Stadt. Ich ging schnell dahin, ungestört in der stillen Schönheit dieses Tages, ohne ein einzigesmal von der geraden Linie abzuweichen. Atemlos lief ich die steinernen Stufen hinauf. Alea iacta est, sagte ich mir, als ich an die Tür der Kanzlei klopfte. Ich stand in bescheidener Haltung vor dem Schreibtisch des Herrn Direktors, wie es meiner neuen Rolle anstand. Ich war etwas verwirrt.

Der Herr Direktor nahm aus einer verglasten Schachtel einen Käfer auf einer Stecknadel heraus, hielt ihn schräg gegen das Licht ans Auge und betrachtete ihn. Die Finger hatte er mit Tinte verkleckst, die Nägel waren kurz und gerade geschnitten. Er schaute mich über seine Brille hinweg an.

»Der Herr Rat möchte sich in die erste Klasse einschreiben lassen?« sagte er. »Ein löbliches und anerkennenswertes Beginnen. Ich verstehe, der Herr Rat will von Grund auf, von den Fundamenten her seine Erziehung aufbauen. Ich sage immer: Die Grammatik und das Einmaleins sind die Grundlagen der Bildung. Natürlich können wir den Herrn Rat nicht als einen dem Schulzwang unterliegenden Schüler betrachten. Eher als Hospitanten, als Veteranen des Abc, der – um es so auszudrücken – nach langer Wanderung gleichsam zum zweiten Mal auf die Schulbank gelangt ist. Er hat sein angeschlagenes Schiff in diesen Hafen gesteuert, um es so auszudrücken. Ja, ja, Herr Rat, nicht viele erweisen uns diese

Dankbarkeit, diese Anerkennung unserer Verdienste, nach einem Menschenalter Arbeit, nach einem Menschenalter Mühsal und Plage zu uns zurückzukehren und für immer als freiwillige, lebenslängliche Repetenten hier zu bleiben. Der Herr Rat wird bei uns besondere Rechte genießen. Ich habe immer gesagt ...«

»Ich bitte um Entschuldigung«, unterbrach ich ihn, »aber ich möchte bemerken, was diese besonderen Rechte anbelangt, verzichte ich völlig auf sie ... Ich wünsche keine privilegierte Behandlung. Ganz im Gegenteil ... Ich möchte mich durch nichts von den anderen unterscheiden, es ist mir sogar viel daran gelegen, möglichst weitgehend mit der grauen Masse der Klasse zu verschmelzen und in ihr unterzugehen. Meine ganze Absicht würde ihr Ziel verfehlen, würde ich im Vergleich mit den anderen irgendwelche Privilegien genießen. Sogar wenn es um die körperliche Züchtigung geht«, hier erhob ich den Finger, »erkenne ich im vollen Umfang deren heilsamen und sittenfördernden Einfluß an. Ich behalte mir ausdrücklich vor, daß in dieser Hinsicht, was mich anbelangt, keinerlei Ausnahmen gemacht werden.«

»Sehr lobenswert, sehr pädagogisch«, sagte der Herr Direktor anerkennend. »Außerdem glaube ich«, fügte er hinzu, »daß Ihre Bildung infolge des langen Brachliegens gewiß schon einige Lücken aufweisen wird. Wir geben uns in dieser Hinsicht gewöhnlich optimistischen Täuschungen hin, die man leicht entlarven kann. Erinnern Sie sich noch, wieviel fünf mal sieben ist?«

»Fünf mal sieben«, wiederholte ich verwirrt und spürte, wie die Verlegenheit, die mir als warme und glückliche Woge zum Herzen strömte, die Klarheit meiner Sinne vernebelte. Von der eigenen Ignoranz wie von einer Erscheinung geblendet, begann ich, halb entzückt, tatsächlich wieder zur kindlichen Unwissenheit zurückzukehren, zu stottern und zu wiederholen: »Fünf mal sieben, fünf mal sieben ...«

»Na, sehen Sie«, sagte der Direktor. »Höchste Zeit, daß Sie sich wieder in die Schule einschreiben lassen.« Dann nahm er mich an der Hand und geleitete mich in die Klasse, in welcher der Unterricht stattfand.

Abermals wie vor einem halben Jahrhundert befand ich mich in diesem Lärm, in diesem schwärmenden und vom Ameisengetriebe unruhiger Köpfe dunklen Saal. Ich stand ganz

klein in der Mitte und hielt mich an den Rockschößen des Herrn Direktors fest, während mich fünfzig junge Augenpaare mit der gleichgültigen, grausamen Sachlichkeit von Tierchen betrachteten, die ein Exemplar der eigenen Rasse sehen. Von allen Seiten wurden mir Fratzen geschnitten, machten sich in schnell vorübergehender Feindseligkeit drohende Mienen bemerkbar, streckte man die Zungen heraus. Ich reagierte auf diese Angriffe nicht, eingedenk der guten Erziehung, die ich einst erhalten hatte. Während ich diese unruhigen Gesichter voll unbeholfener Grimassen betrachtete, erinnerte ich mich der nämlichen Situation vor fünfzig Jahren. Damals stand ich so neben der Mutter, während sie meine Sache mit der Lehrerin abmachte. Jetzt flüsterte statt der Mutter der Herr Direktor dem Herrn Professor etwas ins Ohr, der mit dem Kopf nickte und mich ernst betrachtete.
»Das ist eine Waise«, sagte er schließlich zur Klasse, »und hat weder Vater noch Mutter – also neckt ihn nicht überflüssigerweise.«
Die Tränen glänzten mir in den Augen bei dieser Ansprache, aufrichtige Tränen der Rührung, und der Herr Direktor schob mich, selber gerührt, in die erste Bank.
Von dieser Zeit an begann ein neues Leben für mich. Die Schule verschlang mich mit einemmal völlig. Niemals während meines früheren Lebens war ich dermaßen von tausend Dingen, Intrigen und Interessen in Anspruch genommen worden. Ich lebte in einer einzigen hastigen Geschäftigkeit. Über meinem Kopf schlugen tausenderlei verschiedenartige Interessen zusammen. Mir wurden Signale gegeben, Telegramme geschickt, Verständigungszeichen gemacht, man zischte und zwinkerte mir zu und brachte mir in allen Dialekten der Zeichensprache die tausend Verpflichtungen in Erinnerung, die ich eingegangen war. Kaum daß ich das Ende der Stunde erwarten konnte, während der ich aus angeborener Anständigkeit stoisch allen Attacken widerstand, um mir nicht ein Wort vom Unterricht des Professors entgehen zu lassen. Kaum daß die Stimme der Glocke ertönte, fiel die ganze entfesselte Bande über mich her, rannte mich in ihrem elementaren Ungestüm um und riß mich geradezu in Stücke. Sie kamen von hinten über die Bänke gelaufen, wobei sie mit den Füßen auf den Pulten trommelten, sprangen mir über den Kopf und schlugen Purzelbäume

über mich hinweg. Jeder plärrte mir seine Forderungen ins Ohr. Ich wurde der Mittelpunkt aller Interessen, die ernstesten Transaktionen, die verworrensten und kitzligsten Affären konnten nicht ohne meine Beteiligung erledigt werden. Auf der Straße ging ich stets von einer schreienden, heftig gestikulierenden Bande umringt. Die Hunde wichen uns von weitem mit eingezogenen Schwänzen aus, die Kater sprangen bei unserer Annäherung auf die Dächer, und einzelne Knaben, denen wir unterwegs begegneten, zogen in ergebenem Fatalismus, auf das Schlimmste gefaßt, die Köpfe ein.

Der Schulunterricht hatte für mich nichts vom Reiz seiner Neuheit verloren. Zum Beispiel die Kunst des Buchstabierens. Der Professor appellierte einfach an unsere Unwissenheit, verstand es, sie uns mit großer Gewandtheit und Pfiffigkeit herauszulocken, und gelangte endlich bis zu jener tabula rasa in uns, welche die Grundlage jedes Unterrichts ist. Nachdem er so alle Vorurteile und Gewohnheiten ausgejätet hatte, begann er mit seinem Unterricht von Grund auf. Mühsam und angestrengt stotterten wir melodisch klingende Silben, zogen in den Pausen dazwischen den Rotz hoch und drückten im Buch mit dem Finger einen Buchstaben nach dem anderen platt. Meine Fibel trug die gleichen Spuren des Zeigefingers – unter den schwierigeren Buchstaben waren sie besonders fett – wie die Fibeln meiner Kollegen.

Einmal, ich weiß nicht mehr, worum es ging, kam der Herr Direktor in die Klasse und zeigte inmitten der Stille, die plötzlich entstand, mit dem Finger auf drei von uns – darunter auch auf mich. Wir mußten uns mit ihm auf der Stelle in die Kanzlei begeben. Wir wußten, wonach das roch, und meine zwei Mitschuldigen begannen schon jetzt zu flennen. Ich betrachtete gleichgültig ihre unzeitgemäße Reue und die vom plötzlichen Weinen verunstalteten Gesichter, als wäre mit den ersten Tränen die menschliche Maske von ihnen abgefallen und hätte den formlosen Brei weinenden Fleisches entblößt. Was mich betrifft, war ich ruhig und unterwarf mich mit der Entschlossenheit sittlicher und gerechter Naturen dem Lauf der Dinge, bereit, die Folgen meiner Taten stoisch zu ertragen. Diese Charakterstärke sah nach Verstocktheit aus und gefiel dem Herrn Direktor nicht, als wir drei Schuldigen vor ihm in der Kanzlei standen – der Herr Professor assistierte dieser Szene mit dem Rohrstock in der Hand. Gleichgültig schnallte ich meinen Gürtel auf, doch als der Herr Direktor dies gewahrte, rief er: »Eine Schande! Ist das möglich? In diesem Alter!« und schaute erbost den Herrn Professor an. »Ein seltsames Naturwunder«, fügte er mit einer widerwilligen Grimasse hinzu. Dann, nachdem er die Kleinen fortgeschickt hatte, hielt er mir eine lange und ernste Predigt voller Schmerz und Mißbilligung. Doch ich verstand ihn nicht. Indem ich gedankenlos an den Fingernägeln kaute, schaute ich stumpf vor mich hin und sagte dann: »Bitte sön, Herr Plofessor, der Wacek hat dem Herrn Plofessor auf die Semmel ges-puckt.« Ich war wirklich schon ein Kind.

Zum Zeichnen und Turnen gingen wir in eine andere Schule, wo für diese Fächer besondere Einrichtungen und Säle waren. Wir marschierten paarweise, schwatzten verbissen und überschütteten jede Gasse, die wir kreuzten, mit dem plötzlichen Lärm unserer gemischten Sopranstimmen.

Diese Schule war ein großes, hölzernes Gebäude, aus einem Theatersaal umgebaut, alt und voller Anbauten. Das Innere des Zeichensaales glich einem riesigen Bad, die Decke war mit hölzernen Säulen gestützt, unter der Decke verlief eine hölzerne Galerie, die wir alle gleichzeitig hinaufliefen, indem wir die Treppen im Sturm nahmen, die unter unseren Füßen wie ein Gewitter donnerten. Die zahlreichen angrenzenden Ubikationen eigneten sich vorzüglich zum Versteckspiel. Der Zeichenprofessor kam niemals, also trieben wir maßlosen Unfug. Von Zeit zu Zeit stürzte der Direktor dieser Schule in den Saal, stellte einige der Lautesten in die Ecke, zog ein paar der Wildesten an den Ohren, aber kaum wandte er sich der Tür zu, erhob sich hinter seinem Rücken der Tumult aufs neue.

Wir hörten die Glocke nicht das Ende der Stunde verkünden. Es kamen kurze und bunte Herbstnachmittage. Um einige Knaben kamen die Mütter und schleppten die Widerstrebenden unter Schelten und Schlägen mit sich fort. Aber für die anderen, die einer so sorgsamen häuslichen Pflege entbehrten, begann jetzt erst das richtige Spiel. Erst in der späten Dämmerung jagte uns der alte Schuldiener, welcher die Schule schloß, nach Hause.

Am Morgen herrschte zu dieser Jahreszeit noch dichtes Dunkel, wenn wir uns auf den Schulweg machten. Die Stadt lag noch in taubem Schlaf. Wir bewegten uns im Finstern tastend mit ausgestreckten Armen vorwärts und raschelten mit den Füßen im trockenen Laub, das haufenweise die Gasse bedeckte. Beim Gehen hielten wir uns an die Hausmauern, um nicht in die Irre zu laufen. Unvermutet tappten wir in irgendeiner Nische mit der Hand einem Kollegen ins Gesicht, der aus der entgegengesetzten Richtung kam. Wieviel Gelächter, Raterei und Überraschungen sich daraus ergaben! Einige hatten Talgkerzen mit, zündeten sie an – und die Stadt war mit den Wanderungen dieser Stummel übersät, die sich dicht über der Erde in einem zitternden Zickzack vorwärtsbewegten, aufeinanderstießen und stehenblieben, um irgendeinen Baum, ein Segment Boden, einen Haufen verwelkten Laubes, in welchem die Kleinen Kastanien suchten, zu beleuchten. Schon werden in einigen Häusern in der Etage die ersten Lampen angezündet, ihr trübes Licht fällt vergrößert durch die Quadrate der Scheiben in die städtische Nacht hinaus und legt sich in großen Figuren auf den Platz vor dem Haus, auf das Rathaus und auf die blinden Fassaden der Häuser. Und wenn jemand die Lampe in die Hand nimmt und von Zimmer zu Zimmer geht, wenden sich auf dem Hof diese riesigen Vierecke des Lichts wie die Blätter eines kolossalen Buchs, und der Platz scheint mit den Steingebäuden zu wandern und die Schatten und die Häuser umzustellen, als ob er sich Patiencen mit einem großen Spiel Karten legte.

Endlich erreichten wir die Schule. Die Stummel erloschen, Dunkelheit umfaßte uns, wir tappten nach unseren Sitzen in den Bänken. Dann kam der Lehrer herein, steckte eine Talgkerze in eine Flasche – und es begann das langweilige Abfragen der Vokabeln und Deklinationen. In Ermangelung eines besseren Lichts fand mündlicher und gedächtnisstärkender Unterricht statt. Während der eine monoton etwas aufsagte, betrachteten wir mit blinzelnden Augen, wie aus der Kerze goldene Pfeile als verwirrende Zickzacke herausschossen und sich raschelnd wie Stroh in den zusammengekniffenen Wimpern verhedderten. Der Herr Professor goß Tinte in die Tintenfässer, gähnte und schaute zum niedrigen Fenster in die schwarze Nacht hinaus. Unter den Bänken herrschte tiefer Schatten. Wir tauchten kichernd hinab, wanderten auf allen vieren, beschnupperten uns wie die Tiere und führten in der Dunkelheit und flüsternd die üblichen Transaktionen durch. Niemals werde ich diese seligen vormor-

gendlichen Stunden in der Schule vergessen, während es hinter den Scheiben langsam hell wurde.
Schließlich kam die Zeit der Herbststürme. An diesem Tag wurde der Himmel schon frühzeitig gelb und abendlich; er war auf diesem Hintergrund in trübgrauen Linien imaginärer Landschaften, großer und nebeliger Einöden modelliert, die sich perspektivisch als immer kleiner werdende Kulissen von Hügeln und Falten entfernten, ineinander verschwammen und erst weit im Osten zerbröckelten, wo er sich plötzlich als wallender Rand eines davonfliegenden Vorhangs losriß und einen weiteren Plan, einen tieferen Himmel, eine Lücke von erschreckender Blässe zeigte – das blasse und bestürzte Licht der fernsten Ferne –, farblos und wasserklar, mit dem wie mit einer endgültigen Verblüffung dieser Horizont endete und sich schloß. Wie auf den Stichen Rembrandts konnte man während dieser Tage unter diesem Streifen helle Fernen, mikroskopisch deutliche – übrigens nie gesehene – Länder sehen, die sich jetzt hinter diesem Horizont hervor, unter dieser hellen Spalte des Himmels erhoben, mit grell blassem und panischem Licht überflutet, wie aus einer anderen Epoche und Zeit emporgetaucht, wie ein dem sehnsüchtigen Volk nur einen Augenblick lang gezeigtes gelobtes Land.
In dieser hellen Miniaturlandschaft konnte man in wunderbarer Schärfe sehen, wie sich auf wellig gewundener Bahn ein in solcher Ferne kaum wahrnehmbarer Eisenbahnzug bewegte, der sich zu einem Streifchen silberweißen Rauches aufplusterte und in helle Nichtigkeit zerrann.
Aber dann kam der Wind auf. Er fiel gleichsam aus dieser hellen Lücke des Himmels herab, kreiste und lief durch die Stadt. Er war aus eitel Weichlichkeit und Sanftmut gemacht, spielte jedoch in seltsamer Megalomanie den brutalen und gewalttätigen Kerl. Er mischte, knetete und quälte die Luft, daß sie vor Seligkeit starb. Aber plötzlich versteifte er sich im Raum und stieg hoch, breitete sich gleich riesigen, geblähten Segelbahnen, gleich peitschenknallenden Leintüchern aus, verhedderte sich mit grimmiger Miene zu festen Knoten, die vor Spannung zitterten, als wollte er die ganze Luft vergeblich festzurren, aber dann ließ er das verräterische Ende fahren und löste die falsche Schlinge und warf – schon eine Meile weiter – pfeifend sein Lasso, seine fesselnde Pferdeschlinge aus, die jedoch nichts fing.

Und was er nicht alles mit dem Rauch der Schornsteine anstellte! Der arme Rauch wußte selbst nicht mehr, wie er seinem Schelten entgehen und ob er mit dem Kopf nach rechts oder nach links vor seinen Püffen ausweichen sollte. So protzte er in der Stadt, als wollte er an diesem Tag ein für allemal ein merkwürdiges Exempel seiner grenzenlosen Selbstherrlichkeit statuieren.
Seit dem frühen Morgen hatte ich das Gefühl eines bevorstehenden Unglücks. Mühsam kämpfte ich mich durch den Sturm. An den Straßenecken, an den Kreuzungen der Zugluft hielten mich die Kollegen an den Rockschößen fest. So gelangte ich durch die Stadt, und alles ging gut. Dann mußten wir zum Turnen in die andere Schule gehen. Unterwegs kauften wir uns Brezeln. Die lange Schlange der Knaben trat, heftig gestikulierend, durch das Tor in das Innere des Gebäudes. Noch einen Augenblick, und ich wäre an einem festen Ort gerettet und bis zum Abend sicher gewesen. Schließlich hätte ich sogar im Turnsaal übernachten können. Treue Kollegen hätten mir nachts Gesellschaft geleistet. Das Unglück wollte es aber, daß Wacek an diesem Tag einen neuen Kreisel bekommen hatte und ihn schwungvoll vor der Schwelle der Schule losließ. Der Kreisel brummte, es entstand Gedränge am Eingang, ich wurde aus dem Bereich des Tores gestoßen – und im nämlichen Augenblick riß es mich fort. »Liebe Kollegen, rettet mich!« rief ich, schon in der Luft hängend. Ich sah noch ihre ausgestreckten Arme und ihre schreienden offenen Münder, aber im nächsten Augenblick schlug ich einen Purzelbaum und wehte in einer prächtigen aufsteigenden Linie davon. Schon flog ich hoch über den Dächern. Während ich so atemlos dahinflog, sah ich mit den Augen der Phantasie, wie meine Kollegen in der Klasse die Arme ausstreckten, gewaltig die Finger spreizten und dem Lehrer zuriefen: »Bitte, Herr Professor, den Szymiec hat es fortgeweht!« Der Herr Professor schaute über die Brille. Ruhig ging er ans Fenster, schirmte die Augen mit der Hand ab und betrachtete aufmerksam den Horizont . Aber er konnte mich nicht mehr sehen. Sein Gesicht im schwachen Widerschein des fahlen Himmels wurde ganz pergamenten.
»Er muß aus dem Katalog gestrichen werden«, sagte er mit bitterer Miene und trat an den Tisch. Und mich trug es höher und höher in gelbe, unergründete, herbstliche Lufträume.

Seit ich wieder in die Stadt gehen kann, ist das eine große Erleichterung für mich. Doch wie lange habe ich mein Zimmer nicht verlassen! Es waren bittere Monate und Jahre.
Ich bin nicht imstande, die Tatsache zu erklären, daß es mein altes Zimmer aus der Kindheit ist, das hinterste Stübchen auf dem Gang, schon in jenen Zeiten selten besucht und immer wieder vergessen, als ob es nicht zur Wohnung gehörte. Ich erinnere mich nicht mehr, wie ich dort hinkam. Es scheint mir, daß es eine helle Nacht war, eine wäßrigweiße, mondlose Nacht. Ich sah jeden Winkel im grauen Sternenlicht. Das Bett war aufgedeckt, als ob es eben jemand verlassen hätte, und ich lauschte in der Stille, ob ich nicht den Atem Schlafender hörte. Wer könnte hier atmen? Seitdem wohne ich hier. Ich sitze seit Jahren herum und langweile mich. Hätte ich doch wenigstens an die Anschaffung von Vorräten gedacht! Ach ihr, die ihr es noch könnt, denen noch einige Zeit dafür gegeben ist, sammelt Vorräte, häuft Korn, gutes und nahrhaftes Korn, süßes Korn, denn es kommt ein großer Winter, es kommen arme und hungrige Jahre – und der Boden trägt nicht im Lande Ägypten. Leider war ich nicht ein emsiger Hamster, ich war eine leichtsinnige Feldmaus, lebte in den Tag hinein ohne Sorgen um das Morgen, stolz auf mein Talent zum Hungerleiden. Wie eine Maus dachte ich mir: Was macht mir der Hunger aus? Im ärgsten Fall kann ich Holz benagen oder mit dem Mäulchen Papier in kleine Schnitzel zerreißen. Das ärmste Tier, die graue Kirchenmaus – ans graue Ende des Schöpfungsbuches hingetupft – kann von nichts leben. Und so lebe ich denn von nichts in diesem toten Zimmer. Die Fliegen darin sind längst eine nach der anderen verreckt. Ich lege das Ohr ans Holz, ob nicht in seiner Tiefe der Wurm bohrt. Grabesstille. Nur ich, eine unsterbliche Maus, ein einsamer Wiedergänger, raschle in diesem toten Zimmer, laufe ohne Ende auf dem Tisch, den Etageren und den Sesseln herum. Ich bewege mich, ähnlich der Tante Tekla, in einem langen grauen Rock bis auf den Boden, behende, rasch und klein, ein raschelndes Schwänz-

chen hinter mir einherschleppend. Ich sitze jetzt am hellichten Tag regunglos wie ausgestopft am Tisch, meine Augen, zwei schwarze Glasperlen, stehen vor und glänzen. Nur die Spitze des Mäulchens pulsiert kaum wahrnehmbar und knabbert zierlich aus Gewohnheit.
Das ist natürlich metaphorisch zu verstehen. Ich bin ein pensionierter Beamter und keine Maus. Es gehört aber zur Eigenart meiner Existenz, daß ich in Metaphern schmarotze und mich so leicht von der erstbesten Metapher hinreißen lasse. Wenn ich so in Schwung gekommen bin und mich verrannt habe, muß ich mich erst mühevoll zur Umkehr zwingen und langsam wieder zur Besinnung kommen.
Wie ich ausschaue? Manchmal sehe ich mich im Spiegel. Eine wunderliche, lächerliche und schmerzliche Sache! Eine Schande, es zu gestehen. Ich sehe mich niemals en face, von Angesicht zu Angesicht, sondern ein wenig tiefer, ein wenig weiter stehe ich dort in der Tiefe des Spiegels, ein wenig von der Seite, ein wenig im Profil stehe ich nachdenklich da und blicke zur Seite. Ich stehe regungslos und blicke zur Seite, etwas nach hinten und hinter mich. Unsere Blicke haben aufgehört sich zu begegnen. Wenn ich mich rühre, rührt auch er sich, doch halb nach hinten gewandt, als wüßte er nichts von mir, als wäre er hinter zu viele Spiegel gegangen und könnte jetzt nicht mehr zurück. Der Gram drückt mir das Herz ab, wenn ich ihn sehe, so fremd und so gleichgültig. Das bist doch du, möchte ich rufen, warst mein treues Ebenbild, hast mir so viele Jahre Gesellschaft geleistet – und jetzt erkennst du mich nicht? O Gott! Fremd und irgendwohin zur Seite blickend stehst du dort und scheinst in die Tiefe zu lauschen, auf irgendein Wort zu warten – und von dort, aus der gläsernen Tiefe, jemand anderem gehorsam, von ganz woandersher Befehle zu erwarten.
Ich sitze am Fenster und blättere in alten, vergilbten Universitätsskripten – meiner einzigen Lektüre.
Ich blicke auf den verschossenen, verglimmenden Vorhang, sehe, wie er sich leicht im kalten Hauch vom Fenster her bauscht. Auf dieser Vorhangstange könnte ich turnen. Ein vollendetes Reck. Wie leicht ließen sich dort Purzelbäume schlagen in der schalen, schon jahrelang benutzten Luft. Unwillkürlich fast gelingt ein elastischer Salto mortale – kühl, ohne innere Beteiligung, rein spekulativ sozusagen.

Wenn man so äquilibristisch auf den Zehenspitzen auf diesem Reck steht und mit dem Kopf die Zimmerdecke berührt, hat man das Empfinden, daß es in dieser Höhe etwas wärmer ist, hat man die kaum erwartete Täuschung einer milderen Aura. Von Kindheit auf liebe ich es, das Zimmer aus der Vogelperspektive zu betrachten.
Ich sitze und lausche der Stille. Das Zimmer ist einfach mit Kalk getüncht. Manchmal schießt auf der weißen Zimmerdecke eine berstende Hühnerkralle hervor, manchmal löst sich raschelnd ein Plättchen Tünche. Soll ich verraten, daß mein Zimmer zugemauert ist? Wie das? Zugemauert? Wie ich dann hinausgehen könnte! Das verhält sich eigentlich so: für den guten Willen gibt es kein Hindernis, einem intensiven Verlangen stellt sich nichts entgegen. Ich muß mir nur eine Tür vorstellen, eine gute alte Tür, wie in der Küche meiner Kindheit eine war, mit eiserner Klinke und einem Riegel. Es gibt kein so fest zugemauertes Zimmer, in dem sich nicht eine solche vertrauliche Tür öffnen ließe, wenn nur die Kräfte langen, sie hinzudenken.

Es war in der späten und verlorenen Periode der völligen Auflösung, in der Periode der endgültigen Liquidierung unserer Geschäfte. Das Schild über der Tür unseres Ladens war schon längst entfernt. Bei halb herabgelassenen Jalousien führte die Mutter einen verstohlenen Handel mit den Resten. Adela war nach Amerika ausgewandert. Es hieß, daß der Dampfer, mit dem sie gefahren, untergegangen sei und alle Passagiere ihr Leben eingebüßt hätten. Wir haben dieses Gerücht nie nachgeprüft, die Kunde über das Mädchen verlor sich, wir hörten nichts mehr von ihm. Es begann eine neue Ära, leer, nüchtern und freundlich weiß wie Papier. Das neue Dienstmädchen, Genia, anämisch, blaß und knochenlos, schob sich weich durch die Zimmer. Wenn man ihr streichelnd über den Rücken fuhr, wand und reckte sie sich wie eine Schlange und schnurrte wie ein Kätzchen. Sie hatte einen mattweißen Teint und war nicht einmal unter den Lidern ihrer Emailaugen rosig. Aus Zerstreutheit machte sie manchmal eine Einbrenne aus alten Rechnungen und Durchschriften – fade und nicht zu genießen.

In dieser Zeit war mein Vater schon definitiv gestorben. Er war schon mehrere Male gestorben, aber immer noch nicht gänzlich, immer mit gewissen Vorbehalten, die zur Revision dieser Tatsache zwangen. Das hatte seine gute Seite. Indem der Vater so seinen Tod in Raten zerkrümelte, machte er uns langsam mit der Tatsache seines Abgangs vertraut. Wir wurden seinen Wiederkünften gegenüber gleichgültig, die immer seltener und mit jedem Mal trauriger wurden. Die Physiognomie des bereits Abwesenden zerteilte sich gleichsam in dem Zimmer, in dem er lebte, verästelte sich und bildete an bestimmten Punkten seltsame Ähnlichkeitsknoten von unglaublicher Deutlichkeit. Die Tapeten imitierten an bestimmten Stellen die Zuckungen seines Ticks, die Arabesken formten sich zur traurigen Anatomie seines Lachens; sie war in symmetrische Glieder aufgeteilt wie der versteinerte Abdruck eines Trilobiten. Eine Zeitlang machten wir einen großen Bogen um seinen iltisgefütterten Pelz. Der Pelz atmete. Die Panik der ineinander verbissenen und vernähten

Tierchen huschte in ohnmächtigen Zuckungen über ihn hinweg und verlor sich in den Falten der Felle. Wenn man das Ohr anlegte, konnte man das melodische Schnurren ihres einträchtigen Schlafes hören. In dieser gut gegerbten Form, mit diesem leichten Geruch von Iltissen, Morden und nächtlicher Brunft hätte er es Jahre überstehen können. Aber auch da hielt er nicht lange aus.

Eines Tages kam die Mutter mit konsternierter Miene aus der Stadt zurück. »Schau, Józef«, sagte sie, »was für ein Zufall. Ich habe ihn auf der Stiege erwischt, wie er von Stufe zu Stufe sprang.« Und sie hob das Taschentuch von etwas, das sie auf einem Teller hielt. Ich erkannte ihn sofort. Die Ähnlichkeit war nicht zu verkennen, obwohl er jetzt ein Krebs oder ein großer Skorpion war. Wir bestätigten uns dies mit den Augen, zutiefst verwundert über die auffallende Ähnlichkeit, die sich trotz der Veränderungen und Metamorphosen noch immer mit unwahrscheinlicher Kraft aufdrängte. »Lebt er?« fragte ich. »Versteht sich, kaum daß ich ihn festzuhalten vermag«, sagte die Mutter. »Soll ich ihn auf den Fußboden lassen?« Sie stellte den Teller auf den Boden, und – über ihn gebeugt – betrachteten wir ihn jetzt genauer. Zwischen seinen vielen bügelförmigen Beinen zusammengesunken, bewegte er diese unmerklich. Die etwas gehobenen Scheren und Fühler schienen zu lauschen. Ich neigte die Schüssel, und der Vater kroch vorsichtig und mit einer gewissen Unentschlossenheit auf den Fußboden heraus, doch als er den ebenen Boden unter sich verspürte, begann er plötzlich mit allen seinen zahlreichen Beinen zu laufen, wobei er wie ein richtiger Gliederfüßler mit seinen harten Schalen klapperte. Ich vertrat ihm den Weg. Er zögerte, nachdem er mit seinen wogenden Fühlern das Hindernis abgetastet hatte, um dann die Scheren zu heben und seitlich auszubrechen. Wir ließen den Vater in die gewählte Richtung laufen. Auf dieser Seite konnte ihm kein Möbelstück Zuflucht gewähren. Während er so in welligen Zuckungen auf seinen zahlreichen Beinen dahinlief, stieß er an die Wand – und ehe wir uns dessen versehen hatten, kletterte er mit der ganzen Armatur seines Geläufs, ohne sich aufzuhalten, leicht und behende die Wand hinauf. Ich schüttelte mich in instinktivem Abscheu, während ich diese vielgliedrige Wanderung verfolgte, die sich raschelnd auf den Papiertapeten abspielte. Der Vater war

indes zu einem kleinen eingemauerten Küchenschränkchen gelangt, beugte sich einen Augenblick über dessen Rand, erforschte mit seinen Scheren das Terrain im Schränkchen und kletterte ganz hinein.
Er erkannte aus dieser Krabbenperspektive die Wohnung gleichsam erneut wieder, nahm die Gegenstände vielleicht mit seinem Geruchssinn wahr, denn trotz genauer Beobachtung konnte ich bei ihm keinerlei Sehorgane entdecken. Er schien ein bißchen über die ihm auf seinem Weg begegnenden Dinge nachzudenken, hielt bei ihnen an, berührte sie leicht mit den wogenden Fühlern, umarmte sie sogar – gleichsam probierend – mit den Scheren, schloß mit ihnen Bekanntschaft, trennte sich erst nach einer geraumen Weile von ihnen und lief wieder weiter, indem er seinen Hinterleib, leicht über dem Fußboden angehoben, nachschleppte. Genauso verfuhr er mit den Brot- und Fleischstückchen, die wir ihm auf den Fußboden warfen, in der Hoffnung, daß er sich von ihnen nähren würde. Er betastete sie aber nur flüchtig und lief weiter, ohne in diesen Gegenständen eßbare Sachen zu vermuten.
Wenn man seine geduldigen Erkundungen im Bereich des Zimmers sah, konnte man denken, daß er irgend etwas verbissen und beharrlich suchte. Von Zeit zu Zeit lief er in eine Ecke der Küche unter das tropfende Wasserschaff, und wenn er die Pfütze erreicht hatte, schien er zu trinken. Manchmal blieb er tagelang verschwunden. Er schien vortrefflich ohne Essen auszukommen, und wir bemerkten nicht, daß er dadurch etwas von den Bekundungen seiner Vitalität eingebüßt hätte. Mit aus Scham und Ekel gemischten Gefühlen nährten wir tagsüber die heimliche Angst, daß er uns nachts im Bett besuchen könnte. Aber das ereignete sich kein einziges Mal, obwohl er tagsüber auf allen Möbelstücken herumwanderte und sich mit Vorliebe in dem Spalt zwischen den Schränken und der Wand aufhielt.
Gewisse Äußerungen von Verstand und sogar eine gewisse schalkhafte Ausgelassenheit ließen sich nicht übersehen. Niemals zum Beispiel versäumte es der Vater, sich während den Mahlzeiten im Speisezimmer zu zeigen, obwohl seine Beteiligung am Mittagessen rein platonisch war. Wenn die Tür zum Speisezimmer zufällig geschlossen war und der Vater sich im anstoßenden Zimmer befand, raschelte er so lange

unter der Tür, indem er am Türspalt hin und her lief, bis ihm geöffnet wurde. Später lernte er, in diesen unteren Türspalt die Scheren und die Beine hineinzuschieben, und nach einigen angestrengten Körperbewegungen gelang es ihm, sich seitwärts unter der Tür hindurch ins Zimmer hineinzuzwängen. Das schien ihm Freude zu machen. Er döste dann unter dem Tisch, blieb ganz ruhig liegen und atmete nur leicht mit dem Hinterleib. Was dieses rhythmische Pulsieren des glänzenden Hinterleibes bedeutete, konnten wir nicht erraten. Es war etwas Ironisches, Unanständiges und Boshaftes, das zugleich auch eine niedrige und wollüstige Genugtuung auszudrücken schien. Nimrod, unser Hund, näherte sich ihm langsam und ohne Überzeugung, schnupperte vorsichtig, nieste und ging gleichgültig weg, ohne sich ein sicheres Urteil gebildet zu haben.

Die Auflösung in unserem Haus zog immer weitere Kreise. Genia schlief tagelang, ihr schlanker Körper wogte knochenlos in tiefem Atmen. Wir fanden häufig Zwirnspulen in der Suppe, die sie aus Unachtsamkeit und in merkwürdiger Zerstreutheit zugleich mit dem Gemüse hineingeworfen hatte. Der Laden stand in continuo Tag und Nacht offen. Der Ausverkauf bei halbgeschlossenen Jalousien nahm tagtäglich unter Handeln und Feilschen seinen komplizierten Verlauf. Zu alledem kam Onkel Karol.

Er war merkwürdig konsterniert und schweigsam. Er erklärte seufzend, daß er nach den letzten traurigen Erfahrungen beschlossen habe, seine Lebensweise zu ändern und sich an das Sprachstudium machen werde. Er ging nicht aus dem Haus, sperrte sich in das letzte Zimmer ein, aus dem Genia, voller Abneigung dem neuen Gast gegenüber, alle Teppiche und Gobelins entfernte, und vertiefte sich in das Studium alter Preiskuranten. Ein paarmal versuchte er boshafterweise, dem Vater auf den Hinterleib zu treten. Schreiend und entsetzt verboten wir ihm das. Er lachte nur boshaft und wenig überzeugt in sich hinein, während sich der Vater, ahnungslos ob der ihm drohenden Gefahr, aufmerksam mit irgendwelchen Flecken auf dem Fußboden beschäftigte.

Mein Vater, flink und beweglich, solange er auf den Beinen stand, teilte mit allen Schalentieren die Eigenschaft, daß er, auf den Rücken gedreht, völlig hilflos wurde. Es war ein peinlicher und trauriger Anblick, wenn er mit dem ganzen

Geläuf verzweifelt strampelte und sich ratlos auf dem Rücken um seine eigene Achse drehte. Es war außerordentlich verdrießlich, diese höchst ausdrucksvolle und artikulierte, ja geradezu schamlose Mechanik seiner Anatomie zu betrachten, die gleichsam zuoberst lag und von seiten des nackten, vielgegliederten Bauches mit nichts bedeckt war. Onkel Karol juckte es in solchen Augenblicken geradezu, auf ihn draufzutreten. Wir eilten zu Hilfe und hielten dem Vater einen Gegenstand hin, den er mit seinen Scheren krampfhaft packte, um flink seine normale Lage wiederzuerlangen und sich auf der Stelle in einem blitzartigen Zickzack und mit verdoppelter Kraft in Lauf zu setzen, als ob er die Erinnerung an diesen kompromittierenden Vorfall vertuschen wollte.

Nur widerwillig lasse ich mich herbei, wahrheitsgemäß die unfaßliche Tatsache zu berichten, vor deren Wirklichkeit mein ganzes Wesen zurückschaudert. Bis auf den heutigen Tag kann ich nicht begreifen, daß allein wir in jeder Hinsicht die bewußten Urheber dieser Tatsache waren. In dieser Beleuchtung nimmt das Ereignis Merkmale einer seltsamen Fatalität an. Denn die Fatalität meidet nicht unser Bewußtsein und unseren Willen, sondern spannt sie so in ihren Mechanismus ein, daß wir wie in einem lethargischen Schlaf Dinge zulassen und aufnehmen, vor denen wir uns unter normalen Bedingungen sträuben.

Als ich, erschüttert durch die vollendete Tatsache, meine Mutter fragte: »Wie konntest du das tun! Wenn es wenigstens Genia getan hätte, aber du selber ...« weinte sie, rang die Hände und vermochte keine Antwort darauf zu geben. Ob sie dachte, daß es für den Vater so besser sein würde, ob sie darin den einzigen Ausweg aus seiner hoffnungslosen Situation erblickte oder ob sie einfach unbegreiflich leichtsinnig und gedankenlos gehandelt hatte? Das Fatum findet tausenderlei Ausflüchte, wenn es darum geht, seinen unbegreiflichen Willen durchzusetzen. Irgendeine kleine, momentane Trübung unseres Verstandes, ein Augenblick Verblendung oder Unvorsicht genügt, um eine Tat zwischen der Scylla und Charybdis unserer Entschlüsse hindurchzuschmuggeln. Dann kann man sie ex post endlos interpretieren und die Motive deuten – aber die vollzogene Tatsache bleibt unwiderruflich und ein für allemal entschieden.

Wir kamen erst zu uns und wurden erst aus unserer Verblendung aufgerüttelt, als mein Vater auf einer Schüssel hereingetragen wurde. Er lag groß und aufgequollen infolge des Kochens, blaßgrau und gallertartig da. Wir saßen schweigend wie Vergiftete herum. Nur Onkel Karol langte mit der Gabel in die Schüssel, ließ sie aber unsicher auf halbem Weg sinken und schaute uns verwundert an. Meine Mutter befahl, die Schüssel in den Salon zu stellen. Dort lag er auf dem mit einer Plüschdecke bedeckten Tisch neben dem Photoalbum und einem mechanischen Leierkasten mit Zigaretten: von uns gemieden und regungslos.

Aber damit sollte die irdische Wanderschaft meines Vaters noch nicht zu Ende sein; und diese Fortsetzung, diese Verlängerung der Geschichte über die anscheinend endgültigen und zulässigen Grenzen hinaus ist ihr schmerzlichster Punkt. Warum gab er nicht endlich das Spiel verloren, warum bekannte er sich am Ende nicht als gestorben, zumal er wahrhaftig schon allen Grund dazu hatte und das Schicksal in seiner völligen Vernichtung nicht mehr weitergehen konnte? Nach einigen Wochen regungslosen Liegens konsolidierte er sich gleichsam in sich selber und schien sozusagen wieder langsam zu sich zu kommen. Eines schönen Morgens fanden wir die Schüssel leer. Nur ein Bein lag am Rand des Tellers, das er in der erkalteten Tomatensauce und in der von seiner Flucht zerstampften Gallerte verloren hatte. Gekocht, die Beine unterwegs verlierend, schleppte er sich mit den Resten seiner Kräfte weiter auf eine heimatlose Wanderschaft – und wir bekamen ihn nie mehr zu Gesicht.

DER KOMET

1

Das Ende des Winters stand in diesem Jahr im Zeichen einer besonders günstigen astronomischen Konjunktur. Die bunten Prophezeiungen des Kalenders erblühten rot im Schnee an der Gemarkung des Morgens. Vom brennenden Rot der Sonntage und Feiertage fiel ein Abglanz auf die halbe Woche; die Tage brannten kalt in einem falschen Strohfeuer, die enttäuschten Herzen schlugen ein Weilchen lebhafter, geblendet von jenem verkündigenden Rot, das nichts verkündigte und nur ein vorzeitiger Alarm war, eine bunte Aufschneiderei des Kalenders, mit grellem Zinnober auf die Umschlagdeckel der Woche gemalt. Von Dreikönig an saßen wir Nacht für Nacht über der weißen Parade des Tisches, der von Leuchtern und Silber funkelte, und legten endlose Patiencen. Von Stunde zu Stunde wurde die Nacht vor den Fenstern heller, überzuckert und funkelnd, voll endlos keimender Mandelbäume und Zuckersträuche. Der Mond, dieser unerschöpfliche Verwandlungskünstler, spulte – ganz vertieft in seine späten lunaren Praktiken – der Reihe nach, immer heller und lichter, seine Phasen ab, bekleidete sich mit allen Preferencefiguren und doublierte in allen Farben. Schon tagsüber stand er oft auf der Seite, voreilig bereit, kupfern und ohne Glanz, ein melancholischer Bube mit seinen leuchtenden Eicheln, und wartete, bis die Reihe an ihn kam. Indes zogen ganze Himmel von Schäfchenwolken in stiller, weißer, ausgedehnter Wanderung über sein einsames Profil und bedeckten ihn da und dort mit schillernden Schuppen aus Perlmutter, in das gegen Abend das bunte Firmament gerann. Dann verzettelten sich die Tage in öde Leere. Der Wind flog mit Getöse über die Dächer, blies den erkalteten Kaminen bis auf den Grund, baute über der Stadt imaginäre Gerüste und Gewölbe auf und riß diese luftigen Gebäude unter dem Gepolter der Sparren und Balken wieder ein. Mitunter brach in einer fernen Vorstadt ein Brand aus. Die Schornsteinfeger liefen die Stadt auf der Höhe der Dächer und Galerien unter dem Grünspan des zerfetzten Himmels

ab. Von Dach zu Dach, von Haus zu Haus übersetzend, träumten sie neben den Dachreitern und Wetterfahnen in dieser luftigen Perspektive, daß ihnen der Wind ein Weilchen die Deckel der Dächer über den Alkoven der Mädchen höbe und sie gleich wieder krachend über dem großen, aufgewühlten Buch der Stadt zuschlüge – eine betörende Lektüre für viele Tage und Nächte. Dann wurden die Winde weicher und müde. Im Fenster des Ladens hängten die Verkäufer Frühjahrsstoffe aus – und von den weichen Farben der Wolle wurde die Aura gleich linder. Sie färbte sich mit Lavendelblau, blühte in blassen Resedatönen auf. Der Schnee schrumpfte, faltete sich zu greinenden Säuglingsgrimassen, trocknete in der Luft ein, aufgesaugt von kobaltblauen Hauchen, eingeschlürft von einem ausgedehnten, hochgewölbten Himmel ohne Sonne und ohne Wolken. Da und dort blühte in den Wohnungen schon der Oleander auf, die Fenster wurden geöffnet, und das sinnlose Gezwitscher der Spatzen füllte das Zimmer in der dumpfen Träumerei des azurblauen Tages. Auf den sauberen Plätzen liefen ein Weilchen gewaltige, einander feindliche Haufen von Finken, Dompfaffen und Meisen mit entsetzlichem Gekreisch zusammen und stoben wieder nach allen Seiten auseinander, weggefegt, weggewischt von den Lüften, vernichtet im leeren Firmament. Noch Sekunden hernach standen sie als bunte Flecken im Auge – eine Handvoll Konfetti, zur Blendung in den hellen Raum geschleudert – und versanken auf den Grund des Auges in neutrales Lazur.
Es begann die Vorfrühlingssaison. Die Konzipienten der Advokaten trugen spiralenförmig nach oben gezwirbelte Bärtchen, hohe steife Kragen und waren Musterbilder an Eleganz und Schick. An den vom Sturm wie von einer Überschwemmung unterspülten Tagen, wenn der Wind tosend und hoch über die Stadt hinwegzog, grüßten sie von ferne – die Schultern gegen den Wind gestemmt, der ihre Rockschöße flattern ließ – mit bunten Melonenhüten die ihnen bekannten Damen und wandten voller Selbstverleugnung und Zartheit den Blick ab, um ihre Schätzchen nicht der Gefahr übler Nachrede auszusetzen. Die Damen verloren einen Augenblick lang den Grund unter den Füßen, schrien erschreckt auf, verwickelten sich in ihren Röcken, suchten das Gleichgewicht wiederzuerlangen und erwiderten lä-

chelnd den Gruß. Nach Mittag, wenn sich der Wind – was vorkam – beruhigte, putzte Adela auf dem Balkon die großen kupfernen Pfannen. Sie klirrten metallisch unter ihren Berührungen. Der Himmel stand regungslos über den Schindeldächern: erstorben, in blaue Wege verzweigt. Die Verkäufer, mit irgendeinem Auftrag aus dem Laden ins Haus geschickt, standen auf der Küchenschwelle lange um Adela herum, stützten sich auf das Geländer des Balkons, trunken vom ganztägigen Wind, wirr im Kopf von dem betäubenden Gezwitscher der Spatzen. Aus der Ferne trug ein Lufthauch den verlorenen Refrain eines Leierkastens herüber. Es waren nicht die leisen Worte zu verstehen, die sie halblaut dazu sangen – scheinbar nur so, ganz leichthin, mit unschuldiger Miene, in Wirklichkeit aber bestimmt, Adela zu ärgern. Ins lebende Fleisch getroffen, reagierte sie überaus lebhaft, schmähte die Verkäufer aufbrausend, zutiefst erbost, und ihr Gesicht, grau und zerknüllt von Frühlingsträumen, wurde faltig vor Zorn und Heiterkeit. Die Verkäufer senkten die Augen in nichtswürdiger Scheinheiligkeit, mit unverschämter Genugtuung, daß es ihnen gelungen war, sie aus dem Gleichgewicht zu bringen.
Die Tage und Nachmittage gingen dahin, die alltäglichen Ereignisse hingen im trüben Schein dieser grauen Wochen verworren über der Stadt, die wir von der Höhe unseres Balkons betrachteten, und über den Labyrinthen der Häuser und Dächer. Die Rastelbinder liefen umher und boten ihre Dienste an, das gelegentliche mächtige Niesen des alten Szloma deutete in der Ferne als scharfsinnige Pointe den weiten und zerstreuten Tumult der Stadt an; auf irgendeinem entlegenen Platz begann die verrückte Tluja, von den Zudringlichkeiten der Straßenjungen zur Verzweiflung gebracht, ihre wilde Sarabande zu tanzen, wobei sie zur Freude des Pöbels ihre Röcke hochwarf. Das Wehen des Windes glättete, glich diese Ausbrüche allmählich aus, zerstückelte sie in einen monotonen und grauen Lärm und strich eintönig über das Meer der Schindeldächer in der milchigen und rauchigen Luft des Nachmittags. Auf das Balkongeländer gestützt, neigte sich Adela über dieses ferne, aufgeregte Rauschen, fischte aus ihm alle lauteren Akzente heraus, reihte diese verlorenen Silben lächelnd aneinander, versuchte sie zu binden und aus dieser großen und grauen, anschwellenden

und abflauenden Monotonie des Tages einen Sinn herauszulesen.
Die Epoche stand im Zeichen der Mechanik und Elektrizität. Ein ganzer Schwarm Erfinder wurde aus den Flügeln des menschlichen Genius auf die Welt herabgeschüttelt. In den Bürgerhäusern tauchten Zigarrengarnituren mit elektrischem Feuerzeug auf. Ein Drehen am Kontakt – und ein Schwarm elektrischer Funken entzündete den benzingetränkten Docht. Das rief unerhörte Hoffnungen wach. Eine Spieldose in Gestalt einer chinesischen Pagode begann – mit einem Schlüssel aufgezogen – auf der Stelle ein Miniaturrondo zu spielen und drehte sich dabei wie ein Karussell. Glöckchen trillerten an den Dachecken, die Flügeltürchen öffneten sich sperrangelweit und gaben den Blick auf eine sich drehende Leierkastenwalze, ein Triolett in Dosenform, frei. In allen Häusern wurden elektrische Klingeln gelegt. Das häusliche Leben stand unter dem Zeichen des Galvanismus. Eine Spule isolierten Drahts wurde das Symbol der Zeit. In den Salons demonstrierten junge Elegants Galvanis Entdeckung und ernteten verheißungsvolle Blicke der Damen. Der elektrische Konduktor öffnete den Weg in die Herzen der Frauen. Nach einem geglückten Experiment warfen die Helden des Tages Kußhändchen in die vom Beifall dröhnenden Salons.
Es dauerte nicht lange, und die Stadt wimmelte von Fahrrädern verschiedener Größe und Gestalt. Die philosophische Betrachtung der Welt verpflichtete. Wer sich zur Idee des Fortschritts bekannte, zog daraus die Konsequenzen und bestieg ein Fahrrad. Die ersten waren natürlich die Konzipienten der Advokaten, diese Avantgarde neuer Ideen, mit nach oben gezwirbelten Bärtchen und in bunten Melonenhüten, die Hoffnung und Blüte unserer Jugend. Den lärmenden Pöbel auseinanderjagend, fuhren sie auf riesigen Zweirädern und Dreirädern mit blitzenden Drahtspeichen in die Menge hinein. Die Arme auf der breiten Lenkstange gespreizt, manövrierten sie von den hohen Böcken herab Räder mit riesigen Reifen, die sich mit krummen Wellenlinien in das belustigte Gesindel hineinschnitten. Einiger Fahrer bemächtigte sich apostolischer Eifer. In ihren blitzenden Pedalen wie in Steigbügeln aufgerichtet, hielten sie aus ihrer Höhe Reden an das Volk und sagten

eine neue, glückliche Ära der Menschheit voraus – die Erlösung durch das Fahrrad ... Und fuhren dann unter dem Beifall des Publikums weiter, wobei sie sich nach allen Seiten verneigten.

Und dennoch lag etwas kläglich Kompromittierendes in diesen großartigen und triumphalen Kreuzzugsfahrten, besaßen sie einen schmerzlichen, unangenehmen und kreischenden Mißklang, unter dem sich die Fahrer auf dem Schild des Triumphes krümmten und ihre eigene Parodie wurden. Sie mußten es selber spüren, wenn sie – wie Spinnen in der filigranartigen Apparatur aufgehängt, wie große springende Frösche auf den Pedalen gespreizt – ihre schaukelnden Entenbewegungen unter den sich breitspurig drehenden Reifen ausführten. Nur ein Schritt trennte sie von der Lächerlichkeit – und sie überschritten ihn verzweifelt, indem sie sich über die Lenkstange neigten und die Schnelligkeit der Fahrt vergrößerten – ein turnender, Purzelbäume schlagender Knäuel gewaltiger Körperbewegungen. Was Wunder? Der Mensch war hier kraft unerlaubten Scharfsinns in den Bereich unerhörter, zu billig, niedriger als zu den Selbstkosten, fast umsonst erworbener Erleichterungen eingetreten, und dieses Mißverständnis zwischen Einsatz und Erfolg, dieses offensichtliche Hintergehen der Natur, diese übermäßige Bezahlung eines genialen Tricks wurde durch Selbstparodie ausgeglichen. Sie fuhren unter elementaren Heiterkeitsausbrüchen dahin, beklagenswerte Sieger, Märtyrer ihrer Genialität ... So groß war die kosmische Kraft dieser Wunder der Technik.

Als mein Bruder zum ersten Mal aus der Schule einen Elektromagnet nach Hause brachte, als wir uns alle mit innerem Schauder durch eine Berührung von dem heimlich vibrierenden Leben überzeugt hatten, das in diesem elektrischen Apparat beschlossen lag, lachte mein Vater überheblich. In seinem Kopf reifte ein weitreichender Gedanke, schoß eine Kette längst gehegter Verdachte hoch und schloß sich. Weshalb hatte der Vater in sich hineingelacht, weshalb drehten sich seine Pupillen tränend, in lächerlich nachäffender Verehrung, in die Augenhöhlen zurück? Wer könnte darauf eine Antwort geben? Ob er den groben Trick, die gemeine Intrige, die durchsichtige Machination hinter den vermeintlichen Offenbarungen der geheimen Kraft vorausahnte? Von diesem Zeitpunkt an datiert die Rückkehr des Vaters zu seinen physikalischen Versuchen.

Das Laboratorium des Vaters war einfach. Einige Stücke aufgespulten Drahts, ein paar Büchsen mit Säure, Zink, Blei und Kohle – das war die ganze Werkstatt dieses wunderbaren Esoterikers. »Die Materie«, sagte er, die Augen züchtig gesenkt, unter gedämpftem Schnauben, »die Materie, meine Herren ...« Er sprach den Satz nicht zu Ende, erlaubte sich zu vermuten, daß er einem groben Streich auf der Spur war und daß wir alle, wie wir dasaßen, ordentlich angeführt worden seien. Mit gesenkten Augen verspottete der Vater leise diesen uralten Fetisch. *»Πάντα ῥεῖ!«* rief er und deutete mit einer Bewegung der Arme das ewige Kreisen der Substanz an. Seit langem begehrte er die in ihr verborgene Kraft zu mobilisieren, ihre Steifheit flüssig zu machen und ihr Wege in die Alldurchdringlichkeit, in die Transfusion, in die Allzirkulation zu bahnen, die einzig ihrer Natur eigentümlich war. »Principium individuationis furda«, sagte er und brachte damit seine grenzenlose Verachtung für dieses oberste menschliche Prinzip zum Ausdruck. Er warf es so nebenbei hin, lief einen Draht entlang, schloß die Augen und drückte mit einer zarten Berührung an verschiedenen Stellen des Apparats, um die winzigen Unterschiede in den Spannungen wahrzunehmen. Er kerbte den Draht ein, horchte – und schon war er zehn Schritte weiter, um diese Tätigkeit an einer anderen Stelle des Apparats zu wiederholen. Er schien zehn Hände und zwanzig Sinne zu haben. Seine zerstreute Aufmerksamkeit arbeitete an hundert Stellen gleichzeitig. Kein Punkt des Raums war vor seinem Verdacht sicher. Er neigte sich, den Draht anstechend, an irgendeiner Stelle über den Apparat und schoß mit einer plötzlichen Bewegung wie ein Kater an die gewählte Stelle und puddelte beschämt herum. »Entschuldigen Sie«, sagte er, sich plötzlich in einen erstaunten Seher verwandelnd, »entschuldigen Sie, es geht mir eigentlich um dieses Stücklein Raum, das Sie mit Ihrer Person einnehmen; möchten Sie nicht einen Augenblick wegrücken?« Und er führte eilig seine minuziösen Messungen aus, gewandt und geschwätzig, wie ein Kanarienvogel, indem er geschickt auf den Zuckungen seiner sympathetischen Nerven hin und her sprang.

Die in den Säurelösungen hängenden Metalle – salzig und

rostig geworden in diesem schmerzlichen Bad – begannen in der Dunkelheit den Ton anzugeben. Aus starrer Leblosigkeit erwacht, summten sie monoton, sangen sie metallisch und leuchteten molekularisch in der unbeständigen Dämmerung dieser traurigen und späten Tage. Unsichtbare Ladungen stiegen an den Polen hoch und überschritten sie, in wirbelnder Dunkelheit versinkend. Ein kaum spürbares Kitzeln, blindlings prickelnde Ströme durchliefen den in konzentrischen Kraftlinien, in Kreisen und Spiralen magnetischer Felder polarisierten Raum. Bald da, bald dort gaben die Apparate aus ihrem Schlaf Zeichen und antworteten einander verspätet, zur unrechten Zeit mit hoffnungsloser Einsilbigkeit – Strich, Punkt – in Pausen dumpfer Lethargie. Der Vater stand mit schmerzlichem Lächeln inmitten dieser wandernden Ströme, erschüttert von dieser stotternden Artikulation, von diesem ein für allemal abgeschlossenen und ausweglosen Mißgeschick, das monoton in verstümmelten Halbsilben aus nicht befreiten Tiefen Signale gab.
Infolge dieser Forschungen gelangte mein Vater zu erstaunlichen Ergebnissen. Er wies zum Beispiel nach, daß die elektrische Klingel, soweit sie auf dem Prinzip des sogenannten Neeffschen Hammers beruhte, eine gewöhnliche Mystifikation sei. Nicht der Mensch sei hier in das Laboratorium der Natur eingedrungen, sondern die Natur habe den Menschen in ihre Machinationen hineingezogen, indem sie vermittels seiner Experimente ihre eigenen Ziele verfolge, die in unbekannte Richtungen zielten. Mein Vater berührte während des Mittagessens mit dem Daumennagel den Stiel des in die Suppe getauchten Löffels – und darauf begann die Lampe wie eine Neeffsche Klingel zu flackern. Die ganze Apparatur war ein entbehrlicher Vorwand, der nicht zur Sache gehörte, denn Neeffs Klingel war der Mittelpunkt bestimmter Impulse von Substanzen, die ihren Weg vermittels des menschlichen Scharfsinns suchten. Die Natur wollte und wirkte, der Mensch war der oszillierende Strahl, das Schiffchen am Webstuhl, das nach ihrem Willen bald dahin, bald dorthin schoß. Er selber war nur ein Lagerhalter, ein Teilchen des Neeffschen Hammers selbst.
Jemand ließ das Wort »Mesmerismus« fallen, und der Vater griff es bereitwillig auf. Der Kreis seiner Theorie hatte sich geschlossen, hatte sein letztes Kettenglied gefunden. Der

Mensch war nach seiner Theorie nur eine Durchgangsstation, ein Augenblicksknoten mesmerischer Ströme, die sich da und dort im Schoß der ewigen Materie verirrt hatten. Alle Erfindungen, mit denen er prahlte, waren Mausefallen, die ihn in die Natur hineingelockt hatten, waren Leimruten des Unbewußten. Die Experimente des Vaters nahmen allmählich den Charakter der Magie und Zauberei und den Beigeschmack parodistischen Jonglierens an. Ich will gar nicht von den verschiedenen Experimenten mit den Tauben reden, die er im Verlauf seiner Manipulationen mit einem Stäbchen in zwei, in drei, in zehn Tauben auseinandermanipulierte, um sie dann wieder allmählich und angestrengt in das Stäbchen hineinzumanipulieren. Er lüftete den Hut, und da kamen sie der Reihe nach flatternd herausgeflogen, kehrten vollzählig in die Wirklichkeit zurück und füllten den Tisch als wallender, unruhiger, girrender Haufen. Manchmal unterbrach er in einem unerwarteten Augenblick das Experiment, blieb unentschlossen mit blinzelnden Augen stehen, um nach einer Weile in den Flur zu laufen, wo er den Kopf zum Kamintürchen hineinsteckte. Dort war es still, dumpf vom Ruß und behaglich wie im Mittelpunkt des Nichts, und warme Ströme wanderten auf und ab. Der Vater schloß die Augen und blieb so eine Zeitlang in diesem warmen schwarzen Nichts stehen. Wir spürten alle, daß dieser Vorfall nicht zur Sache gehörte, sich irgendwie hinter den Kulissen der Dinge abspielte; und so drückten wir über diese Tatsache, die gleichsam am Rand des Wesentlichen verlief und in eine völlig andere Ordnung der Dinge gehörte, innerlich die Augen zu.

Mein Vater hatte wirklich deprimierende, echte Melancholie heraufbeschwörende Kunststücke in seinem Repertoire. Die Sessel in unserem Speisezimmer hatten hohe, schöngeschnitzte Stützen und Lehnen. Es waren Girlanden aus Blättern und Blüten im realistischen Geschmack, aber es genügte eine Berührung des Vaters, und die Schnitzereien nahmen plötzlich ungewöhnlich witzige Physiognomien, unbeschreibliche Posen an, begannen zu blinken und verständnisvoll zu blinzeln, und es war überaus beschämend, ja schier unerträglich, als dieses Zwinkern langsam eine ganz bestimmte Richtung, eine unwiderlegbare Deutlichkeit annahm und dieser oder jener der Anwesenden plötzlich aufschrie: »Tante Wandzia, so wahr mir Gott helfe, Tante

Wandzia!« Die Damen kreischten auf, denn es war wirklich Tante Wandzia, wie sie leibte und lebte, nein! sie selber weilte schon zu Besuch, saß da und führte ihren endlosen Diskurs, ohne jemand zu Wort kommen zu lassen. Die Wunder meines Vaters vernichteten sich selbst, denn es war kein Gesicht mehr, es war die wirkliche, leibhaftige Tante Wandzia in ihrer ganzen Gewöhnlichkeit und Gemeinheit, die nicht einmal den Gedanken an ein Wunder erlaubte.

Ehe wir auf die anderen Ereignisse dieses denkwürdigen Winters zu sprechen kommen, bleibt noch kurz eines bestimmten Vorfalls zu gedenken, der in unserer Familienchronik stets schamhaft vertuscht zu werden pflegt. Was war mit Onkel Edward geschehen? Er war damals zu uns auf Besuch gekommen, ahnungslos, vor Gesundheit und Unternehmungslust strotzend, hatte Frau und Tochter in der Provinz zurückgelassen, die sehnsüchtig seiner Rückkehr harrten, war in der besten Laune gekommen, um sich ein wenig zu amüsieren, sich fern der Heimat zu zerstreuen. Und was geschah? Die Experimente des Vaters hatten auf ihn einen aufrüttelnden Eindruck gemacht. Gleich nach den ersten Kunststücken war er aufgestanden, hatte den Mantel ausgezogen und sich ganz dem Vater zur Verfügung gestellt. Ohne Vorbehalte! Dieses Wort sprach er mit einem durchdringenden Blick und einem festen Händedruck aus. Mein Vater verstand. Er vergewisserte sich, ob der Onkel keins der traditionellen Vorurteile bezüglich des »principium individuationis« hätte. Es erwies sich, daß es keine, gar keine, schlechthin keine gab. Der Onkel war liberal und vorurteilslos. Seine einzige Leidenschaft war, der Wissenschaft zu dienen.

Anfänglich ließ ihm der Vater noch etwas Freiheit. Er traf Vorbereitungen zu einem grundsätzlichen Experiment. Onkel Edward genoß seine Freiheit, indem er sich in der Stadt umschaute. Er kaufte sich ein Fahrrad von stattlicher Größe und fuhr auf diesem riesigen Apparat um den Ringplatz herum, wobei er von der Höhe seines Bocks in die Fenster des ersten Stocks schaute. Als er an unserem Haus vorbeikam, zog er vor den Damen, die am Fenster standen, elegant den Hut. Er hatte einen spiralenförmig hochgezwirbelten Schnurrbart und ein kleines, spitzes Kinnbärtchen. Alsbald überzeugte er sich aber, daß ein Fahrrad nicht geeignet war, ihn in die tieferen Geheimnisse der Mechanik einzuführen, und daß dieser geniale Apparat nicht imstande war, seinen metaphysischen Schauern auf die Dauer zu genügen. Und dann begannen mit dem Onkel jene Experimente, bei denen sich sein Mangel an Vorurteilen bezüglich des »principium individuationis« als so unzuverlässig erwies. Onkel Edward machte keine Vorbehalte, sich zum Wohl der Wissenschaft physisch auf das nackte Prinzip des Neeffschen Hammers reduzieren zu lassen. Er erklärte sich ohne Groll mit einer allmählichen Reduktion aller seiner Eigenschaften behufs Bloßlegung seines tiefsten Wesens einverstanden, das – wie er seit langem zu spüren behauptete – mit dem genannten Grundsatz identisch sei.

Nachdem sich der Vater in sein Kabinett eingeschlossen hatte, begann er mit der allmählichen Analyse des komplizierten Wesens unseres Onkels Edward: es war eine quälende Psychoanalyse, die sich auf eine Reihe von Tagen und Nächten erstreckte. Der Tisch füllte sich allmählich mit den ausgebreiteten Komplexen seines Ichs. Anfänglich beteiligte sich der Onkel – freilich schon mächtig reduziert – noch an unseren Sitzungen und versuchte auch noch an unseren Gesprächen Anteil zu nehmen und fuhr noch einmal auf seinem Rad. Als er jedoch sah, daß er immer unvollständiger wurde, ließ er es sein. Es machte sich bei ihm eine bestimmte Art von Scham bemerkbar, die für das Stadium, in welchem er sich befand, charakteristisch war. Er floh die Menschen. Gleichzeitig näherte sich der Vater immer rascher dem Ziel seiner Maßnahmen oder Eingriffe. Er reduzierte den Onkel auf das unerläßliche Minimum und entfernte der Reihe nach alles Unwesentliche. Er brachte ihn hoch in einer Wandnische des Stiegenhauses an und organisierte seine Elemente nach dem Prinzip des Laclanchschen Elements. Die Mauer war an dieser Stelle schimmelig, ein Pilz hatte sein weißliches Gewebe ausgebreitet. Der Vater machte skrupellos vom ganzen Kapital der Begeisterung des Onkels Gebrauch und spannte dessen Lebensfäden entlang dem ganzen Flur und dem linken Flügel des Hauses. Während er sich auf einer Leiter entlang der Wand des dunklen Korridors vorwärtsbewegte, schlug er den ganzen Leitungsstrang von Onkel Edwards gegenwärtigem Leben entlang kleine Zwecken ein. Diese rauchigen, gelben Nachmittage waren gerade völlig dunkel. Der Vater bediente sich einer brennenden Kerze, die aus der Nähe die morsche Wand Spanne um Spanne beleuchtete. Es zirkulieren Gerüchte, daß Onkel Edward, bisher so heldenhaft beherrscht, im letzten Augenblick doch eine gewisse Ungeduld bekundet haben soll. Es heißt sogar, daß es zu einem gewaltigen, wenn auch verspäteten Ausbruch gekommen sei, der um ein Haar das eben vollendete Werk vernichtet hätte. Aber die Installation war schon fertig, und Onkel Edward ergab sich, wie er sein Lebtag ein vorbildlicher Gatte, Vater und Geschäftsmann gewesen war, auch in dieser seiner letzten Rolle zu guter Letzt der höheren Notwendigkeit.

Der Onkel funktionierte ausgezeichnet. Es gab keinen Fall, daß er den Gehorsam verweigert hätte. Nachdem er aus seiner verwickelten Komplikation herausgetreten war, in der er sich bisher so oft verloren und verirrt hatte, fand er endlich die Reinheit eines einheitlichen und geradlinigen Grundsatzes, dem er fortan außerordentlich intensiv unterliegen sollte. Auf Kosten seiner mühselig verwalteten Vielfältigkeit hatte er jetzt eine einfache, unproblematische Unsterblichkeit gewonnen. Ob er glücklich war? Müßig, danach zu fragen. Diese Frage ist sinnvoll, wenn es um Wesen geht, in denen ein Reichtum von Alternativen und Möglichkeiten beschlossen ist, dank denen sich die aktuelle Wirklichkeit zur Hälfte realen Möglichkeiten gegenüberstellen und sich in ihnen spiegeln kann. Aber Onkel Edward hatte keine Alternativen und Gegenüberstellungen: glücklich oder unglücklich existierte nicht für ihn, weil er bis zu den endgültigen Grenzen mit sich selber identisch war. Es war unmöglich, sich einer gewissen Anerkennung zu enthalten, wenn man ihn so pünktlich, so genau funktionieren sah. Sogar seine Frau, Tante Tereza, konnte sich – als sie nach einer gewissen Zeit ihrem Mann auf die Spur gekommen war – nicht enthalten, jeden Augenblick auf den Knopf zu drücken, um diese laute und gellende Stimme zu hören, in der sie das alte Timbre der Stimme bei Wutanfällen erkannte. Was sein Töchterlein Edzi betraf, konnte man sagen, daß die Karriere ihres Vaters sie entzückte. Später freilich revanchierte sie sich an mir auf eine ganz besondere Weise und rächte damit die Tat meines Vaters, aber das gehört schon in eine andere Geschichte.

2

Die Tage gingen dahin, die Nachmittage wurden länger. Man konnte nichts anfangen mit ihnen. Das Übermaß noch roher, noch leerer und nicht verwendbarer Zeit verlängerte die Abende mit öden Dämmerungen. Adela stand nach dem frühzeitigen Geschirrwaschen und nach dem Aufräumen der Küche ratlos auf dem Balkon und blickte gedankenlos in die blaß gerötete abendliche Ferne. Ihre schönen Augen, ansonsten so beredt, wurden starr vor dumpfer Nachdenklichkeit – vorquellend, groß und leuchtend. Ihr Teint, am Ende des Winters verknittert und grau vom Küchenbrodem, verjüngte sich jetzt unter dem Einfluß der Frühlingsschwangerschaft des Mondes, der von Viertel zu Viertel zunahm, und gewann milchweiße Reflexe, Opalschatten und Emailglanz. Sie triumphierte jetzt über die Gehilfen, die unter ihren Blicken die Kontenance verloren, aus der Rolle blasierter Kneipen- und Lupanargäste fielen und – erschüttert durch Adelas neue Schönheit – eine andere Plattform für die Annäherung suchten, bereit zu allerlei Konzessionen zugunsten einer Neuordnung der Beziehungen und zur Anerkennung positiver Tatsachen.

Die Experimente des Vaters bewirkten entgegen allen Erwartungen keinen Umschwung im häuslichen Leben. Die Aufpfropfung des Mesmerismus auf den Leib der neuzeitlichen Physik erwies sich als wenig fruchtbar. Nicht daß die Entdeckungen des Vaters eines Körnchens Billigkeit ermangelt hätten, aber die Wahrheit trifft keine Entscheidung über den Erfolg von Ideen. Unser metaphysischer Hunger ist begrenzt und unterliegt schnell der Übersättigung. Der Vater stand gerade an der Schwelle neuer offenbarender Entdekkungen, als uns alle, die Reihen seiner Auserwählten und Adepten, allmählich Unlust und Laxheit beschlichen. Immer häufiger und lauter wurden die Anzeichen der Ungeduld und gingen endlich in offene Proteste über. Unsere Natur empörte sich gegen die Aufweichung der fundamentalen Rechte, wir hatten genug an den Wundern und wünschten, in die alte, ungleich vertrautere und solidere Prosa der ewiglichen Ordnungen zurückzukehren. Und der Vater verstand dies. Er verstand, daß er sich zu weit vorgewagt und den Flug seiner Ideen gebremst hatte. Die Traube seiner eleganten Adeptinnen und Adepten mit hoch gezwirbelten Bärtchen schrumpfte von Tag zu Tag mehr ein. Der Vater, darauf bedacht, sich ehrenvoll aus der Affäre zu ziehen, beabsichtigte gerade, die letzte, abschließende Vorlesung anzukündigen, als plötzlich ein neues Ereignis die Aufmerksamkeit aller in eine völlig unerwartete Richtung lenkte.

Eines Tages brachte mein Bruder aus der Schule die unwahrscheinliche, aber dennoch wahre Nachricht über das nahe Ende der Welt nach Hause. Wir ließen sie uns wiederholen, da wir meinten, uns verhört zu haben. Aber nein. So eigenartig klang diese unglaubwürdige, diese über alle Maßen unbegreifliche Neuigkeit. So also, wie sie war, so wie sie lag und stand, unfertig und unvollendet, an einem zufälligen Punkt der Zeit und des Raumes, ohne Rechnungsabschluß, ohne ein Ziel erreicht zu haben, in der Mitte des Satzes sozusagen, ohne Punkt oder Ausrufezeichen, ohne göttliches Gericht und göttlichen Zorn, irgendwie im besten Einvernehmen mit Ihm, loyal, nach gegenseitiger Vereinbarung und beiderseitig anerkannten Grundsätzen, sollte die Welt aus den Fugen geraten, einfach und unwiderruflich. Nein, das war nicht das eschatologische, seit langem von den Propheten vorausgesagte tragische Finale und der letzte Akt der göttlichen Komödie. Nein, das war eher ein radakrobatisches Zirkusende, ein zauberkünstlerisches Hopplaende, ein großartiges Hokuspokusende, ein lehrhaft experimentelles Ende unter dem Applaus aller Geister des Fortschritts. Es gab kaum jemanden, der nicht auf der Stelle davon überzeugt gewesen wäre. Erschütterte und Protestierende wurden auf der Stelle niedergeschrien. Weshalb verstanden sie nicht, daß dies einfach eine unerhörte Chance war, ein äußerst fortschrittliches Ende der Welt, ein freidenkerisches Ende, ein auf der Höhe der Zeit stehendes, ein die höchste Weisheit geradezu beehrendes und beschützendes? Es wurde mit Begeisterung erläutert, ad oculos auf herausgerissene Notizbuchblätter gezeichnet, als unwiderlegbar hingestellt, den Widerstrebenden und Zweiflern um die Ohren geschlagen. In den Illustrierten erschienen ganzseitige Zeichnungen, vorweggenommene Bilder der Katastrophe in wirkungsvollen Inszenierungen. Es gab volkreiche Städte in nächtlicher Panik unter einem in Leuchtzeichen und Lichtphänomenen funkelnden Himmel zu sehen. Es gab schon die erstaunlichen

Wirkungen eines fernen Meteors zu sehen, dessen parabolischer Scheitel, unverwandt auf die Erdkugel gerichtet, in regungslosem Flug am Himmel verharrte und sich ihr mit einer Geschwindigkeit von soundso viel Meilen in der Sekunde näherte. Wie in einer Zirkusfarce flogen die Mützen und Melonen hoch, standen die Haare zu Berge, öffneten sich die Regenschirme von selbst und entblößten sich die Glatzen unter davonfliegenden Perücken – unter einem schwarzen, riesigen Himmel, der im gleichzeitigen Alarm aller Sterne flimmerte.

Etwas Festtägliches wurde in unser Leben geweht, eine Begeisterung und eine Inbrunst, ein Ernst und eine Feierlichkeit kamen in unsere Bewegungen und weiteten die Brust vor kosmischer Begeisterung. Die Erdkugel brodelte nächtlings von festlichem Getümmel, von der solidarischen Verzückung der Tausende. Die Nächte wurden schwarz, ungeheuerlich. Sternennebel verdichteten sich rings um die Erde in unzählbaren Schwärmen. In den schwarzen planetarischen Räumen standen die Schwärme, mannigfach getrennt und vermischt, vom Staub der Meteore überschüttet, von Abgrund zu Abgrund. Verloren in den unendlichen Räumen, verloren wir fast die Erdkugel unter den Füßen und hingen, ohne uns noch zurechtzufinden und die Richtungen verwechselnd, wie Antipoden kopfabwärts über dem abgewandten Zenit und wanderten durch die Sternenräume, indem wir mit dem speichelbefeuchteten Zeigefinger über ganze Lichtjahre von Stern zu Stern fuhren. So wanderten wir, in eine wirre Schützenlinie auseinandergezogen, über den Himmel und liefen nach allen Richtungen über die unendlichen Leitersprossen der Nacht – Emigranten des verlassenen Globus, der maßlos das Ameisengewimmel der Sterne plünderte. Es taten sich die letzten Barrieren auf, und die Radfahrer fuhren in den schwarzen Sternenraum hinein, standen kopf auf ihren Rädern, verharrten in regungslosem Flug in der planetarischen Leere, die sich in stets neuen Sternenhaufen auftat. So dahinfliegend auf leerer Bahn, ragten die Wege und Strecken der schlaflosen Kosmographie empor, verharrten jedoch in planetarischer Lethargie, schwarz wie Ruß, als hätten sie den Kopf zum Kamintürchen hineingesteckt, das letzte Ziel dieser blinden Flüge.

Nach einem kurzen, unordentlichen, halbverschlafenen Tag

tat sich die Nacht als riesiges, wimmelndes Vaterland auf. Die Menge strömte auf die Gassen, ergoß sich auf die Plätze, Kopf an Kopf, wie aufgebrochene Fässer mit Kaviar, der sich in Rinnsalen glänzender Schrotkörner dahinwindet, in Flüssen unter der pechschwarzen, sternengellenden Nacht verströmt. Die Stiegen brachen unter der Last der Tausende, in allen Fenstern zeigten sich verzweifelte Figuren, Menschen – Schwefelköpfe auf beweglichen Hölzchen – schritten mondsuchtfiebernd über die Brustwehr des Geländers, bildeten gleich Ameisen lebende Ketten, bewegliche Staudämme – einer auf den Schultern des andern – und Kolonnen und ergossen sich aus den Fenstern auf die Plattformen der Plätze, hell vom Glanz der Pechfässer.
Ich bitte mich zu entschuldigen, wenn ich bei der Schilderung dieser Szenen voll ungeheuren Getürms und Tumults in Übertreibungen verfalle und mir unwillkürlich gewisse alte Stiche aus dem großen Buch der Katastrophen und Kalamitäten des Menschengeschlechts zum Vorbild nehme. Aber sie weisen alle auf ein Urbild hin, und diese megalomanische Übertreibung, das ungeheure Pathos dieser Szenen besagt, daß wir dem ewiglichen Faß der Erinnerungen, irgendeinem mythischen Urfaß, den Boden ausgeschlagen haben und in die vormenschliche Nacht eines wispernden Elements, einer glucksenden Anamnese durchgebrochen sind und die schwellende Flut nicht mehr aufhalten können. Ach, diese schwärmenden Fischnächte, schuppengestirnt und flossenfunkelnd, ach, diese Bänke schnappender Mäulchen, unermüdlich in kleinen Bissen, hungrigen Schlucken alle angeschwollenen, nichtgetrunkenen Rinnsale dieser schwarzen Nächte im Platzregen schluckend! Zu welchen fatalen Reusen, zu welchen kläglichen Netzen haben diese dunklen, tausendfach vermehrten Geschlechter gegriffen?
Oh, ihr Himmel dieser Tage, ganz in Lichtsignalen und Meteoren, von der Kalkulation der Astronomen gezeichnet, tausendmal durchkalkuliert, beziffert und mit den Wasserzeichen der Algebra versehen! Mit firmamentblauen Gesichtern von der Florie dieser Nächte wanderten wir über Himmel, deren Pulse von den Explosionen ferner Sonnen und in siderischen Blendungen schlugen – menschliches Gedränge und Getümmel, das in breiter Bahn die Untiefen der den ganzen Himmel überflutenden Milchstraße kreuzte, ein

Menschenrinnsal, überragt von den Radfahrern auf ihren Spinnenapparaten. O gestirnte Arena der Nacht, bis zu den fernsten Rändern von den Schwenkungen, Spiralen, Lassos und Schlingen dieser elastischen Fahrten gezeichnet! Oh, ihr Radlinien und Aufradlinien, in Begeisterung über die Diagonalen des Himmels gezogen, die Drahtspeichen verlierend, die gleichgültig funkelnden Reifen abwerfend, schon nackt, nur mehr auf der reinen Idee des Fahrrads ins leuchtende Ziel gelangend! Von diesen Tagen an datiert aber eine neue Konstellation, das dreizehnte Sternbild, für immer in die Zahl der Tierkreiszeichen aufgenommen, das seitdem auf dem Himmel unserer Nächte funkelt: der Radfahrer.

Die Wohnungen standen in diesen Nächten angelweit offen und leer im Licht der gewaltig flackernden Lampen. Die Vorhänge an den Fenstern, weit in die Nacht hinausgeschleudert, blähten sich – und so standen die Zimmerfluchten in einem allesumfassenden, anhaltenden Luftzug, der sie mit einem einzigen, unaufhörlichen, gewaltigen Sturm durchbohrte. Es war Onkel Edward, der Sturm klingelte. Das heißt, er hatte endgültig die Geduld verloren, alle Fesseln gesprengt, den kategorischen Imperativ mit Füßen getreten, sich der Strenge seiner hohen Sittlichkeit entzogen und klingelte Sturm. Man brachte ihn mit Hilfe einer langen Stange schleunigst zum Verstummen und bemühte sich, mit Putzlumpen den gewaltigen Ausbruch zu dämpfen. Aber trotz dieser Knebelung tobte er wild, schwatzte geistesabwesend und hemmungslos, es war ihm schon alles gleich, und mit diesem Geschwätz entwich auch sein Leben, er verblutete vor aller Augen rettungslos in fatalem Jähzorn.

Von Zeit zu Zeit kam einer in die leeren, von diesem gewaltigen Sturmgeklingel durchtobten Zimmer mit den hochflammig brennenden Lampen gestürzt, lief auf den Zehenspitzen ein paar Schritte von der Schwelle fort und verhielt zögernd, als suchte er etwas. Die Spiegel nahmen ihn wortlos in ihre durchsichtige Stille und teilten ihn schweigend unter sich auf. Onkel Edward tobte aus Leibeskräften durch die hohen und leeren Zimmer, und der einsame Deserteur der Sterne zog sich bösen Gewissens, als wäre er gekommen, eine lasterhafte Tat zu vollbringen, verstohlen aus der Wohnung zurück, betäubt von dem Sturmläuten, und strebte der Tür zu, begleitet von den wachsamen Spiegeln, die ihn durch ihr funkelndes Spalier hindurchließen, während in ihrer Tiefe auf den Zehenspitzen ein Schwarm aufgescheuchter Doppelgänger mit dem Finger auf dem Mund in verschiedene Richtungen lief.

Wieder tat sich über uns der Himmel mit seinen sternenstaubbesäten Unendlichkeiten auf. An diesem Himmel zeigte sich jetzt schon zu früher Stunde Nacht für Nacht jener fatale Schweifstern: schräg geneigt, hängengeblieben im Scheitelpunkt seiner Parabel, regungslos auf die Erde ausgerichtet und tatenlos soundso viel tausend Meilen pro Sekunde schluckend. Aller Blicke waren auf ihn gerichtet, während er metallisch glänzend, von länglicher Form, etwas heller in seinem gewölbten Kern, mit mathematischer Genauigkeit sein tägliches Pensum erledigte. Wie schwer war es doch zu glauben, daß dieses kleine Würmchen, das so unschuldig inmitten zahlloser Sternenschwärme leuchtete, dieser feurige Finger Belsazars auf die Tafel des Himmels den Untergang unseres Globus schrieb. Aber jedes Kind kannte die fatale, unter dem Integral eines vielfältigen Ganzen stehende Formel, aus der nach dem Einsetzen der Grenzwerte unser unabwendbares Ende hervorging. Was konnte uns noch retten?

Während der Pöbel in der großen Nacht hin und her lief und sich inmitten der Sternenblitze und Himmelserscheinungen verlor, blieb der Vater mäuschenstill zu Hause. Er allein kannte den geheimen Ausweg aus dieser Sackgasse und die Hintertreppen der Kosmologie und lachte heimlich. Während Onkel Edward verzweifelt Sturm klingelte, steckte der Vater heimlich seinen Kopf in das Türchen des Kamins. Es war dort so dumpf und schwarz, daß einem die Augen herausfielen. Es wehte nach warmer Luft, Ruß, Stille und Hafen. Der Vater setzte sich bequem hin und schloß vor Seligkeit die Augen. In diese schwarze Taucherglocke des Hauses, die über das Dach in die gestirnte Nacht hinausragte, fiel der winzige Strahl eines Sterns, keimte – gebrochen wie in den Okularen eines Fernrohrs – als Licht im Brennpunkt und wurde zum Embryo in der schwarzen Retorte des Schornsteins. Der Vater drehte an den Schrauben des Mikrometers, und dadurch schob sich dieses fatale Geschöpf langsam in das Blickfeld des Fernrohrs, hell wie der Mond, von den Linsen bis auf die Entfernung einer Handfläche herangezogen, plastisch und leuchtend – eine Kalksteinskulptur in der schweigenden Schwärze der planetarischen Wüste. Er war etwas skrofulös, von den Pocken zerpflückt – ein leiblicher Bruder des Mondes, ein verlorener Doppelgänger, der nach tausendjähriger Wanderschaft auf den mütterlichen Globus zurückkehrte. Mein Vater schob ihn glotzenden Auges aus der Nähe wie einen Laib Schweizer Käse hin und her. Er war dicht mit Löchern versehen, blaßgelb, scharf beleuchtet und mit einer weißen, mieselähnlichen Kruste bedeckt. Mit der einen Hand an der Schraube des Mikrometers, das Auge grell vom Licht des Okulars geblendet, ließ der Vater seinen kalten Blick über den Kalkglobus gleiten, sah auf seiner Oberfläche die verworrene Zeichnung einer innerlich nagenden Krankheit, nämlich die krummen Kanälchen des Buchdruckerkäfers, der seine Oberfläche käseartig und wurmförmig zerwühlte. Mein Vater fuhr zusammen und gewahrte seinen Irrtum. Nein, das war kein Schweizer Käse, das war sehr wahrscheinlich ein menschliches Gehirn, ein anatomisches Hirnpräparat in seinem ganzen komplizierten Bau. Der Vater sah deutlich die Enden der einzelnen Lappen, die Windungen der grauen Substanz. Und als er seinen Blick noch mehr anstrengte, konnte er sogar die winzigen Buchstaben der Inschriften lesen, die in verschiedenen Richtungen auf der komplizierten Karte der Halbkugel hin und her liefen. Das Hirn schien chloroformiert zu sein, in tiefem Schlaf zu liegen und im Traum selig zu lächeln. Als er zum Kern dieses Lächelns gelangte, erblickte mein Vater durch die verknitterte Zeichnung der Oberfläche hindurch das Wesen der Erscheinung und lächelte in sich hinein. Was vermag nicht der eigene, vertraute Kamin zu eröffnen, schwarz wie Schnupftabak in der Dose! Durch die Windungen der grauen Substanz, die kleine Granulation der Kalksinter hindurch gewahrte der Vater deutlich die durchschimmernden Konturen eines Embryo in der charakteristischen zusammengekrümmten Lage, die Fäustchen vor dem Gesicht, der verkehrt seinen seligen Schlaf im klaren Wasser des Amnions schlief. In dieser Lage beließ ihn der Vater. Er stand erleichtert auf und schloß das Türchen.

Bis hierher und nicht weiter. Wie das? Und was geschah mit dem Ende der Welt? Was ist's mit dem glänzenden Finale nach der so großartig entwickelten Introduktion? Gesenkte

Augen und ein Lächeln. Hatte sich ein Rechenfehler, ein Additionsirrtum, ein Druckfehlerteufelchen beim Abschreiben der Ziffern eingeschlichen? Nichts von alledem. Die Berechnung war genau, kein Fehler hatte sich in die Ziffernkolonnen eingeschlichen. Was also war geschehen? Ich bitte, mich anzuhören. Der Schweifstern jagte geschäftig dahin, scharrte mit den Hufen wie ein ehrgeiziger Renner, um rechtzeitig sein Ziel zu erreichen. Die Mode der Saison lief mit ihm. Eine Zeitlang flog er an der Spitze der Epoche, der er seine Gestalt und seinen Namen gegeben hatte. Dann holten sich diese zwei tapferen, tüchtigen Renner ein und galoppierten erschöpft Kopf an Kopf dahin; solidarisch schlugen unsere Herzen im gleichen Takt mit; dann aber schob sich die Mode langsam nach vorn und überholte den unermüdlichen Schweifstern um Nasenlänge. Dieser Millimeter entschied das Schicksal des Kometen. Er war schon abgetan, ein für allemal distanziert. Schon liefen unsere Herzen mit der Mode, ließen den glänzenden Schweifstern hinten zurück, und wir schauten gleichgültig zu, wie er erblaßte, ermattete und schließlich, zur Seite geneigt, resigniert am Horizont stehenblieb und vergeblich die letzte Krümmung seiner krummen Bahn zu nehmen versuchte, fern und blau, für immer unschädlich. Er war im Rennen kraftlos zurückgefallen, die Kraft der Aktualität hatte sich erschöpft, niemand kümmerte sich um den Distanzierten. Sich selbst überlassen, welkte er unter allgemeiner Gleichgültigkeit dahin.

Wir kehrten mit gesenkten Köpfen zu unseren alltäglichen Beschäftigungen zurück und waren um eine Enttäuschung reicher. Die kosmischen Perspektiven wurden eilends zusammengerollt, das Leben kehrte in seine gewohnten Geleise zurück. Wir schliefen in diesen Tagen unaufhörlich Tag und Nacht und holten die verlorene Zeit nach. Wir lagen wieder in den dunklen Wohnungen reihenweise nebeneinander, entkräftet vom Schlaf, vom eigenen Atem auf die blinde Bahn sternloser Träume entführt. So dahinschwebend, wogten wir – pfeifende Bäuche, Dudelsäcke und Schalmeien – und wälzten uns melodisch schnarchend durch alle Irrgärten der abgesperrten und damit sternlosen Nacht. Onkel Edward war für immer verstummt. Noch stand das Echo seines verzweifelten Sturmgeklingels in der Luft, aber er selber lebte nicht mehr. Das Leben war mit dem stammelnden Paroxysmus aus ihm entwichen, der Stromkreis hatte sich geöffnet, er selber trat ohne Hindernisse in immer höhere Grade der Unsterblichkeit ein. In der dunklen Wohnung wachte lediglich der Vater, der leise in den Zimmern voll harmonischen Geschnarches auf und ab ging. Von Zeit zu Zeit öffnete er das Kamintürchen und schaute lächelnd in die dunkle Tiefe, wo in lichten Träumen ein ewig lächelnder Homunculus schlief, eingesperrt in eine gläserne Ampulle, von einer Fülle strahlenden Lichts wie ein Neon umflossen, schon abgetan, abgezeichnet und zu den Akten gelegt – ein Archivar in der großen Registratur des Himmels.

ANHANG

Andrzej Wirth

NACHWORT ZUR ERSTEN DEUTSCHEN AUSGABE

Mein Ideal ist, zur Kindheit heranzureifen. Das wäre erst die wahre Reife.
Bruno Schulz

Darstellung meines traumhaften inneren Lebens.
Franz Kafka

Ein merkwürdiges Paradoxon: das sonderbare Werk von Bruno Schulz läßt sich leichter auf dem Grund der deutschen Literatur als auf dem der polnischen erklären. Die literarischen Parallelen dieses Werkes zeichnen sich greifbarer im deutschen als im polnischen Sprachbereich ab. Die radikale Einbildungskraft von Schulz wird erst auf Grund des literarischen Experiments von Kafka verständlich. Bei aller künstlerischen Selbständigkeit dieses polnischen Schriftstellers scheint seine Existenz ohne Kafka unmöglich zu sein. Kafka hat in gewissem Sinn Schulz den Weg bereitet, beide gehören – wie man zu Recht von ihnen sagt – in jene schöne Epoche, deren Demiurg Kaiser Franz Josef zu sein schien, zumindest im galizischen Drohobycz und dessen Umgebung.
Es trennen sie nur neun Jahre – Bruno Schulz wurde in Drohobycz 1892 in einer jüdischen Familie als jüngster Sohn eines kleinen Seidenhändlers geboren. Der Vater starb noch in den Knabenjahren Brunos und ließ die Familie in Armut zurück, aus der sie sich nicht mehr befreien konnte. Die Kindheit von Schulz verlief in der Atmosphäre der Kleinstadt des galizischen Ölbeckens inmitten der örtlichen Armenkreise, im Kampf mit den Widerwärtigkeiten des Alltags. Er war ein schwaches, introvertiertes, menschenscheues Kind, wuchs unverstanden von seiner Umgebung auf, die hauptsächlich aus dem jüdischen Kleinbürgertum bestand, das ihn als »Sonderling« und als »Lebenskrüppel« betrachtete.
Die bildnerischen Fähigkeiten machten sich bei ihm früher bemerkbar als die literarischen. In Lemberg begann er, der Stimme seiner Berufung folgend, Architektur zu studieren, ohne jedoch diese Studien zu beenden. In den dreißiger Jahren besuchte er Paris und ließ sich von der Malerei Goyas,

Suihagas und Feliçien Rops faszinieren. Doch blieb er in der Malerei letztlich Autodidakt, obwohl sie sein eigentlicher Beruf wurde. Seinen Unterhalt verdiente er nämlich als Zeichenlehrer an der höheren Schule seiner Vaterstadt. Seine Zeichnungen und Bilder, grotesk deformiert, kehren wie besessen immer wieder zu einem Motiv zurück: dem Sadismus des Weibes und dem Masochismus des Mannes.
Die eigentliche Größe der Begabung von Schulz zeigte sich jedoch erst in der Literatur. Er begann mit Briefen an einen todkranken Freund: sie ließen ihn als außergewöhnlich begabten Schriftsteller erkennen. Sein Debüt erfolgte allerdings spät, dafür aber mit einem schon ausgereiften Werk. Im Jahre 1934 erschienen die »Zimtläden«, der Debütant zählte damals zweiundvierzig Jahre. Im Jahre 1937 kam ein Band Erzählungen »Das Sanatorium zur Todesanzeige« heraus, danach begann Schulz an seinem ersten Roman zu arbeiten, von dem nur der Titel »Messias« bekannt ist – der Text ging während des Krieges in Drohobycz verloren, zusammen mit einem Band für den Druck vorbereiteter Erzählungen. Die zwei genannten Publikationen brachten Schulz Ruhm und Anerkennung: er wurde Laureat der Polnischen Akademie für Literatur. Nach der Eroberung Polens begann planvoll die totale Extermination der polnischen Juden. In den Städten richteten die Sieger jüdische Wohnbezirke ein. Das war die erste Phase dieses Planes. Aus den Ghettos fuhren dann die Transporte direkt in die Vernichtungslager. Das war die zweite und letzte Phase. Auch in Drohobycz entstand ein Ghetto. Dort hat Schulz, der für einen Gestapomann Bilder malen mußte, ziemlich lange überdauert. Im November 1942 kam Schulz um: er wurde auf der Straße von einem anderen Gestapomann namens Günther erschossen. Am gleichen Tag kamen auf den Straßen des galizischen Städtchens an die hundert Juden ums Leben.
Schulz' Ruf als Schriftsteller hatte sich allerdings noch nicht so festigen können, daß er den Krieg überdauert hätte. Die verengten ästhetischen Kriterien machten es nach dem Kriege unmöglich, Schulz erneut herauszugeben. Seine Bücher, vor dem Kriege in kleinen Auflagen gedruckt, waren vernichtet und Unika geworden. Erst im Jahre 1957 erschien auf der Welle der neuen Kulturpolitik Polens eine umfangreiche Auswahl seiner Schriften: sie liegt auch der deutschen Aus-

gabe zugrunde. Nach zwanzigjähriger Vergessenheit kehrt Schulz in das literarische Leben zurück und wird von der literarischen Jugend und von den Anhängern der sogenannten avangardistischen Kunst in Polen neu entdeckt. Diese verspätete Aufnahme erinnert an die posthume Popularität Kafkas.

Die Stellung von Schulz in der polnischen literarischen Avantgarde des zwanzigsten Jahrhunderts beginnt sich nunmehr deutlicher abzuzeichnen. Von den poetischen Neuerern, der sogenannten Skamandergruppe, unterscheidet er sich in der inneren Einstellung zur zeitgenössischen Zivilisation. Erschienen deren Perspektiven der Skamandergruppe optimistisch, so erfüllen sie Schulz mit tiefster Bestürzung. Die Ahnung kommender Katastrophen angesichts einer sich herausbildenden Termitengesellschaft läßt uns Schulz in der Nähe Kafkas sehen. Aber es handelt sich mehr um eine erlebnismäßige als um eine künstlerische Ähnlichkeit. Die Einbildungskraft von Schulz ist ungehemmter, während Kafka trotz seiner oft phantastischen Visionen der gegenständlichen Welt verbunden bleibt. Was beide einander annähert, ist die poetische Hyperbel der Metamorphosen, die Schulz als Übersetzer und Propagator Kafkas in Polen von seinem Meister übernahm. Innerhalb der polnischen Literatur hat die Sprache von Bruno Schulz in ihrer Üppigkeit und ihrem Ungestüm gewisse Parallelen in dem etwas barocken Stil der literarischen Sezession des sogenanten »Neuen Polen«, während andererseits Witold Gombrowicz, der dem deutschen Leser durch die Übersetzung des Romans »Ferdydurke« bekannt geworden ist, als Fortsetzer der von Schulz begonnenen Entwicklung gelten kann. Nur daß Gombrowicz nicht so betont sinnlich ist wie Schulz: nicht Sensualismus findet sich bei ihm, sondern eine sehr perverse intellektuelle Sophistik. Im Rahmen der heutigen Weltliteratur kann man Schulz in eine gewisse Parallele mit den Postsurrealisten Max Jacob und Henri Michaux setzen. Die Experimente von Schulz vernichten die Einheitlichkeit der Fabel, und in dieser Hinsicht sind sie eine Vorbereitung des modernen »Antiromanes«.

Schulz ist ein monothematischer Schriftsteller, der Dichter eines enggezogenen thematischen Kreises. Alles, was er geschrieben hat, stellt eine Variation über das Thema »Vaterstadt« dar, in ihren ständigen Metamorphosen will er ein Gleichnis für die Entwicklung der zeitgenössischen Welt sehen. Schulz gehorcht dabei einer bestimmten eigenen Dialektik: er will die Welt als die Drohobyczer Landschaft seiner Kindheit sehen und will gleichzeitig glauben, daß diese kleine Landschaft eigentlich die ganze Welt ist.

Gesichte und Träume sind die Grundelemente der künstlerischen Gestaltungen von Schulz. Die Träume versteht er als »Hunger nach der Wirklichkeit, als Anspruch, der die Wirklichkeit verpflichtet«. Ihn verführt die künstlerische Vorstellung des Traums als Erscheinung, die den gewöhnlichen Sinn der Wirklichkeit zerstört und ein neues System von Bedeutungen und Werten schafft. »Hier geschieht nichts umsonst, ereignet sich nichts ohne tieferen Sinn.« Die Metamorphosen, denen in den Traumgesichten die Wirklichkeit unterliegt, verwirren Schulz nicht, weil er wie die griechischen Hylozoisten glaubt, daß die Materie in einer unveränderlichen Materie, einer statischen Welt einfach lächerlich ist. »Noch im Faktum des einzelnen Daseins ist Ironie, Witz, die närrisch herausgestreckte Zunge enthalten.«

Die dichterische Überwirklichkeit, die Schulz darstellt, hat deutlich zwei Gefühlsintonationen: eine helle und eine dunkle. Das eine Mal dient sie der Verherrlichung der alltäglichen und allgemeinen Wirklichkeit durch deren Verschönerung in Gesicht und Traum, das andere Mal der radikalen Kritik und dem scharfen Pamphlet auf die Wirklichkeit. Alles, was sich bei Schulz an Kritik an der mechanisierten und kommerzialisierten Zivilisation der Gegenwart findet, ist in dieser Tonart gestaltet. Die helle Tonart gehört der Darstellung der sterbenden patriarchalischen Ordnung. Aber die Gegenüberstellung der »Krokodilgasse« mit den »Zimtläden« verleitet ihn nicht zur Flucht in die Vergangenheit. Im Augenblick, da die »Krokodilgasse«, die Welt der Kleiderpuppen und des Trödels, erscheint, erliegt die Wirklichkeit der »Zimtläden« unwiederbringlich dem ausweglosen Zerfall. Und die Bestürzung über diese zerschlagene Welt verbietet es ihm, hier etwas zu mildern. Es gibt keine Wiederkehr. Das einzige, was übrigbleibt, ist, sich seine geistige Genealogie zum Bewußtsein zu bringen, bis zu deren mythischen Wurzeln vorzudringen und sich eine eigene Mythologie zu schaffen. Die Wirklichkeit kann man nicht ändern, aber man kann versuchen, ihr eine eigene Deutung zu geben. Im Streben nach Mythologisierung einer Wirklichkeit, die ihn mit Bestürzung erfüllt, weil sie sich dem Begreifen entzieht, realisiert Schulz seine Träume durch die Rückkehr in die Kindheit. Es tritt eine merkwürdige Umkehrung der Funktionen ein: beim Kind ist die Mythisierung eine natürliche Form der Erkenntnis, der Mythos tritt *als* Erkenntnis auf. Bei Schulz erscheint der Mythos *statt* der Erkenntnis als einzige mögliche Form der Flucht aus der bestürzenden Wirklichkeit. Es ist eine unvollkommene Form, und der Autor verheimlicht das nicht. Im Unterschied zu Kafka ist Schulz' dichterische Welt antiillusionistisch. Unter diesem Gesichtspunkt ist Kafka traditionsbedachter, denn er bemüht sich, unreale Situationen stets aus realen Elementen aufzubauen. Dagegen mutet Schulz dem Leser keineswegs zu, an die Realität seiner Visionen zu glauben, oft unterstreicht er sogar trotzig ihren traumhaften Charakter.

Im Zusammenhang damit steht die Funktion des Materials der Sprache bei Schulz. Ihm dient das Wort nicht nur zur Bezeichnung gewisser Zustände und Gegenstände, sondern es hat für ihn einen autonomen Wert als Schmuck, musikalischer Refrain und als Ornament. Damit nähert sich seine Prosa gewissen gegenwärtigen Prosaexperimenten und stellt gleichsam deren Ankündigung dar.

Die innere Welt von Schulz beschützen deutsche Geister: Kafka, Thomas Mann und Freud. Das Drohobyczer Genie reifte im kulturellen Wirkungsbereich der k. u. k. Städte Wien und Prag. Schulz verstand es, diese Tatsache auszubeuten, indem er aus fremden Motiven ein eigenes und selbständiges Ganzes machte. Mit Mann in seiner Schaffensperiode der »Josephslegende«, die Schulz' Lieblingslektüre war, verbindet ihn die Mythologisierung der eigenen Biographie und der Biographie der Menschheit, mit Freud die kühne Ausbeutung des Unterbewußten und die Betonung des Vater-Sohn-Komplexes.

Schulz ist nicht nur durch seine Problematik originell, sondern auch durch das künstlerische Klima, in dem er sich zeigt. Die Kompromittierung des Vaters als Weg zur Überwindung dieses Komplexes wird in erhabener, beinahe biblischer Tonart versucht. Der Vater ist der Drohobyczer Jehova, aber zugleich auch Kondor und Küchenschabe. Er erweckt gleichzeitig Bewunderung und Verachtung. Indem sich der Autor am Vater weidet, lebt er seine sadistischen Neigungen gegen andere aus, aber weil der Vater gleichzeitig das alter ego des Künstlers ist, lebt Schulz auch die masochistische Tendenz, die Sehnsucht nach letzter Selbsterniedrigung, aus. Einen ähnlichen Sinn hat auch auf ästhetischem Gebiet die Schulzsche Apologie der Häßlichkeit der Städte und des Trödlermarktes der zeitgenössischen Industriezivilisation. »Versteht ihr ... den tiefen Sinn dieser Schwäche, dieser Leidenschaft für buntes Löschpapier, für Papiermaché, für Lackfarbe, für Werg und Sägespäne?« Die Materie wird in ihrem mißlungenen, unansehnlichen und schlechthin monströsen Zustand verherrlicht. Es verliert sich die Grenze zwischen der belebten und der toten Welt, der Trödlermarkt der Materie bezeichnet zugleich den Trödlermarkt der menschlichen Welt, der Welt der zerfallenen Werte.

Der Stil von Schulz ist umgenormt und explosiv und bewegt sich zwischen der grandiosen Eloquenz des Expressionismus und präziser, an die Sprache der Wissenschaft erinnernder Sachlichkeit. Dieser Stil, zwar aus verschiedenen Elementen resultierend, aber in sich stimmig, gibt vorzüglich die Ambivalenz wieder, die Schulz durchlebt. Die zeitgenössische Ameisenwelt zieht ihn an und stößt ihn ab, sie treibt ihn, sich vor ihr in die bukolische Kindheit zu flüchten, aber gleichzeitig fasziniert ihn ihre strenge, wie aus den Bildern Boschs geborene Poesie. Die Besessenheit von seinen Visionen läßt Schulz fortwährend zu denselben wenigen Motiven zurückkehren, die er ständig in neuer Version wiederholt – wie Themen polyphoner Musik. Das führt zu einer eigentümlichen Umformung der erzählerischen Zeit, die unbestimmt und ungreifbar wird und gleichsam zweispurig oder sogar in mehreren parallelen Gleisen verläuft. Diese mehrspurige Zeit ist die Grundlage der unendlichen Metamorphosen der Materie, die, zwischen schrecklichen und komischen Formen oszillierend, für den Autor ein »Spiel« seiner krankhaft erregten Phantasie sind. Er legt es nicht darauf an, ein Illusionist zu sein, sondern unterstreicht ständig den willkürlichen Charakter seiner Visionen. Das unterscheidet ihn ebenfalls von Kafka, der die Welt seiner Vorstellungen mit vollem Ernst behandelte und nach ihrer Identifizierung mit der Wirklichkeit trachtete oder ihnen wenigstens den Schein der Wirklichkeit zu geben suchte. Schulz bemüht sich immer, die Relativität der Vorstellungen herauszuarbeiten, die wir vom Leben haben. Der Mensch stirbt nur in der Perspektive irgendwelcher Vorstellungen, aber für andere, an einem andern Ort, zu einer anderen Zeit lebt er weiter. »Wir leben in situationsbedingten Grenzen«, sagt er über diese paradoxe Erscheinung.

Indem er Kafka fortsetzt und sich gleichzeitig künstlerisch gegen ihn stellt, bringt Schulz die gleiche Unruhe der schrecklichen, die Persönlichkeit nivellierenden Welt der Massenkultur zum Ausdruck. Er nimmt deren Beginn mit Zurückhaltung und Demut auf und versucht nicht – obwohl es so scheint – gegen sie zu rebellieren. Wie der Landvermesser K. sieht er die einzige Rettung im Untertauchen in der gestaltlosen Masse und in der Ergebenheit gegenüber der schrecklichen Logik der Massenbewegungen. »Ich möchte mich durch nichts unterscheiden, sondern mir ist daran gelegen, möglichst bald zusammenzufließen, eins zu werden mit der grauen Masse ...« Diesen Satz könnte der unglückliche Landvermesser im »Schloß« sagen, dem die Welt beharrlich das Recht auf die Teilnahme an der Totalität des Lebens abspricht.

Angesichts der Hauptprobleme unseres Jahrhunderts begegnen sich die Einsamen aus Prag und Drohobycz auf dem gleichen Wege.

Warschau 1961

François Bondy

BRUNO SCHULZ, DER DEMIURG

Auch das Leben, das junge und zarte Leben, aus der vertrauten Dunkelheit, aus der kuschelnden Wärme des mütterlichen Schoßes in die große, die fremde Welt entlassen, wie schrumpft es zusammen und geht es zurück, wie zögert es von Abneigung und Unlust, dieses Unternehmen, das man ihm anbietet zu akzeptieren.

(»Traktat über die Mannequins«)

Der gnomenhafte Zeichenlehrer Bruno Schulz war keine fünfzig Jahre alt, als er am 19. November 1942 auf einer Straße seiner Heimatstadt Drohobycz von einem SS-Mann namens Günther niedergeschossen wurde. Das ist jetzt 23 Jahre her und war wahrhaftig kein besonderes Ereignis. An die hundert galizische Juden – eine Wortverbindung, die für die damaligen Herrenmenschen Inbegriff auszulöschenden Untermenschentums war – sind an diesem Tag in dieser einen Stadt erschlagen worden. Auch das war im Vergleich zum industrialisierten Morden auf polnischem Boden eine Episode. Der polnische Kritiker Arthur Sandauer, der noch im September 1940 in Drohobycz Zuflucht gefunden hatte und der sich für die Wiederveröffentlichung der Bücher von Bruno Schulz in Polen während des »Tauwetters« 1957 entscheidend eingesetzt hat, berichtet in der Einleitung zur französischen Ausgabe einer Auswahl der Erzählungen *(Le traité des mannequins)*, er habe kurz nach dem Vorfall einen Brief an Schulz vom »Judenrat« zurückerhalten mit dem Vermerk »Adressat unbekannt« – was die übliche Form der Verständigung über einen Todesfall war.

Mit Witkiewic »Witkacy«, der sich nach dem deutschen und russischen Einmarsch das Leben nahm, und dem jüngeren Witold Gombrowicz – zu dessen Roman »Ferdydurke« er, als er das Manuskript las, dem Autor von Stunde zu Stunde Telegramme schickte – bildete Bruno Schulz in den dreißiger Jahren die anerkannte, ja schon ruhmumwobene Dreiheit einer neuen Schriftstellergeneration. Es war die Generation des phantastischen Realismus, der dichterischen Erneuerung der Prosa aus intellektuellvisionärer Kraft und groteskem Humor. Aus dem Bewußtsein der polnischen Intelligenz war Bruno Schulz auch vor der Neuauflage seiner Werke – oder vielmehr dessen, was von ihnen, weil schon gedruckt, nicht, wie ein verschollener Band Erzählungen und ein Roman »Der Messias«, zerstört und verloren war – nicht wieder verschwunden. Die Bände, die 1961 in Paris und in München erschienen, waren jeweils nur ein Teil der erhaltenen Erzählungen. Außerhalb Polens ist der vorliegende Band der erste, der das ganze Werk – die beiden Bände, die um die »Zimtläden« und um das »Sanatorium« kreisen, und die Erzählung »Der Komet« – enthält. Es bleiben noch Essays, Vorreden, Kritiken und Lebenszeugnisse mitzuteilen; aber was Bruno Schulz in der Literatur unserer Zeit bedeutet, die Verwandtschaften und die Einzigartigkeit, woraus er sich verstehen läßt, das liegt mit diesen Erzählungen vor.

Verwandtschaften: So unzulänglich jede Bildung literarischer Familien bleibt – gerade weil Bruno Schulz etwas so evident Ursprüngliches und in seiner Phantastik »Unverwandtes« hat, dürfen wir wagen, Beziehungen zu sehen, Vergleiche zu ziehen, ohne Gefahr, ihn, den schwerelosen ›Luftmenschen‹, darin einzusperren. Mag ruhig die Pedanterie solchen Linienziehens mit der Überlegenheit seines dichterischen Humors kontrastieren!

Der Pole wird an die literarische Erneuerung denken, an Leśmian, Przybos, Tuwim, uns Mitteleuropäern zwingt sich seine Zugehörigkeit zur Peripherie des Habsburgerreiches auf, und wir haben den Eindruck, daß eben deswegen die deutsche Übersetzung Schulzens barocker, sprachtrunkener Prosa näher kommt als andere. Ein Habsburgerreich, das im Verhältnis zur Moderne rückblickend schon Provinz wurde, und ein Provinzwinkel Galiziens innerhalb dieser Riesenprovinz, ein »Stettl«, das wiederum in diese Provinz eingeschachtelt ist und dessen Bewohner durch die Macht des ›Buches‹, des Glaubens, der Bildung, der Phantasie in einer andern Art Geographie himmelwärts weite Räume gewinnen. Es ist Stück eines k. und k. Reiches, das bei Herzmanovsky-Orlando Tarockanien, bei Musil Kakanien heißt, und zu dem auf eigene Art auch noch das Triest von Italo Svevo, das Zagreb von Miroslaw Krleža gehören, ohne – wie wäre es möglich? – Kafkas Prag zu vergessen.

In der Erzählung »Frühling« taucht der Herrscher dieses Reiches auf: »Die Welt war zu jener Zeit von Franz Josef I. begrenzt. Auf jeder Briefmarke, auf jedem Geldstück und auf jedem Stempel bestätigte sein Bildnis ihre Unveränderlichkeit und das unerschütterliche Dogma ihrer Eindeutigkeit.«

Es ist aber eine untergehende Welt, auf der »Franz Josef lag«. Ein wenig später heißt es: »Wie tief unten bleibst du doch, Franz Josef I., samt deinem Evangelium der Prosa! Vergeblich suchten dich meine Augen. Endlich fand ich dich. Du warst auch in dieser Menge, doch wie klein, entthront und grau. Du marschiertest mit anderen im Staub der Landstraße dicht hinter Südamerika und vor Australien, sangst mit den anderen Hosianna.« Denn schon dem Briefmarkensammler öffnet sich eine weitere Welt als diese, die sich als ›die Welt selber‹ gebärdet hatte. Die Welt des absinkenden Bürgertums, der vom Ruin bedrohten Händler, die Schulz in der »Krokodilgasse« im Einbruch des ›Amerikanischen‹ so plastisch und farbig gestaltet hat, wir finden sie auch in den Romanen eines anderen Schriftstellers aus Galizien, der aber ein Erzähler deutscher Sprache war und das Habsburgerreich verklärter sah als der von der Sprache her – folglich entscheidend – polnische Bruno Schulz: Josef Roth. Man lese etwa in seiner Nachlaßnovelle »Der Leviathan« die Geschichte des Korallenhändlers Nissen Piczenik, den die Konkurrenz der falschen Korallen ruiniert und der nun aufbricht nach der Heimat der wahren Korallen, dem Meer.

Was Hans Weigel als das Spezifische der österreichischen Literatur bezeichnet hat, die ›Flucht vor der Größe‹, ist bei Bruno Schulz als Zuwendung zum Geringen, als Wille zur Selbstverkleinerung, ja, zu masochistischer Erniedrigung – wenn auch mit anderen und sogar gegensätzlichen Motiven vermischt – in Erscheinung getreten. Man lese aber folgenden Versuch, das ›Österreichische‹ in der Literatur zu definieren: »Österreichisch ist, alles in allem, eine spezielle Art von Mißtrauen in alles, was gemeinhin für wichtig ... in seiner Faktizität für unzweifelbar gilt: vor allem in die eigene Person ... ein Mißtrauen, das sich nicht gegen Erscheinungen der Oberfläche richtet, sondern gegen die Grundtatsachen, ja, gegen das Leben selbst; nicht der Schein, sondern das Sein wird angezweifelt: nicht jener, sondern dieses wird verdächtigt, die Wahrheit zu verschleiern ... Das österreichische Mißtrauen hat keine lauten Proteste, keine zerstörenden Revolten zur Folge, es ist nicht eine Funktion des Willens, etwas zu ändern, zu bessern« (Herbert Eisenreich). Eisenreich spricht hier nur von Österreichern, die deutsch geschrieben haben, er denkt nicht an Bruno Schulz, aber wer, der ihn liest, wird diese Stelle nicht auf ihn beziehen wollen?

Eine andere Linie läuft von Bruno Schulz zu bestimmten Richtungen der modernen Kunst, deren fast einzige literarische Entsprechung sein Werk ist, so wie er in manchem als erster ihre Ästhetik formuliert hat. Arthur Sandauer hat gezeigt, wie zentral für Schulz das künstlerische Thema der »zweiten Genesis« gewesen ist. Deren Schöpfer – es ist der ›Vater‹, der sich in allerlei Getier verwandelt und der erstaunliche »Traktate« lehrt – ist ein durch die niedrige Materie bedrängter, gedemütigter, aber auch angeregter ›Demiurg‹. Sie ist eine mythische Gestalt, die Gestalt des »Vaters«, des bankrotten und doch königlichen Kaufmanns – Bruno Schulz' Vater war ein verkrachter Seidenhändler –, der sich in einen Vogel, ein summendes Insekt, eine Küchenschabe verwandelt. In seinem ersten Buch – Schulz hatte es geschrieben, bevor er Kafka gelesen hatte; er hat später Kafka übersetzt, und dessen Einfluß wird gelegentlich in späteren Erzählungen spürbar, jedoch niemals überwältigend – ist die Ästhetik dieses Demiurgen dargelegt, der ein Künstler, ein Verwandlungskünstler, ein Luftmensch ist, also nicht die mächtige, aber drohende und bourgeoise Gestalt des Vaters bei Kafka, eher ihre Antithese. Vom Stil wie vom Temperament her – bis in das seltsam skurrile Auftauchen historischer Gestalten – ist das eine Verwandtschaft, die weiter geht als jene zu Kafka, die wegen Schulz' Bemühungen, den großen Prager in Polen durchzusetzen, gelegentlich überschätzt wurde.

Welcher Art aber ist diese Ästhetik? Schulz ist vom Problem der Form besessen und von der Verwendung und Verwandlung ›niedriger‹ Inhalte. Die Form soll aus der verachteten, verbrauchten, wertlosen Materie gewonnen werden, aus Kitsch, Plunder, Abfall und Tand, aus Werg und Sägemehl, aus minderen ›amerikanisierten‹ Waren, für die sich der jiddische Ausdruck »Tinneff« mit seinem blechernen Klang

anbieten könnte (aber nicht in Schulzens prunkhafter Sprache). Es herrscht eine enge Beziehung zwischen dieser Ästhetik des Ramsches und Trödels und der Welt der hereinbrechenden Kommerzialisierung und Industrialisierung, in der dieses Galizien wie ein zweites Indien von billigen und schlechten Massenwaren überflutet wird. Es ist zugleich die Verwandlung einer kleinen Stadt und der Würde ihres Handwerks und Handels durch die Vulgarität einer Gründerperiode aus zweiter Hand – bei Schulz gibt es sogar eine ›Zeit aus zweiter Hand‹ – im Zeichen der entdeckten Erdölquellen.
Denken wir an Bruno Schulz' Zeitgenossen unter den Künstlern, so werden wir seine besondere Welt irgendwo zwischen dem Pinsel Chagalls und dem Stift Kubins finden, aber es ist vor allem eine schlafwandelnde nächtige Welt, eine Welt des Stupors, eine Welt, in der die Menschen nicht ganz da sind; das Schlafen selbst – das sie uns und sich entrückt – wird noch häufiger geschildert als das Träumen. Der Vater schläft »in reichlicher Bettwatte, sein tiefes Atmen lud ganze Fuhren Geschnarche aus der Tiefe des Schlafes aus« (Das Sanatorium zur Todesanzeige). Der Erzähler selbst schläft, Doktor Gotard, der seit Jahren keine Operation vornahm, »schläft in seinem Zimmer, es füllt sich von seinem Geschnarche wie mit Wolkenknäueln, die wachsen, sich aufstocken und türmen ...« Die Feuerwehrmänner »nicken stehenden Fußes ein«! Die im Stupor liegenden oder stehenden Schlafenden und die Mannequins – sie bevölkern auch die surrealistischen Bilder. Ist der Schlaf jene Verpuppung, in der die todgeweihten Schmetterlinge wieder zu Raupen werden und sich durch diese Verkindlichung mit neuer Vitalität aufladen? Die hochintellektuelle Verkindlichung – man denkt an Klee, an Max Ernst, an viele. In »Der Komet« wird sogar in der Retorte des Schornsteins ein Stern zum Embryo. Leben als Rückkehr, Abbau und Beschwörung, Kunst als Experiment, ungewiß schwebend zwischen Gestaltung und Entstaltung, es ist auch Sehnsucht nach Ursprung. Paßt aber dazu die Bejahung der Welt der minderen Produkte, des Trödels und Kehrichts?
Wie zukunftsträchtig Bruno Schulz war, sehen wir an einem Vergleich mit Rilke, Stefan George, Hofmannsthal und deren kulthafter Fixierung an erlesene, handgebildete, einmalige Gegenstände von einst, an Krüge, Kelche, ›Salböl‹, an

eine Dingwelt von innewohnenden Qualitäten, aus edlen Stoffen und köstlichen Essenzen. Schulz bekennt sich zwischen Abscheu, Ironie und Verzücktheit zur Welt des Abfalls. Mannequins, ausgestopfte Vögel – in allem findet der Vater Anlaß für eine Poesie: »Und die Mädchen ... manipulierten mit zierlichen Bewegungen über einem Haufen von Seide und Tuch ... ratterten mit der Maschine, während sie das Pedal mit den lackierten, billigen Füßchen traten, und rings um sie wuchs ein Haufen Abfälle aus vielfarbigen Fetzen und Lappen wie ausgespuckte Schalen und Hülsen um zwei wählerische und verschwenderische Papageien.«

K. A. Jelenski, der viel dazu beigetragen hat, daß Bruno Schulz in Paris herausgegeben wurde, schrieb: »Seine Zeichnungen blieben auf halbem Weg zwischen Expressionismus und Surrealismus, aber sein geschriebenes Werk ist eine Vorahnung der modernen Welt, der plastischen Kunst. Die Mannequins drängen sich vor wie bei de Chirico oder Carrà. Die Vögel wimmeln wie bei Max Ernst, die gleichen Vögel leeren Auges, künstlich und wahrer als Abbilder wirklicher Vögel.« Er weist auch die Verwandtschaft seiner Visionen mit Bildern von Delvaux, Magritte – ja Burri und Rauschenberg nach. Das kann man weiterführen. Spricht Schulz von Mauerrissen, mag man an Tapies denken, aber noch häufiger an den Picasso, der Schrott und Teile alter Fahrräder für Plastiken benützt. Diese Neigung zum »Niedrigen«, zur Industrieware, die bereits Gegenstand aus zweiter Hand ist, in ihrer verworfenen, nicht mehr brauchbaren Gestalt, in der sie gerade deswegen ihrer Funktionen ledig und verwandlungsfähig ist, bei einer gleichzeitigen Begeisterung für die den Dingen innewohnende Struktur – man denke an das Lob des Holzes in »Der Pensionist«! –, diese Neigung ist ein Streben nach einer dingbezogenen Echtheit besonderer Art, einer Authentizität, die auch den Umweg über das ›Nichtauthentische‹ geht – wie in einer Bruno Schulz sehr fernen Literatur der Stil den Umweg über umfunktionierte Klischees geht. Es ist ein positives, ein jubelndes Verhältnis sowohl zur Natur, in der der Mensch steht und die bei Bruno Schulz soweit in den Himmel reicht wie bei Jean Paul, und zur zweiten Natur des Maschinenerzeugnisses in seiner letzten Form des Trödels.

Bei Bruno Schulz, bei dem alles Bild und Bewegung wird,

Humor und Vision, sind solche den Vieldeutigen auf bestimmte Motive reduzierende Bemerkungen schon unzulässig abstrakt und allgemein. Aber Bruno Schulz auf diese Art zu umkreisen, ist noch eher möglich, als ihn zu deuten. Und bei diesem Umkreisen darf noch eine besondere Verwandtschaft hervorgehoben werden: die mit einem nur um wenige Jahre älteren Schriftsteller, der gleichfalls Expressionismus ohne Pathos, wuchernde Phantastik der Wortberauschtheit mit Demut, Liebe zum Kleinen, Geringen verband, und zwar ebenfalls widersprüchlich zwischen Selbsterniedrigung erstaunlichster Art, worin Schüler und Kommis Formen der gewählten Knechtschaft werden, und plötzlicher Behauptung der eigenen stolzen Souveränität: Robert Walser. Die Ähnlichkeit der Atmosphäre der Schulen in »Der Pensionist« und in Walsers »Jakob von Gunten« ist bis in die einzelnen Mittel des hyperbolischen Humors hinein so zwingend, daß jeder sich hier seine eigene Gegenüberstellung von Zitaten und Entsprechungen machen kann und wir uns den allzu evidenten Nachweis sparen können.
Aber kaum ist diese Verbindung zu dem ihm vermutlich unbekannten literarischen Bruder, zu Robert Walser, festgehalten, muß man an alles denken, was wiederum Bruno Schulz auch von diesem ihm Nächsten unterscheidet. Es ist hier ein anderer Rhythmus der unablässigen Verwandlung der Menschen und Dinge, ein anderes Beieinander von Realität und Phantastik, eine Gewichtlosigkeit des kaum an der Erde Haftenden, stets Schwebenden und Emporgezogenen oder -gewirbelten im Vergleich zu Walsers bäuerlicher Schwere und Ausführlichkeit. Robert Walser baut sich selber Hemmungen auf, aus denen er in die Welt des Theaters fliegt, während Schulz »zum Kind reift«.
Beim Wort Schwerelosigkeit wird der Leser an das Ende des ›Pensionisten‹ denken, der durch einen Kreisel fortgerissen hoch über den Dächern davonfliegt, während der Lehrer – »sein Gesicht im schwachen Widerschein des fahlen Himmels pergamenten« – mit bitterer Miene sagt: »Er muß aus dem Katalog gestrichen werden.« Es gibt nicht nur das Entschweben des Erzählers. Es gibt die Vision des Weltunterganges in der letzten uns bewahrten Erzählung »Der Komet«, wobei der Autor bittet, ihn zu entschuldigen, »wenn ich bei der Schilderung diese Szenen voll ungeheuren

Getürms und Tumultes in Übertreibung verfalle und mir unwillkürlich gewisse alte Stiche aus dem großen Buch der Katastrophen und Kalamitäten des Menschengeschlechtes zum Vorbild nehme. Aber sie weisen alle auf ein Urbild hin, und (...) das ungeheure Pathos dieser Szene besagt, daß wir dem ewiglichen Faß der Erinnerungen den Boden ausgeschlagen haben und in die vormenschliche Nacht eines wispernden Elementes, einer glucksenden Anamnese durchgebrochen sind und die schwellende Flut nicht mehr aufhalten können.« Der Untergang findet nicht statt, weil der Komet aus der Mode kommt. »Die Kraft der Aktualität hatte sich erschöpft, niemand kümmerte sich um den Distanzierten. Sich selbst überlassen, welkte er unter allgemeiner Gleichgültigkeit dahin.«

Auch Bruno Schulz ist »aus dem Katalog gestrichen« worden, in einer Art Weltuntergang, der »aus der Mode gekommen ist«. Das zweite Leben seines Werkes, dessen geistige und ästhetische Modernität wir – aber das ist die stete Illusion der Nachgeborenen! – besser zu verstehen meinen als seine frühen Bewunderer und das uns jedenfalls so unvergleichlich verzaubert, erinnert es nicht an die unheimliche Vitalität des Vaters, des Demiurgen, der, als Krebs gekocht, im Kehricht fortgefegt, sich immer wieder in ein neues Stück Leben verwandelt? Was Bruno Schulz die ›zweite Genesis‹ nennt, das widerfährt heute seinem eigenen Werk.

Paris 1965

HANSER
HANSER
HANSER
HANSER
HANSER

Lyrik bei Hanser

Erich Arendt, Starrend von Zeit und Helle · John Ashbery, Selbstportrait im konvexen Spiegel · Horst Bienek, Gleiwitzer Kindheit · Lawrence Ferlinghetti, Gedichte · Günter Bruno Fuchs, Pennergesang · Allen Ginsberg, Jukebox Elegien – Planet News · Peter Hamm, Der Balken · Stephan Hermlin, Gesammelte Gedichte · Bernd Jentzsch, Quartiermachen · Michael Krüger, Diderots Katze – Reginapoly · Günter Kunert, Abtötungsverfahren – Unterwegs nach Utopia – Verlangen nach Bomarzo · Vasko Popa, Wolfserde · Renate Rasp, Junges Deutschland · Jannis Ritsos, Milos geschleift · David Rokeah, Jerusalem · Tadeusz Rózewicz, Formen der Unruhe – Offene Gedichte · Tomas Tranströmer, Gedichte · Guntram Vesper, Die Illusion des Unglücks · Paul Wühr, Rede – Grüß Gott ihr Mütter ihr Väter ihr Töchter ihr Söhne.

Carl Hanser Verlag